ARCHI ENEMIGOS

‣ **Título original:** *Archenemies*
‣ **Dirección editorial:** Marcela Luza
‣ **Edición:** Melisa Corbetto con Erika Wrede
‣ **Coordinación de diseño:** Marianela Acuña
‣ **Armado:** Tomás Caramella sobre maqueta de Silvana López
‣ **Diseño de tapa:** Rich Deas · Arte de tapa © 2018 Robert Ball

un sello de
V&R Editoras

Para Archenemies #1 © 2018 por Rampion Books
© 2019 Vergara y Riba Editoras, S. A. de C. V.
www.vreditoras.com

Publicado originalmente por Feiwel and Friends, un sello de Macmillan Children's
Publishing Group. El acuerdo de traducción fue gestionado por Jill Grinberg Literary
Management LLC y Sandra Bruna Agencia Literaria, SL. Todos los derechos reservados.

México: Dakota 274, Colonia Nápoles
C. P. 03810, Del. Benito Juárez, Ciudad de México
Tel./Fax: (5255) 5220-6620/6621 · 01800-543-4995
e-mail: editoras@vergararriba.com.mx

Argentina: San Martín 969, piso 10 (C1004AAS) Buenos Aires
Tel./Fax: (54-11) 5352-9444 y rotativas
e-mail: editorial@vreditoras.com

Primera edición: marzo de 2019

ISBN: 978-607-8614-44-8

Impreso en México en Litográfica Ingramex, S. A. de C. V.
Centeno No. 195, Col. Valle del Sur, C. P. 09819
Delegación Iztapalapa, Ciudad de México.

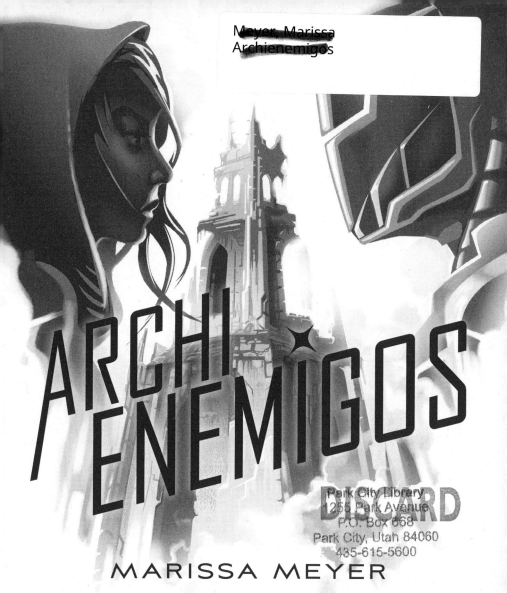

ARCHI ENEMIGOS

MARISSA MEYER

Traducción:
Jeannine Emery

PARA **GARRETT Y GABRIEL,**
FUTUROS **SUPERHÉROES**

LISTA DE **PERSONAJES**

LOS RENEGADOS: EQUIPO DE SKETCH

MONARCA: Danna Bell
Se transforma en un enjambre de mariposas.

SKETCH: Adrian Everhart
Puede darles vida a sus dibujos e ilustraciones.

ASESINA ROJA: Ruby Tucker
Cuando la hieren, su sangre se cristaliza en armamento; el arma característica es un gancho formado a partir de un heliotropo.

CORTINA DE HUMO: Oscar Silva
Crea humo y vapores cuando lo desea.

LOS RENEGADOS: EQUIPO DE CONGELINA

CONGELINA: Genissa Clark
Crea armas de hielo a partir de las moléculas de agua en el aire.

TEMBLOR: Mack Baxter
Provoca movimientos en el suelo con la fuerza de un terremoto.

GÁRGOLA: Trevor Dunn
Muta todo su cuerpo o algunas partes en piedra sólida.

MANTARRAYA: Raymond Stern
Inyecta veneno a través de una cola de púas.

LOS ANARQUISTAS

PESADILLA: Nova Artino
No duerme nunca y puede hacer dormir a otros con solo tocarlos.

LA DETONADORA: Ingrid Thompson
Crea explosivos a partir del aire, que pueden detonar a voluntad.

PHOBIA: Se desconoce su nombre verdadero
Transforma su cuerpo y su guadaña en la encarnación de varios temores.

EL TITIRITERO: Winston Pratt
Convierte a las personas en marionetas mecánicas que cumplen sus órdenes.

LA ABEJA REINA: Honey Harper
Ejerce el control sobre todas sus abejas, avispones y avispas.

CIANURO: Leroy Flinn
Genera venenos ácidos que rezuman de la piel.

ESPINA: Nombre desconocido
Utiliza tentáculos cubiertos de espinas que son mortales.

EL CONSEJO DE LOS RENEGADOS

DREAD WARDEN: Simon Westwood
Puede volverse invisible.

CAPITÁN CHROMIUM: Hugh Everhart
Tiene superfuerza y es casi inmune a los ataques físicos; es capaz de generar armas de cromo.

TSUNAMI: Kasumi Hasegawa
Genera el agua y la manipula.

THUNDERBIRD: Tamaya Rae
Genera rayos y truenos; es capaz de volar.

BLACKLIGHT: Evander Wade
Crea la luz y la oscuridad y las manipula.

CAPÍTULO 1

Adrian se agazapó sobre el tejado, escudriñando la puerta de servicio en la parte trasera del Hospital de Gatlon City. Aunque era muy temprano y el sol aún no había despuntado, algunas pinceladas de luz teñían el cielo plomizo de un pálido color violeta. La penumbra hacía difícil ver cualquiera de las diez plantas que estaban más abajo, salvo un par de camionetas y furgonetas de reparto.

—Tengo en la mira el vehículo de huida —dijo Nova, que observaba las calles silenciosas a través de un par de binoculares.

—¿Dónde? —preguntó él, inclinándose hacia ella—. ¿Cómo te das cuenta?

—La furgoneta de la esquina —giró la vista hacia la entrada del hospital y de inmediato volvió a posarla sobre el vehículo—. Ventanillas anodinas y polarizadas; el motor encendido, aunque está estacionado desde que llegamos.

Adrian buscó la furgoneta con la mirada. Grandes nubecillas blancas de vapor se elevaban del conducto de escape.

—¿Hay alguien adentro?

–Un sujeto, en el asiento del conductor. Podría haber más, pero no veo el asiento trasero.

Adrian llevó la muñeca a la boca, hablándole al brazalete de comunicación.

–Sketch a Cortina de Humo y Asesina Roja. El vehículo de huida bajo sospecha está estacionado en la Setenta y nueve y Fletcher Way. Instalen sus puestos en las vías de escape sur y este. Seguimos esperando el reconocimiento interno de Monarca.

–Entendido –la voz de Oscar crepitó en su oído–. Vamos en camino.

Adrian golpeteó los dedos contra el alero. Deseaba que la entrada trasera del hospital estuviera mejor iluminada. Había seis farolas, pero tres estaban quemadas. ¿No debió alguien ocuparse de cambiarlas?

–¿Puedo ver? –preguntó.

Nova alejó los binoculares fuera de su alcance.

–Consíguete los tuyos.

Aunque quiso irritarse por la respuesta, no pudo evitar un asomo de sonrisa. Parecía justo, ya que aquella mañana Nova le había explicado a Oscar, durante veinte minutos, todas las modificaciones que le había realizado a este par de prismáticos genéricos. Ahora contaban con autofocus y estabilizador de imagen, indicador de blancos móviles, vigilancia nocturna, aparato de video y lentes computarizadas donde se proyectaban los valores de las coordenadas de GPS y el pronóstico del tiempo. Y como si todo ello no fuera lo bastante impresionante, también añadió un software que combinaba un programa de reconocimiento facial con la prodigiosa base de datos de los Renegados.

Indudablemente, había estado equipándolos durante meses.

–De acuerdo, conseguiré unos para mí –respondió. Extrajo su rotulador de punta fina de la manga de su uniforme de Renegados y empezó a bosquejar un par de binoculares sobre el costado de una caja de herramientas metálica–. Quizás equipe los míos con visión de rayos X.

–¿Siempre fuiste tan competitivo? –preguntó Nova, tensando la mandíbula.

Adrian esbozó una amplia sonrisa.

–Solo bromeaba. Necesitaría al menos un conocimiento básico acerca del funcionamiento de los rayos X. Pero definitivamente les pondré aquel indicador de blancos móviles que mencionaste. Además de asideros ergonómicos. Y quizás una linterna… –terminó su bosquejo y tapó el rotulador. Presionó los dedos contra la superficie de metal y jaló el dibujo de la caja de herramientas, transformándolo en un objeto utilizable de tres dimensiones.

Se arrodilló nuevamente junto a Nova, ajustó el ancho de la pieza para ojos de sus prismáticos nuevos y escudriñó la calle. La furgoneta no se había movido de lugar.

–Allí está Danna –señaló Nova.

Adrian giró para dirigir la vista hacia el aparcamiento, pero las puertas seguían cerradas.

–¿Dónde…?

–Tercera planta.

Reajustó los prismáticos y vio un enjambre de mariposas que brotaba de una ventana abierta. En la oscuridad parecían más una colonia de murciélagos, perfilados contra el edificio. Las mariposas se arremolinaron sobre el aparcamiento del hospital y se transformaron en la figura de Danna.

El comunicador de su muñeca zumbó.

–Empiezan a salir –oyó que decía la voz de aquella–. Son seis en total.

–Siete con el conductor –corrigió Nova. La furgoneta avanzó y dobló la esquina, se detuvo delante de las puertas de entregas. Segundos después, se abrieron de par en par, y seis figuras salieron a toda velocidad del hospital, cargadas con enormes bolsas negras.

–¿Hay civiles cerca? –preguntó Adrian.

–Negativo –respondió Danna.

—Copiado. Listos para entrar, equipo. Danna, quédate...

—¡Sketch! —exclamó Nova, provocándole un sobresalto—. Hay una prodigio entre ellos.

La miró parpadeando.

—¿Qué?

—Aquella mujer... la que tiene la argolla en la nariz. Aparece en la base de datos. Su alias es... ¿Espina?

Se devanó los sesos, pero no le resultaba conocido.

—Jamás escuché hablar de ella —Adrian volvió a observar a través de los prismáticos. Las figuras arrojaron su botín dentro de la furgoneta; la mujer con la argolla fue la última en subir—. ¿Cuál es su poder?

—Evidentemente, tiene... extremidades cubiertas de espinas —Nova lo miró, extrañada.

Adrian encogió los hombros y volvió a dirigir la voz hacia el brazalete.

—Equipo, máxima alerta. Los objetivos cuentan con una prodigio. Quédense en sus puestos, pero procedan con precaución. Insomnia y yo... —un estruendo le provocó un sobresalto. Al volverse, advirtió que Nova ya se había marchado. Se incorporó de un salto para asomarse por encima del costado del edificio. El sonido era Nova, aterrizando sobre el primer descansillo de la escalera de incendios—... ocuparemos el puesto norte —masculló.

Se oyó un chirrido de neumáticos. La furgoneta se alejó dando tumbos. Adrian levantó la muñeca en tanto la adrenalina le corría desbocada por el cuerpo. Esperó a ver en qué dirección...

El vehículo tomó la primera calle a la izquierda.

—¡Cortina de Humo, te toca a ti! —gritó.

Arrojando a un lado los prismáticos, Adrian corrió hacia Nova. Por encima, Danna volvió a formar un enjambre y se lanzó tras la furgoneta.

Nova estaba en la mitad de la calle cuando se dejó caer desde la escalera de incendios, golpeando la acera con sus botas. Adrian se lanzó a correr tras ella, sus largas piernas le otorgaban cierta ventaja, aunque seguía detrás cuando ella apuntó el dedo hacia la derecha.

—¡Ve por allá! —gritó Nova, largándose en dirección opuesta.

A una calle de distancia, volvió a oír el chirrido de neumáticos, esta vez acompañado de un violento frenazo. Una nube de espesa neblina blanca se elevó del tejado de un edificio de oficinas.

La voz de Oscar se oyó a través del brazalete.

—¡Están retrocediendo… se dirigen al norte sobre Bridgewater!

Adrian giró en la esquina y vio las luces traseras color rojo centelleando hacia él. Hurgó en la manga para extraer un trozo de tiza blanca, metida junto al rotulador. Se inclinó y dibujó rápidamente una tira de clavos sobre el asfalto. Terminó la ilustración justo cuando el olor a caucho quemado invadió sus fosas nasales. Si el conductor podía verlo en el espejo retrovisor, no dio señal alguna de bajar la velocidad.

Jaló el dibujo hacia arriba. Los clavos de diez centímetros brotaron del suelo, y consiguió precipitarse fuera de la calzada segundos antes de que la furgoneta pasara como un rayo junto a él.

Los neumáticos reventaron con una serie de estallidos ensordecedores. Detrás de las ventanas opacas, Adrian alcanzó a oír a los ocupantes maldiciendo y discutiendo entre ellos al tiempo que las ruedas desinfladas se deslizaban hasta detenerse por completo.

La nube de mariposas giró por encima. Danna se dejó caer sobre el tejado de la furgoneta.

—Bien pensado, Sketch.

Adrian se puso de pie, con la tiza aún aferrada entre los dedos. Llevó la otra mano a las esposas oficiales de los Renegados, sujetas al cinturón.

—¡Están bajo arresto! —gritó—. Salgan lentamente con las manos en alto.

La puerta se abrió con un sordo sonido metálico, entornándose apenas lo suficiente para que emergiera una mano, con los dedos extendidos a modo de súplica.

–Lentamente… –repitió Adrian.

Hubo un instante de vacilación, y luego se terminó de abrir de forma abrupta. Alcanzó a reconocer el cañón de una pistola instantes antes de que una descarga de balazos acribillara el edificio que se encontraba detrás. Con un alarido, se arrojó detrás de una parada de autobús, cubriéndose la cabeza con los brazos. Los cristales estallaron y las balas rebotaron contra la piedra.

Alguien gritó, y cesaron los disparos.

Las demás puertas de la furgoneta se abrieron al unísono: la del conductor, el acompañante y las dos traseras.

Los siete delincuentes emergieron, dispersándose en direcciones diferentes.

El conductor salió corriendo por una calle lateral, pero Danna lo alcanzó en el acto: en un abrir y cerrar de ojos pasó de ser un ciclón de alas doradas a convertirse en superheroína. Sujetó al hombre del cuello, lo inmovilizó con un brazo y lo arrojó al suelo.

La mujer del asiento del acompañante salió corriendo hacia el sur por Bridgewater, y se abalanzó por encima de la tira de clavos, pero no había avanzado ni media calle cuando un flechazo de humo negro le golpeó el rostro. Cayó de rodillas, asfixiada. Mientras luchaba por respirar, ofreció poca resistencia cuando Oscar emergió de detrás de un vehículo estacionado y cerró las esposas alrededor de sus muñecas.

Tres ladrones más se apresuraron a salir por las puertas traseras de la furgoneta, cada uno arrastrando abultadas bolsas de plástico. Ninguno vio el alambre delgado que cruzaba la calle. Uno tras otro se engancharon los tobillos y cayeron con estrépito formando una pila sobre el asfalto. Una de las bolsas se abrió y derramó decenas de pequeños botes blancos de pastillas dentro del desagüe. Ruby se lanzó desde detrás de un buzón, sujetó rápidamente a los tres y luego fue a recuperar el gancho rojo en el extremo de su alambre.

Los últimos dos criminales emergieron de la puerta lateral. La mujer con la argolla en la nariz –Espina, según los prismáticos de Nova– sujetaba el rifle automático en una mano y una bolsa negra de residuos en la otra. La seguía un hombre con dos bolsas más sobre el hombro.

Adrian se mantenía agazapado detrás de la parada de autobús cuando los dos pasaron como un rayo a su lado y se internaron en un callejón estrecho. Se levantó de un salto, pero no había avanzado ni dos pasos cuando algo pasó silbando junto a él y vio un destello rojo por el rabillo del ojo.

El heliotropo filoso de Ruby seccionó la bolsa que llevaba la mujer sobre el hombro, realizando una estrecha abertura. Pero su alambre resultó demasiado corto: la mujer estaba justo fuera de su alcance. La gema de rubí rebotó y cayó con estrépito sobre el concreto. Una única botella de plástico se perdió a través de la rotura.

Gruñendo, Ruby volvió a enrollar el alambre y lo hizo girar por encima como un lazo. Avanzó decidida, preparada para arrojarlo de nuevo.

La mujer se detuvo abruptamente, volteándose para enfrentarlos. Apuntó la pistola, y descargó una nueva andanada de balas. Adrian se arrojó hacia Ruby. Esta soltó un grito de dolor al tiempo que ambos caían rodando tras un contenedor de escombros.

Los disparos cesaron apenas estuvieron a buen resguardo. Las pisadas de los criminales se alejaron taconeando con fuerza.

–¿Estás bien? –preguntó Adrian, aunque la respuesta era obvia. El rostro de Ruby estaba contorsionado por el dolor, y ambas manos aferraban su muslo.

–Claro –dijo a través de dientes apretados–. ¡Detenlos!

Algo se estrelló en el callejón: el sonido ensordecedor de cristales que se hacían añicos y de metal crujiente. Adrian asomó la cabeza por el costado del contenedor y vio un equipo de aire acondicionado destruido sobre la acera. Examinó el tejado de los apartamentos circundantes justo en el momento en que arrojaban un segundo equipo hacia los ladrones.

Se estrelló sobre las escalinatas de la planta inferior, delante de la mujer. Esta soltó un grito entrecortado y abrió fuego una vez más.

Nova volvió a ocultarse. Una ráfaga de balas cruzó la parte superior del edificio, perforándolo con una serie de cráteres diminutos.

Adrian salió de detrás del contenedor y se apartó de la vista de Ruby; levantó el brazo sin siquiera detenerse a pensar. Incluso bajo la manga gris oscura de su uniforme, vio que su piel empezaba a relucir al tiempo que el delgado cilindro que había tatuado emergía a lo largo de su antebrazo.

Disparó.

El rayo explosivo le dio a Espina entre los omóplatos, lanzándola por encima de uno de los equipos destruidos. El rifle golpeó el muro más cercano con estrépito.

Adrian estudió la línea del techo, con el corazón martilleando en el pecho.

—¿Insomnia? —gritó, esperando que su voz no trasluciera su pánico—. ¿Estás…?

Espina dejó escapar un grito gutural y se incorporó con gran esfuerzo hasta quedar en cuatro patas. Su cómplice tropezó algunos pasos más allá, sujetando aún sus dos bolsas de medicamentos robados.

—¡Déjalo ya, Espina! —dijo—. Vámonos de aquí.

La mujer lo ignoró y se volteó hacia Adrian con un gruñido.

Mientras observaba, una serie de miembros brotaron de la espalda de la prodigio, no lejos de donde su rayo la había alcanzado: seis apéndices, cada uno de tres metros y medio de largo, tachonados con afiladas púas. Le recordaban a las extremidades de un pulpo, si estas hubieran estado cubiertas de feroces espinas.

Adrian retrocedió un paso. Cuando Nova mencionó extremidades cubiertas de púas, imaginó uñas inusualmente filosas. Quienquiera que hubiera armado la base de datos realmente debía intentar ser más específico.

El cómplice de Espina maldijo.

—¡Yo me largo! —gritó, y echó a correr.

Ella lo ignoró y deslizó sus tentáculos hacia la escalera de incendios más cercana; se puso de pie con gran esfuerzo. Sus movimientos resultaban tan veloces y gráciles como los de un arácnido. Cuando alcanzó el descansillo justo antes del tejado, deslizó un tentáculo hacia arriba y por el costado.

Nova gritó. Los pulmones de Adrian soltaron una exhalación de espanto al observar que la mujer la levantaba del techo. La sostuvo en el aire un instante y luego la arrojó hacia abajo.

Instintivamente, el Renegado se lanzó hacia arriba. No se detuvo a pensar en los resortes de sus pies —nadie debía saber acerca de sus tatuajes—: no había tiempo para deliberaciones. Interceptó el cuerpo de Nova antes de que golpeara el edificio del otro lado del callejón, y ambos se estrellaron sobre el contenedor de basura.

Jadeando, Adrian se apartó para examinar a Nova, que seguía entre sus brazos. Tenía algo pegajoso y tibio sobre la espalda; al alejar la mano la notó teñida de rojo.

—Estoy bien —gruñó Nova, que parecía más enfadada que dolida—. Solo tengo rasguños a causa de las espinas. Espero que no sean venenosas —se incorporó y habló al brazalete para informarle al resto del equipo lo que enfrentaban.

Adrian examinó el edificio, temiendo un ataque inminente, pero Espina había decidido no venir tras ellos. La observó emplear sus tentáculos para balancearse desde las escaleras de incendio hasta un conducto de desagüe, y caer escurriéndose una vez más al callejón. Dos de sus apéndices se alargaron y levantaron la bolsa caída y el bote solitario de pastillas sobre el suelo. Luego se lanzó tras su cómplice.

—Iré tras ella —anunció Nova. Se deslizó por el costado del contenedor, y sus botas descendieron con un golpe sobre el suelo.

—¡Estás herida! —exclamó Adrian, aterrizando junto a ella.

Ruby salió a los tropiezos de entre las sombras. Cojeaba, pero donde antes había sangre, ahora habían brotado sobre la herida abierta una serie de cristales dentados color rojo, con el aspecto de estalagmitas.

—Yo también iré tras ella —gruñó.

Nova se volteó para alejarse de ambos, pero Adrian la tomó del brazo.

—¡Sketch! ¡Suéltame!

—¡Son solo dos segundos! —gritó a su vez, sacando su rotulador. Lo usó para dibujar a toda velocidad una hendidura en la tela empapada de sangre de su uniforme, dejando expuesta la herida en la parte inferior de la espalda, no lejos de su columna vertebral. Era más un corte que un rasguño.

—¡Adrian! ¡Se escapan!

Ignorándola, dibujó una serie de vendas entrecruzadas sobre la herida.

—Eso es —dijo, tapando el rotulador en tanto las vendas se entretejían sobre su carne—. Por lo menos, ahora no morirás desangrada.

Nova masculló algo, exasperada.

Echaron a correr juntos, aunque pronto fue evidente que Ruby no podría seguirlos. Mientras Nova avanzaba a toda velocidad, Adrian sujetó el hombro de Asesina Roja y la detuvo.

—Nosotros nos ocuparemos de esta prodigio. Tú regresa, y asegúrate de que los demás estén a salvo.

Ruby estuvo a punto de protestar cuando la voz de Danna crepitó por los brazaletes.

—Tengo en la mira a Espina y al sospechoso masculino. Están volviendo sobre sus pasos hacia el hospital. Se dirigen hacia el este sobre la Ochenta y dos. Probablemente, intenten huir por el río.

Ruby le dirigió una mirada severa a Adrian.

—No permitas que escapen.

No se molestó en responder. Volteó y se precipitó por una angosta calle lateral. Quizás pudiera cortarles el paso. ¿Habría regresado Nova a la calle principal o treparía algún tejado para rastrearlos desde arriba?

Cuando estuvo seguro de que Ruby había desaparecido, usó los resortes tatuados en las plantas de los pies para precipitarse hacia delante, recorriendo la distancia diez veces más rápido que si hubiera corrido. Al llegar al final del callejón, atrapó a ambos criminales volteando la siguiente esquina a toda velocidad.

Adrian corrió tras ellos, giró la esquina en el instante en que lo hacía Nova, que venía de la otra dirección. Al verlo, ella se detuvo en seco, sorprendida.

—Qué rapidez —dijo jadeando.

Avanzaron al mismo ritmo, uno junto al otro. Los criminales les llevaban una calle de ventaja. Cada tanto, Adrian advertía uno de los botes de pastillas, proveniente de la abertura en la bolsa de Espina, rodando hacia un canal de desagüe. Era un rastro fácil de seguir.

Más adelante, la calle terminaba en una T. Adrian vio a los criminales tomar dos caminos diferentes. Su intención era separarse, apartándolos a él y a Nova.

—Yo me ocupo de Espina —dijo.

—No —replicó Nova, extrayendo una pistola de calibre grueso de su cinturón de armas. Sin aminorar la marcha, apuntó y disparó. El rayo de energía alcanzó al hombre justo cuando se dirigía a la siguiente calle. Lo envió volando a través de la ventana de un pequeño café. Una lluvia de fragmentos de cristal cayó a su alrededor al tiempo que se desplomaba sobre una mesa y desaparecía de la vista. Una de las bolsas de residuos quedó sujeta en la ventana rota, y una avalancha de botes de plástico cayó sobre la acera—. Tú ocúpate de él —señaló—. *Yo* me ocuparé de Espina.

Adrian resopló.

—¿Y ahora quién es la competitiva?

Espina vaciló cuando su compañero atravesó la ventana, pero no se detuvo. Si acaso, corrió aún más rápido, empleando ambas piernas y los seis tentáculos para precipitarse calle abajo.

Adrian aún no había decidido si apresaría al hombre o acompañaría a Nova cuando un grito los hizo detenerse en seco.

Su atención se dirigió hacia la ventana destruida del café. Pero no era la ventana, sino la puerta de entrada la que se había abierto con un golpe, estrellándose tan fuerte contra el costado del edificio que el letrero de CERRADO cayó sobre la acera.

El hombre emergió. Había abandonado las bolsas de residuos, y, en cambio, tenía el brazo envuelto alrededor del cuello de una joven que llevaba un delantal a cuadros. Con la otra mano presionaba una pistola contra el costado de su cabeza.

CAPÍTULO 2

Al observar la pistola y el rostro petrificado de la joven, Adrian sintió que le faltaba el aire. Una retícula de cortes diminutos laceraba su brazo derecho. Debió estar parada junto a la ventana cuando el hombre cayó a través de ella.

—¡Escúchenme bien! —lanzó el hombre. Aunque su aspecto exterior era rudo, con un tatuaje que descendía desde su mandíbula y se desliza-ba dentro del cuello de su camisa, y brazos que claramente habían sido entrenados con pesas, había un innegable temor en su mirada—. Me deja-rán ir. No nos seguirán a ninguno de los dos. No atacarán. Si siguen estas instrucciones *bien* sencillas, soltaré a esta muchacha apenas quedemos a salvo. Pero ante el más mínimo indicio de que nos persiguen, ella morirá —empujó el cañón de la pistola contra la nuca de la rehén, forzando su cuello hacia delante. La mano le temblaba mientras empezaba a caminar de costado a lo largo del muro del edificio, manteniendo a la chica entre él y los Renegados—. ¿Tenemos un acuerdo?

La rehén comenzó a llorar.

El corazón de Adrian le martilleaba en el pecho. El código se coló entre sus pensamientos.

La seguridad de los civiles es lo primero. Siempre.

Pero cada segundo que estaban allí parados, capitulando ante las exigencias de este delincuente, Espina se alejaba más y más.

A su lado, Nova envolvió hábilmente una mano alrededor de una pequeña pistola que llevaba metida en la parte trasera de su cinturón utilitario.

—No lo hagas —murmuró Adrian.

Ella hizo una pausa.

El hombre continuó arrimándose hacia la calle, arrastrando a la rehén consigo. Veinte pasos más y doblaría la esquina.

Si Adrian y Nova no hacían nada, si lo dejaban ir, ¿liberaría a la rehén?

El código indicaba que debían correr el riesgo; no darle motivos para atacar; apaciguar y negociar; no entablar combate cuando corría peligro la vida de un civil.

Quince pasos.

—Puedo darle —dijo Nova en voz baja.

La chica los observó a ambos, más aterrada con cada instante que pasaba. Su cuerpo actuaba de escudo, pero una parte de la cabeza del hombre quedaba al descubierto de todos modos, por lo que Adrian confiaba en Nova. La había visto disparar muchas veces. No dudó de que *pudiera* darle.

Pero aun así, el código…

Diez pasos.

—Demasiado riesgoso —respondió—. No ataques.

Nova emitió un sonido de desagrado con la garganta, pero su mano se elevó un par de centímetros de la pistola.

La rehén se encontraba sollozando. El criminal prácticamente la llevaba en brazos mientras retrocedía.

Había una posibilidad de que la matara una vez que estuviera fuera de alcance. Adrian lo sabía. *Todos* lo sabían.

O podría retenerla hasta llegar... adonde quiera que estuvieran dirigiéndose.

Seguiría habiendo dos criminales sueltos en la calle, incluida una prodigio peligrosa, mientras que kilos de medicamentos robados, que necesitaban desesperadamente en el hospital, pasarían a engrosar el tráfico de estupefacientes de la ciudad.

Cinco pasos.

Nova miró a Adrian; sintió las oleadas de frustración emanando de ella.

—¿En serio? —siseó.

Él apretó los puños.

El criminal llegó a la esquina y le dirigió una sonrisa maliciosa a Adrian.

—Será mejor que se queden quietos. Como dije, la soltaré cuando esté a salvo. Pero ante cualquier indicio de que nos persiguen los Renegados...

Una porra apareció detrás de la esquina y golpeó el costado de la cabeza del hombre. Este soltó un grito y comenzó a girar al tiempo que otro golpe le quebró la cabeza hacia atrás. Aflojó los dedos alrededor de la rehén. Con un aullido, esta se retorció hasta soltarse.

Ruby se lanzó desde el dosel de una puerta, soltando un grito estremecedor al tiempo que saltaba sobre la espalda del hombre y lo derribaba al suelo. Oscar apareció aferrando su bastón como un garrote. Se paró delante de Ruby y el criminal, listo para golpear por tercera vez, pero ella ya había asegurado las esposas en las muñecas del hombre.

—Eso es lo que se conoce como trabajo en equipo —señaló Oscar, extendiendo una mano hacia Ruby. Ella le tomó los antebrazos y dejó que la ayudara a ponerse de pie.

La rehén se desplomó contra el muro del edificio, aturdida, y cayó deslizándose sobre la acera.

—Cielos —murmuró Nova, haciéndose eco de lo que pensaba Adrian.

Las heridas de Ruby habían continuado sangrando, y su uniforme estaba incrustado de afiladas formaciones cristalinas color rojo que brotaban de la herida de bala en el muslo, abarcando la pierna hasta la rodilla y subiendo hasta la cadera.

Adrian se sacudió la sorpresa de encima.

—¿Dónde está Danna?

—Rastreando a la prodigio —respondió Ruby—. Si no la ha alcanzado ya.

—Iré tras ellas —dijo Nova. Le dirigió una mirada hostil a Adrian—. Siempre que esté en conformidad con el *código*.

La miró ligeramente irritado, pero ya sin tanta convicción.

—Cuídate. Nos encontramos en el hospital.

Nova se marchó hacia donde se había dirigido la prodigio. Adrian la observó partir; una leve inquietud le retorció las entrañas. Aún no sabían demasiado acerca de Espina o de lo que era capaz de hacer.

Pero Danna estaría allí, y Nova sabía cómo defenderse.

Se obligó a voltear la cabeza.

—¿Y los demás?

—Todos a salvo —respondió Ruby—, y ya mandé llamar a la cuadrilla que traslada a los prisioneros y al equipo de limpieza.

Oscar avanzó hacia la rehén. Miraba boquiabierta a los tres Renegados, temblando.

—Estás a salvo —la tranquilizó, apoyándose en su bastón para ponerse en cuclillas delante de ella—. Pronto vendrá un médico para ocuparse de tus heridas, y hay terapeutas si necesitas hablar. Mientras tanto, ¿quieres que llamemos a alguien?

Su cuerpo tembloroso se aquietó al encontrarse con su mirada. Sus ojos se abrieron aún más… pero esta vez no con temor, sino con una especie de ardorosa admiración. Abrió la boca, pero tuvo que hacer varios intentos antes de que salieran las palabras.

—He soñado con esto toda mi vida —susurró—. Que me rescate un *Renegado de verdad* —sonrió afectadamente, mirándolo como si fuera la octava maravilla del mundo moderno—. Gracias... Muchas gracias por salvarme la vida.

Las mejillas de Oscar se enrojecieron.

—Eh... claro. De nada —echó un vistazo incierto hacia Ruby, pero cuando se puso de pie, tenía el pecho más henchido que antes—. Gajes del oficio.

Ruby rio socarronamente.

El aullido de una sirena resonó por las calles. La ambulancia y los coches patrulla de los Renegados llegarían pronto. Adrian lanzó una mirada hacia donde Nova se había marchado; la ansiedad se apoderó de él una vez más.

¿Hasta dónde había llegado la prodigio? ¿A dónde se dirigía? ¿Danna la habría alcanzado? ¿Y Nova?

¿Necesitaban ayuda?

—Oigan, muchachos... —empezó a decir. La adrenalina comenzó a bombear de nuevo con fuerza.

—Irás tras ella —dijo Ruby—. Sí, lo sabemos.

—Será mejor que te apresures —añadió Oscar—. Ya sabes que Nova no guardará ni una pizca de gloria para ti.

Una sonrisa de gratitud asomó a los labios de Adrian, y salió corriendo.

El sol se asomaba ahora sobre los edificios, proyectaba largas sombras sobre las calles. La ciudad despertaba. Las carreteras se colmaban de vehículos. Los peatones le dedicaban miradas curiosas, incluso excitadas a Nova mientras pasaba corriendo en su vistoso uniforme de Renegada. Los ignoró a todos, esquivando a los comerciantes que hacían rodar los cubos de basura hacia la calle; saltando encima de letreros de sándwiches que promocionaban rebajas de temporada y grandes aperturas; zigzagueando entre bicicletas y taxis, farolas y buzones oxidados.

Durante el día, su trabajo era difícil. Era más fácil cuando no había civiles, tal como había quedado demostrado con la situación de la rehén delante del café. Era el momento en que entraba en juego la infame autoridad del código de Gatlon: la idea de proteger y defender a toda costa. No era que discrepara del objetivo; por supuesto que tenían que trabajar para proteger a los transeúntes inocentes. Pero a veces había que tomar riesgos. A veces había que hacer sacrificios.

Por un bien mayor.

Ace jamás habría perdonado una vida si al hacerlo ponía otras decenas de vidas en peligro.

Pero aquel era el código que regía la vida de los Renegados, y ahora había una prodigio con extremidades cubiertas de espinas que estaba suelta, y ¿quién sabe cuándo volvería a atacar?

Si antes ella no lo evitaba.

Dado que era una superheroína y todo lo demás.

Sonrió con ironía al pensarlo. Oh, si solo Ingrid pudiera verla ahora. Qué mortificada estaría de ver a Nova, su cómplice Anarquista, trabajando con los Renegados, incluso tomando partido por ellos en contra de otra prodigio rebelde. Ingrid la habría animado a dejar que Espina escapara, quizás incluso intentara convertirla en una aliada. Pero Ingrid era corta de miras. No podía entender la importancia de que Nova ganara la confianza de los Renegados.

Ace comprendía. Siempre había comprendido.

Ganarse su confianza. Conocer sus puntos débiles.

Y luego: destruirlos.

Espina se dirigía al río, tal como Nova habría hecho para borrar sus huellas si hubiera estado huyendo de los Renegados, lo cual, ciertamente, era una situación para la que había pasado mucho tiempo planeando a lo largo de los años. A tres calles de donde había dejado a Adrian y al resto, vio un bote blanco de pastillas en un desagüe. Espina había cambiado el rumbo, y dos calles más adelante Nova vio otro recipiente atrapado en una alcantarilla.

Advirtió una nube oscura y fluctuante sobre un jardín comunitario, y le llevó un instante reconocer el enjambre de Danna. Las mariposas iban a la deriva de un lado a otro, revoloteando sobre una calle lateral, subiendo sobre los tejados de una hilera estrecha de locales tapiados.

Nova tuvo la clara impresión de que buscaban algo.

Trepó por encima de la cerca y corrió a través del jardín enlodado. Cuando llegó a la calle del otro lado, las mariposas empezaron a posarse sobre los cables de luz y las alcantarillas. Eran miles, y sus alas se retorcían mientras buscaban y aguardaban.

Nova palmeó su revólver, pero cambió de opinión y tomó en cambio su pistola de ondas de choque. El callejón estaba casi vacío, salvo por media docena de contenedores de metal y pilas de bolsas de residuos amontonadas contra los muros. Un fétido olor lo impregnaba todo: alimentos putrefactos y peces muertos. Respiró superficialmente, luchando contra las náuseas al tiempo que atravesaba una nube de moscas con la cabeza gacha.

Un ruido le provocó un sobresalto y giró bruscamente, con la pistola de ondas de choque apuntada hacia una de las bolsas de basura. Un gato escuálido aulló y se lanzó a través de un cristal roto.

Exhaló.

Un grito de guerra resonó en todo el callejón. La tapa de uno de los contenedores de basura saltó hacia arriba y Espina se lanzó fuera. Una extremidad punzante arrancó la pistola de las manos de Nova, dejando un magullón ardiente sobre su palma.

Siseando, tomó su arma en el instante en que Espina empuñaba la pistola de ondas de choque.

Nova extrajo el arma, pero la prodigio rebelde disparó antes y la arrojó hacia una pila de bolsas de residuos. El cuerpo le vibraba por la descarga.

Espina salió corriendo en el sentido contrario. Danna se formó en su camino, el cuerpo listo para dar batalla. La prodigio apuntó para dispararle, pero la Renegada se dispersó en un enjambre de mariposas un instante antes de que la golpeara la crepitante energía.

Los insectos formaron un ciclón en el aire. Un instante después, Danna descendió del cielo sobre la espalda de Espina.

Tres de los seis miembros de la prodigio se envolvieron alrededor del cuerpo de la Renegada, surcándole la espalda. Danna gritó al tiempo que las espinas perforaron su piel con largos cortes. Espina la arrojó contra el muro, y se derrumbó sobre el suelo.

Con un esfuerzo supremo por ponerse de pie, Nova sujetó el contenedor más cercano y lo arrojó lo más fuerte que pudo.

Espina ladeó la cabeza y sacó de repente uno de los tentáculos, haciéndolo a un lado con facilidad. Otra de sus extremidades se dirigió hacia una pila cercana de bolsas de basura y jaló una de ellas... Nova reconoció la hendidura. La prodigio empezó su desgarbado ascenso sobre el muro, extendiendo los miembros complementarios para alcanzar los barrotes de las ventanas y las luces empotradas. Una vez sobre el tejado, desapareció de la vista.

Nova corrió a toda prisa por el callejón. El objetivo de Espina se hizo evidente en el instante en que irrumpió en la calle y vio el breve puente sobre el río Snakeweed. La prodigio ya se encontraba junto a la barandilla del puente. Le lanzó una mirada de odio a Nova, y luego se arrojó dentro del río.

Aunque las piernas le ardían y sentía los pulmones a punto de colapsar, Nova movió los brazos aún más rápido, alentando a su cuerpo a marchar. Solo tenía que ver dónde emergería la prodigio y estaría nuevamente tras sus pasos.

Pero cuando llegó al puente, el corazón le dio un vuelco.

Espina no había caído dentro del río.

Había aterrizado sobre una barcaza.

Avanzaba sin tregua por entre las olas, distanciándose más y más.

Rodeada de contenedores marítimos, la prodigio la saludó burlonamente.

Nova enroscó el puño alrededor de la barandilla del puente, observando el derrotero del río: había cuatro puentes más antes de que vaciara su caudal en la bahía. Espina podía salir por cualquiera de ellos, pero no había manera de que Nova pudiera alcanzarla para ver por cuál.

Maldijo. Sus nudillos se volvieron blancos mientras sus puños se cerraban con fuerza.

Tenía que haber otra manera de seguirla. Tenía que haber un modo diferente de detener a la prodigio. Tenía que haber...

El martilleo de unas pisadas llamó su atención.

Nova giró con rapidez. Su pulso se aceleró al ver al hombre con la armadura reluciente dirigirse directamente adonde ella se encontraba.

El Centinela.

Una sensación de escozor cubrió su piel. Llevó la mano a su revólver, preparándose para dar pelea.

Pero el Centinela pasó a su lado corriendo y se lanzó hacia arriba con la fuerza de un motor a reacción.

La mandíbula de Nova se descolgó al observar su trayectoria. Su cuerpo trazó un arco hacia arriba y encima del río, y por un instante pareció que volaba.

Luego descendió, con gracia y seguridad, preparándose para el impacto.

Se estrelló contra la cubierta de la barcaza, a centímetros de la saliente.

Tras ponerse en pie, adoptó por un instante una pose sacada de una historieta.

Nova no pudo evitar entornar los ojos.

—Vaya, qué presumido.

Si Espina estaba impresionada, no lo demostró. Con un grito, lanzó los seis miembros punzantes hacia el justiciero.

Nova tenía cierta esperanza de que vería al Centinela empalado, pero luego extendió su brazo izquierdo y una hoguera ardiente estalló de su palma, envolviendo los tentáculos. Incluso desde tan lejos, alcanzó a oír los gritos de la mujer al tiempo que replegaba los miembros.

Tras extinguir las llamas alrededor de su mano, el Centinela arremetió contra Espina con tal fuerza que ambos cayeron rodando detrás de la pila de contenedores marítimos. Nova presionó el cuerpo contra la barandilla, entrecerrando los ojos para protegerse de la luminosidad matinal. Durante mucho tiempo, no vio nada. La barcaza seguía avanzando entre el oleaje.

Antes de llegar al siguiente recodo en el río, percibió movimiento sobre la cubierta.

Tomó los prismáticos de la parte trasera del cinturón y encontró la barcaza. Las lentes pusieron la mira en la cubierta.

Nova estrechó los ojos.

Las llamas del Centinela habían chamuscado la vestimenta de Espina; la sangre salpicaba sus brazos desnudos. El lado izquierdo del rostro empezaba a inflamarse alrededor de una herida en el labio.

Pero seguía de pie. En cambio, el Centinela estaba tumbado a sus pies. Las extremidades punzantes le cubrían el cuerpo de los hombros a los tobillos.

Nova observó mientras Espina arrastraba su cuerpo a la parte trasera de la barcaza y lo arrojaba al agua.

La pesada armadura se hundió de inmediato en el agua fangosa.

Nova se apartó de la barandilla. Sucedió tan rápido que casi se sintió defraudada por lo decepcionante que había resultado todo. No era una gran fan del Centinela, pero una parte pequeña de ella había esperado que por lo menos atrapara a la ladrona, como había atrapado a muchos criminales a lo largo de las últimas semanas.

Espina volvió a echar un vistazo en dirección de Nova; su sonrisa burlona quedó atrapada justo en el medio de las ópticas de los prismáticos.

Luego la barcaza dobló el recodo del río y desapareció.

Nova suspiró y bajó los prismáticos.

–Bueno –masculló–, por lo menos ya no tendré que preocuparme más por él.

CAPÍTULO 3

Adrian salió a la superficie bajo el puente Halfpenny. Nadó con esfuerzo hacia la orilla y se desplomó sobre la arena. Un cangrejo ermitaño se asustó y se lanzó bajo una roca cubierta de liquen.

Intentó respirar hondo, pero el aire quedó atrapado en su garganta y le provocó un ataque de tos. Los pulmones le ardían por haber aguantado la respiración durante tanto tiempo. Se sentía mareado, y le dolían todos los músculos del cuerpo. La grava y la arena se adherían a su uniforme empapado.

Pero estaba vivo, y por el momento alcanzó para que una carcajada agradecida se mezclara con las toses erráticas.

Era como si cada vez que se transformaba en el Centinela, aprendiera algo nuevo sobre sí mismo y sus habilidades.

O sobre su falta de habilidades.

Hoy había aprendido que la armadura del Centinela no era hermética. Y también, que se hundía como una piedra.

El recuerdo de su vuelo empezaba a desdibujarse. En un momento, había estado sobre la barcaza, preparando una bola de fuego alrededor de su guantelete, seguro de que tendría a Espina suplicando misericordia. Por cierto, los espinos que la recubrían *parecían* inflamables. Pero al siguiente, quedó enredado en sus tentáculos, que resultaron tan fuertes como el acero. Una de las púas había perforado las placas posteriores de su armadura, aunque, afortunadamente, sin llegar a la piel.

Luego empezó a hundirse, envuelto en la oscuridad. La presión le bloqueó los oídos, y el agua empezó a filtrarse a través de las uniones del traje. Estaba a medio camino del fondo del río cuando consiguió plegar el traje dentro del bolsillo tatuado que tenía sobre el pecho y nadar hacia la orilla.

Finalmente, el ataque de tos se detuvo. Adrian giró sobre la espalda, mirando hacia arriba, a la parte inferior del puente. Oyó que un vehículo pesado cruzaba encima; la estructura de acero tembló bajo su peso.

El mundo acababa de silenciarse una vez más cuando oyó un repique que provenía de su brazalete. Hizo una mueca.

Por primera vez se le ocurrió que su decisión de transformarse en el Centinela pudo no haber sido la mejor idea. Si hubiera atrapado a Espina y recuperado los medicamentos robados, opinaría de otra manera, pero tal como habían salido las cosas, no había logrado nada al correr semejante riesgo.

Su equipo estaría preguntándose dónde se encontraba, y tendría que explicar por qué estaba completamente empapado.

Se incorporó y metió la mano en el bolsillo cosido dentro del forro de su uniforme de Renegados, pero no había nada.

Ni rotulador ni tiza.

Maldijo. Seguramente, habían caído al agua.

Adiós a la idea de dibujarse ropa seca.

El brazalete volvió a emitir un tintineo. Frotó las gotas de agua de la pantalla con la manga húmeda y luego accedió a los mensajes. Había siete: tres de Ruby, uno de Oscar, uno de Danna, dos de sus papás.

Genial. Habían involucrado al Consejo.

Apenas cruzó aquel pensamiento por su mente, oyó un rugido de agua. Sus ojos se abrieron desorbitados y se puso rápidamente de pie... demasiado tarde. Un muro de agua espumosa se descargó con estrépito empapándolo de nuevo. Casi no pudo mantenerse en pie al tiempo que la inmensa ola retrocedía hacia el lecho del río. Escupiendo y quitándose de encima trozos de algas del uniforme, observó una nueva muralla de agua que se levantaba del otro lado del río, subiendo hasta una altura insospechada en la otra orilla: una ola de treinta metros, encima de la cual se encaramaban hábilmente todas las embarcaciones dispersas. Abajo, quedó al descubierto el lecho del río, cubierto de plantas viscosas y pilas de basura. La ola permaneció suspendida, inmóvil durante un instante, antes de hundirse una vez más y lanzarse hacia la bahía.

Tsunami, supuso Adrian, o uno de los otros elementales de agua de la tropa, estaba rastreando el fondo del río.

Entonces, cayó en la cuenta de que seguramente lo estarían buscando *a él*.

Nova debió ver que la prodigio soltaba al Centinela en el agua, y ahora buscaban su cuerpo.

Volviéndose, caminó a los tumbos hacia un pequeño acantilado. Se aferró de las malezas, rocas y raíces expuestas de los árboles para trepar la orilla. Para cuando llegó arriba, no solo estaba empapado, sino cubierto de lodo.

Había algunas señales de vida en el refugio bajo el puente: un toldo, un par de mantas, un carrito de compras abandonado, pero nadie que viera a Adrian rodear el alud a toda prisa y subir al nivel de la carretera. Por debajo, el río volvió a rugir. Una nueva ola artificial empezó a elevarse desde las profundidades.

Se disponía a cruzar la valla de contención cuando oyó una voz potente y familiar proveniente del puente.

Con el corazón desbocado, Adrian se inclinó.

–… sigan buscando –decía Dread Warden, uno de sus padres y miembro del Consejo de Renegados–. Urraca no demora en llegar. Quizás pueda detectar el traje, incluso si está enterrado bajo el lodo.

Adrian exhaló; no lo habían visto.

–Veré si puedo encontrar algo en el siguiente puente –respondió Tsunami–. No parece probable que haya avanzado mucho más, pero no perdemos nada con mirar.

Adrian levantó la cabeza y echó un vistazo por encima de la valla de contención. Podía ver a Tsunami y a su padre sobre la pasarela del puente Halfpenny. El viento revoloteaba la falda azul marino de Kasumi Hasegawa y hacía chasquear la capa negra de Dread Warden. Ambos tenían la mirada fija en el río.

Tsunami hizo un simple gesto con un dedo, y Adrian oyó el estruendo de agua más abajo.

Empezaron a abrirse paso hacia él. Inclinándose, se escabulló nuevamente bajo el puente.

–¿Sketch?

Adrian soltó un jadeo, girando rápidamente. Nova se hallaba de pie, del otro lado de la calle, y lo miraba como si fuera una especie desconocida de anfibio a la que se disponía a diseccionar.

–Nova –balbuceó, corriendo nuevamente colina arriba y pasando por encima de la valla–. Eh… Insomnia. Hola.

Su ceño se profundizó. Se había quitado el uniforme y llevaba pantalones con cordones y una camiseta de tirantes provista por los sanadores. Adrian advirtió los bordes de las vendas que envolvían su hombro derecho.

–¿Dónde has estado? Ruby está muy preocupada –dijo, cruzando la calle. Recorrió su uniforme con la mirada–. ¿Por qué estás todo mojado?

–¿Adrian?

Con un gesto de desazón, se volvió para enfrentar a los dos miembros del Consejo que llegaban al final del puente. Parecían tan sorprendidos como Nova de verlo, aunque más curiosos que desconfiados.

Hasta el momento.

—Hola, todos —saludó, forzando una sonrisa, aunque enseguida se puso serio, con la firme intención de no parecer despreocupado. El asunto no era en absoluto trivial. Pasó la lengua por los labios, que aún sabían a agua de río fangosa, y señaló hacia el puente—. ¿Encontraron algo?

—Cielos, Adrian —exclamó Dread Warden—. Oscar nos avisó de tu desaparición hace más de media hora. Un instante estabas diciéndole a tu equipo que ibas a perseguir a una prodigio criminal, y luego... ¡nada! No sabíamos si Espina te había atacado o... o... —hizo una pausa, su expresión oscilaba entre la preocupación y la furia—. ¿Qué has estado haciendo todo este tiempo? ¿Por qué no respondes tus mensajes?

—Um, estaba... —Adrian echó un vistazo al río; la superficie relucía a la luz del sol—... buscando al Centinela —pasó una mano por el cabello—. Me encontraba en una de las calles laterales cuando vi que Espina lo arrojaba al agua. Así que bajé a la orilla y he estado esperando para ver si salía a la superficie —no hizo falta que simulara su desazón—. No creí que empezarían a registrar el agua tan pronto, así que... —señaló su uniforme, que seguía adhiriéndose, incómodo y frío, a su piel—. Y... eh... ¿los mensajes? —dio un golpecito a su brazalete—. Oh, guau, ¿siete mensajes perdidos? Qué raro. No los oí. Pero ¿saben? Mi brazalete ha estado fallando últimamente. Tengo que hacerlo revisar por el sector de tecnología —se atrevió a mirar a Nova por el rabillo del ojo. Seguía estrechando los ojos, desconfiada.

—Sí —dijo lentamente—. Hazlo —su expresión se aclaró al volverse hacia los miembros del Consejo—. La cuadrilla de limpieza ha llegado, junto con Urraca —su tono era inequívocamente áspero al referirse al alias de Maggie. Aunque Adrian sentía lástima por la chica, sabía que Nova jamás la había terminado de perdonar por intentar robarle su brazalete. Miró su muñeca, buscando el broche que él mismo había dibujado sobre su piel, pero se hallaba oculto bajo la manga de su uniforme–. No sabía dónde quería que empezaran.

–Hablaré con ella –respondió Tsunami–. ¿Debo decirle a Cortina de Humo que le dé instrucciones al personal de limpieza o… –examinó a Adrian–… lo hará el líder del equipo?

Agradecido por poder dejar atrás esta conversación, estaba a punto de decir que no había nada que lo hiciera más feliz que señalar todos los lugares de este vecindario donde habían roto ventanas, destruido muros y disparado balas, pero Dread Warden se adelantó.

–Que hablen con Cortina de Humo. Adrian tiene que acudir al puesto médico para que lo revisen y confirmen que no hay heridas.

–Y también para decirles a los demás que estás a salvo –señaló Nova–, antes de que Ruby llame a su propio equipo de rescate.

Siguieron a Nova a una calle lateral contigua. Adrian divisó dos ambulancias con la R de los Renegados impresa, y unos pocos vehículos de transporte. También empezaron a llegar los medios de comunicación, pero los contuvieron detrás de un trozo de cinta de seguridad color amarillo.

Calle abajo, vio a la cuadrilla de limpieza aguardando instrucciones. Adrian se alegró de ver a Urraca en el equipo. Sería bueno para ella ejercer sus poderes para algo más productivo que el hurto. Sabía que la chica tenía potencial, aunque su personalidad fuera tan ríspida como los miembros adicionales de Espina.

Como si pudiera leer sus pensamientos, Urraca lo distinguió del otro lado de la calle, y su expresión de tedio se volvió hosca. La saludó jovialmente con la mano en alto, pero ella se volteó para darle la espalda.

Habían levantado un puesto delante de una pequeña tienda de reparaciones electrónicas. Oscar, Ruby y Danna estaban cada uno sobre una camilla, atendidos por los sanadores que habían llegado al lugar de los hechos. Uno de estos extraía las gemas incrustadas del muslo de Ruby con un par de alicates resistentes. Cada vez que jalaban una, ella hacía una mueca de dolor; de inmediato cubrían la herida con una gruesa capa de gasa para contener el sangrado y evitar que se formaran nuevas piedras de sangre.

Danna se encontraba tendida sobre el estómago. Habían cortado la parte de atrás de su uniforme, del cuello a las caderas, para que un sanador pudiera acceder a las heridas que le cruzaban la carne. Su espalda parecía haber sido atacada por un oso. Adrian sospechó que la culpa la tenían las púas de Espina. Al menos, el sanador que la atendía parecía ser experto en heridas de piel, e incluso desde lejos pudo ver que los cortes se iban uniendo lentamente en las capas superiores de la epidermis.

–¡Adrian! –gritó Ruby, provocando un sobresalto al sanador que intentaba extraer la última piedra de sangre de su pierna. En el momento en que salió la gema, lanzó un chillido de dolor. Miró al sanador con gesto sombrío, y este le devolvió la mirada. Tomando un rollo de vendas, empezó a vendar la herida ella misma–. ¿Qué pasó? –preguntó, volviendo su atención a Adrian y Nova–. ¿Dónde estaban?

Adrian abrió la boca, preparado para volver a explicar lo sucedido y esperando que se hiciera más creíble con cada nueva repetición, cuando el sanador levantó la mano que aún empuñaba los alicates.

–Podrán hablar después. Ahora tenemos que llevarlos a todos al cuartel general para examinarlos.

–¿Ya atendieron a Cortina de Humo? –preguntó Tsunami–. Nos gustaría que le diera indicaciones a la cuadrilla de limpieza.

El sanador asintió.

–Sí, está bien. Sus heridas eran insignificantes.

–¿Insignificantes? –preguntó Oscar, levantando el antebrazo envuelto en vendas blancas–. El conductor del vehículo me rasguñó cuando estaba sacando las esposas. ¿Y si el tipo padecía rabia o alguna otra enfermedad? Esta podría ser una herida mortal.

El sanador lo miró con recelo.

—No puedes contagiarte rabia de un rasguño de uña.

Oscar resopló.

—Dije *o alguna otra enfermedad.*

—¿Ya lo revisó para ver si sufre de un ego demasiado inflado? —bromeó Ruby—. Odiaría que saliera volando.

Oscar le dirigió una mirada feroz.

—Solo estás celosa.

—¡Sí, *claro* que estoy celosa! —dijo ella—. Yo también ayudé a rescatar a esa muchacha, pero ni siquiera me miró. Solo decía… *¡Oh, Cortina de Humo! ¡He estado soñando con tu humo ardiente durante toda mi vida!*

Adrian sintió un temblor en la mejilla. La imitación que hacía Ruby de la camarera del café no era exacta, pero se acercaba bastante.

—Me doy cuenta de que mi humo ardiente tiene ese efecto en las personas —dijo Oscar, asintiendo.

Ruby soltó un bufido, y Adrian presintió que intentaba irritar a Cortina de Humo, pero no parecía estar funcionando, y eso la enloquecía.

—¿Qué muchacha? —preguntó Nova—. ¿La rehén?

—Sip —respondió Oscar, balanceando distraído su bastón—. Está completamente enamorada de mí.

—Quién no, ¿verdad? —preguntó Danna, esbozando una sonrisa maliciosa.

—Exacto. Gracias, Danna.

Ella le dio un pulgar hacia arriba desde la mesa.

—Oscar siempre insiste en que estos uniformes atraen el amor —añadió Adrian—. Me sorprende que no suceda más a menudo. Aunque… ninguna chica ha quedado extasiada así conmigo. Y ahora yo también estoy celoso. Gracias, Ruby.

38

—No es solo el uniforme —señaló Oscar—. Quiero decir, después de todo, le salvé la vida.

—*Nosotros* le salvamos la vida… —empezó a decir Ruby, pero las palabras se extinguieron, convertidas en un gruñido furioso.

—Quizás debí pedirle su teléfono —musitó él.

Ruby lo miró boquiabierta, con las mejillas ardientes. Adrian sintió pena por ella. Aunque, por otro lado, había sido ella quien intentó burlarse de Oscar para empezar, así que quizás lo merecía.

Asesina Roja apretó la boca con furia, girando la cabeza en otra dirección.

—Quizás debiste hacerlo. Estoy segura de que le encantaría salir con un *Renegado de verdad*.

—¿Quién habló de salir? —preguntó Cortina de Humo—. Solo me pareció que podría querer postularse para ser la presidenta de mi club de fans. Es difícil encontrar buen personal.

Ruby soltó una carcajada, pero cuando volvió a mirarlo, la sospecha suavizó su expresión.

—¿Estás diciendo que *no* saldrías en una cita con ella?

—No lo había pensado —un breve silencio se interpuso entre ambos, y hubo un dejo de incertidumbre en la voz de Oscar cuando se atrevió a preguntar—: ¿Realmente crees que debí preguntarle si lo haría?

Ella volvió a mirarlo, muda, atrapada por su propia burla. Tras un largo silencio, se aclaró la garganta y encogió los hombros.

—Puedes hacer lo que quieras.

Adrian se mordió la lengua, intentando ocultar la sonrisa ante la falta de respuesta.

Ruby volvió a dirigir la atención a sus heridas, observándolas con renovado interés mientras sus mejillas se tornaban color escarlata.

Pero Oscar seguía mirándola, desconcertado, y quizás un poco esperanzado.

—Pues… quizás invite a una chica a salir –dijo–. Algún día.

—Quizás debas hacerlo –respondió Ruby, sin levantar la vista.

—Quizás lo haga.

—Ya lo dijiste.

—Claro. Bueno –descendió de la mesa, y Adrian alcanzó a ver que Ruby ya no era la única sonrojada–. Si me disculpan, tengo que cumplir importantes responsabilidades que involucran impartir instrucciones. Así que, eh… nos vemos en el cuartel general. Buen trabajo el de hoy, equipo.

Enderezó su uniforme y se dirigió hacia la cuadrilla de limpieza. Tsunami lo siguió, con un suspiro casi imperceptible.

Danna silbó en voz baja.

—Ustedes dos son imposibles –masculló–. De hecho, entre los cuatro me están volviendo loca.

CAPÍTULO 4

Dread Warden suspiró, y sobresaltó a Adrian. Había olvidado que su padre estaba aquí.

—No extraño esa edad —comentó, y uno de los sanadores le dirigió una mirada cómplice—. Doctor Grant, ¿podría examinar a Sketch cuando tenga un minuto?

—Estoy bien —respondió Adrian—. No quiero que pierda su tiempo revisándome. Concéntrese en Ruby y Danna.

—Adrian… —empezó a decir Dread Warden.

—Lo digo en serio, papá, solo me salpicó un poco el agua de río; tampoco estuve a punto de ahogarme. No te preocupes —sonrió para darle mayor énfasis a sus palabras. Últimamente, había tenido suerte de no sufrir ninguna herida grave desde que empezó a trazar los tatuajes que lo imbuían de los poderes del Centinela. Lo último que quería era que un sanador advirtiera los curiosos dibujos estampados sobre su piel y empezara a preguntar acerca de ellos, especialmente a sus padres.

—Está bien —dijo Dread Warden—. Lleven a todos de vuelta al cuartel general —se volvió hacia los reporteros reunidos y el destello de sus cámaras—, y empecemos a pensar qué les diremos *a ellos*.

—¡Un momento! ¡Deténganse! —gritó Danna a dos asistentes que conducían su camilla hacia una de las ambulancias. Se incorporó sobre los codos—. No iré a ningún lado hasta que alguien nos cuente lo que pasó. Adrian desaparece y nadie lo encuentra, aparece el Centinela, Espina consigue huir, ¿y ahora dicen que el Centinela podría estar *muerto*? ¿Y qué significa que Adrian se mojó con agua de río? —extendió los dedos hacia este, como queriendo sujetarlo y sacudirlo si estuviera más cerca—. ¿Qué estabas haciendo?

—Perseguía al Centinela, y después de que Espina lo arrojó al agua, estaba esperando para ver si volvía a la superficie —encogió los hombros. Se sentía aliviado de que esta vez *sí* sonara más creíble.

—Los pondremos al corriente de todo cuando los sanadores les den el alta —dijo Dread Warden. Chasqueó los dedos y enseguida cargaron en la ambulancia a Danna y Ruby, que desaparecieron protestando dentro de la furgoneta.

—¿Nova? —llamó Dread Warden—. Me gustaría hablar en privado con Adrian. Si quieres, puedes ayudar a Oscar y Tsunami a informar lo que pasó.

Ella echó un vistazo al grupo y notó a Urraca entre la gente. Sus labios se fruncieron con desagrado.

—En realidad, será mejor que vaya a casa antes de que empeoren las noticias. Me gustaría contarle a mi tío la historia desde mi punto de vista antes de que la oiga de otra fuente —miró por última vez las prendas mojadas de Adrian, quien se irguió un poco más—. Yo… me alegra que estés bien —parecía casi incómoda al admitirlo—. Por un momento, nos asustaste bastante.

—Somos superhéroes —dijo él—. No estaríamos haciendo bien nuestro trabajo si cada tanto no asustáramos a la gente.

Nova no respondió, pero su expresión se suavizó antes de voltear e iniciar la marcha hacia el río. Adrian sabía que tenía que recorrer un largo camino a pie para llegar a casa, y estuvo a punto de llamarla y sugerir que esperara. Quizás podían tomarse juntos una furgoneta de transporte. Pero las palabras no le salieron y, de todos modos, sabía que ella declinaría la invitación.

La mayoría de las veces, Nova rehusaba la invitación. ¿Por qué insistir?

Sus hombros se hundieron apenas un poco.

—Hablando de ello… —dijo su padre.

Adrian giró hacia él. Dread Warden se quitó el antifaz negro del rostro y fue como si su padre se hubiera transformado. No era solo el disfraz. El cambio estaba en el relajamiento de su postura, la boca torcida con ironía. Allí donde había estado parado Dread Warden, el famoso superhéroe y miembro fundador de los Renegados, ahora solo se encontraba Simon Westwood, padre atribulado.

—¿De qué? —preguntó Adrian.

—No nos corresponde, como superhéroes, *asustar* a la gente cada tanto.

Adrian soltó una risilla.

—Es posible que no esté escrito en la descripción de nuestro trabajo, pero, vamos, lo que hacemos es peligroso.

El tono de Simon se endureció.

—Tienes razón. Y como es tan peligroso, es de suma importancia que nuestra conducta no acabe nunca en la *imprudencia*.

—¿La *imprudencia*?

—Sí, la imprudencia. No puedes simplemente dejar a tu equipo como lo hiciste, Adrian. ¿Por qué crees que agrupamos a los reclutas en equipos? Es su responsabilidad cuidar unos de otros, y mal pueden hacerlo tus compañeros de equipo si desconocen dónde estás.

—Íbamos todos tras el mismo objetivo —Adrian señaló hacia donde se había marchado Nova—. Ella también salió corriendo tras Espina.

43

—Sí, ya tenemos sobradas muestras de la tendencia que tiene Nova McLain de tomar decisiones apresuradas y, para serte honesto, esperaba que si pasaba tiempo contigo y tu equipo dejaría de hacerlo —Simón echó la capa hacia atrás—. Además, en este caso en particular, no es una comparación justa. Nova tenía a Danna cuidando sus espaldas. Pero nadie tenía ni idea de a dónde te habías largado tú. No es propio de ti, Adrian, y debes dejar de hacerlo.

—Intentaba alcanzar a Nova y a Espina. No estaba seguro de la dirección que habían tomado, así que me llevó un rato encontrarlas, y luego apareció en escena el Centinela, echando por tierra todos mis planes, pero... —frotó la nuca—. Tampoco es que me fui de juerga sin contarle a nadie. ¡Estaba haciendo mi trabajo!

—No quiero que esto se transforme en una pelea —respondió Simon—. Eres un gran líder de equipo, y estamos realmente orgullosos de ti. Solo quiero recordarte que no existen los lobos solitarios entre los Renegados. No existen los héroes en soledad.

Adrian se meció hacia atrás sobre los talones.

—Hace mucho que tienes eso guardado, ¿verdad?

—Así es —dijo Simon, y una sonrisa le iluminó el rostro—. En realidad, estoy bastante seguro de que era uno de esos dichos de tu madre.

Adrian soltó una carcajada.

—Es cierto que le gustaban los aforismos más elementales.

Aunque habían asesinado a la madre de Adrian, la extraordinaria y valiente Lady Indómita, cuando él era pequeño, le seguían viniendo a la cabeza sus moralejas cursis. Aparecían espontáneamente, pero siempre cuando más las necesitaba.

Los superhéroes son tan buenos como sus convicciones.

A veces, una sonrisa es el arma más poderosa que tenemos.

En caso de duda... vuela.

Era fácil para ella, por supuesto, ya que, de hecho, podía volar.

Adrian se volteó hacia la cuadrilla de limpieza. Había alrededor de una decena de Renegados que rodeaban a Oscar mientras recreaba animadamente la pelea con Espina y el resto de los criminales. Balanceaba el bastón en el aire como si en verdad se encontrara golpeando a un enemigo invisible. Seguramente, estaría explicando cómo derribó al tipo que había tomado de rehén a la camarera.

En ese momento habían trabajado como un equipo, ¿verdad? Y consiguieron rescatar a la chica con éxito.

Valoraba a su equipo; lo respetaba, incluso sentía cariño por ellos.

Pero no estaba convencido de que a veces un superhéroe no tuviera que actuar solo. Quizás no hubiera lobos solitarios entre los Renegados, pero… ¿acaso el Centinela era un Renegado?

—Dime, entonces —añadió Adrian, volteándose de nuevo hacia Simon—, si tú y Tsunami estaban buscando al Centinela, ¿quién fue tras Espina?

—Hugh y Tamaya —respondió Simon.

Hugh Everhart, el otro padre de Adrian, el invencible Capitán Chromium, y Tamaya Rae, Thunderbird, la única otra integrante, aparte de la madre de Adrian, que tenía el poder de volar.

—¿Se sabe algo? —preguntó.

Simon se fijó en su brazalete y sacudió la cabeza.

—Me temo que, para cuando llegamos, las pistas habían desaparecido. Pero sus cómplices están detenidos y comenzaremos a interrogarlos de inmediato. Uno terminará hablando.

—¿Para qué crees que querían todos esos medicamentos?

Simon lanzó un suspiro.

—Los medicamentos que se llevaron se emplean para desarrollar un opioide potente. Es un negocio bastante lucrativo para quienes están dispuestos a producir y traficarlo. Y, por supuesto, por cada traficante callejero que distribuye estas drogas, hay un montón de pacientes internados que no reciben la ayuda que necesitan. La bolsa que llevaba Espina tenía mayormente analgésicos, y será difícil para la industria farmacéutica reponer la provisión en poco tiempo. En la práctica y como están las cosas, ya ha sido difícil volver a producir medicamentos de manera legal —se apretó el puente de la nariz—. Por suerte, tu equipo consiguió evitar que muchos de esos medicamentos terminaran en la calle. Podría haber sido mucho peor.

Adrian quería aceptar el cumplido, pero no pudo evitar concentrarse en su fracaso más que en sus éxitos. No podía ser que no hubieran conseguido detener a Espina.

—¿Me dirás una vez que sepan dónde se encuentra Espina? Si vas a enviar un equipo tras ella, me gustaría…

—No —respondió Simon—. Si Hugh y Tamaya no consiguen apresarla hoy, asignaremos a otra unidad al caso. Tu equipo ha sufrido demasiadas lesiones. Se tomarán unos días de descanso.

—Pero…

—No empieces —Simon levantó una mano—. Esto no es negociable.

—¿Lo dices como padre o como jefe?

—Como ambos, y también como alguien que se preocupa por Ruby y Danna. Necesitan tiempo para recuperarse, Adrian.

—Está bien, entonces deja que Nova, Oscar y yo seamos parte del equipo.

Simon se rascó los oscuros bigotes sobre el mentón.

—¿Volveremos a vivir una situación como la de Pesadilla?

—¿Acaso no la encontramos?

—Casi te matan.

—Sí, soy un superhéroe, papá. ¿Cuántas veces estuvieron a punto de matarte a *ti*? Y no me ves lamentándome todo el día por ello.

Simon gimió divertido.

—¿Y ahora qué? ¿Por qué te importa tanto Espina? Era solo otra misión,

Adrian. Detuvieron a seis de los siete responsables; recuperamos casi todos los medicamentos que se llevaron. Tuvieron un gran desempeño.

—Me gusta terminar lo que empiezo.

—¿Es solo eso?

Adrian se echó atrás.

—¿A qué te refieres?

—Solo me pregunto si, quizás, después de lo sucedido en el parque, estás esforzándote demasiado por demostrar tu valor.

Adrian frunció el ceño. Odiaba que le recordaran su fracaso en el parque de atracciones. Era cierto, había encontrado a la Anarquista a la que llamaban Pesadilla, pero también había dejado que la Detonadora lo engañara como a un personaje pixelado de un viejo videojuego. Había revivido aquellos momentos con la Detonadora miles de veces, tratando de entender lo que podría haber hecho diferente para detenerla. Su indecisión había permitido que detonaran dos bombas. El resultado había sido decenas de personas inocentes heridas. Él no podía evitar sentirse responsable por cada una de ellas.

Fue Nova quien disparó y mató a la Detonadora, poniéndole fin a sus actividades terroristas. Si su compañera de equipo no hubiera estado allí, no sabía qué podría haber sucedido. Debió haber hecho más por detenerla. Debió haberse dado cuenta de que matar a la villana activaría los explosivos.

Quizás fue el eco de la autoridad del código de Gatlon, resonando en su cabeza. *Matar a un adversario siempre debe ser la última opción.*

En aquella oportunidad, Nova advirtió que estaban ante la última opción e hizo lo que debió hacerse.

Y él, ¿por qué no?

—Lo siento —dijo Simon, apretando el hombro de Adrian—. Aquello fue desconsiderado de mi parte. Dadas las circunstancias, tú y Nova hicieron un gran trabajo. Lamento que no hayas podido salvar a Pesadilla, pero nadie lamenta que ya no tengamos que preocuparnos por la Detonadora.

—¿*Salvar* a Pesadilla?

Simon levantó una ceja.

—¿Acaso no es lo que querías?

Adrian sacudió el hombro, y Simon bajó la mano.

—Buscaba información sobre mi madre y su asesinato. Creí que Pesadilla la tendría. No tenía nada que ver con *salvarla*. Y ahora está muerta… no es exactamente una tragedia.

—Claro. Es a lo que me refería. Y sé que… a pesar de quién era y de las cosas que hizo, su muerte te decepcionó. Nos decepcionó a todos si realmente era cierto que tenía información que habría resuelto el asesinato de Georgia.

Decepción estaba muy lejos de describir lo que Adrian sintió tras perder la tenue conexión con el asesino de su madre. Sabía que Pesadilla no era la asesina, era demasiado joven para haberlo hecho, pero estaba convencido de que ella sabía quién había sido. Incluso ahora, meses después de combatir contra ella sobre el tejado frente al desfile, sus palabras resonaban a menudo en su cabeza.

Sin miedo, no hay coraje.

Las mismas palabras escritas en una pequeña tarjeta blanca depositada sobre el cadáver de su madre, tras la caída de siete plantas que la llevó a su muerte.

—Sí, bueno, no dejaré de buscar al asesino de mi madre. Pesadilla era una Anarquista. Si sabía algo, entonces quizás también lo sepa otro Anarquista u otro villano que presenció su muerte en aquella época.

—¿Alguien como Espina?

Adrian no intentó disimular su sonrisa de perplejidad.

—¿Andaba por aquí en aquella época? Aún no he tenido tiempo de confirmarlo.

Simon levantó un dedo, prácticamente contra la nariz de Adrian.

—Solo te diré esto una vez, Adrian. No intentes ir tras Espina solo ni tras cualquiera de los Anarquistas, para el caso. ¿Entiendes? Es peligroso.

Adrian empujó sus gafas hacia arriba y abrió la boca para hablar.

–Y no intentes decirme que se supone que los superhéroes actúan en condiciones de *peligro*.

Adrian cerró la boca en el acto.

–Hay un motivo por el cual empleamos determinados métodos –continuó Simon–. El objetivo es mitigar las amenazas y los daños. Si sabes algo de Espina o de cualquiera de los otros villanos, debes dar aviso y aguardar instrucciones. Tengo tantas ganas como tú de saber quién mató a tu madre, pero no estoy dispuesto a perderte en el proceso.

Adrian se obligó a asentir.

–Lo sé, papá. Intentaré ser menos… *imprudente*.

–Gracias.

Apretó los labios y esbozó una débil sonrisa, reprimiendo lo que realmente quería decir, las sospechas que habían estado acechándolo durante semanas.

A pesar de la bomba que supuestamente la había matado; a pesar de la destrucción sembrada aquel día en la casa de la risa del parque; a pesar del hecho de que Adrian mismo había presenciado la pelea entre Pesadilla y la Detonadora… a pesar de todo, tenía sus dudas.

Sus padres lo llamarían negación. Su equipo diría que era su optimismo recalcitrante. Pero Adrian no podía evitarlo.

La verdad era que no creía que Pesadilla estuviera muerta.

CAPÍTULO 5

Durante el resto de la semana, Adrian y el equipo quedaron fuera del horario de las patrullas; debían "recuperarse de las heridas y el shock psicológico". Por eso, hoy no había motivo alguno para dirigirse al Cuartel General de los Renegados con todo el equipamiento. Normalmente, ni siquiera habría tenido que venir, pero aquella mañana el Consejo envió un comunicado global a todos los Renegados de la división de Gatlon City, solicitando su presencia en una asamblea obligatoria.

Era un mensaje misterioso. Adrian no recordaba ninguna reunión a la que hubiera asistido toda la organización. A veces aplicaban nuevas reglas del código y convocaban a las unidades de patrullaje para discutirlas, o tenían reuniones departamentales con la administración, o con los equipos de Investigación y Desarrollo, y así sucesivamente… pero ¿todos?

Desafortunadamente, cuando despertó, sus padres ya se habían marchado, así que no había posibilidad de sonsacarles información.

Adrian dobló una esquina y pasó bajo los andamios de un edificio en construcción, en dirección al sector norte del cuartel general. Era una mañana sombría, y la cima del edificio se perdía entre las nubes, lo que le daba un aspecto interminable al rascacielos.

Un vehículo estacionado a un lado de las puertas de entrada le llamó la atención. Era una furgoneta acorazada, cuyas puertas traseras estaban fuertemente blindadas. Tenía una hilera de cristales tintados a los costados. Sobre el lateral de la camioneta se leía: PENITENCIARÍA DE CRAGMOOR: TRANSPORTE DE PRISIONEROS.

Adrian aminoró la marcha hasta detenerse. Cragmoor era una prisión ubicada en la costa de Gatlon City, construida para albergar a prodigios criminales, ya que la mayoría de las cárceles para civiles no estaban lo bastante equipadas para manejar el amplio abanico de habilidades extraordinarias.

Quizás estuvieran recogiendo a un prisionero de una de las celdas temporarias del cuartel general, aunque aquel tipo de traslado se realizaba generalmente de noche, cuando las calles estaban libres de observadores curiosos.

Continuó caminando, mirando mientras pasaba los cristales de la furgoneta. No distinguió nada en el asiento trasero, y los asientos del conductor y acompañante estaban vacíos.

Desestimándolo, Adrian se abrió paso a la parte delantera del edificio, donde los turistas se congregaban frente a la entrada principal, tomando fotos de todo, desde las puertas giratorias de cristal hasta el letrero de calle próximo y el punto donde el edificio desaparecía dentro de un grueso manto de nubes en lo más alto del cielo. Se coló entre la muchedumbre, ignorando un par de exclamaciones y un murmullo: *¿Ese era Adrian Everhart?* De cualquier modo, la fama no le pertenecía. A la gente no le interesaba tanto Adrian Everhart como el hijo de Lady Indómita, o el hijo adoptivo del Capitán Chromium y Dread Warden.

Y no tenía problema con ello. Estaba acostumbrado a la atención, así como a reconocer que había hecho muy poco para merecerla.

Empujó las puertas giratorias para entrar, sonriendo a otros Renegados que pasaron junto a él y al jovial Sampson Cartwright, en el mostrador de información. Examinó el vestíbulo en busca de alguna señal de Oscar o Nova, pero cuando no los vio, subió el tramo curvo de escaleras al puente peatonal que conectaba con el área de cuarentena de Max.

Durante el día, el niño estaba casi siempre dentro del mirador vidriado, abocado a la enorme maqueta acristalada de Gatlon City que había estado construyendo durante años, o mirando las pantallas de TV repartidas en las múltiples pilastras del vestíbulo. Pero hoy no se lo veía por ningún lado. Seguramente, estaría en sus aposentos privados, ubicados detrás del recinto cerrado.

Adrian levantó la mano y golpeó con fuerza la pared.

—Oye, Bandido, soy yo. ¿Estás…?

Max apareció al instante, a centímetros de donde estaba él, del otro lado del cristal.

Adrian gritó y tropezó hacia atrás, chocando contra la barandilla del puente peatonal.

—¡Cielos, Max, no hagas *eso*!

El muchacho empezó a reír.

—¡Tu cara!

Adrian se apartó de la barandilla con una mirada furiosa.

—Muy listo. Estoy seguro de que eres el primer prodigio con poderes de invisibilidad que asusta a alguien de ese modo.

—La originalidad está sobreestimada —señaló Max, y aplastó su cabello color arena, aunque volvió a abultarse enseguida. Su sonrisa bobalicona no se desvaneció—. Eso sí que valió la pena.

Una vez que su ritmo cardíaco volvió a la normalidad, Adrian se encontró sonriendo, incluso mientras sacudía la cabeza. Max solo tenía diez años, pero podía ser extrañamente serio para su edad. Era un alivio verlo hacer una broma infantil y divertirse tanto con ella.

—Me alegra que hayas estado practicando –dijo Adrian.

—Estoy volviéndome realmente bueno en esto de hacerme invisible. Además, pude fusionar un penique con una moneda de cinco centavos, algo realmente cool porque es más difícil con dos metales diferentes. Pero ¿respecto de tu poder? –adoptó una expresión de disgusto–. Ayer dibujé una lombriz, y lo único que hizo fue retorcerse cinco segundos, y luego murió. Quiero decir, vamos, hasta un chico de dos años puede dibujar una *lombriz*.

—No me quitaste demasiado poder –explicó Adrian–. Quizás nunca logres que tus dibujos hagan demasiado.

Max masculló algo que él no alcanzó a oír.

El muchacho había nacido con la extraña capacidad de absorber poderes, es decir, de robar los poderes de cualquier prodigio con el que entrara en contacto. Por eso, Adrian lo había apodado "el Bandido". Había tomado la mayoría de sus habilidades de bebé: la manipulación metálica y la fusión de materia, de sus padres, que habían formado parte de una pandilla de villanos; la invisibilidad, de Dread Warden; e incluso la telequinesis, del mismo Ace Anarquía, durante la Batalla de Gatlon. Sin embargo, Max había sido demasiado pequeño para recordar algo de todo ello. Hacía poco, cuando Adrian arrastró a Nova del área de cuarentena que mantenía al niño separado del resto de los Renegados, este había obtenido algo del poder de Adrian. Max admitía que últimamente dormía menos, lo cual probablemente quería decir que también tomó un poco del poder de Nova. De todos modos, aunque quisiera, no tenía ningún interés en permanecer despierto las veinticuatro horas del día. Ya se aburría lo suficiente estando tan solo.

Durante años, Max solo experimentó con sus habilidades en secreto, ocultando el alcance de sus poderes, incluso de Adrian. A este le sorprendió enterarse de que el muchacho era, en realidad, mucho más hábil de lo que cualquiera hubiera adivinado, en gran parte, gracias a que él mismo se entrenaba. Sabía que se sentía culpable debido a muchos de los poderes que tenía, como si no tuviera derecho a poseer ninguno. Pero últimamente parecía más entusiasmado por practicar e incluso por alardear un poco. Adrian se alegró. Max era lo más cercano a un hermanito que tenía, y odiaba pensar que podía sentirse culpable por algo que no podía controlar. Ningún prodigio debía sentirse culpable de sus habilidades.

—¿Dónde está Turbo? —Adrian observó la ciudad a los pies de Max.

—En la cima de Merchant Tower —el niño señaló hacia uno de los rascacielos de cristal más elevados—. Le hice una pequeña cama allí, y ahora duerme todo el tiempo. Creo que te salió parte oso perezoso.

Hacía unas semanas, Adrian había dibujado un dinosaurio diminuto, un velociraptor, para probarle a Nova que Max no le había arrebatado sus poderes. La criatura desapareció durante un tiempo hasta que un día apareció inesperadamente dentro del recipiente de pasteles del pequeño puesto de café expreso que se encontraba en el vestíbulo, provocando una gran conmoción y griterío. Fue uno de los porteros el que terminó persiguiendo a la criatura con una escoba durante casi veinte minutos antes de que Adrian se enterara y admitiera que era una de sus creaciones. Max pidió quedarse con él y así, sin más, pasó a heredar una mascota del tamaño de un pulgar.

—Comer, dormir, cazar —señaló Adrian— son todas las actividades con las que asocio a un dinosaurio, así que dudo que alguna vez haga otra cosa.

—Si por cazar te refieres a roer los restos de carne de mi plato... A propósito... —Max señaló algo sobre el hombro del Renegado—. ¿Sabías que estás muerto?

Adrian se volvió para mirar una de las pantallas que transmitía un video del Centinela en el momento en que lo arrojaban de la barcaza y desaparecía bajo el agua. Estaba grabado con los sofisticados prismáticos de Nova y eran las imágenes más nítidas que alguien había conseguido del Centinela hasta el momento.

—¿Te preocupaste? —preguntó Adrian.

—No.

—¿En serio? ¿En absoluto?

Max estaba a punto de responder, y Adrian supo que volvería a negarlo.

—Quizás durante cinco segundos, pero sabía que estarías bien —admitió en cambio.

—Gracias por el voto de confianza —Adrian miró alrededor y, aunque el puente peatonal estaba vacío, bajó la voz—. En realidad, no deberíamos hablar aquí de esto.

—Sí, claro —el niño le restó importancia. Era el único que había adivinado la identidad de Adrian, una conclusión a la que llegó tras observarlo saltar más de la mitad de la distancia que tenía el área de cuarentena en un intento por salvar a Nova. Resultaba una verdadera pena que el chico tuviera que estar encerrado aquí todo el tiempo, porque habría sido un gran investigador—. ¿Alguna vez piensas en contarles?

Adrian tragó saliva. Intentó mirar al muchacho a los ojos, pero Max seguía observando los noticieros.

—Cada vez que los veo —admitió—. Pero cada vez que estoy con ellos, se vuelve un poco más difícil.

Jamás había tenido la intención de guardar este secreto durante tanto tiempo. Al comienzo, había tenido ganas de contarles a sus padres acerca de sus tatuajes y el uso que podía darles para obtener nuevos poderes. Pero desde entonces, las cosas se habían salido de control. En el rol del Centinela, eran muchas las reglas que había infringido; había puesto en peligro la vida de civiles; había dañado edificios e infraestructura pública; había realizado registros en propiedades privadas sin las pruebas de conducta delictiva que requerían los Renegados. Había empleado fuerzas violentas para aprehender criminales cuando quizás... quizás... podría haber encontrado una manera de detenerlos sin ocasionar daños. La lista continuaba.

Pero no podía arrepentirse de nada. Romper aquellas reglas le había permitido hacer mucho bien. Solo en el último mes había atrapado sin ayuda de nadie a diecisiete criminales, incluidos dos prodigios. Detuvo a ladrones de autos, rateros de casas, traficantes de drogas y más. Sí, por momentos había ido contra las disposiciones del código, pero seguía siendo un superhéroe.

Por algún motivo, no creía que sus padres lo vieran de ese modo. ¿Qué harían si se enteraban de su identidad secreta? Si accedían a mostrarse indulgentes con él cuando arrestarían a cualquier otro, sería un flagrante desprecio de las leyes del Consejo. *Sus* leyes.

Y Adrian no quería ponerlos en aquella posición. No quería tener que hacerlos elegir entre él y los Renegados.

Para ser honestos, tampoco estaba seguro de querer saber cuál sería su decisión.

–Quizás… –Max empezó a decir, aunque en voz baja–. Quizás no tengas que contarles –señaló la televisión–. Dado que el Centinela está muerto.

Adrian parpadeó. No se le había ocurrido que *este* podía ser el fin de su alter ego, pero… el muchacho tenía razón. Sería una salida fácil. Si nunca volvía a transformarse, todo el mundo supondría que el Centinela se había ahogado. Nadie tendría que saber la verdad.

Pero la idea de que jamás volvería a convertirse en el Centinela le provocó un vacío en el estómago.

Los Renegados no eran suficientes; Gatlon City lo necesitaba.

–¿Crees que sería lo mejor? –preguntó.

–Sería lo más fácil –respondió Max–. Y también… terriblemente decepcionante.

La comisura de la boca de Adrian se retorció.

–Eso sería terrible.

Max suspiró.

—No poder ser Centinela, no poder patrullar las calles… estarás tan aburrido.

Adrian le dirigió una débil sonrisa.

—Eso no es completamente cierto. Se me ocurre… algo para ocupar mi tiempo —ante la expresión de curiosidad de Max, se inclinó aún más hacia el cristal—. Aún hay tres Anarquistas sueltos, ¿verdad? La Abeja Reina, Cianuro y Phobia. Quizás no sea parte del equipo de investigación oficial, pero con todo el tiempo libre que tengo, se me ocurrió que podía investigar un poco por mi cuenta.

—¿Encontraron algo las patrullas desde que abandonaron los túneles subterráneos?

Sacudió la cabeza.

—No, pero están en algún sitio.

Y habiéndose clausurado la investigación de Pesadilla, por su muerte probable y todo lo demás, necesitaba explorar vías alternativas si alguna vez iba a encontrar al asesino de su madre. Los Anarquistas eran su mejor esperanza de llevar al asesino ante la justicia.

El brazalete de Adrian emitió un sonido: un mensaje entrante. Dio un golpecito sobre la pantalla, y el texto de Oscar empezó a garabatearse alrededor de su brazo.

Acaban de darle el alta a Ruby del ala médica. Nos dirigimos a la sala de reuniones. ¿Sabes algo de Nova?

—Tengo que irme —dijo Adrian—. El Consejo convocó a todos a una reunión importante esta mañana. Por alguna casualidad, no sabes de qué trata, ¿verdad?

Max lo miró con una expresión vacía en el rostro.

—Quizás —respondió.

—¿Ah, sí?

Max sacudió la cabeza.

—Podría estar equivocado, no lo sé. Ven y cuéntame cuando termine, ¿sí?

—Claro —Adrian sacó un nuevo rotulador del bolsillo trasero, el reemplazo del que había caído en el río, y dibujó una lombriz sobre el muro de cristal. La empujó hacia adentro, lanzando a la criatura que se retorcía sobre la palma abierta del niño—. Un refrigerio para Turbo cuando despierte.

▌▌▌

Encontró a Oscar, Ruby y Danna en el vestíbulo, justo fuera de la gran sala de reuniones.

—Los liberaron —dijo Adrian, sonriendo.

—¡Así es! —asintió Ruby, arrojando los brazos arriba con alegría—. Debí haber regresado a casa ayer, pero tienen ese período de espera obsoleto de veinticuatro horas. No entiendo por qué los sanadores creen que saben más de cómo funcionan nuestros poderes que nosotros mismos. Mi abuela estaba desesperada.

—Pues te ves bien —Adrian examinó el lugar donde la pierna de Ruby había estado cubierta de heliotropos la última vez que la vio. Aunque llevaba shorts de denim, no había ni rastro de sus heridas. Para el caso, ni vendas—. Estar cubierta de feroces formaciones rocosas es cool, pero prefiero verte sin ellas.

—Ay, me estás haciendo sonrojar —respondió ella, aunque un simple vistazo a sus mejillas pecosas daba cuenta de que definitivamente no era el caso.

Danna, por su parte, no dejaba de hacer muecas de dolor cuando se movía, y Adrian detectó una venda blanca que asomaba debajo de su manga.

—No quiero que me tengas lástima –dijo ella antes de que él pudiera decir lo que fuera–. En realidad, me está gustando el look vendado. Es como el último grito de la moda.

—¿Y lo que quieres gritar es que eres una chica ruda? –preguntó Oscar.

—¿Hace falta que preguntes siquiera? –dijo ella, con una sonrisa burlona–. Como sea, los cortes eran profundos y no todas las incisiones eran limpias, pero en un par de días estaré bien. Además, esas heridas no eran nada en comparación con las quemaduras del Centinela.

Adrian hizo una mueca de desazón, y de inmediato esperó que nadie lo hubiera notado.

Se le ocurrió que lo más extraño de ver a sus compañeros de equipo en aquel momento no era el hecho de que sus heridas hubieran prácticamente desaparecido –los Renegados empleaban a los mejores prodigios sanadores–, sino que todos estuvieran vestidos de civil. Hasta Oscar llevaba un chaleco y una camisa de vestir, con las mangas remangadas, revelando los antebrazos.

Juntos parecían casi… normales. En realidad, por una vez era bastante agradable.

—Oh, antes de que lo olvide… –Ruby sacó un puñado de tarjetas de un bolsillo–. Están todos invitados.

Adrian tomó la tarjeta de su mano y la dio vuelta. Era un anuncio para las Olimpíadas anuales de Acompañantes, que se llevarían a cabo aquel fin de semana en City Park.

—Las Olimpíadas de Acompañantes: genial –dijo Oscar–. Estaba pensando que el trabajo de superhéroe se ha vuelto demasiado estresante. El papel de ayudante del héroe principal suena mucho más relajado.

—Qué lástima que sea una competencia para no prodigios –señaló Ruby–. Mis hermanos competirán. Siempre han sentido un poco de celos de que yo sea una superheroína cool y semifamosa. Es decir, están orgullosos, pero también celosos.

—Espera. ¿Eres una superheroína? —preguntó Oscar, fingiendo asombro. Se inclinó contra su hombro, agitando las pestañas—. ¿Sabías que siempre quise que me rescatara una superheroína?

Ruby rio, apartándolo de su lado, incluso mientras sus mejillas enrojecían.

—Eres una pésima damisela, Oscar.

Danna los miró entornando los ojos.

—De cualquier manera, si ustedes vinieran, mis hermanos estarían muy contentos conmigo —terminó Ruby—. Y antes de que preguntes: sí, Oscar, habrá *food trucks*.

Este le hizo un gesto de aprobación con los dedos.

Adrian examinó la invitación. Jamás había asistido a una de las Olimpíadas de Acompañantes, una serie de competencias informales para chicos que no eran prodigios. No era exactamente el pasatiempo que hubiera elegido para una tarde de sábado, pero podía ser divertido.

—También tengo una invitación para Nova —dijo Ruby—. ¿Alguien la vio hoy?

—Todavía no —Adrian miró la hora en su brazalete. Aún quedaban diez minutos antes del horario en que se suponía que empezaba la reunión. Echó un vistazo por las puertas abiertas, donde veía a cientos de Renegados deambulando mientras esperaban—. Quizás ya haya entrado.

—Ya nos fijamos —respondió Danna—. No se ve ni rastro de ella. Pero deberíamos ir a sentarnos antes de que se llene demasiado.

—Le guardaremos un lugar —añadió Ruby—. ¿Alguien sabe para qué nos convocaron?

—¿Crees que podría tener algo que ver con lo que ocurrió ayer? —preguntó Oscar.

—¿Te refieres al hecho de que el Centinela esté muerto? —preguntó Adrian.

Oscar le echó una mirada extrañada mientras se dirigían a las puertas.

—No, me refiero al hecho de que Espina haya conseguido huir con todos esos medicamentos.

—Oh, claro —dijo Adrian, avergonzado por saltar a la cuestión del Centinela—. Deben haber empezado a interrogar a sus cómplices. Tal vez, ya sepan algo.

—¡Amigos!

Una chispa se encendió en el pecho de Adrian. Nova venía corriendo hacia ellos, con las mejillas sofocadas.

—Oh, qué bueno —dijo, jadeando ligeramente—. Recién vi el mensaje hace una hora. Tuve que correr desde Wallow… eh… pasando por Wallowridge. Estaba segura de que llegaría tarde —se detuvo en seco cuando Ruby le tendió la invitación bajo la nariz con un movimiento brusco—. ¿Qué es esto?

—Mis hermanos competirán en las Olimpíadas de Acompañantes.

Nova hizo una mueca. Fue algo instintivo: Adrian se dio cuenta. Pero antes de que pudiera hablar, Oscar interrumpió.

—No te preocupes. Nos han garantizado *food trucks*.

De inmediato, su aversión cedió paso a una sonrisa divertida.

—Pues en *ese* caso…

Se encontró con la mirada de Adrian, y por un breve instante este solo pudo pensar en que sus ojos azules brillaban más que de costumbre. Podía ser por el aire de la mañana o por el ejercicio, o quizás tan solo hubiera una muy buena iluminación en esta planta, y…

Realmente, tenía que dejar de pensar en ello.

Aferrando la tarjeta, Nova echó un vistazo a la sala de reuniones.

—¿Sabemos de qué va esto?

—Ni idea —respondió Danna, sacudiendo los brazos—. Pero será mejor que entremos antes de que ocupen todos los buenos asientos.

CAPÍTULO 6

Nova jamás había estado dentro de la sala de conferencias principal del Cuartel General de los Renegados. Según decían, no se usaba demasiado. Oscar mencionó una vez una reunión anual en la que al Consejo le gustaba aburrir soberanamente a todo el mundo con estadísticas de sus éxitos de los doce meses anteriores, y con largos debates sobre las prioridades para el futuro. Cuando se lo dijo, intentó mostrarse comprensiva: *qué terrible, qué aburrido, ¿cómo puede aguantarlo alguien?* Pero la realidad era que no había nada que le hubiera gustado más que escuchar algunos de los anuncios futuros que el Consejo proponía para Gatlon City.

Danna lideró el camino a la sala, que consistía en una plataforma, en la parte de adelante, frente a cientos de sillas plásticas dispuestas en hileras. Los asientos se iban ocupando con la misma velocidad con que irrumpían los Renegados en la sala. Nova intentó escuchar disimuladamente a los grupos que conversaban en voz baja, pero parecía que el resto de la organización estaba tan perpleja como su equipo respecto del propósito de esta reunión.

Aunque hacía meses que era una Renegada, la ansiedad seguía apoderándose de ella cuando se encontraba rodeada de tantos superhéroes a la vez. Intentó calmarse entrenando su capacidad de observación: contó salidas, determinó qué objetos de la habitación funcionarían como armas aceptables, calculó amenazas potenciales y desarrolló una vía de escape mental en caso de que algo sucediera.

Aunque jamás pasaba nada. Empezaba a pensar que toda su preparación estaba injustificada. Los Renegados tenían el mismo desconocimiento acerca de sus motivaciones reales como el día que se había sometido a las pruebas de selección. Aun así, no conseguía relajarse. Cualquier pequeño descuido revelaría su verdadera identidad. Cualquier pequeña pista podía dar por terminada esta farsa. Podían atacarla en el instante en que bajara la guardia.

Era agotador permanecer vigilante y al mismo tiempo actuar como si perteneciera allí, pero estaba acostumbrándose a vivir en estado de alerta permanente. No se imaginaba comportándose de otra manera, al menos no dentro del cuartel general.

—Allí hay cinco lugares juntos —dijo Danna, señalando hacia una hilera no lejos del frente de la sala. Enfiló hacia los asientos para tomar posesión de ellos.

—¿Nova McLain?

Nova giró rápidamente. Evander Wade, uno de los cinco miembros del Consejo —a quien se lo conocía más por su seudónimo, Blacklight—, se acercó lentamente entre la multitud.

—¿Tienes un minuto?

—Um —Nova echó un vistazo a Adrian y luego a la plataforma al frente del salón. Un micrófono y un taburete aguardaban a un presentador, pero el escenario estaba vacío—. Supongo que sí.

—Te guardaré un lugar —dijo Adrian, rozando apenas y casi imperceptiblemente su codo con los dedos antes de seguir al resto del grupo.

Casi imperceptiblemente.

Por supuesto que Nova y sus nervios traicioneros no dejaron de notarlo.

—Quería discutir la solicitud que presentaste hace un par de semanas —dijo Evander, cruzando los brazos delante del pecho. Más que una postura defensiva, se trataba de una demostración de poder innato. Ya lo había visto parado así varias veces: los pies plantados sobre el suelo y el pecho ligeramente elevado. A diferencia del resto del Consejo, que al menos podía fingir ser normal de vez en cuando, parecía que Evander nunca dejaba a un lado su identidad de "superhéroe". Ese efecto se hizo aún más pronunciado por el hecho de que ahora llevaba su uniforme icónico: lycra completamente negra que ceñía cada músculo, botas y guantes blancos, y un emblema sobre el pecho que brillaba en la oscuridad.

Lo hacía parecer pomposo y un tanto ridículo a ojos de Nova, pero las multitudes de chicas que reían tontamente y siempre lo seguían en los eventos públicos de seguro opinaban diferente.

—¿Mi… solicitud? —preguntó.

—Acerca de trabajar a tiempo parcial en el departamento de artefactos.

—¡Oh! Aquello. Claro. ¿Siguen analizándolo?

—Pues lamento que hayamos demorado tanto tiempo en responderte —Evander inclinó la cabeza hacia ella como si estuvieran en medio de una conversación conspirativa—. Hemos estado muy ocupados por aquí, ¿sabes?

—Por supuesto.

—Pero… bueno, ¿cuándo puedes empezar?

El corazón de Nova se dilató.

—¿En serio? Eh… ¡ahora! O cuando sea. En cuanto usted quiera.

—Excelente —Evander le dirigió una sonrisa, sus dientes blancos visibles bajo un bigote rizado color rojo—. Ya he hablado con Snapshot. Ella está a cargo del departamento y está muy entusiasmada con tu colaboración. Creo que se llevarán muy bien.

Snapshot. Nova conocía aquel seudónimo. Simon Westwood, Dread Warden en persona, le había mencionado el nombre cuando le dijo que el casco de Ace no estaba a disposición del público, *pero...* "Tal vez, si les pagaras un enorme soborno a la gente de armas y artefactos. Me han dicho que Snapshot adora los ositos de goma".

Nova no sabía si había estado bromeando o no. Lo que sí sabía era que el casco de Ace Anarquía se encontraba en algún lugar de ese depósito. La mayoría de las personas creía que el Capitán Chromium lo había destruido, una mentira perpetuada por el mismísimo Consejo. Incluso guardaban una réplica destruida fuera de sus oficinas. Pero el casco real se encontraba, en realidad, en aquel edificio y, supuestamente, la Snapshot a la que se referían sabía cómo acceder a él.

—De todos modos, tenemos un dilema —dijo Evander.

—¿Ah, sí?

—Para serte franco, es parte del motivo por el cual demoramos tanto. Hay algunas personas —fingió que tosía y farfulló—, Tamaya —y luego volvió a toser—, que temen estar cargándote con demasiadas responsabilidades —señaló la parte de adelante del salón, donde los otros cuatro miembros del Consejo conversaban juntos al lado de la plataforma. Era raro verlos a *todos* con su atuendo tradicional de superhéroes, incluidas las capas y antifaces. Despertó aún más la curiosidad de Nova por saber de qué se trataba esta reunión—. Tal vez no sepas que Tamaya ha estado presionándonos para empezar a redactar leyes laborales para la ciudad hace ya... seis años. Debido a los problemas que tenemos, no es exactamente una prioridad, pero todos tenemos un proyecto favorito. De cualquier manera, sabemos que actualmente estás en una unidad de patrullaje, y queremos que sigas allí. Además, te han pedido que realices labores de investigación e ingreso de datos. Nos damos cuenta de que es pedirte demasiado. Por eso, tienes que avisarnos si resulta mucho. Si quieres tomarte un descanso, limitar tus horas de trabajo, ese tipo de cosas, ven a hablar conmigo… o ve a Snapshot, y ella y yo podemos discutirlo. Pero por lo que más quieras… –bajó la voz–, por favor no vayas a quejarte a Tamaya sin antes hablar conmigo, porque no hay nada que le guste más que decir "yo te lo dije", y resulta insoportable, ¿entiendes lo que te quiero decir?

–Realmente, no tiene que preocuparse por ello –dijo Nova mirándolo–. Estoy tan entusiasmada con esta oportunidad. Créame, quiero estar involucrada en… pues, en todo lo que ustedes me necesiten. Y tengo tanto tiempo libre que me da placer emplearlo para algo productivo –esbozó una sonrisa radiante, y resultó más fácil por el hecho de que no había tenido que decir una sola mentira. Dado que nunca dormía, Nova *realmente* tenía mucho tiempo libre, y tener acceso al departamento de artefactos resultaría, sin duda, muy productivo.

–Me alegra saberlo –respondió Evander, dándole una palmada tan fuerte en la espalda que Nova tropezó hacia adelante, sorprendida–. Adrian realmente sabía lo que estaba haciendo cuando te eligió en las pruebas. Ese chico tiene una gran intuición –retrocedió un paso y señaló sus dedos hacia ella, como fingiendo dispararle–. Puedes empezar a trabajar mañana por la mañana en el departamento de artefactos. Le diré a Snapshot que te espere.

Nova se alejó, energizada.

Todos sus intentos anteriores por hacer averiguaciones habían terminado en callejones sin salida y en incertidumbre, al punto que tenía ganas de atacar algo con una barreta. Se suponía que tenía que ser una espía. Se suponía que tenía que ser el arma secreta de los Anarquistas. Ahora podría acercarse al casco de Ace y empezar a planear cómo recuperarlo.

Para cuando se encaminó hacia donde se encontraba su equipo, casi toda la gente había encontrado lugares.

–¿Qué quería Blacklight? –susurró Adrian mientras se sentaba entre él y Danna.

—Quería saber si sigo interesada en hacer trabajo extra, en el departamento de artefactos —dijo—. Empiezo mañana.

Adrian hizo un gesto de extrañeza, y a Nova le pareció verlo un poco descorazonado.

—¿En Artefactos? Pero… ¿Y…?

—Seguiré patrullando. Recuerda, mi día tiene muchas más horas que el de ustedes.

Él asintió, pero ella aún pudo ver una sombra de preocupación tras sus gafas. Sabía exactamente lo que estaba pensando. Solo porque jamás *durmiera* no quería decir que no debía, cada tanto, *descansar*. Era un argumento que escuchaba a cada rato. Pero las personas que necesitaban dormir y descansar no podían entender que la falta de acción solo la volvía irritable. Necesitaba moverse, trabajar, estar activa. Precisaba mantenerse ocupada durante aquellas largas horas cuando el resto del mundo dormía para ahuyentar las tribulaciones que siempre estaban al acecho, la preocupación constante de que no estaba haciendo lo suficiente.

—Descuida —dijo—. Quiero hacer esto —recordando el tenue roce con que Adrian le había tocado el codo, Nova se armó de valor y extendió la mano para apoyarla sobre la rodilla de aquel. Pero en el espacio entre su cerebro, que le decía que era una buena idea, y la mano, que efectuaba el movimiento, terminó cerrando incómodamente el puño y chocándolo con torpeza contra el muslo de Adrian. De inmediato, retiró la mano a su propio regazo.

El Renegado miró su pierna con el ceño fruncido.

Nova carraspeó. En lugar de tener el poder del insomnio eterno, deseó que la hubieran dotado con la facultad de evitar ruborizarse a voluntad.

Unos golpecitos sonaron sobre el micrófono; el sonido reverberó a través de los parlantes. Los cinco miembros del Consejo estaban de pie sobre el escenario: Evander Wade, Kasumi Hasegawa, Tamaya Rae, Simon Westwood y Hugh Everhart.

Hugh se encontraba ante el micrófono. Aunque el Consejo fingía que no había una jerarquía entre ellos, la mayoría de la gente intuía que Hugh Everhart, el invencible Capitán Chromium, era el líder de la organización. Era él quien había derrotado a Ace Anarquía. Y también quien puso de su lado a incontables prodigios para pelear contra las bandas de villanos que tomaron control de la ciudad.

También era, de todo el Consejo, el que Nova consideraba que más merecía su ira. Si había alguien que debió rescatar a su familia en el momento de ser asesinada hacía más de una década, debió ser el Capitán Chromium.

Pero no impidió el asesinato. No estuvo allí cuando ella más lo necesitó.

Nova jamás lo perdonaría por ello; jamás perdonaría a ninguno de ellos.

—Gracias a todos por venir con tan poco aviso —dijo Hugh. El material del uniforme del Capitán Chromium era una tela tan ceñida que parecía que hasta los músculos del cuello habían estado levantando pesas. Los clásicos trajes solían reservarse para ocasiones especiales: grandes celebraciones o importantes anuncios. El hecho de que los llevaran puestos daba cuenta de que hoy los miembros del Consejo no eran solo líderes de esta organización, sino superhéroes que protegían el mundo.

Y al hacerlo, lo controlaban.

—No teníamos intención de llevar a cabo esta reunión hasta dentro de un par de semanas —continuó Hugh—, pero debido a acontecimientos recientes, el Consejo ha convenido que debe tomarse acción inmediata. Como estoy seguro de que saben, la organización de los Renegados ha sido objeto de escrutinio en los últimos tiempos, especialmente, por el ataque del Titiritero a nuestro desfile y, más recientemente, por el bombardeo que realizó la Detonadora al Parque Cosmópolis.

Nova intercambió una mirada con Adrian, pero apenas se cruzaron sus ojos ambos volvieron la cabeza.

—Si a esto se suman los índices de delitos en alza y el creciente mercado negro de armas y drogas, entendemos por qué el público ha estado exigiendo una respuesta por parte nuestra. Quieren saber cómo planeamos proteger y defender a nuestros ciudadanos ante tantas amenazas. El Consejo está haciendo todo lo que puede para garantizarle a la gente que su seguridad es nuestra mayor prioridad, y que necesitamos su continuo apoyo y cooperación para servirlos. En ese sentido, debo recordarles que es de suma importancia que todos los prodigios que llevan el emblema de los Renegados respeten la autoridad del código de Gatlon, tanto en el desempeño de sus funciones como fuera de servicio. La búsqueda de la justicia es esencial para nuestra reputación, pero la seguridad de los civiles siempre debe ser nuestra prioridad. Por eso, quiero referirme brevemente al alza que hemos notado en intervenciones justicieras.

Adrian empezó a toser esporádicamente. Inclinó la cabeza, ocultando la boca en el codo.

Nova dio un golpecito a su espalda, pero él hizo una mueca.

—Estoy bien —masculló—. Solo… me entró el aire por otro lado.

—Queremos que se haga justicia —siguió Hugh—, pero hay una línea delgada entre la justicia y la venganza. Se ha establecido un código para que siempre sepamos de qué lado de la línea debemos estar. Es egoísta arriesgar las vidas de personas inocentes para beneficiarnos a nosotros mismos. Es desconsiderado poner en riesgo a los civiles para alcanzar la gloria. Es posible que los villanos de antaño hayan procedido así, o los justicieros como el que recientemente se llamó a sí mismo el Centinela. Pero eso no es lo que somos *nosotros*.

Adrian se hundió aún más en su asiento. Nova lo recordó una vez hablando sobre el código: decía que las reglas establecidas por el Consejo podían ser hipócritas ya que durante la Era de la Anarquía no habían tenido ningún problema con poner en peligro la vida de gente inocente siempre y cuando atraparan a sus enemigos. En aquel entonces, los Renegados tenían fama de causar trágicos destrozos o de librar combates que provocaban la muerte de muchos espectadores inocentes, pero no pareció importarles. Habrían hecho lo que fuera por asegurar que su lado saliera victorioso.

A veces Nova sentía que los Renegados del pasado tenían más en común con los Anarquistas de lo que nadie se atrevía a admitir.

—Pero por supuesto —dijo Hugh—, hay momentos en los que no puede alcanzarse una solución pacífica. Hay oportunidades en las que un criminal debe ser detenido, tan rápida y eficazmente como sea posible, para impedir que provoque una devastación aún mayor. Y mientras darle caza a aquel criminal no interfiera con la seguridad de nuestros ciudadanos, los Renegados que asumen su obligación deben ser celebrados y elogiados —respiró hondo, y el surco entre sus cejas se relajó—. Motivo por el cual, hoy nos gustaría tomar un momento para honrar a una de las nuestras —sus ojos escrutaron la multitud—. ¿Podría, por favor, Nova McLain, alias Insomnia, ponerse de pie?

CAPÍTULO 7

Nova se sobresaltó en su asiento, sin saber si había escuchado correctamente.

Danna le dio una palmadita en la espalda y prácticamente la empujó fuera de la silla. El público ya se encontraba aplaudiendo cuando vaciló y se puso de pie. Incluso el Consejo aplaudía. El Capitán Chromium la miraba sonriendo con… *¿orgullo?*

Nova sentía que acababa de entrar a los tumbos en uno de aquellos extraños sueños de ansiedad de los que había escuchado hablar. Aquellos en los que uno quedaba expuesto ante sus peores enemigos solo para descubrir que aquella mañana había olvidado ponerse los pantalones.

Pero no estaba durmiendo. Esto no era un sueño.

Miró a Adrian parpadeando. Su oscura expresión de hacía un rato había desaparecido. Sonreía: aquella sonrisa abierta, de infarto, que ella aborrecía por completo.

Oscar soltó un grito de orgullo, y Ruby agitaba las manos en el aire.

Los aplausos se aquietaron.

—Estoy seguro de que la mayoría de ustedes ya sabe el modo en que Nova McLain sometió a Ingrid Thompson, una Anarquista más comúnmente conocida como la Detonadora, disparándole en la cabeza con un único tiro de gracia durante el altercado del Parque Cosmópolis. Si hubiera dudado o errado el tiro, aquel día habrían estallado muchas más bombas dentro del parque, y estimamos que cientos de personas habrían resultado heridas o muertas. Es gracias a la valentía de McLain y a su rápida reacción que la catástrofe no fue aún peor. Insomnia, estamos orgullosos de que seas parte de los Renegados.

Nova intentó lucir contenta mientras las ovaciones sonaron de nuevo a su alrededor, pero pensó que su gesto debió parecerse más a una mueca. No pudo evitar notar que Hugh Everhart la miraba casi como un... padre.

No tenía ningún derecho de sentirse orgulloso de ella ni de cualquiera de sus logros cuando fue por culpa suya que no tenía a su propio padre mirándola de ese modo.

Estamos orgullosos de que seas parte de los Renegados.

Nova sintió un escozor en la piel.

Sabía que debía sentirse eufórica... había ganado la confianza y el respeto de sus enemigos tal como lo quería. Como Ace lo quería. Pero en este caso, la admiración de los Renegados no se debía a su propia astucia y simulación. En realidad, estaba justificada, porque aquel día había sido *realmente* una Renegada, ¿no es así?

La Detonadora era una Anarquista. Habían estado del mismo lado. Durante mucho tiempo, incluso la habría llamado amiga.

Pero en aquel momento, Nova se había puesto del lado de los Renegados.

No solo había traicionado a Ingrid. La *había matado*. Podía decir que fue en defensa propia, pero cuando apretó el gatillo había algo más que un instinto de supervivencia. Había tenido miedo por los niños y las familias que estaban en el parque. Y estaba furiosa con Ingrid por haberla engañado de nuevo.

También le había preocupado Adrian.

Nova sabía que a veces había que hacer sacrificios para forzar a la sociedad a transitar un camino diferente. Sabía que miles de personas habían muerto cuando Ace empezó su revolución. Pero las víctimas de Ingrid no habrían sido sacrificios; habrían sido asesinatos.

Era inimaginable que Nova se mantuviera aparte sin hacer nada.

En las semanas que transcurrieron desde aquel momento, había repasado en su mente todo lo que hizo aquel día, tratando de entender si habría podido hacer algo diferente.

Eso sí... no lamentaba haber matado a Ingrid.

No sentía orgullo de haberlo hecho. Cada vez que recordaba el momento en que apretó el gatillo, y el hecho de que, por primera vez en su vida, no había dudado, sentía un nudo en la boca del estómago. Las palabras habían estado en su cabeza, como desde que era niña, ante el cadáver inconsciente del asesino de su familia.

Oprime el gatillo, Nova.

Cuando se quiso dar cuenta, la cabeza de Ingrid cayó hacia atrás con un chasquido, y había muerto.

Lo más sorprendente fue lo fácil que resultó. Si eso bastaba para ser una Renegada, genial.

Porque creía que también era la actitud de una Anarquista.

Los aplausos se fueron apagando, y Nova se desplomó sobre su asiento. Tenía las mejillas sonrojadas. Dos hileras más adelante, avistó a Genissa Clark y a sus secuaces: Mack Baxter, Raymond Stern y Trevor Dunn, o, como el mundo los conocía, Congelina, Temblor, Mantarraya y Gárgola, a quien Nova había tenido el enorme placer de derrotar durante las pruebas de los Renegados. Los cuatro le dedicaban miradas burlonas. Genissa puso los ojos en blanco en un claro gesto de antipatía al volverse de nuevo hacia delante.

Danna también debió verlo porque hizo una mueca a la espalda de Congelina.

—Envidiosa —susurró.

Nova sonrió débilmente a modo de respuesta. El equipo de Genissa era una de las unidades de patrullaje más populares de los Renegados. También era la cuadrilla que ella más detestaba. No solo porque eran crueles y arrogantes, sino porque eran un ejemplo de cómo se corrompían los superhéroes si se les daba un poder ilimitado. Así que ni se inmutó por la hostilidad de Genissa. En todo caso, habría estado más preocupada si le hubiera *caído bien* a Congelina.

Oscar extendió el brazo delante de Adrian y golpeó el nudillo contra el mentón de Nova.

—Recuerdo cuando era apenas una joven aspirante a Renegada que debía enfrentar las pruebas. Y mírenla ahora.

Nova se apartó, pero no consiguió fastidiarse como quería.

Sobre el escenario, Hugh Everhart aclaró la garganta.

—Un punto más antes de abordar el motivo por el cual hoy los convocamos a todos. Como bien saben, hubo un robo reciente en el Hospital de Gatlon City, en el que se llevaron medicamentos costosos y vitales. Estamos haciendo todo lo posible por encontrar al responsable y recuperar las drogas robadas, pero mientras tanto… —hizo un gesto hacia Blacklight—, Evander ha tenido la brillante idea de dedicar parte de la gala anual que se celebrará el mes próximo a recaudar fondos. Allí reuniremos dinero y crearemos conciencia de la creciente necesidad de medicamentos, especialmente dado que nuestra industria farmacéutica sigue teniendo dificultades por falta de financiación. Sé que hay un… preconcepto entre los civiles de nuestra ciudad respecto de que los sanadores prodigios serán suficientes para ayudarlos si necesitan tratamiento médico, pero… sencillamente no contamos con la cantidad suficiente para atenderlos a todos, y sus habilidades pueden ser limitadas. Tenemos que enfocarnos más en nuestra medicina. Para ello, en las próximas semanas empezaremos a pedir donaciones de objetos de interés para una subasta en vivo.

Por favor, márquenlo en sus calendarios, si no lo han hecho aún, ya que espero ver un fuerte apoyo de toda nuestra comunidad.

Nova frunció el ceño. Si no había suficientes sanadores prodigio para sanar a los pacientes enfermos y heridos del hospital, ¿por qué sencillamente no lo decían? ¿Por qué no animaban a más civiles a que estudiaran medicina? ¿Por qué los Renegados estaban tan decididos a actuar como si realmente pudieran salvar a todo el mundo cuando sabían perfectamente que no podían hacerlo?

—Y ahora —añadió el Capitán—, es hora de discutir la razón principal por la que hoy convocamos esta reunión —señaló hacia el Consejo—. ¿Kasumi?

Kasumi Hasegawa, o Tsunami, subió al escenario y tomó el micrófono mientras Hugh desaparecía por una puerta cercana.

—Ampliando la presentación del Capitán Chromium —dijo mientras tomaba un puñado de tarjetas índice de la manga de su uniforme—, el ataque de la Detonadora fue un recordatorio de que no podemos permitir que villanos como Ingrid Thompson conserven plena posesión de sus facultades, sin ninguna regulación ni medida preventiva que impida que este tipo de ataques continúe sucediendo. Cuando los prodigios abusan de sus poderes, tenemos el deber de abordar la amenaza que representan para… personas inocentes, para nosotros y para sí mismos. Como dijo el Capitán, nuestros ciudadanos están exigiendo una respuesta a tales amenazas, y hoy les demostraremos justamente cuál será esa respuesta. Por favor, entiendan que lo que estamos revelando hoy aquí es confidencial, y debe mantenerse en secreto solo entre los Renegados hasta nuevo aviso.

Nova se enderezó, interesada. Había estado siguiendo la cobertura reciente de los medios y la creciente desilusión. Durante una década, la gente había creído que los superhéroes siempre vendrían al rescate cuando los necesitaran. Aunque ella sabía desde hacía tiempo que esto era falso, el atentado de Ingrid también parecía haberle abierto los ojos a la población. Los Renegados no siempre estarían allí para salvarlos.

Era hora de que la sociedad se diera cuenta de que les habían dado todo el poder a los Renegados y, a cambio, solo estaban recibiendo promesas vacías.

—Estamos preparando un comunicado de prensa que pondrá esta información a disposición de los medios apenas nos parezca que sea seguro hacerlo —Tsunami giró la tarjeta. Sus mejillas se hallaban encendidas, y a Nova se le ocurrió que Kasumi Hasegawa no se sentía cómoda hablando ante grandes grupos de personas.

Qué irónico. Una superheroína, una Renegada original, que seguramente había enfrentado armas, bombas e infinidad de criminales, con miedo a algo tan mundano como hablar en público.

—Desde hace años —continuó Kasumi— nuestro talentoso equipo de investigadores ha estado trabajando en novedades interesantes que servirán para ayudarnos en nuestra responsabilidad de mantener la ciudad a salvo de prodigios que se niegan a seguir la autoridad del código. Hemos desarrollado una herramienta que es inofensiva para los no prodigios de nuestra población. Por este motivo, no pone en riesgo a los civiles mientras al mismo tiempo nos ofrece un modo seguro y eficaz de neutralizar a los prodigios que se niegan a respetar nuestras leyes. Queremos que esta herramienta se convierta en nuestro instrumento más práctico para lidiar con la desobediencia de los prodigios. Lo hemos llamado… *Agente N*.

El corazón de Nova se aceleró. Recordaba las palabras de Blacklight en el Parque Cosmópolis después de neutralizar la amenaza de los explosivos de Ingrid. "Esto es una prueba de que no todos los prodigios merecen sus poderes. Es por villanas como ella que necesitamos el Agente N".

A esto se referían. Sea lo que fuere el Agente N, lo estaban revelando aquí y ahora. El corazón le latió con tal fuerza contra las costillas que creyó que saldría de su pecho.

No era solo un experimento hipotético circunscripto a sus laboratorios;

era real. El denominado *antídoto*. El arma que Blacklight dijo que haría del mundo un lugar más seguro.

Pero ¿más seguro para quién?

—Para explicarles mejor y darles una demostración de esta herramienta —dijo Kasumi, señalando a un costado—, invito a la doctora Joanna Hogan a que suba al escenario.

Kasumi regresó a su asiento, evidentemente aliviada de que su parte hubiera terminado.

La doctora Joanna Hogan era mayor que cualquiera de los miembros del Consejo... Nova calculó que debía tener más de cincuenta años... aunque se dirigió con paso ligero y enérgico hacia el micrófono. Su bata de laboratorio, de un blanco impoluto y cuidadosamente planchada, contrastaba con un corte duende teñido de rosa chicle.

—Buenas tardes —dijo—, y gracias por la presentación, Tsunami. Soy la doctora Joanna Hogan y he sido una de las investigadoras principales aquí en el cuartel general desde sus comienzos. Tengo el placer de contarles sobre este nuevo avance, y agradezco todo lo que el Consejo ha hecho para fomentar nuestro trabajo —hizo una pausa para tomar un largo aliento—. Hoy les contaré un poco más sobre el producto llamado Agente N y les haré una demostración de sus principios activos para que puedan ver y comprender su eficacia de primera mano. Sé que algunos querrán calificar al Agente N como un arma, pero es importante tener en mente que, en su esencia, es una solución *no violenta* a un problema que ha estado afectándonos durante más de treinta años —abrió los brazos para indicar la extensión de tiempo, y algunas personas de entre el público rieron por lo bajo, sin estar completamente de acuerdo—. Además de no ser violento, el Agente N es portátil y sus efectos son casi instantáneos. Su uso es completamente seguro con civiles no prodigios. Creo realmente que todos apreciarán sus aplicaciones en el mundo real.

La doctora Hogan extendió la mano para tomar el maletín que se encontraba apoyado sobre una banqueta al fondo del escenario. Abrió los broches y alzó la tapa, levantándola para que todo el público viera dentro. Algunas hileras más allá, un Renegado llamado Óptico extrajo súbitamente uno de sus globos oculares removibles y lo levantó para ver mejor.

Dentro había tres hileras de ampollas, cada una con un líquido oscuro color verde.

—Este —dijo Joanna Hogan— es el Agente N. Se trata de un agente neutralizante... de allí el nombre. Aquí tenemos la sustancia en estado líquido, con una cantidad de usos viables, pero también hemos realizado experimentos satisfactorios con el agente en forma de cápsula —extrajo una ampolla del maletín y la sostuvo en alto—. Esta ampolla, que contiene solo diez mililitros del agente, tiene la capacidad de eliminar, rápida y permanentemente, los poderes de cualquier prodigio sobre este planeta.

Un murmullo de sorpresa se propagó por el público, y algunos de los Renegados sentados más cerca del escenario arrastraron sus sillas hacia atrás.

Nova intentó disimular el estremecimiento que se apoderó de sus hombros. Sintió que Danna la escrutaba, pero no la miró a los ojos.

—No se alarmen —dijo Joanna—. En su estado líquido, debe embeberse de modo oral o intravenoso para que sea eficaz. Están todos completamente a salvo —bajó la mano, acunando la ampolla en las palmas cerradas—. Consideramos el Agente N una consecuencia humanitaria para aquellos que desafían las regulaciones que estableció nuestro Consejo. Después de recibir capacitación para usarlo adecuadamente, empezaremos a equipar a todas las unidades de patrullaje con dispositivos de descarga. Una vez que lo tengan en sus manos, ya no toleraremos que alguien con habilidades extraordinarias decida comportarse de manera ilícita. Perderán el privilegio de ser prodigios.

Los rostros del público se contorsionaron con curiosidad y sutil reconocimiento.

Nova sintió náuseas al recordar lo horrorizada que se había sentido tras entrar en el área de cuarentena de Max, cuando Adrian le dijo que el muchacho podía absorber los poderes de otros tan solo estando en su presencia. Cuando, por un instante, creyó que quizás había dejado de ser una prodigio.

Que le quitaran a uno su poder contra su voluntad… ¿acaso no era una violación de los derechos de los prodigios tanto como cualquier abuso que hubieran sufrido antes de la Era de la Anarquía? Ace había luchado tanto por otorgarles a todos los prodigios la libertad de revelar sus poderes sin temor a ser perseguidos. Pero ahora, los Renegados, los mismos que debían estar luchando en favor de otros prodigios, estaban decididos a erradicar a quienes no siguieran su *código,* aunque ninguna de sus leyes nuevas hubiera sido sometida jamás a votación o sido aceptada por la población, y aunque los Renegados se hubieran erigido en jueces y jurados, legisladores y encargados de hacer cumplir las leyes.

Nova recorrió la sala con la mirada, segura de que no podía ser la única en advertir la hipocresía que estaba en juego. ¿Cambiar a un prodigio en un nivel tan fundamental, alterar la esencia de *quienes eran* solo porque hubieran infringido una norma con la que nunca habían estado de acuerdo para empezar? ¿Y los juicios justos? ¿Y el debido proceso?

Pero lo único que vio a su alrededor fueron expresiones de curiosidad.

Hasta que su mirada recaló en Adrian. Al menos él parecía preocupado. En algún momento había tomado su rotulador, y lo hacía rebotar nerviosamente contra los dedos.

—Además —continuó Joanna—, nos entusiasma la oportunidad de emplear el Agente N como una sentencia alternativa para algunos de los presos recluidos en la Penitenciaría de Cragmoor. Hasta la fecha, hemos neutralizado a siete presos como parte de nuestro proceso de ensayo, y encargaremos a un comité que analice a todos los residentes de Cragmoor según el caso. Los Renegados jamás hemos tolerado su comportamiento delictivo, y ahora nos aseguraremos de que no vuelva a suceder jamás.

Un murmullo de aprobación se propagó entre el público, pero las palabras de la doctora helaron a Nova. Era la primera vez que hablaban del Agente N, ¿y ya habían neutralizado a siete presos? ¿Por orden de quién? ¿Quién lo había aprobado? ¿Quién había dispuesto los juicios? ¿Tuvieron los prisioneros la posibilidad de elegir en el asunto?

¿O acaso las siete víctimas habían sido tratadas como poco más que ratas de laboratorio para que los investigadores perfeccionaran esta nueva arma? ¿Hubo otros prisioneros cuya neutralización no resultó exitosa? Y si así fuera, ¿qué fue de ellos?

Sin duda, era una violación de los derechos humanos, pero… ¿a quién le importaban los derechos de los villanos?

Junto a ella, Adrian masculló algo acerca de Cragmoor en voz baja. Nova lo interrogó con la mirada.

—Esta mañana vi una furgoneta de transporte —susurró en su oído, inclinándose hacia ella—. Creo que trajeron a uno de los prisioneros.

Nova tenía vagos recuerdos de Anarquistas que habían sido apresados y encerrados en Cragmoor antes de la Batalla de Gatlon, y supuso que seguían allí. Los otros Anarquistas jamás hablaban sobre los aliados perdidos, y con el correr de los años, había puesto escasa atención en ellos.

—Ahora haré una demostración del Agente N. Creo que les agradará ver lo sencillo y eficaz que resulta. Por favor, traigan al sujeto al escenario —la doctora Hogan señaló la puerta por la que había pasado el Capitán.

Blacklight dio un paso hacia adelante y la abrió. Quienes estaban en la primera fila estiraron el cuello para ver quién pasaría por ella.

—Nuestro sujeto ha sido condenado y declarado culpable de numerosos ataques a nuestros ciudadanos. Ha empleado sus habilidades para lavarles el cerebro a niños inocentes. Como resultado, innumerables individuos sufrieron lesiones a lo largo de los años.

Nova inhaló bruscamente.

Se equivocaba. En realidad, conocía a alguien detenido en la Penitenciaría de Cragmoor.

—Es un criminal que una vez trabajó junto al mismísimo Ace Anarquía —dijo la doctora Hogan al tiempo que el Capitán Chromium regresaba, arrastrando a un prisionero—. Les presento a Winston Pratt… el Titiritero.

CAPÍTULO 8

Mientras conducían a Winston al escenario, Nova se hundió aún más en su asiento. El Titiritero llevaba un uniforme de prisión a rayas blancas y negras, en lugar de su habitual traje de terciopelo color violeta. Cadenas de cromo sujetaban sus tobillos y muñecas, pero no intentó luchar contra su captor. Su cabello color naranja se hallaba apelmazado y revuelto aunque seguía maquillado: grueso delineador negro alrededor de los ojos, círculos rosados sobre los pómulos y nítidas líneas, dibujadas desde las comisuras de la boca hasta la mandíbula, creando el efecto de una marioneta de madera. Confirmó que, a pesar de lo que Nova supuso durante todos los años que lo conocía, Winston jamás se había pintado la piel. En cambio, su poder había transformado su rostro en el de un títere.

O, más bien, en el de un titiritero.

Intentó acomodarse detrás del Renegado de la siguiente hilera para no ser vista y al mismo tiempo atisbar por encima de su hombro. Lo último que necesitaba era que Winston la localizara entre la multitud. Estaba casi segura de que podía confiar en él, pero no tenía certeza, y no lo veía desde su interrogatorio, meses atrás. En aquel momento, no la había delatado, y desde entonces había guardado su secreto. De todos modos, quizás decidiera que esta era la oportunidad ideal para revelar su identidad, tal vez a cambio de un indulto.

No sería peor que el daño que ella le había infligido. Durante el desfile, Nova lo había arrojado fuera de su propio globo aerostático, y lo dejó a merced de sus enemigos. No podía culparlo si decidía incriminarla ahora para salvar su propio pellejo.

Su rodilla empezó a temblar cada vez más enérgica. Una descarga de adrenalina recorrió su cuerpo, preparándola para huir ante la primera señal de traición por parte de Winston.

Pero el Titiritero no parecía estar con ánimo vengativo. Se lo veía encantado de ser el centro de atención en una sala llena de Renegados, donde todo el mundo lo miraba como asistentes curiosos en una convención de superhéroes.

–¿Qué pasa? –susurró Danna.

Nova se sobresaltó.

–¿Qué?

Danna se hundió en su asiento hasta que sus hombros quedaron a la misma altura que los de Nova. Como era mucho más alta, el efecto era cómico.

–¿Estás escondiéndote de algo?

Nova frunció los labios y volvió a deslizarse hacia arriba.

–No –respondió, aunque ella misma se dio cuenta de que había reaccionado a la defensiva–, mi tío siempre dice que tengo que mejorar mi postura.

Sobre el escenario, Simon Westwood retiró de la banqueta el maletín que contenía el Agente N, y la acercó al centro del escenario. Hugh Everhart apoyó una mano sobre el hombro de Winston intentando conducirlo hacia el asiento. El Titiritero ignoró a ambos, y a la doctora Hogan, que se retrajo cuando pasó junto a ella. Se hallaba ocupado observando la sala con mirada chispeante y divertida.

—Oh, mi Capitán —dijo con su alegre tono chillón—, ¿es una fiesta? ¿Para *mí*? —sacudió sus cadenas—. ¿Acaso es mi cumpleaños?

Lanzando una mirada gélida al prisionero, el Capitán no respondió.

Nova tragó saliva.

Al costado del escenario, Thunderbird susurró algo en el oído de Blacklight, y el atisbo de una sonrisa se asomó en una comisura de sus labios. Algo en aquella mirada heló la sangre de Nova.

¿Veían siquiera a Winston como un ser humano? ¿O se había transformado en poco más que un experimento científico para ellos? Tal como Max ¿y cuántos más?

A pesar del parloteo, Nova conocía a Winston lo suficiente para darse cuenta de que estaba aterrado. Lo disimulaba tan bien como podía, pero bien oculta en su mirada había una súplica muda y desesperada que pedía misericordia, imploraba ser rescatado, suplicaba que lo sacaran de allí.

Debió saber que era inútil. Rodeado por Renegados, atrapado en su cuartel general, sin un solo aliado…

Nova se estremeció.

Ella era su aliada.

Se suponía que ella era su aliada.

Pero Winston era un idiota que había arruinado la misión de su equipo durante el desfile y se había dejado atrapar. Era un matón que atacaba a los *niños*, algo que siempre le había parecido despreciable, incluso para un Anarquista.

Y, sin embargo, a pesar de todas sus faltas, había sido leal a Ace. Era parte de su equipo.

Debía hacer algo.

¿Qué podía hacer?

¿Qué podría querer Ace que hiciera?

Nada, le susurró su mente. Fue como si la serena sabiduría de Ace hubiera aflorado a la superficie de su mente. *Él no merece que reveles tu secreto. Mantén el rumbo. Concéntrate en tu misión.*

Joanna Hogan tomó una jeringa del maletín.

Winston no le prestaba atención.

—No recuerdo cuántos años tengo —dijo, ladeando la cabeza. Las cadenas de cromo se sacudieron al llevar las manos al pecho y dibujar un corazón imaginario.

La doctora introdujo una ampolla de Agente N en la jeringa.

Nova se aferró a la silla bajo sus muslos.

—Caramba —dijo Winston, balanceando los pies—. Yo soy viejo, creo. Pero en cambio todos ustedes, Renegados, tan alegres e inocentes. Vaya; ¡si prácticamente son niños! De hecho… —se inclinó hacia adelante, escudriñando a alguien en la primera fila. Su sonrisa se volvió traviesa—. Creo que *eres* un niñito, pequeño defensor de la justicia.

Winston saltó de la banqueta. Su dedo extendido soltó un reluciente hilo color dorado. La cuerda del Titiritero se envolvió alrededor de la garganta de un joven Renegado, y el muchacho soltó un grito. El dedo se retorció, y el muchacho se abalanzó sobre el escenario.

Nova se levantó de un salto, pero también lo hizo el resto del público, tapándole la vista. Con un resoplido, se paró sobre su silla para ver por encima de las cabezas de la multitud. El Capitán Chromium se precipitó hacia el muchacho, cuyos gritos de furia apenas podían oírse por encima del repentino alboroto.

Pero sobre el escenario, Joanna Hogan lucía serena al extender la mano y tomar el brazo de Winston. Este la miró furioso. Sus dedos se curvaron, y el joven Renegado bajo su control corrió hacia la doctora, los dientes descubiertos y los dedos doblados como garras, como un animal salvaje, listo para despedazarla en pequeños trozos y devorar cada uno de ellos. Soltó un grito enloquecido y se arrojó hacia ella, pero el Capitán Chromium lo atrapó segundos antes de que la golpeara. Inmovilizó los brazos del muchacho a los lados, sujetándolo con fuerza.

Winston Pratt esbozó una sonrisa.

La boca de Nova se resecó.

El Titiritero distinguió a su segundo títere antes que ningún otro, ya que todos estaban demasiado concentrados en el muchacho que se agitaba en brazos del Capitán.

Nadie más notó a Urraca, la prodigio ladrona. Nadie la vio levantar la palma. A dos filas de ella, Estalagmita no notó el hacha de hierro que se deslizaba de su vaina y volaba a la mano abierta de Urraca. La pequeña bandida levantó el hacha y arremetió contra Tsunami, un miembro del Consejo. La Renegada estaba de espaldas; nadie lo advertiría hasta que fuera demasiado tarde.

Nova quedó inmóvil, incapaz de decidir si debía detener o no a Urraca. Después de todo, este también era su objetivo: eliminar al Consejo, destruir a los Renegados. Un miembro menos del Consejo sería algo positivo…

—¡No!

Nova oyó el grito tan cerca de su oído que por un instante creyó que provenía de su propia boca. Pero luego Danna se dispersó en un enjambre de mariposas, elevándose por encima del público.

Sobre el escenario, rodeada del caos, la doctora clavó la aguja en el brazo de Winston y oprimió el émbolo.

Danna se volvió a transformar justo a tiempo para sujetar la muñeca de Urraca y alejarla de la Concejala. La pequeña ladrona gritó cuando la Renegada le dobló el brazo detrás de la espalda y la obligó a soltar el hacha. Tsunami giró con ojos desorbitados.

Nova exhaló. Pero si era alivio lo que sintió, no duró mucho. Danna sujetaba a la pequeña Urraca, que no dejaba de agitarse, y la miraba fijo a ella: desconcertada y, quizás, traicionada.

Temblando, Nova apartó la vista. Tenía las mejillas sofocadas por el rubor. ¿Era realmente a ella a quien miraba Danna? ¿Sabía que había visto toda la escena y no había hecho nada por detenerla?

De pronto, el alboroto cesó. Los chillidos del primer títere de Winston se apagaron. Desde su lugar sobre la silla, Nova vio cómo las delgadas cuerdas doradas que sujetaban a los dos jóvenes Renegados a los dedos del Titiritero se quebraban y desintegraban. El Titiritero se observó las manos, y flexionó los dedos, sorprendido. Pequeñas arrugas surcaron la pintura oscura que rodeaba sus ojos. Su aliento se volvió errático; su mandíbula empezó a temblar. Un quejido suave y angustioso se abrió paso entre sus labios.

—N-no —balbuceó, la voz impregnada de horror—. ¿Qué pasó? ¿Qué han hecho?

El oscuro delineador empezó a chorrear.

Nova se llevó la mano a la boca. *Era* maquillaje, o al menos así parecía ahora que su negra viscosidad se escurría sobre su rostro en gruesas y pegajosas lágrimas. Se mezclaron con las manchas rosadas de sus mejillas, y pronto todos sus rasgos eran un revoltijo de negros y rojos. Incluso su blancura pálida como la porcelana empezó a desvanecerse, desparramándose por los costados de su rostro y sobre el cuello de su overol a rayas.

Winston soltó otro gemido. Quienes estaban sobre el escenario retrocedieron un paso al unísono. La doctora Hogan se veía cautivada por su transformación, pero todo el resto parecía receloso, incluso atemorizado.

El Titiritero miró sus dedos enroscados, temblando. Nova se preguntó qué veía o qué no veía. Qué sentía o qué no sentía.

Winston empezó a sollozar. Enormes lágrimas se escurrieron a través de sus mejillas sucias. Volteó la cabeza y se frotó la nariz contra el hombro. La tela rayada quedó coloreada con manchas negras y rojas. Cuando volvió a alzar la cabeza, Nova notó que las líneas de su mentón habían desaparecido. Tenía la piel cetrina y teñida de un pálido azul. Continuaba llorando, observando sus manos con incredulidad, y debió saber... sin importar lo que sintiera o lo que presintiera que sucedía dentro del cuerpo... debió saber la verdad.

Ya no era un prodigio. Ya no era un villano. Ya no era el Titiritero.

Y a pesar de que Winston Pratt jamás le había agradado demasiado, Nova no pudo ignorar la punzada de dolor que recorrió su cuerpo.

¿Y ahora qué sería de él?

Mientras los pensamientos se agitaban en su mente, alguien del público empezó a aplaudir. Luego otro. Y poco después, toda la sala aplaudía mientras Winston Pratt sollozaba sobre el escenario.

El experimento había sido un éxito, y todos empezaban a darse cuenta de lo que significaba. Para los Renegados. Para el mundo.

Y para los Anarquistas.

Con una sustancia así a disposición de los Renegados, ¿cuánto tiempo tardarían en aniquilar a los Anarquistas? Los Renegados ni siquiera tendrían que transigir con sus propios valores. No estarían matando a nadie; tan solo estarían quitándole sus poderes.

La sala empezó a aquietarse. Habiendo neutralizado al villano, los Renegados regresaron a sus asientos. Uno de los sanadores acompañó fuera a los dos chicos arrebatados por el Titiritero.

Nova se dispuso a bajar del asiento, pero en ese momento su mirada volvió a recalar en Winston, y quedó helada.

La miraba, aparentemente, más afligido que sorprendido de verla.

Una de sus rodillas cedió y tropezó hacia delante, pero Adrian la tomó del codo.

—¿Estás bien?

Nova parpadeó. Con toda la conmoción, había olvidado que el Renegado estaba junto a ella. Retiró el brazo rápidamente, y se dejó caer sobre el asiento, intentando ocultarse de la vista del Titiritero.

—De maravillas —masculló.

Dos guardias de seguridad arrastraron a Winston fuera del escenario. Aunque había entrado caminando sobre sus propios pies, ahora su cuerpo estaba laxo, como el de una marioneta cuyas cuerdas habían sido cortadas.

Nova no volvió a incorporarse en su silla hasta que la puerta se cerró entre ellos. ¿Cómo iba a lidiar con semejante cambio? Le habían quitado no solo su poder, sino su identidad. Si ya no podía ser el Titiritero, ¿quién era? ¿*Qué* era?

Y las mismas preguntas tendrían que responder todos los que fueran víctimas del Agente N.

¿Realmente creía el Consejo que tenía el derecho de decidir a quién autorizaba ser un prodigio y a quién no?

Una vez que la multitud se calmó, Tamaya Rae se acercó al micrófono.

—Gracias por esta poderosa demostración, Joanna. Comenzando la semana próxima, todas las unidades activas de patrullaje tendrán que recibir como mínimo treinta horas de capacitación especializada en el Agente N. Allí aprenderán el modo más eficaz de administrar la sustancia, y también la manera de protegerse a sí mismos y a sus compañeros para evitar ser víctimas de sus efectos. Estamos preparando un comunicado de prensa para informarles a los medios acerca de este producto, y cómo emplearlo para proteger mejor a la población de esta ciudad y garantizar la justicia. Cuando llegue el momento, equiparemos a todas las unidades que hayan completado la capacitación correspondiente con una provisión de reserva del Agente N. Solo lo emplearán como medida defensiva contra cualquier prodigio que demuestre un acto de violencia contra un Renegado o un civil, o que exhiba una rebeldía intencionada contra el código.

—¿Sin un juicio? —susurró Nova—. ¿Tendremos el poder de sencillamente… usar esta sustancia contra cualquiera que queramos, sin que haga falta la evidencia de un delito? —sacudió la cabeza—. ¿Cómo puede estar incluido *algo así* en su código?

Adrian la observaba. Ella se atrevió a encontrarse con su mirada, sin poder disimular su aversión. Él no dijo nada, pero Nova creyó ver reflejada la inquietud en su rostro.

—Además —prosiguió Tamaya—, neutralizarán en el acto a cualquier prodigio que esté siendo buscado hoy por transgresiones recientes. Eso incluye a todos los miembros conocidos del grupo de villanos Anarquistas. Dado que aún no hemos hallado un cadáver que confirme su muerte, eso incluye también al justiciero conocido como el Centinela.

—Naturalmente —farfulló Adrian, rascando su nuca.

—Recibirán su programa de capacitación… —continuó Tamaya.

—¿Es reversible? —gritó Nova.

Tamaya hizo una pausa, irritada por la interrupción.

—¿Disculpa?

—Si es reversible —Nova se puso de pie—. Imaginemos que neutralizamos a un prodigio por error o… sin causa justificada, ¿hay manera de restablecer los poderes?

La doctora Hogan avanzó y tomó el micrófono.

—Es una buena pregunta, y me alegra que la hayan planteado, ya que debemos transmitirles a todos los Renegados la importancia de manejar esta sustancia con la mayor responsabilidad —fijó la mirada en Nova—. No. Los efectos del Agente N son permanentes e irreversibles. No nos engañemos, se trata de una sustancia peligrosa, y de cara al futuro, esperamos que la manipulen con el máximo cuidado en todo momento.

—Gracias, doctora Hogan —respondió Tamaya—. Quiero reiterar una vez más que lo que han escuchado hoy es confidencial hasta nuevo aviso. Estaremos disponibles para responder preguntas inmediatas tras esta reunión y en el transcurso de su capacitación. Ahora pueden retirarse.

El bullicio inundó la sala de conferencias. Nova y los demás siguieron a la multitud, pero apenas salieron al amplio vestíbulo, Adrian los apartó a un lado esperando que Danna los alcanzara.

—Bueno —dijo Oscar—, eso fue mil veces más intenso de lo que anticipé. ¿Quién más quiere ir a distraerse con una pizza?

Nova lo ignoró y se volteó hacia Adrian.

—Proviene de Max, ¿verdad? Por eso necesitaban extraerle todas aquellas muestras de sangre.

—Debe ser —un pliegue se formó sobre el puente de sus gafas, y Nova reconoció su típica expresión reflexiva—. Siempre tenía esperanzas de que estuvieran buscando una manera de ayudarlo a… ya sabes, poder estar con otros prodigios. Aunque… —apretó los labios formando una línea delgada—. Es gracias a Max que pudieron derrotar a Ace Anarquía. Supongo que no debería sorprendernos que intentaran encontrar una manera de… de…

—¿Explotar su poder? —masculló Nova.

Adrian frunció el ceño, pero no la contradijo.

—Pero es un prodigio. Una persona de carne y hueso. Mientras que esa sustancia es… *sintética*. No parece posible… reproducir su poder de ese modo.

—¿Posible? —preguntó Ruby, riendo socarronamente—. Adrian, yo te he visto reproducir criaturas de carne y hueso con un lápiz y un papel. Yo soy capaz de hacer brotar gemas cuando sangro. Danna se convierte en un montón de mariposas. ¿Estamos realmente cuestionando lo que es posible?

—¿Qué? —preguntó Oscar—. ¿No vas a señalar todas las cosas increíbles que puedo hacer yo?

Ruby señaló con desgano en dirección a Oscar.

—Oscar puede comer dos pizzas extra grandes de una sola vez mientras cita de memoria la tercera temporada completa de *Vengadores de las Estrellas*.

Oscar asintió con solemnidad.

—Es difícil creer que existo siquiera.

Nova se masajeó la sien.

—Me pregunto si Max sabe en lo que han estado trabajando durante todo este tiempo.

—Si lo sabe —señaló Adrian—, jamás me dijo nada acerca de ello.

—Quizás haya sido *confidencial* —Nova no pudo evitar que su voz se tiñera de amargura. Todo lo relacionado con el niño era confidencial. Su capacidad real, el motivo por el cual vivía en el área de cuarentena y, ahora, esto. Por lo que ella sabía, la mayoría de las personas de la organización ni siquiera estaba segura de por qué estaba encerrado para empezar. El rumor general parecía ser que su poder debilitaba a los prodigios que entraban en contacto con él, y que debía mantenerse apartado por su seguridad y la de los demás… pero pocos parecían ser conscientes de la magnitud de lo que podía hacer: era capaz de drenarles las habilidades a otros prodigios y absorberlas, y le había quitado poder al mismísimo Ace Anarquía.

Cuando conoció a Max, le habían dicho que era importante y peligroso a la vez. Recién ahora empezaba a darse cuenta de lo ciertas que eran aquellas palabras.

—Lo que me preocupa —dijo Adrian— es lo fácil que sería abusar de esta sustancia.

Nova alzó una ceja.

—¿Qué? ¿Crees que un *Renegado* abusaría de este tipo de poder?

—No todos, por supuesto, pero incluso los Renegados pueden tener a veces motivos egoístas —hizo una pausa, mirándola con el ceño fruncido—. Espera… estabas siendo sarcástica, ¿verdad?

—¿Qué crees? —preguntó bruscamente.

Adrian la escrutó, perplejo.

—¿Estás enojada *conmigo*?

Nova retrocedió un paso y tomó algunas respiraciones para calmarse. Estaba arremetiendo injustamente contra él. Adrian no tenía nada que ver con esto, se recordó a sí misma. Y durante la presentación, incluso hubo momentos en que pareció tan horrorizado como ella.

–No –respondió, más calma–. Lo siento. Solo estoy… preocupada por lo que podría significar el Agente N. Tú mismo dijiste que la gente abusará de él.

–No, dije que sería fácil que abusaran de él, no que creo que alguien lo haga. Tendremos que ver cómo resulta la capacitación.

Nova sacudió la cabeza.

–Se trata de una evidente perversión de poder. No pueden sencillamente enviar unidades de patrullaje a las calles con aquella sustancia y creer que no se cometerán errores; que las personas no se dejarán llevar por sus emociones. ¿Y el juicio imparcial? ¿Y la evidencia? ¿Y si alguien se gana la vida con su habilidad y se la quitan sin pensársela dos veces? –pensó en Cianuro. Por más ilegales que fueran algunas de sus actividades, también preparaba muchos brebajes legales que vendía a clientes legítimos, desde insecticidas hasta agentes anti-verrugas–. ¿Y si alguien fuera a cambiar su vida y empezara a usar su poder para ayudar a la gente? El Agente N les quitaría esa posibilidad. ¿Sabes? Los Renegados hablan mucho de derechos humanos, pero esto es una violación de los derechos de los prodigios.

–Los villanos no tienen *derechos*.

Nova se sobresaltó. No había escuchado a Danna acercarse por detrás. La mirada feroz que le dirigió la puso inmediatamente en guardia.

–El Agente N es para usar con villanos, con personas que no siguen el código. Pero tú pareces terriblemente empeñada en defenderlos.

–No todo el que está en desacuerdo con el código es un villano –señaló Adrian.

Danna lo miró, espantada.

–¿En serio? ¿Cómo los llamarías?

Adrian se rascó la oreja con el rotulador cubierto.

93

—El código ha estado en vigor durante diez años, y el Consejo lo modifica permanentemente. ¿Quién sabe qué aspecto tendrá en diez o cincuenta años? No es todo blanco o negro, bueno o malo. Los actos de las personas... sus motivaciones... existen —hizo un círculo con las manos en el aire—... zonas grises.

—Exacto —asintió Nova, y sintió que el nudo en su pecho se aflojaba—. Y las personas merecen una oportunidad para explicar sus actos y sus motivaciones antes de que los despojen de sus habilidades.

—No necesito saber cuál era la motivación de Espina —replicó Danna— para saber que es una ladrona y un peligro para la sociedad. Si el otro día hubiera tenido el Agente N, la habría neutralizado sin dudar, y les aseguro que no estaría lamentándolo. ¿Alguno piensa lo contrario? —le dirigió una mirada furiosa a Nova.

Esta apretó la mandíbula, irritada al sentir que contradecían sus propias convicciones. Sin duda, incluso Espina merecía un juicio, ¿verdad? Incluso ella merecía una oportunidad de elegir un camino diferente.

Pero luego pensó en Ingrid. Le había disparado. La había *matado*. No hubo juicio ni razonamiento alguno con ella. Había sido en defensa propia; había sido para proteger vidas inocentes.

También había sido irreversible.

Y no lo lamentaba.

¿Habría lamentado ver a Espina neutralizada con el Agente N? Un destino que, por cierto, tenía que ser mejor que la muerte.

—¿Sabes, Nova? —añadió Adrian mansamente antes de que pudiera formular una respuesta—. Una vez dijiste que el mundo sería mejor si no hubiera prodigios. Así que... quizás, en ese sentido, el Agente N puede ser algo bueno.

—No —dijo con firmeza—. Esto es diferente. Creo de veras que a la humanidad le convendría que no hubiera ningún prodigio. Las personas volverían a tener control de su propio mundo y se verían obligadas a tomar sus propias decisiones. Se ayudarían entre sí en lugar de depender todo el tiempo de los superhéroes. Competiríamos en igualdad de condiciones –pensó en su propio equipo y consideró los poderes increíbles que la rodeaban solo en este pequeño grupo, y luego todos los poderes de todos los prodigios del mundo. Los seres humanos normales, sin semejantes habilidades, jamás podían competir con aquello en lo que se habían convertido los Renegados–. Pero eso no es lo que sucede en esta situación. Esto es lisa y llanamente una opresión. Si lo logran, los Renegados se posicionarán en un lugar aún más elevado del que tienen respecto del resto de la población. No habrá nadie para… desafiarnos. Nadie que nos detenga o nos impida obtener todo el poder, y entonces ¿qué será de la humanidad?

–Estará mejor que cuando estaba en manos de los villanos –señaló Danna.

Nova frunció el ceño, obligándose a mirarla a los ojos. Esta vez no desvió la mirada.

–Y una vez que ellos –hizo una pausa–, una vez que *nosotros* consigamos todo el poder, ¿qué impedirá que nosotros mismos nos convirtamos en villanos?

CAPÍTULO 9

Adrian seguía esperando fuera de la sala de reuniones, dando golpecitos con el pie, oyendo el vaivén de las conversaciones del otro lado de la puerta. El resto de su equipo se había marchado a la cafetería, a instancias de Oscar, por supuesto. Pero durante la reunión se le había ocurrido una idea que le impidió unirse a ellos. Hacía veinte minutos que esperaba para hablar con Hugh o Simon, pero el Consejo estaba demorando una eternidad en salir de la sala, deteniéndose para hablar con cada persona que los abordaba. Por fin, Hugh consiguió alejarse de un grupo de unidades de patrullaje, todas evidentemente entusiasmadas por la posibilidad de empezar la capacitación del Agente N.

—¡Ey, papá! —Adrian se abrió paso a través del público que aún seguía dando vueltas.

—¡Adrian! —Hugh se volvió hacia él con una sonrisa—. ¿Qué te pareció?

—Eh… genial —dijo a toda velocidad, aunque decirlo fue como traicionar las dudas de Nova y las suyas propias.

Necesitaba más tiempo para hacerse una idea del Agente N y para considerar lo que significaría para la organización y para la sociedad en general; lo que significaría para el Centinela. Pero ahora no era eso de lo que quería hablar.

—Tengo una pregunta.

—Tú y todos los demás —indicó Hugh, apoyando la mano sobre el hombro de Adrian para conducirlo a través de la multitud—. En las próximas semanas, tendremos mucha más información, y la capacitación despejará gran parte de las dudas…

—No es sobre el Agente N. Quiero saber lo que sucederá con el Titiritero.

—*Winston Pratt* —corrigió Hugh, levantando un dedo—. Ya no es el Titiritero ni volverá a serlo jamás.

—Es cierto —respondió Adrian, arrastrando las palabras—. Me pregunto… ¿lo enviarán de regreso a Cragmoor hoy o…?

—¿Cragmoor? ¿Por qué lo enviaríamos de vuelta a Cragmoor? —sus ojos brillaban. Literalmente, brillaban—. La Penitenciaría de Cragmoor es para prodigios criminales, y Winston Pratt ya no es un prodigio.

—Está bien… entonces… ¿a dónde lo enviaremos?

—Lo pondremos en un calabozo temporario aquí en el cuartel general hasta que haya completado una serie de evaluaciones psicológicas y sus crímenes pasados hayan sido reevaluados a la luz de su nuevo estatus. Ya no es una amenaza como antes, y tomaremos eso en cuenta.

—Los calabozos, genial —dijo Adrian, palmeando las manos—. ¿Se encuentra en camino ahora mismo?

Por primera vez, Hugh le dirigió una mirada incierta.

—No —respondió—. Primero, lo llevarán a los laboratorios, donde será observado para determinar posibles efectos secundarios de la neutralización. No esperamos que los haya, pero nuestros investigadores insisten en reunir la mayor cantidad de información posible de nuestros sujetos, para evitar futuras sorpresas, bla, bla, bla —sacudió una mano en el aire.

—Los laboratorios —repitió Adrian—. ¿Cuánto tiempo estará allí?

—No lo sé, Adrian. Un par de días, quizás. ¿De qué se trata esto?

Habían llegado a la zona de los elevadores, y Hugh pulsó el botón. Adrian se irguió aún más, intentando ganarse la confianza de su padre.

—Me gustaría hacerle algunas preguntas.

—Ya le hiciste algunas preguntas.

—Aquello fue hace meses, y fue parte de la investigación de Pesadilla. Ahora las cosas han cambiado.

—Ya lo creo. Pero la diferencia es que ahora ya no eres un investigador —Hugh salió del elevador, y Adrian lo siguió con un gesto contrariado.

—Y tampoco estoy patrullando, al menos hasta que le dan el alta a Danna —dijo Adrian—. Así que tengo un poco de tiempo libre. Se me ocurrió que... —vaciló cuando Hipervelocidad y Velocidad cruzaron el umbral del elevador—. Eh... ¿les importaría esperar el siguiente? —preguntó, empujándolos de nuevo hacia afuera. Tras mirar a Adrian y luego al Capitán, se alejaron sin discutir.

Las puertas se cerraron. Hugh emitió un sonido de desaprobación mientras oprimía la planta de las oficinas del Consejo.

—No hace falta ser grosero, Adrian.

—Escucha —dijo.

—Estoy escuchando, pero puedo escuchar y ser amable al mismo tiempo —fijó en él una mirada categórica, casi socarrona.

—Determinaron que Pesadilla era una Anarquista —prosiguió—, y sigo creyendo que sabía algo sobre el asesinato de mi madre.

La expresión de Hugh se volvió escéptica, pero Adrian la ignoró.

—Si sabía algo, entonces es razonable que los otros Anarquistas también sepan algo. Es probable que el asesino *fuera* un Anarquista, ¿verdad?

—Siempre lo consideramos muy probable.

—Así que solo porque esté muerta Pesadilla no significa que la investigación haya concluido. Quiero hablar con el Titi... con Winston Pratt acerca de ello, ver si sabe algo.

—Eres consciente de que lo hemos interrogado a intervalos regulares desde que la Detonadora atacó la Biblioteca de Cloven Cross, ¿verdad? —preguntó Hugh—. Algunos de nuestros mejores detectives lo han interrogado para intentar averiguar a dónde podrían haber ido los Anarquistas restantes y, por lo que sabemos, lo ignora por completo. No sé…

—No me interesa dónde están los demás Anarquistas —dijo Adrian. Luego, advirtiendo que en realidad le importaba bastante, ajustó las gafas y siguió—: Claro, evidentemente, me encantaría atraparlos tanto como cualquiera, pero no es eso lo que quiero preguntarle. Alguien mató a Lady Indómita, y si Winston Pratt tiene información sobre aquel caso, quiero hablar con él al respecto.

—¿Y si no quiere hacerlo?

—No pierdo nada, ¿verdad? —señaló, encogiendo los hombros.

El elevador se detuvo y las puertas se abrieron en un vestíbulo inmaculado. Detrás de un mostrador, Prisma se paró de un salto, con una carpeta en la mano.

—Capitán, señor, he terminado de preparar el memo…

Hugh la detuvo con la mano en alto, y ella guardó silencio. Seguía mirando a Adrian con una mueca de desconfianza.

—Por favor —suplicó Adrian—. Sé que tal vez no me diga nada nuevo, pero… tengo que intentarlo.

Hugh dejó caer la mano mientras salía del elevador.

—Te daré una acreditación temporal para que puedas ingresar a los laboratorios con el único fin de hablar con el señor Pratt.

—¡Gracias! —una sonrisa se extendió en los labios de Adrian.

—Pero Adrian… —el ceño de Hugh se tensó—. No te hagas demasiadas ilusiones, ¿sí? No es la fuente más confiable del mundo.

—Tal vez, no lo sea —dijo Adrian, retrocediendo, al tiempo que las puertas empezaban a cerrarse entre ellos—, pero hay que recordar que fue él quien me condujo a Pesadilla.

La acreditación llegó noventa minutos después, a través de una campanilla en su brazalete. Cuando la recibió, Adrian estaba en una de las salas de patrullaje haciendo una lista de todo lo que sabía acerca de la muerte de su madre, los Anarquistas, Pesadilla, y tratando de idear una estrategia para interrogar al exvillano.

Pensó en contactarse con Nova para preguntarle si lo acompañaba —le venía bien su capacidad intuitiva—, pero recordó haberla oído decir que iría a casa a ver cómo estaba su tío después de la reunión.

Aunque nunca lo había admitido abiertamente, Adrian sospechaba que su tío podría estar sufriendo algún problema. Quizás estaba enfermo o, sencillamente, envejeciendo. No creía que le correspondiera preguntarle acerca de ello, pero había advertido la crispación de sus labios cada vez que lo mencionaba. Una parte de Adrian se sentía dolida de que no confiara en él, pero sabía que era hipócrita cuando había tantos secretos que él mismo aún debía confiarle.

Así que fue a los laboratorios solo. Al pasar por el área de cuarentena, la examinó en busca de Max, pero no lo vio por ninguna parte de su ciudad acristalada.

Un hombre corpulento con una bata blanca lo esperaba cuando ingresó en el laboratorio.

—Sígueme y no toques nada —dijo bruscamente—. Estamos sometiendo al paciente a una importante evaluación postprocedimiento, y creemos que estará cansado e inquieto. Te ruego que hoy limites tu encuentro con él a no más de quince minutos, aunque su terapeuta asignado quizás apruebe más sesiones para que lo interrogues en las próximas semanas.

—¿Terapeuta? —preguntó Adrian.

El hombre metió las manos en los bolsillos del saco.

—Para ayudarlo en la transición de prodigio a civil. Aún seguimos intentando comprender el alcance de los problemas emocionales que sobrevienen de un cambio semejante, pero hemos descubierto que ofrecer terapia desde el comienzo disminuye profundamente algunas de las ramificaciones psicológicas de cara al futuro.

Adrian siguió al hombre a través de un laberinto de puestos de trabajo, cubículos y espacios de almacenaje.

—¿A cuánta gente se le administró el Agente N? —interrogó, preguntándose si los siete que mencionó la doctora Hogan era efectivamente el total.

Los hombros del investigador se tensaron.

—Me temo que eso es confidencial, señor Everhart.

Por supuesto que lo era.

Enseguida, el hombre relajó su postura y aminoró la marcha de modo que Adrian quedó caminando a la par.

—Aunque puedo decir… —añadió, echando una mirada alrededor de un modo que pareció indicar que, en realidad, *no debía decirlo*—… que resulta sorprendente lo satisfechos que están todos aquí con las reacciones de muchos de nuestros pacientes. Fue un resultado inesperado, pero no ha sido infrecuente que los exprodigios experimenten… cómo decirlo… una sensación de alivio tras la intervención. A menudo, consideran que las habilidades que tenían eran una carga tanto como un don.

Adrian intentó imaginarse a sí mismo agradeciendo la pérdida de sus poderes, pero no pudo. Sería devastador para él, y no pudo evitar sentir cierta desconfianza ante las palabras del hombre. O los pacientes neutralizados estaban diciendo lo que creían que sus terapeutas querían escuchar o las personas que trabajaban en este laboratorio estaban tergiversando sus palabras solo para justificar el uso de pacientes para sus ensayos… imaginó que contra su voluntad.

—Hemos llegado —dijo el hombre, deteniéndose ante una puerta blanca sin letrero alguno.

La puerta se abrió, y una mujer elegante se asomó con una sonrisa.

—Ya termino; un momento —volvió a ingresar en la habitación, dejando la puerta abierta. Adrian estiró el cuello, observándola acercarse a un catre sencillo contra la pared, donde Winston Pratt se hallaba tendido de espaldas. Se inclinó sobre él y tocó sus hombros con los dedos, susurrando algo.

Winston no pareció reaccionar.

La mujer reunió su bolso y una libreta de notas, y salió al corredor.

—Volveré a verlo en la mañana —dijo. Luego, volteándose hacia Adrian, añadió—: Intenta no alterarlo si puedes evitarlo. Ha sido un día difícil.

—¿Un día difícil? —preguntó Adrian, horrorizado por su tono de compasión. Este era el villano que les había lavado el cerebro a incontables niños inocentes, obligándolos a atacar a sus amigos, sus familias e, incluso, cada tanto, a sí mismos. ¿Y las personas de este laboratorio se preocupaban por que *él* pudiera estar teniendo un *día difícil*?

Evitó decir lo que pensaba y se obligó a esbozar una tenue sonrisa.

La mujer se alejó en silencio, y Adrian se volvió hacia la pequeña habitación. Un par de sillas se encontraban junto al catre, y un plato de sándwiches, que aparentemente no habían sido tocados, descansaba sobre una mesa de arrime. La iluminación era suave y cálida, y el aire olía a una mezcla de productos químicos de limpieza y desodorante con olor a lavanda.

—Um… ¿no debería estar sujeto o algo? —susurró Adrian.

El hombre soltó una risita.

—Ya no es un villano —dijo, palmeándole el hombro—. ¿A qué le tienes miedo? —empezó a alejarse—. Regresaré en quince minutos, pero si terminas antes, diles que me avisen.

Adrian permaneció de pie un largo momento en el umbral de la habitación, observando al villano sobre el catre. Sabía que Winston debía ser consciente de su presencia, pero jamás apartó la mirada del cielorraso. Le habían quitado el uniforme rayado de presidiario, y ahora llevaba pantalones deportivos celestes y una camiseta blanca. Parecía tan completamente desanimado que sintió una punzada de la compasión que le había reprochado a la mujer.

—¿Señor Pratt? —dijo, cerrando la puerta tras él—. Soy Adrian Everhart. Ya nos conocimos... no estoy seguro de si le avisaron que vendría hoy o no... pero esperaba poder hacerle algunas preguntas.

Winston no se movió, salvo por los párpados, que se abrían y cerraban con lentitud.

—Sé que últimamente muchas personas le han hablado de los Anarquistas y de dónde podrían estar ocultándose, pero hay un enigma diferente al que pensé que quizás podría arrojar un poco de luz.

Como Winston seguía sin reaccionar, Adrian se posó en el borde de una de las sillas, apoyando los codos en las rodillas.

—La última vez que hablé con usted, los Anarquistas acababan de abandonar los túneles subterráneos, y desde entonces no los han visto ni se sabe nada de ellos. Me dicen que lo han interrogado largamente acerca de su paradero, y le creo cuando dice que no sabe dónde están.

No hubo respuesta.

Su aspecto era tan diferente al que tenía cuando Adrian lo interrogó antes, sin las líneas de marioneta indelebles sobre la mandíbula, ni los círculos rojos sobre las mejillas, ni la sonrisa siniestra. Seguía con el cabello color naranja rojizo, pero ahora caía sin gracia sobre su frente.

Parecía tan... *normal*. Podría haber sido cualquiera. Un profesor de matemáticas, un conductor de camiones, el propietario de una tienda.

Cualquiera menos un villano.

Adrian alzó el mentón y se recordó que, a pesar del inofensivo aspecto que ofrecía en este momento, el hombre ante él había cometido hechos despreciables. Perder sus poderes no cambiaba esa realidad.

—Sin embargo —siguió Adrian—, usted me dio valiosa información sobre Pesadilla.

Al menos, esto provocó un pequeño espasmo en su mejilla.

—No sé qué tan bien lo informan aquí, pero fuimos capaces de rastrear a Pesadilla hasta su guarida en el Parque Cosmópolis.

Los ojos de Winston se desplazaron hacia él, y luego volvieron al cielorraso.

—¿Supo de la pelea que hubo allí entre Pesadilla y la Detonadora? —insistió Adrian—. ¿Sabía que ambas están muertas?

Esperó, y tras un largo silencio, la cabeza de Winston giró al costado. Parecía estar considerando a Adrian.

—¿Ambas muertas? —preguntó el villano, saboreando cada palabra—. ¿Estás *seguro*?

La mandíbula de Adrian se tensó. No estaba seguro, por supuesto, por más convencido que el resto del mundo estuviera de la muerte de Pesadilla. Pero no hacía falta que Winston lo supiera.

—La Detonadora mató a Pesadilla con uno de sus explosivos, y una de mis compañeras de equipo mató a la Detonadora. Lo vi suceder ante mis propios ojos.

Winston emitió un sonido, sugiriendo que la historia de Adrian no lo convencía.

—Este es el asunto —dijo el Renegado, inclinándose hacia delante—. Antes de que mataran a Pesadilla, la oyeron decir una frase. Una especie de… slogan. Dijo: "Sin miedo, no hay coraje". ¿Esas palabras significan algo para usted?

Winston frunció el ceño. Luego, sorpresivamente, se sentó y balanceó las piernas por encima del catre. Imitó la postura de Adrian, se inclinó sobre las rodillas y lo estudió.

Un estremecimiento recorrió la columna del Renegado, pero se negó a mostrarse incómodo. Sostuvo la mirada del Titiritero y apretó las manos hasta que una de sus articulaciones crujió.

—Lady Indómita —susurró Winston. El nombre quedó suspendido

entre ambos, por algún motivo, llenando el silencio como un secreto compartido, hasta que se inclinó hacia atrás y levantó las rodillas, cruzando las piernas sobre el catre. Toda señal de melancolía se desvaneció, y su voz sonaba casi risueña.

»¿Sabías que una vez se apoderó de mi globo aerostático y lo condujo hasta el siguiente condado? En esa oportunidad, yo no estaba dentro. Estaba ocupado robando un banco, o algo... –añadió bruscamente–: No, no, un depósito, eso es. El globo debía ser el vehículo en el que huiríamos. Evidentemente, no funcionó. Me llevó casi un mes rastrearlo. ¿Puedes creer que dejó el artefacto en una *pradera donde pastoreaban vacas*? Qué *Renegada* tan entrometida –sacó la lengua.

Adrian lo miró con ojos desorbitados.

—Era mi madre –balbuceó.

—Pues, es evidente. Eres igual a ella, ¿sabes?

La boca de Adrian se abrió y cerró un instante, intentando determinar la importancia de esta historia, si la había siquiera. Salvo que...

Salvo que...

La ira inflamó su pecho.

—¿Fue usted? –rugió, poniéndose en pie de un salto.

Winston empujó la espalda contra la pared, sobresaltado.

—¿La mató usted? ¿La asesinó porque... porque robó su *globo aerostático*?

—¿Si yo...? –el hombre soltó una sonora carcajada y palmeó las manos contra los costados de su rostro–. ¿Si *yo* maté a Lady Indómita? ¡Cielos, no! –hizo una pausa, cavilando–. Es decir, lo habría hecho si se hubiera presentado la oportunidad.

Adrian gruñó, con los puños aún apretados.

—Pero ¡no lo hice! –insistió.

—Pero sabe quién fue, ¿verdad? Sabe que la encontraron con aquella nota... aquellas palabras escritas. "Sin miedo...".

—No hay coraje, bla, bla, bla. Un vano intento por ser profundo, ¿no crees? —bostezó exageradamente.

Adrian volvió a sentarse.

—¿Quién la mató? ¿Fue un Anarquista? ¿Siguen vivos? ¿Siguen en libertad?

La mirada detrás de los ojos de Winston cambió en ese momento. Ya no lucía hueca o afligida, como cuando Adrian entró, ni alegre y despreocupada.

Ahora parecía estar considerando algo.

Parecía estar… calculando.

Por primera vez desde que entró en la habitación, el Renegado pudo advertir al villano que había sido este hombre alguna vez. O que seguía siendo, a pesar de lo que todo el mundo quisiera creer.

—Te daré información, pero pido algo a cambio.

Adrian se tensó.

—No estoy en condiciones de negociar con usted.

—No pido mucho. Incluso puedes dirigirle mi solicitud a ese Consejo tuyo, si lo deseas.

El Renegado vaciló, pero Winston siguió hablando sin esperar una respuesta.

—Cuando era niño, mi padre me regaló mi primer títere… una marioneta de madera con cabello naranja, como el mío, y un semblante triste. Lo llamé Hettie. La última vez que vi a Hettie, estaba dormido en su pequeña cama justo al lado de la mía… sobre el andén del metro de Blackmire Station —en el fondo de su expresión había una súplica silenciosa—. Tráeme a Hettie, señor Renegado, y te prometo que te diré algo que quieres saber.

CAPÍTULO 10

—Admítelo, sentías algo por él.

Nova volteó para mirar a Honey, boquiabierta, expresando un marcado disgusto. Metidas en el coche deportivo color amarillo de Leroy, iba sentada a horcajadas de la consola central, entre Honey y él.

—Claro que *no*.

Honey soltó una risa tonta, desestimando el comentario de Nova con las puntas de sus brillantes uñas doradas.

—Ay, niña, ¿a qué chica de tu edad no la seduce semejante rectitud moral, ese corazón de oro, la audacia, el extraordinario heroísmo? —a pesar de su tono socarrón, había algo soñador en su mirada mientras observaba la ciudad deslizarse del otro lado de su ventanilla.

—Repugnante —respondió Nova, mirándola incrédula.

—Te aseguro —dijo Leroy, riendo burlonamente—, no es el heroísmo lo que Honey encuentra atractivo, sino el poder.

Una risa aguda escapó de labios de la Abeja Reina, y se inclinó hacia delante para mirarlo por encima de Nova.

—Oh, es evidente que el Centinela no es para mí: tantos músculos y aquella virilidad excesiva —sacó la lengua—. Pero Leroy tiene mucha razón: esa clase de poder me fascina. El que lo niegue está mintiendo.

Nova sacudió la cabeza y miró la hilera de luces rojas que se extendía delante de ellos. Sabía que Leroy ignoraría la mayoría. Por suerte, a esta hora de la noche, el vecindario era un pueblo fantasma.

—Por supuesto que no. No era nada atractivo que siempre quisiera llamar la atención y fuera un pretencioso y arrogante…

—¿Renegado?

—Imitador barato.

Honey sonrió con suficiencia.

—Tus protestas hablan por sí solas. Pero aún no han encontrado el cadáver, ¿verdad? Quién sabe, quizás tu Centinela sobrevivió.

Nova cruzó los brazos sobre el pecho. Sentía que estaba luchando por una causa perdida.

—Vi cuando lo arrojaron al río. Aquella armadura se hundió como si fuera de concreto. No hay manera de que haya podido quitársela con suficiente rapidez —vaciló antes de añadir con irritación—. Aunque no sería la primera vez que me sorprende.

—Qué pena —musitó Leroy—. Empezaba a disfrutar tus quejas acaloradas sobre su egoísmo y… ¿cómo lo dijiste aquella vez? ¿Una personalidad tan interesante como un bagre hinchado?

—En retrospectiva, aquello pudo ser un poco duro —dijo Nova—, dado que posiblemente se haya ahogado.

Leroy encogió los hombros. La brusquedad del gesto envió el auto al carril contrario, pero sonrió con picardía y corrigió el rumbo.

—Al margen de tus sentimientos personales, cualesquiera sean… —le dirigió a Honey una mirada maliciosa de reojo—… la muerte del justiciero me entristece. Hizo más por beneficiar nuestra causa que cualquier otro villano clandestino de la actualidad.

—¿El Centinela? ¡Tomó como misión personal perseguirme!

—Cuando el mundo creía que Pesadilla estaba viva, sí, fue un problema. Pero desde que te declararon muerta, nos ha ayudado bastante, humillando a los Renegados a cada paso.

Nova sacudió la cabeza. No le gustaba pensar que el Centinela había beneficiado su causa. No le gustaba pensar nada positivo sobre ese vanidoso muñeco de acción.

Pero era posible que Leroy tuviera razón: el Centinela había estado activo desde el ataque al desfile, y aparecía con frecuencia en la escena de un crimen incluso antes de que llegaran las unidades de patrullaje de los Renegados, aunque nadie sabía cómo se enteraba tan rápido de los crímenes. Había atrapado a más criminales de poca monta que algunos Renegados durante toda su carrera, y su éxito se debía en gran parte a que rechazaba adherir a la autoridad del código de Gatlon. De hecho, algo le decía que *él* no habría tenido ningún problema en dispararle a aquel tipo que tomó como rehén a la camarera del bar, hubiera o no riesgos potenciales.

Pero seguía teniendo algo que le repugnaba. Su manera de hablar… como si todo el mundo tuviera que detenerse para escucharlo y quedar extasiado por su genialidad. El modo en que siempre adoptaba esas poses ridículas entre batallas, como si hubiera leído demasiados cómics. La manera en que había intentado intimidarla durante el desfile, y cómo había amenazado a Leroy en los túneles. Se comportaba como si fuera superior a los Renegados, pero no era más que un desecho de héroe con un complejo de poder.

Aunque eso ya no importaba. Había sido un tormento para los Renegados y para Nova, y ahora había desaparecido. Pronto rescatarían su cuerpo del río, revelarían su identidad y el Consejo emplearía su historia como un objetivo ejemplificador para recordarle a la gente por qué ser justiciero era una mala idea. Los prodigios tenían que unirse a los Renegados o debían guardarse sus poderes para sí… al menos, eso era lo que el Consejo quería que todo el mundo creyera.

Molesta por la conversación, Nova se alegró cuando finalmente distinguió la catedral que emergía en la cima de su colina.

O lo que había sido una vez una catedral. Ahora era tan solo la cáscara de una estructura. El lado nordeste se hallaba relativamente intacto, pero el resto había sido destruido durante la Batalla de Gatlon. La nave y las dos torres que se erigían en la entrada occidental habían sido reducidas a escombros, junto con el altar mayor, el coro y los dos cruceros meridionales. Un puñado de columnas seguía en pie alrededor del claustro a cielo abierto, aunque parecían más las ruinas de una antigua civilización que los daños causados tan solo una década atrás.

Leroy aparcó fuera de la verja. Las ruinas se hallaban en medio de un vecindario muerto. La batalla había destruido las manzanas urbanas circundantes. Además, algunas personas sospechaban que peligrosa radiación y varias toxinas se habían filtrado en el suelo como resultado de la colisión de tantos superpoderes. El área había quedado inhabitable y temida por la mayoría de la población. No había nadie que pudiera verlos. Nadie que se preguntara por el auto amarillo estacionado a la vera de los escombros o por las misteriosas figuras que se abrían paso con dificultad por entre aquel páramo.

Las nubes cubrían el cielo. Como la farola más cercana se hallaba a cuatro calles de distancia, la oscuridad era prácticamente impenetrable al pasar por encima del letrero que decía: PELIGRO – PROHIBIDA LA ENTRADA, colgando entre dos postes de metal.

Honey extrajo una linterna tamaño industrial de su bolso tamaño industrial y avanzó por delante.

Ya no era seguro entrar a las catacumbas de Ace por los túneles del metro, por temor a que los Renegados estuvieran vigilándolos. Les había llevado un día completo remover los escombros que habían separado el santuario de

Ace de la catedral demolida desde el Día del Triunfo. Pero ahora tenían una nueva entrada secreta para visitarlo: una estrecha escalinata enclavada entre una arcada ruinosa y una columna de piedra derrumbada, oculta por un revoltijo de bancas astilladas y tubos de órgano derribados.

Apenas descendió el primer tramo de escaleras, Nova sintió que entraba en un universo diferente. Aquí abajo, no había rastro alguno de la ciudad. No había sirenas ni voces furiosas provenientes de las ventanas de apartamentos, ni el estruendo de camiones de reparto que deambulaban por las calles. Esto no era Gatlon City; era un paraje olvidado. Era un lugar sin Renegados, sin leyes ni consecuencias.

Nova suspiró.

Aquello no era cierto. Seguía habiendo consecuencias. Siempre había consecuencias, sin importar de qué lado estaba. Sin importar junto a quién luchaba. Siempre alguien quedaba desencantado.

Llevó la mano a su muñeca desnuda. Se había acostumbrado a sentir el brazalete de los Renegados que llevaba habitualmente, y ahora se sentía extraña sin él. Lo había dejado en la casa, para que cualquiera que rastreara su paradero no notara nada sospechoso acerca de su ubicación.

Llegaron a la primera cripta, atestada con sarcófagos de piedra. Nova sintió la presencia de Phobia, primero, por el escalofrío que recorrió su cuerpo y, luego, por el modo en que las sombras convergieron en un rincón, consolidándose en su figura alta y embozada.

Honey apuntó la linterna directo al borde de la capucha, donde debió haber un rostro, pero en cambio solo había más oscuridad. Phobia se encogió ligeramente, bloqueando la luz con la hoja de su guadaña.

—Qué bueno verte —dijo Honey—. Estaba empezando a pensar que alguien había realizado un exorcismo y te había enviado de regreso al inframundo.

—¿Crees que vengo de allá? —preguntó Phobia, su voz áspera, más tenebrosa que lo habitual en aquella cámara húmeda.

Honey emitió un zumbido para sí.

—Pues no creo que vengas de los suburbios.

Se acercó tras ellos mientras tomaban otra escalinata, descendiendo en espiral hacia la tierra. Una luz tenue alcanzaba a percibirse tanto como a verse, proveniente del subnivel más profundo. Dejaron las escaleras atrás y pasaron por una recámara con techos abovedados de piedra y pilares ancestrales. Los muros se encontraban alineados con más ataúdes, muchos tallados con los rostros de caballeros y santos; otros, cincelados con proverbios en latín. Más allá de la recámara había una puerta abierta y la fuente de luz: un candelabro de pie iluminado con nueve cirios. El piso por debajo estaba cubierto de cera chorreada, una serie de montículos formados a lo largo de los años, acumulados en pequeños charcos que salpicaban todo el suelo de piedra.

Dentro de esta última habitación había un antiguo escritorio, pilas tambaleantes de libros, una cama señorial con dosel y huesos. Tantos huesos. Innumerables cuencas de ojos observaban desde sus cráneos huecos. Fémures y cajas torácicas, apiladas cuidadosamente sobre estanterías abiertas. Diminutos huesos de dedos y pies, alineados unos junto a otros, tan precisamente como mosaicos.

Y allí estaba Ace, sentado en la única silla de la habitación, bebiendo una taza de té mientras un pequeño libro de poesía flotaba en el aire delante de su rostro. Bebió un sorbo de la taza de porcelana al mismo tiempo que doblaba una de las páginas amarillentas y quebradizas.

Ace Anarquía. El catalizador de una revolución. El villano más temido del mundo. Pero también, el tío de Nova. El hombre que la había salvado. Que la había criado. Que había *confiado* en ella.

Su mirada recorrió lentamente la página amarillenta y gastada del libro, y solo cuando hubo llegado al final del poema levantó la vista.

—Acey, cariño —murmuró Honey—, ¡estás más delgado que los esqueletos a tu alrededor! ¿Acaso no has estado comiendo? —chasqueó los dedos—.

Nova, hay un par de envases de miel en el auto. ¿Serías tan amable de ir a buscarlos?

—Gracias, Su Majestad —dijo Ace, su voz cavernosa y debilitada—, pero he comido suficiente miel para durar varias vidas.

—Tonterías. Es un manjar digno de dioses.

—Por desgracia, no soy más que un mortal y estoy bastante satisfecho con mi té.

Honey emitió un sonido con la garganta, dando a entender que hiciera lo que le diera la gana, y se hundió sobre el borde de un féretro de mármol. Apagó la linterna, dejando que los envolviera la tibieza de los candelabros.

Nova jamás hablaba directamente sobre el estado de salud de Ace. Honey había adoptado el rol de su enfermera complaciente y su presunta esteticista, y aunque aquel se quejaba a menudo de que se preocupaban demasiado por él, ambos habían caído cómodamente en la rutina. Honey comentaba sobre su aspecto, su salud, lo preocupada que estaba por él; Ace le reprochaba todas sus inquietudes. Y luego todos cambiaban de tema.

Nova dudaba de que ella pudiera señalar la creciente debilidad de Ace como lo hacía Honey, pero eso no impedía que le preocupara. Tras diez años en las catacumbas, estaba tan pálido como sus compañeros esqueléticos, y casi igual de demacrado. Parecía moverse más lentamente con cada visita, y cada movimiento se correspondía con articulaciones que crujían y estremecimientos de dolor que no siempre podía ocultar. Y eso era cuando siquiera se movía. La mayor parte del tiempo estaba sentado en estado comatoso, dejando que su mente buscara los libros y alimentos cuando su cuerpo se negaba a cooperar.

A Nova no le gustaba pensar en ello, pero no podía negar la verdad.

Ace estaba muriendo.

El visionario más brillante de su tiempo. El prodigio más poderoso de la historia. El hombre que la había trasladado hasta la catedral cuando asesinaron a su familia. Una niña de seis años, y la había llevado en brazos varios kilómetros como si nada.

El libro de poesía se cerró con un chasquido y regresó, solo, a una pila de tomos en el rincón.

—Es un lujo poco frecuente que vengan a visitarme todos mis hermanos juntos —dijo Ace—. ¿Ha sucedido algo?

Nova sintió el peso de las miradas de todos. Aún no les había contado nada a Leroy ni a Honey. Solo les había dicho que había sucedido algo importante aquel día y necesitaba convocar una reunión urgente... también con Ace.

Enderezó los hombros.

—Hoy hubo una presentación para todo el organismo, y... tengo buenas y malas noticias.

—Primero, las buenas —dijo Leroy. Nova le echó un vistazo y él encogió los hombros—. La vida es corta.

Ella pasó la lengua por los labios.

—Está bien. Me felicitaron públicamente por... um, por matar a la Detonadora.

La carcajada de Honey inundó el breve silencio.

—Oh, cariño. Tenemos que mejorar tu forma de comunicación. Por cómo lo dijiste, el elogio parece una sentencia de muerte.

—Pues no fue mi mejor momento, ¿no crees?

—¿Y por qué no? —preguntó Ace, y aunque habló en voz queda, de inmediato atrajo la atención de todos. Incluso la capa de Phobia pareció revolotear cuando inclinó la cabeza hacia su líder—. Es posible que Ingrid haya sido una gran aliada durante años, pero se había vuelto impaciente y egoísta. Te traicionó y, al hacerlo, nos traicionó a todos —sonrió, y el gesto trazó profundos surcos sobre sus mejillas—. Veo su muerte como el sacrificio más valioso que pudo haber hecho, en especial, porque te ha ganado un gran respeto entre nuestros enemigos. Eso solo vale mil explosivos de Ingrid.

El nudo en el pecho de Nova se aflojó.

—Gracias, tío.

—¿Y tus malas noticias? —preguntó Leroy, meciéndose hacia atrás sobre los talones.

El nudo volvió a tensarse.

—La razón principal de la presentación de hoy… —Nova respiró hondo y les contó todo lo que había aprendido sobre el Agente N: el tiempo que los Renegados habían estado desarrollándolo, sus efectos, el plan de equipar a todas las unidades de patrullaje una vez terminada la capacitación.

Por último, les contó acerca del Titiritero.

—Bueno, si tenía que ser uno de nosotros —señaló Honey, golpeteando las uñas contra la tapa del ataúd—, me alegro de que haya sido él.

Nova se sobresaltó, consternada.

—Oh, vamos —dijo Leroy, notando su reacción—. Detestabas que Winston usara sus poderes.

Ella lo miró furiosa, con las mejillas encendidas. Parecía una acusación, y no le gustaba que se la dirigiera justamente delante de Ace. Aunque fuera cierta. Había una parte de ella, y tampoco era una parte menor, que no se entristeció al saber que el Titiritero había desaparecido. Que ya no habría más niños obligados a sufrir el control de mentes que ejercía con sus cuerdas brillantes y terroríficas.

¿Eso la hacía tan perversa como los Renegados, entusiasmados con el Agente N y sus posibilidades? ¿Eso la hacía una traidora de los Anarquistas y de su familia?

—Los Renegados no tienen derecho a elegir quién obtiene superpoderes y quién no —replicó, tensando la mandíbula.

—¿Y a quién deberíamos confiar tal decisión? —preguntó Phobia con voz áspera–. ¿Al destino? ¿A los caprichos del azar? El Titiritero era un imbécil y ahora está sufriendo las consecuencias.

A Nova le sorprendió que nadie pareciera mayormente perturbado. Winston había estado con ellos durante tanto tiempo. ¿Podía ser que, a pesar de tantos años, jamás lo hubieran tolerado?

Por algún motivo, el pensamiento la entristeció.

–Así que hemos perdido a la Detonadora y al Titiritero –dijo Ace–. Cada vez somos menos.

–Y todos estaremos en problemas cuando aprueben el uso del agente neutralizador –señaló Nova.

–¿Cómo pudieron crear semejante veneno? –preguntó Leroy, frotándose la mandíbula–. Debe ser una maravilla de la ingeniería química.

–Sospecho que están usando al muchacho –dijo Ace.

Nova giró bruscamente para mirarlo. Había evitado contarles a los Anarquistas acerca de Max, preocupada por que alguno intentara apuntar contra él específicamente. Pero era evidente que Ace sabía de su existencia: fue el niño quien drenó parte de sus poderes durante la Batalla de Gatlon.

–¿Qué muchacho? –preguntó Honey.

–Uno cuya mera presencia puede drenar todo el poder de tu alma –los párpados de Ace se cerraron con un revoloteo y se recostó sobre el respaldo de la silla–. No tengo duda de que ha desempeñado un papel en el desarrollo de este… este Agente N.

–S-sí –dijo Nova–. Lo llaman el Bandido –decirlo fue como una traición, pero intentó ignorarlo. Sus lealtades estaban *aquí*, no en el área de cuarentena del cuartel general.

Pero luego Ace volvió a abrir los ojos y se encontraban llameando.

–Es una aberración.

Nova retrocedió un paso, sorprendida por su vehemencia y la injusticia de tamaña afirmación. Quería solidarizarse con él y con el rencor que debió guardar contra Max todos estos años. El bebé que lo había debilitado, que le había costado todo.

Pero aun así... Ace siempre había peleado por los derechos de los prodigios. Por la libertad y la igualdad. Llamar a Max una aberración por un poder que no podía controlar iba en contra de todo lo que le había enseñado.

Quería decirlo, defender al niño, pero las palabras no le salieron.

—Necesitamos saber más —comentó Leroy—. Cómo funciona la sustancia, cómo planean administrarla, cuáles podrían ser sus limitaciones.

Nova asintió.

—Empezaremos a entrenarnos para usarla esta semana. Averiguaré más cuando así sea. ¿Crees... que si consigo robar una muestra o dos podrías replicarla?

Leroy frunció el ceño, dudando.

—Es poco probable, sin el... material de origen.

Es decir, sin el Bandido, supuso Nova.

—Pero de todos modos me gustaría analizarlo y ver qué puede aprenderse.

—Si me preparas una muestra que sirva como señuelo, tal vez pueda intercambiarlos —dijo ella.

—Nuestros esfuerzos deben ir más allá de conocer las propiedades de esta sustancia —intervino Phobia, de pie en medio del halo que proyectaba la luz de las velas—. Debemos pensar en un modo de convertirla en un arma contra nuestros enemigos.

—Estoy de acuerdo —murmuró Ace—. Nuestra Pesadilla nos presentó estas noticias como un problema que debemos vencer, y sin embargo... es posible que hayas acabado de brindarnos nuestra salvación.

—¿Nuestra salvación? —vociferó Honey—. ¡Esos tiranos nos quieren despojar de nuestros poderes!

—Claro —dijo Ace—, y su búsqueda de poder los ha llevado a crear lo que podría ser su propia perdición. Como señaló Nova, son tan vulnerables a esta arma como nosotros. Si podemos encontrar una manera de convertir esta sustancia en un arma, como sugiere Phobia, podemos volverla en su contra.

—Esperen —intervino Nova—. Encontrar una manera de protegernos es una cosa, pero incluso si pudiéramos conseguir el Agente N y descubrir un modo de usarlo contra los Renegados... ¿qué diferencia habría con el daño que quieren provocarnos ellos a nosotros? —miró a Ace—. Empezaste tu revolución porque querías autonomía y seguridad para todos los prodigios, pero esta es solo otra forma de persecución.

—¿Y qué propones, pequeña pesadilla? —preguntó Ace—. No podemos derrotar a los Renegados en un combate de habilidades. Son tantos, y nosotros, tan pocos. Si queremos derrocarlos, debemos debilitarlos.

—Pero si neutralizamos los poderes de todos los prodigios que creen en algo diferente de lo que creemos nosotros... —gimió, frustrada—. Esto no puede ser lo que tú tenías en mente. No puede ser aquello por lo cual hemos estado luchando. Nos convertiría en algo parecido a ellos.

—No, eso no es cierto —la voz de Ace atravesó las catacumbas—. Es un medio para alcanzar un fin. Acabamos con los Renegados y reconstruimos nuestro mundo sobre sus cenizas. Igualdad. Justicia. *Paz*. Esos son ideales por los que vale la pena sacrificarse.

—Pero estás hablando de sacrificarlos *a ellos*. Sus poderes, sus modos de ganarse la vida...

—*Ellos* son el enemigo. *Ellos* han tomado sus decisiones, tal como Ingrid y Winston. Todos debemos asumir responsabilidad por nuestras decisiones. Todos debemos sufrir las consecuencias. Es la única manera de que prevalezca la verdadera justicia —Ace empezó a ponerse de pie, impulsado por la fuerza de sus creencias, pero con la misma rapidez cayó desplomado sobre su silla una vez más. Un acceso de tos se apoderó de él, y ocultó la boca en su manga.

Nova y Honey empezaron a caminar hacia él, pero Ace levantó una palma, señalando que no se acercaran.

Nova retorció las manos; odiaba el sonido de aquella tos estremecedora. Sus ojos empezaron a llenarse de lágrimas al ver los dedos de Ace arañando el brazo de la silla, intentando mantener a raya un dolor que solo podía imaginar.

Necesitaba un médico. Necesitaba un hospital. Necesitaba uno de los sanadores de los Renegados.

Pero, por supuesto, no era una opción.

—Quizás debas recostarte —murmuró Honey, una vez que pasó la tos.

—Pronto, pronto —dijo Ace, con la voz áspera—. Nova, ¿has averiguado algo más sobre mi casco?

Nova se enderezó. Por lo menos, en ese sentido había avances.

—Aún no, pero aprobaron mi solicitud para trabajar en el depósito de artefactos. Empiezo mañana. Si el casco está allí, como dijo Dread Warden, lo encontraré.

Tenía que estar allí. No había ningún artefacto más poderoso que el casco de Ace, que había usado para ampliar sus poderes telequinéticos. Sin el casco, podía levantar un libro o una taza de té, pero le costaba levantar algo que fuera más pesado que un sofá.

Pero *con* el casco… sería imparable. Destruiría a los Renegados y todo lo que habían construido, casi sin ayuda de nadie. Ellos habían tenido suerte al derrotarlo empleando a Max y su poder de absorción. Los Anarquistas no volverían a ser víctimas de aquel truco.

—Qué bueno —exhaló Ace—. Averigua lo que puedas sobre este Agente N, pero no pierdas de vista el objetivo principal: usa al muchacho si tienes que hacerlo.

—¿Al Bandido? —preguntó Nova parpadeando.

Ace resolló. El acceso de tos había dejado su rostro cubierto de manchas rojizas, y aunque seguía respirando con dificultad, lucía casi energizado.

–¿*Él* tiene mi casco?

–Um… no creo… –su voz se fue apagando.

Oh. Se refería al *otro* muchacho.

–Tu amistad con el muchacho Everhart sigue siendo una de las ventajas más importantes que has adquirido hasta ahora –dijo–. Su nombre y sus vínculos familiares acarrean un tipo de poder particular, uno que quizás tengamos que explotar.

–Sí, poder –repitió Honey. Sus ojos, risueños a la luz de las velas–. Te dije que era atractivo.

Nova la miró furiosa.

–No sé cuánto podré… *explotar* a Adrian. Es el líder de mi unidad de patrullaje, pero no hemos hablado demasiado últimamente.

Era una verdad simple, pero hizo que el aliento le quedara atrapado en la garganta.

Nada había sido igual desde el episodio en el parque, y ella sabía que era culpa suya. Adrian había intentado besarla. Hubo un breve instante en el que pensó que podría querer que la besara. Que podría *gustarle*.

Pero lo había arruinado. Salió corriendo. Literalmente, *corriendo*. Ni siquiera recordaba la excusa que le dio en ese momento, pero no podía olvidar el gesto de rechazo que cruzó sus rasgos.

Desde entonces no había intentado besarla de nuevo. No la había invitado a ninguna otra cita a medias. No había intentado estar a solas con ella o traerle sándwiches en el medio de la noche o pasar por su casa para ver si estaba bien. Todo aquello que había parecido tan fastidioso antes, pero ahora…

Por mucho que odiara admitirlo, incluso para sí misma, lo extrañaba. Extrañaba el modo en que solía mirarla. Nadie la había mirado jamás como Adrian Everhart.

–Tienes miedo… –dijo Phobia con voz áspera–. Miedo de sentir demasiado, miedo de que la verdad…

—Está bien –interrumpió Nova, casi gritando–. No necesito que me evalúen ahora, gracias.

—¿Pasa algo? –preguntó Leroy–. No estás enemistada con tu equipo, ¿verdad?

—No –sacudió la cabeza–, todo anda bien. Hemos estado ocupados con los patrullajes, y yo… estoy tan concentrada en encontrar el casco y en descubrir las debilidades del Consejo y… en un montón de otras actividades importantes de reconocimiento.

—Ah, pero, niña –dijo Ace–, ya conocemos una de las debilidades más grandes del Consejo –soltó una risita, y el sonido hizo que se retorciera–. Has entablado amistad con el hijo de nuestros enemigos. No malgastes ese obsequio. Gánate su confianza. Gánate su respeto –hizo una pausa antes de añadir–: Gánate su afecto. Y cuando sea el momento indicado, ciertamente, le sacaremos un enorme provecho.

Nova sintió un hormigueo en la piel ante la idea de ganarse el *afecto* de Adrian, pero se obligó a asentir con la cabeza.

—Por supuesto. Haré todo lo posible.

Todo lo posible. Por encontrar el casco, por averiguar más sobre el Agente N, por acercarse a Adrian Everhart. El pecho se le comprimió bajo el peso de las expectativas crecientes del resto.

Estaba haciendo todo lo posible, pero en aquel momento el esfuerzo que hacía era por ocultar el pánico que iba en aumento.

Podía hacerlo. No fallaría.

—Lo sé, pequeña pesadilla –dijo Ace–. Confío en ti. Y cuando lo consigas, resurgiremos. Todos resurgiremos.

CAPÍTULO 11

Nova salió del elevador e ingresó en la decimocuarta planta del cuartel general. Había imaginado un espacio tan moderno y elegante como el vestíbulo de la planta baja, las oficinas del Consejo en la última planta o la sala de entrenamiento en los niveles inferiores del edificio. Había esperado muebles blancos y lustrosos e instalaciones industriales. Creyó que encontraría un elaborado sistema para solicitar y recuperar información, automatizado con computadoras y máquinas. Pensaba ver un laboratorio animado, en el que inspeccionaban armas y se preservaban reliquias. Habiendo trabajado en el sistema de catálogo, sabía lo amplia que era la colección, e imaginó que el depósito sería tan sofisticado y estaría tan custodiado como el departamento de investigación y desarrollo o las salas de entrenamiento de realidad virtual.

Por eso, al poner un pie en la planta que albergaba los depósitos de armas y artefactos, hizo una mueca de sorpresa… y decepción.

La pequeña área de recepción era modesta en todo sentido. Se encontró con dos escritorios diferentes de madera, aunque no había nadie detrás de ninguno de los dos. Uno no tenía más que una computadora, un recipiente para bolígrafos y una tablilla sujetapapeles. El segundo se encontraba atestado de globos de nieve y estatuillas de elefantes y una hiedra mustia dentro de una vasija de cerámica pintada con colores estridentes. Un almanaque diario color blanco tenía casi una semana de retraso. Una taza de café con la marca Blacklight contenía una variedad de tijeras, perforadoras y bastones de caramelo, junto con diversos bolígrafos de cuyos extremos brotaban flores artificiales.

Sobre una pequeña placa decía:

TINA LAWRENCE

"SNAPSHOT"

DIRECTORA — ARMAS Y ARTEFACTOS

Alguien había dibujado con tinta brillante una carita feliz junto al nombre.

Los dos escritorios se encontraban encajonados entre paredes, aunque una gran puerta se hallaba entreabierta a la derecha de Nova, desde donde se oía a alguien silbando animadamente. Se acercó a la puerta y la abrió aún más. La habitación del otro lado estaba atestada de archivadores. Una mujer que debía estar cerca de los setenta años se inclinaba sobre una gaveta, examinando los archivos. Tenía un flequillo completamente blanco y gafas violetas de ojos de gato. Hizo una pausa ante un archivo y dejó caer una pequeña bolsa de plástico llena de diminutas piedras dentro. Luego cerró la gaveta con fuerza. Tomó una tablilla sujetapapeles de la parte de encima del archivador, tildó algo y se volvió.

Al ver a Nova, soltó un grito de sorpresa y estuvo a punto de caerse, sujetando la carpeta contra el pecho.

—Disculpe —dijo Nova—. No quise sorprenderla. Soy…

—Nova McLain, sí, sí, claro —respondió la mujer, quitándose tímidamente las gafas de lectura y apoyándolas encima de la cabeza—. ¿Ya son las diez?

—En realidad, no. Llegué temprano —lanzó una mirada al cubo de bolsas de plástico que la mujer había estado ordenando, pero no alcanzó a ver lo que contenían—. ¿Desea que regrese más tarde?

—Oh, no, está bien —la mujer se acercó y le ofreció la mano—. Soy Tina.

Nova aceptó el apretón de manos. Aunque el contacto directo le había parecido un gesto insólito de confianza cuando entró en los Renegados, se había acostumbrado a ello. Era un pequeño recordatorio de que nadie sabía quién era de verdad.

—Snapshot, ¿verdad? —preguntó, retirando la mano—. Me llamó la atención el seudónimo.

Tina dio un golpecito con el dedo contra la sien.

—Al inspeccionar un objeto, me doy cuenta de si está o no imbuido de poderes extraordinarios. Cuando mis ojos se posan sobre un objeto prodigioso, es como si se cerrara el obturador de una cámara sobre mi ojo: guardo para siempre aquella pieza en mi memoria. Es útil en mi tipo de trabajo, pero no para mucho más.

Nova registró su voz buscando un matiz de resentimiento, pero no lo encontró.

Tina pasó junto a ella y se dirigió a la pequeña área de recepción.

—Vamos a instalarte. Puedes empezar a familiarizarte con el sistema. Callum no tarda en llegar y te mostrará todo lo que hay —abandonó la carpeta sobre el escritorio abarrotado y se ubicó detrás del que estaba prácticamente vacío—. Él está a cargo del aprovisionamiento y mantenimiento. Una vez que conozcas el sistema, necesitaremos mucha ayuda atrás, en la bóveda.

—¿En la bóveda? —preguntó Nova, más atenta.

Tina sacudió una mano distraída hacia el muro trasero.

—Es solo como la llamamos. Últimamente, tras el episodio de la biblioteca y con todo el patrimonio de los Anarquistas, han estado llegando demasiados objetos nuevos. Aunque te cueste creerlo, tengo toda una estantería allá atrás llena de accesorios para el cabello, incautados de la mismísima Abeja Reina.

Nova tosió.

—¿En serio?

—Quedaron atrás cuando los Anarquistas abandonaron su *guarida*.

Pronunció la palabra como si fuera un término ofensivo.

—Pero por ahora —continuó Snapshot, con tono más animado— creo que te haremos supervisar los préstamos. Este es nuestro formulario de verificación —le empujó la tablilla sujetapapeles con una tabla en blanco—. No es el sistema más tecnológico, pero ya sabes, "Si funciona…" —su voz se fue apagando.

Nova esbozó una sonrisa tensa. Siempre le había parecido que, solo porque algo funcionara, no quería decir que no pudiera mejorarse. Pero no parecía prudente contrariarla en los primeros cinco minutos de su nuevo puesto.

Había media docena de hojas de papel enrolladas sobre la parte de arriba del sujetapapeles. Nova volteó hacia abajo la primera y analizó las columnas.

NOMBRE (ALIAS)	OBJETO (N.º DE OBJ)	FECHA DE SALIDA	FECHA DE DEVOLUCIÓN
Zak Ashmore (Riada)	Diente de serpiente (H-27)	14 de junio	19 de junio
Norma Podavin (Madame Ciénaga)	Antorcha estrella (P-14)	17 de junio	
Glen Kane (Pulverizador)	Arcelia (J-60)	17 de junio	2 de julio
Fiona Lindala (Peregrina)	Escarabajo predecible (O-139)	25 de junio	3 de agosto

No reconoció ninguno de los nombres o alias de la tabla, pero sí algunos de los objetos retirados. Pasó otra hoja y sus latidos se aceleraron. *Manto de sol. Llave de la Verdad. Reloj de bolsillo de Zenith.*

—No tenía idea de que podíamos tomar prestado todo esto.

—Bueno, no llegaste hace mucho, ¿verdad? —preguntó Tina—. Los nuevos reclutas necesitan un período de noventa días para poder acceder a las estanterías.

Nova volvió a apoyar la tablilla sobre el escritorio.

—¿Cómo sabemos lo que puede tomarse prestado? ¿Hay algún catálogo?

—Solo la base de datos —respondió Tina—. Conoces la base de datos, ¿verdad?

Nova asintió. Había pasado un tiempo catalogando las armas nuevas, confiscadas al Bibliotecario, un traficante de armas del mercado negro, así que conocía el sistema. Pero nadie le había dicho nada acerca del hecho de que la información estaba abierta a todos los Renegados o de que podían tomar aquellos objetos *prestados*.

—Pero hay límites, ¿verdad? No permitirían que viniera cualquiera y se llevara… —Nova vaciló, midiendo sus palabras para no hablar de más, antes de continuar—… no lo sé. El casco de Ace Anarquía, por ejemplo.

Tina soltó una risita y empezó a hurgar en la gaveta.

—Oh, claro. Como si fuera a servirles en su estado actual.

Nova frunció el ceño. ¿Se refería Tina al embuste que los Renegados habían propagado los últimos diez años respecto de que el casco de Ace Anarquía se había destruido?

—Pero tienes razón —añadió, entregándole una carpeta archivadora—. Cada objeto tiene un código basado en las posibilidades de uso y en los niveles de peligro. Los objetos más peligrosos requieren una autorización de mayor nivel. Aquí está toda la información que necesitarás. Los niveles de códigos se explican en la página cuatro, y el procedimiento para los préstamos, en la página siete. ¿Por qué no empiezas a revisarlo mientras esperas a Callum?

Nova tomó la carpeta y se sentó detrás del escritorio. Tina revolvió las pilas de papeles unos instantes más y luego volvió a desaparecer en la sala trasera.

Al abrir la cubierta de la carpeta, halló en la primera página un breve escrito que describía la importancia de conservar la integridad histórica de los artefactos que albergaba la colección de los Renegados. La segunda página enumeraba las expectativas de cualquier Renegado que quisiera usar un arma o artefacto. Una nota adhesiva en la parte de arriba de la hoja señalaba que cada Renegado debía firmar una copia del reglamento para que quedara en el archivo antes de poder retirar su primer objeto.

La página tres indicaba los pasos para buscar y recuperar los objetos, seguidos por el procedimiento para reponer un objeto devuelto.

Como dijo Tina, la página cuatro enumeraba los diferentes códigos y limitaciones que tenían los artefactos, y cómo se los categorizaba dentro del sistema general. Había tipos de artefactos: armas de combate mano a mano; armas de larga distancia; explosivos; y la categoría imprecisa aunque curiosa de objetos *sin precedentes*. Había fuentes de energía: generada por los usuarios, generada por los adversarios, elemental, desconocida, otros. Había niveles de peligro en una escala de cero a diez puntos. Algunos objetos se clasificaban por la facilidad de uso: algunos podían ser operados por cualquiera, incluso por un no prodigio, mientras que otros dependían de un usuario específico, y serían inútiles en manos de cualquier otro, tal como la corona que una vez portó un prodigio llamado Caleidoscopio.

Nova levantó la mirada y vio que Tina había cerrado la puerta de la sala de archivos que tenía detrás.

Mordisqueó el interior de su mejilla al tiempo que encendía la computadora y abría la base de datos de objetos.

Algunas semanas atrás había descargado un registro de la colección de artefactos, pero en aquel momento, la búsqueda del casco de Ace resultó infructuosa. Jamás tuvo tiempo para seguir examinando la lista con detenimiento. Quizás en este departamento hubiera un registro más completo.

Tipeó una consulta en el formulario de búsqueda.

ACE ANARQUÍA

Dos objetos aparecieron en la lista: una reliquia de piedra hallada entre los escombros de la catedral que había servido de santuario de Ace Anarquía antes de su muerte (importancia: histórica; nivel de peligro: cero; aplicaciones: ninguna). Y también un objeto llamado la Lanza de Plata.

Nova cliqueó encima y comprobó con asombro que, a pesar de su nombre, la Lanza de Plata no estaba en absoluto hecha de plata, sino de cromo. Era la jabalina que el Capitán había empleado para destruir el casco, que ahora se hallaba almacenada con el resto de las armas creadas por los prodigios, en el depósito. Volvió al cuadro de búsqueda e intentó con *Alec Artino*, el nombre de pila de Ace. Pero no se encontraron coincidencias.

Intentó con *Casco*.

Una lista se desplazaba hacia abajo: *Casco-Astro, Casco de Cylon, Casco de Decepción, Kabuto de Sabiduría, Tocado Dorado de Titán*.

Ninguno pertenecía a Ace.

A pesar de su decepción, no pudo contener cierto interés ante el tamaño de la colección. Recordó leer acerca del Casco de Cylon y cómo Phillip Reeves consiguió confundir a todo un batallón de enemigos con él durante la Guerra de las Cuatro Décadas, aunque supuestamente no fuera un prodigio. O cómo Titán sobrevivió a ser aplastado por una avalancha, algo que muchos atribuían a su famoso tocado. Algunas de estas piezas eran tan míticas que hasta le costaba creer que fueran reales, mucho menos que estuvieran almacenadas en un depósito anodino de la planta decimocuarta.

Y las personas podían sencillamente… *¿tomarlas prestadas?*

El elevador repicó. Nova se enderezó, esperando encontrarse con un desconocido… el muchacho llamado Callum que Tina mencionó, pero su expresión de cortesía se desvaneció cuando sus ojos se posaron sobre una niña pálida y flacucha, con una melena corta de lustroso cabello negro.

Urraca. Una Renegada, y una ladrona, aunque el resto de la organización estuviera dispuesta a pasar por alto aquel defecto de carácter.

Nova envolvió una mano alrededor del brazalete que su padre le había confeccionado de niña, la última de sus creaciones antes de ser asesinado. Urraca había intentado robarlo durante el Desfile de los Renegados. Sin duda, se habría salido con la suya si Adrian no lo hubiera visto suceder.

Seguía sintiendo un escalofrío al recordar el momento en que le tomó la muñeca para volver a dibujar el broche sobre su piel.

Al verla, Urraca quedó paralizada. Su arrebato de disgusto debió reflejar el de Nova a la perfección. La muchacha llevaba un pequeño cubo de plástico, que alzó con dificultad, lo llevó al escritorio y dejó caer al suelo con un golpe ruidoso.

–Que te diviertas –le dijo, con una mueca. Se dio la vuelta para regresar de nuevo al elevador.

–Espera –Nova se impulsó fuera de la silla y rodeó el escritorio–. ¿Qué es esto?

Urraca exhaló un suspiro melodramático, dejó caer los hombros y puso los ojos en blanco.

–Eres nueva, ¿verdad?

Nova apretó la mandíbula. Inclinándose, quitó la tapa del cubo. Dentro, vio lo que parecía un montón de trastos: un sacacorchos, un cenicero de metal, una pila de tarjetas postales roídas con fotografías de Gatlon City, antes de la Era de la Anarquía.

—Me toca el turno de limpieza —dijo Urraca. Cerró los puños y los apoyó sobre las caderas—. ¿Sabes? Después de que tus amigos de las patrullas hacen un desastre, *de nuevo*, nos envían a nosotros para poner las cosas en orden y hurgar entre la basura para ver si encontramos algo que sirva —empujó el basurero con el pie—. Estos son nuestros últimos hallazgos. Así que puedes catalogarlos o lo que sea que hagas. Si quieres mi opinión, en esta redada no encontramos más que basura.

—No me sorprende —replicó Nova—, dado que es más probable que cualquier cosa de valor que encuentres termine en tus bolsillos y no en el sistema de los Renegados, ¿verdad?

Urraca le devolvió la mirada y quedaron enfrentadas en un silencio lleno de rencor mutuo. Luego la muchacha dejó escapar otro suspiro exasperado.

—Lo que sea. Yo hice mi trabajo; ahora haz el tuyo —giró para alejarse.

Nova levantó una muñeca de la parte de encima de la pila; algo metálico llamó su atención.

—Espera —dijo, extendiendo la mano para tomarlo. Los dedos se envolvieron alrededor del borde de un trozo de metal curvo, y lo jaló del basurero.

Su pulso se aceleró.

Era la máscara de Pesadilla. *Su* máscara.

CAPÍTULO 12

—¿De dónde sacaste esto? —preguntó Nova. Urraca pulsó el botón del elevador, y luego giró lentamente, con una expresión de desinterés absoluto.

—¿De dónde crees? —preguntó, apenas mirando la máscara—. Lo sa-
qué de los escombros del Parque Cosmópolis. Tú estuviste allí ese día,
¿verdad? —cruzó los brazos—. A los superiores les pareció que debía ser
archivada, pero me da igual si la arrojas a la basura. Es solo un trozo de
aluminio abollado. Si lo quisiera, hasta yo podría fabricar uno.

Los dedos de Nova se curvaron a la defensiva.

—Eso fue hace mucho tiempo. ¿Por qué lo traes recién ahora?

Urraca alzó una ceja temeraria.

—Porque durante el último mes hemos estado hurgando allá abajo, en
los túneles subterráneos, entre los desechos que abandonaron esos paté-
ticos Anarquistas. Me tendrían que dar una medalla por la cantidad de
basura que he tenido que examinar. Nada de valor y absolutamente nada
que ayude con la investigación. Una pérdida de tiempo, eso y la casa de
la risa. Pero —alzó las manos— da igual. Solo soy una operaria.

—¿Encontraste alguna otra cosa… interesante?

—¿Qué? ¿Como partes de cadáveres? Mis habilidades no se traducen a carne humana.

—Y… ¿nada en los túneles tampoco?

La campanilla del elevador sonó, y Urraca le dio la espalda.

—Eres tú quien tiene que catalogarlo todo, ¿verdad? Supongo que ya te enterarás.

Nova la miró furiosa. Se quedó parada, con la máscara entre los dedos.

—En fin, ¿cómo funcionan *realmente* tus poderes? ¿Eres una especie de detector de metales andante? ¿O un imán? ¿O qué?

Las puertas se abrieron y apareció un muchacho desgarbado con cabello desgreñado color café y las mejillas salpicadas de pecas. Su rostro se iluminó cuando vio a Urraca.

—Maggie Jo, ¡dime que es cierto! ¿Nos trajiste nuevos tesoros? —se dirigió para darle un golpe con el puño, pero Urraca lo ignoró mientras pasaba rozándolo para entrar en el elevador.

—Ese no es mi nombre —respondió airada, oprimiendo el pulgar con fuerza sobre uno de los botones de planta—. Y mis *poderes* —dijo, dirigiendo su mirada de furia a Nova— no son asunto tuyo.

El muchacho retrocedió mientras el elevador se cerró.

Aprovechando su distracción, Nova metió la máscara de metal en la parte trasera de su cintura. Nada que no estuviera en la base de datos había sido recibido, ¿verdad?

—Esa chica tiene que relajarse un poco —comentó el muchacho, girando hacia Nova—. Pero debo decir que trae objetos cool. Una vez rescató una caja de música antigua del fondo de Harrow Bay. No tenía ningún poder especial pero, de todos modos, ¿no te parece increíble? —su sonrisa se amplió—. *Tú* debes ser la infame Insomnia —se acercó prácticamente a los saltos a ella y arrojó una palma hacia Nova—. Callum Treadwell. Un verdadero placer.

—Nova —respondió, estrechando su mano—. Tina dijo que podías enseñarme el lugar.

—Por supuesto que sí —Callum levantó el contenedor de plástico y lo empujó bajo el escritorio—. Aquí tenemos algunos de los objetos más cool. Te encantará. Vamos.

Avanzó hacia la sala de archivos sin fijarse en si Nova lo seguía. Empujó la puerta para abrirla y saludó a Tina con el mismo entusiasmo con que había saludado a Nova y a Urraca. Luego rodeó las hileras de archivadores camino a una enorme puerta de metal al fondo de la sala.

—Esta es la sala de archivos —dijo, haciendo un gesto amplio hacia la colección de archivadores—. Cualquier expediente o documento histórico de las piezas se guarda aquí, junto con los objetos que son tan pequeños que podrían perderse en las estanterías más grandes. Ya sabes, trozos de fulgurita fundida por relámpagos, polvo de meteoro activado por iones, frijoles mágicos, ese tipo de objetos.

—¿Frijoles mágicos?

Callum hizo una pausa en la puerta y le dirigió una mirada ávida.

—Nunca se sabe.

Sacudió su brazalete sobre un escáner, y Nova oyó el sonido metálico de los cerrojos que se abrían. Callum empujó la puerta con el hombro para abrirla.

—Y esto —dijo, levantando ambos brazos como un director de circo que descubre un gran espectáculo—, es la bóveda.

Nova entró junto a él. La puerta se cerró con un golpe seco.

Se trataba de una cripta enorme que ocupaba casi toda la planta decimocuarta del edificio, solo interrumpida por las columnas estructurales de soporte e hilera tras hilera de estanterías industriales. Era puro concreto frío, acero y lámparas de techo fluorescentes, una de las cuales Nova advirtió que parpadeaba por el rabillo del ojo.

De todos modos, el aliento quedó atrapado en su garganta.

—¿Ese es… el Escudo de la Serenidad? —preguntó, señalando.

—¡Oh, eres una fan! —Callum saltó hacia la estantería y levantó el escudo con el mismo cuidado que si fuera un jarrón de inestimable valor—. El único e incomparable escudo. Donado por la mismísima Serenidad. Casi en condiciones prístinas, salvo la abolladura que tiene aquí —lo giró para mostrarle a Nova—. Hace unos años un pasante lo dejó caer. ¡No fui yo, lo juro! —bajó la voz hasta que se convirtió en un susurro conspirativo—. Pero si alguien pregunta, no cabe duda de que el daño se produjo en la batalla.

Callum regresó el escudo a su lugar y empezó a caminar por el pasillo.

—La bóveda está organizada por categorías. ¿Te mostró Tina la carpeta? Está todo allí explicado. Dentro de cada categoría, se le asigna un número a cada objeto y se lo archiva por orden. Salvo los tipos de armas, que son por orden alfabético, y *luego* por número de objeto. Así que todas las espadas, cimitarras y lanzas se agrupan juntas en la sección de armas, pero aquí en artefactos, un cáliz puede estar en una hilera completamente diferente que, digamos, una armadura de cota de malla. Salvo que hayan sido ingresados juntos en el sistema, en cuyo caso, tendrían números de objeto consecutivos. Parece confuso, pero ya aprenderás a hacerlo.

—¿Hay realmente un cáliz? —preguntó Nova.

Callum giró hacia ella pero siguió caminando de espaldas mientras sus brazos se agitaban.

—¡Sí! La Copa de la Viuda. Si pones una alianza matrimonial dentro, convierte automáticamente cualquier tipo de vino en veneno. *Increíble*, ¿verdad? No te dejes engañar por el título femenino, también funciona contra las esposas —sacudió la cabeza—. Me encantaría saber cómo descubrieron todo esto.

Se encaminó por la hilera central, con filas de estanterías que se perdían de vista, internándose tanto en el edificio que Nova no vio dónde terminaban. Siguió sus pisadas mientras intentaba ignorar la máscara que se clavaba en su columna.

Callum recitó las diferentes categorías mientras caminaban.

–Aquí, las armaduras; de este lado, los disfraces. Ya sabes, capas icónicas, máscaras, conjuntos de cinturones y botas con colores combinados, ese tipo de objetos. Mucha nostalgia. Cuando puedas, debes ver el overol de Rayo Gama. Es una obra de arte.

Nova vio un maniquí con la armadura inconfundible de Chapa de Caldera y otro con el disfraz original de Ninja Azul. Notó que parecía más un azul verdoso.

–Por acá tenemos los artefactos de protección –continuó diciendo–, particularmente, el Escudo de Magnetrón. Detrás de aquellas puertas siniestras –dijo, señalando un par de puertas de cromo fortificadas en el muro lejano– se encuentra la armería oficial. Impresiona, pero mayormente hay armas básicas: una espada que es solo una espada; una ballesta que es solo una ballesta. Sin poderes especiales, pero de todos modos, útiles para muchos Renegados. También es donde conservamos la artillería pesada, como los revólveres y las bombas, entre otros. Y... –levantó los brazos–... ¡lo que todos han estado esperando! Nuestra colección de exquisitas piezas supernaturales, mayormente históricas, que pertenecieron específicamente a prodigios. Tenemos aretes que transmiten poderes, guantes de boxeo dotados de superfuerza, un tridente cargado con electricidad, y tanto más. Es un tesoro que provoca asombro y admiración. Incluida mi favorita personal: la Cimitarra del Sultán, de la cual se dice que puede cortar absolutamente cualquier material del planeta, exceptuando solo al invencible Capitán Chromium.

Le dirigió una sonrisa, pero ella no se dio cuenta de si estaba siendo sarcástico o no, así que le sonrió a su vez con ironía.

–¿Lo ha intentado alguien?

Su sonrisa desapareció y se convirtió en un gesto de incertidumbre. Nova se volteó antes de que pudiera decidir si estaba o no bromeando. Vio una pila de huesos sobre una estantería cercana, aunque no supo de qué animal provenían, y un plato de bronce poco profundo sobre otra. En un extremo de una hilera advirtió un set de brazaletes dorados. En la siguiente, una rueda de piedra tan alta como ella.

Atravesar caminando el depósito era como atravesar un extenso museo de historia de los prodigios. Aun así, no podía evitar la irritación por el enamoramiento que sentía Callum por los objetos a su alrededor. Ni siquiera intentaba ocultar el embelesamiento que sentía con todo ello, y parecía tan impresionado con la pala plateada que tenía el poder de licuar tierra sólida como con un cepillo que pintaba secretos sobre los retratos, a causa del cual un desafortunado artista terminó quemado en la hoguera, en el siglo XVII.

Mientras se abrían paso por la bóveda, supuso que Callum no era un prodigio. Solo los civiles podían excitarse *tanto* por los superpoderes u objetos supernaturales. Además, no llevaba un uniforme. Se preguntó si tal vez era más seguro darle el trabajo de mantenimiento de objetos tan poderosos a alguien que no fuera capaz de manejar la mayoría aunque lo intentara.

—Entonces, ¿qué haces tú aquí? —preguntó Nova una vez que terminó de contarle sobre el prodigio del siglo XV que había defendido por sí solo una aldea entera de conquistadores sin otra cosa que sus poderes de manipulación de la flora y una rama tomada de un sauce. (La rama podía encontrarse a dos hileras de allí)—. ¿Eres un historiador prodigio?

—Podría serlo —dijo, soltando una risita—. Pero no. Mayormente, realizo catálogos, limpieza, investigación, clasificación, archivo… lo que Snapshot necesite.

—Me gustaría ayudar con todo eso —respondió Nova, intentando sonar entusiasta—. Estoy realmente fascinada con estos objetos y quiero aprender todo lo que pueda. Snapshot dijo que empezaría a trabajar en el mostrador de préstamos, pero más adelante me gustaría poder colaborar aquí atrás. Haciendo catálogos, limpiando… puedo hacerlo todo.

—Suena genial —Callum aplaudió—. Estar a cargo del mostrador de préstamos puede volverse tedioso. Salvo, a veces, si viene un Renegado sin saber exactamente lo que busca, o qué armas se ajustan a sus capacidades específicas, y entonces nos toca ayudarlo a elegir las mejores opciones. Eso también puede ser muy cool. Se aprende mucho de los superhéroes que tenemos aquí —los ojos le brillaban al señalar en dirección a Nova—. Me alegra que también te gusten las reliquias, porque podría parecerte un poco aburrido luego de estar patrullando, tenderle una emboscada al Bibliotecario, pelear con la Detonadora y todo lo que has hecho. Esta será una experiencia mucho más apacible, aunque también te dará muchas satisfacciones.

—Suena perfecto.

—Cool —Callum levantó el pulgar hacia atrás, señalando el área de recepción—. Vamos a instalarte, y quizás ver qué tipo de objetos nos trajo Urraca.

—Espera —dijo Nova, paseando la mirada por el fondo de la bóveda—. ¿Qué hay por allí?

—Ah, esa es la colección restringida.

Los nervios de Nova empezaron a bullir.

—¿Restringida por qué?

—Esos artefactos no están disponibles para tomar prestados —Callum metió las manos en los bolsillos—. ¿Quieres ver?

Nova se volteó hacia él.

—¿Está permitido?

—Oh, claro. No podemos prestar estos objetos, pero de todos modos tenemos que venir a quitarles el polvo de tanto en tanto. Vamos —la condujo al último pasillo.

Las estanterías estaban más vacías que el resto de la bóveda. Con el corazón palpitando, Nova paseó la mirada por los objetos mientras Callum hablaba sobre las cualidades destructivas de Fuego Furioso, señalaba cómo el anillo de Materia Oscura podía teóricamente hacer estallar la luna si caía en las manos equivocadas, e indicaba cómo un par de gafas proféticas ya habían causado más problemas de lo que valían.

—Esto es… asombroso —dijo Nova, y lo decía en serio—. Pero ¿por qué no está mejor resguardado? Hasta ahora solo he visto a ti y a Snapshot, y dos puertas con cerrojo, y… —señaló una cámara en el techo—… unas pocas cámaras de seguridad. ¿Dónde están las barricadas de rayos láser? ¿Los sensores de movimiento? ¿Los guardias armados?

—Por favor. Estamos en el Cuartel de los Renegados —extendió los brazos a los costados—. ¿Quién intentaría forzar la entrada?

Lo miró boquiabierta.

—¿En serio? Eso es…

Arrogante, quiso decir. *Estúpido. Un exceso de confianza, algo completamente poco realista.*

Pero contuvo sus pensamientos justo a tiempo.

—Eh… claro —balbuceó—. Tienes razón. El Cuartel General de los Renegados —rio incómoda—. ¿Quién se atrevería a forzar la entrada a este lugar?

—Y dado que la gran mayoría de objetos pueden tomarse prestados… —Callum encogió los hombros—… no hay necesidad de más protección. La gente del centro de seguridad ya nos controla lo suficiente aquí —hizo un saludo hacia la cámara.

—Estoy segura de que lo hacen —afirmó Nova, alejándose de él. Pasó los dedos por encima de las estanterías que, francamente, no parecían haber sido desempolvadas en bastante tiempo.

Pero no había rastro del casco de Ace.

Sus hombros se hundieron.

—¿Acaso el área restringida no está a la altura de tus expectativas?

Giró rápidamente. Callum la observaba, con un par de gafas de aviador antiguas en una mano.

—Gafas proféticas —dijo con énfasis—. Vamos, ¿cómo puede decepcionarte algo así?

—Lo siento. Solo estaba… —inhaló un brusco aliento y confesó—. Escuché un rumor de que el casco de Ace Anarquía estaba aquí. Creí que sería cool verlo en persona. Y no, ya sabes, sobre la pica del Capitán a media calle de distancia.

—Oh —dijo Callum, apoyando las gafas—. En realidad, es una réplica, ¿sabes? El que lleva en el desfile. Es completamente falso. El verdadero se encuentra aquí abajo, pero si no te impresionaron las gafas, el casco será una decepción *total*.

—¿A qué te refieres?

—Te lo mostraré —pasó a toda prisa delante de ella.

Los ojos de Nova se abrieron aún más. No podía ser *tan* fácil.

A medio camino del corredor, Callum hizo una pausa delante de un cubo metálico sobre una estantería.

—*Ta-rán* —dijo, dando un golpecito encima. El cubo tenía el tamaño aproximado de un microondas pequeño—. Te presento el casco de Ace Anarquía.

Nova se quedó mirándolo, el horror y la negación se colaban insidiosamente en sus pensamientos.

—No entiendo.

—Pues, después de la Batalla de Gatlon —dijo Callum, inclinando el codo sobre el estante al tiempo que se disponía a meterse de lleno en otro discurso histórico—, el Consejo intentó destruir el casco, pero no lo lograron. Así que para evitar que volviera a caer en las manos equivocadas, el Capitán Chromium fabricó una caja de cromo indestructible para guardar el casco para siempre. Y aquí descansa, protegido, a salvo, completamente inaccesible —le dio otra palmadita al cubo—. Y lo entiendo. Es decir, causó tanta destrucción que esta clase de poder no debe ponerse a disposición de nadie, ¿sabes? Pero al mismo tiempo, el historiador que tengo dentro está un poco triste porque una reliquia tan importante permanezca allí dentro para siempre, sin poder ser vista o estudiada.

La boca de Nova se resecó al acercarse a la caja.

Debió haber algún tipo de fanfarria en este lugar: un reflector derramando luz sobre el estante; una serie de cuerdas para mantener a los curiosos a raya; un pedestal.

Pero no había nada. Tan solo una caja polvorienta sobre un estante polvoriento.

¿Por qué no le dijo esto Dread Warden en el momento de explicar que el casco no había sido destruido, cuando dijo que estaba aquí, en el departamento de artefactos?

Nadie volverá jamás a usar ese casco para atormentar a las personas de esta ciudad.

Sus palabras adquirían ahora un nuevo significado. Nova había imaginado una caja fuerte con una clave, un sistema de seguridad que requiriera escaneo de retinas y huellas digitales, incluso guardias armados, vigilando el casco.

Jamás imaginó esto. Encerrado en un cubo de cromo. Para siempre.

Sintió un ligero jalón en la muñeca. Su brazalete forcejeaba contra la piel, como atraído hacia la caja y el casco que estaba dentro.

Levantó la mano. El brazalete jaló más fuerte hasta que la delgada filigrana se hundió en su piel. Las clavijas vacías que jamás habían alojado la gema para las que fueron hechas se extendieron hacia fuera buscando el casco atrapado.

—¿Eh? —exclamó Callum—. Jamás vi algo así.

Nova dejó caer el brazo y retrocedió un paso con rapidez.

La atención del muchacho siguió fija en su muñeca.

—¿De qué está hecho ese brazalete?

—No lo sé —lo cubrió con la mano para ocultarlo de la vista. Era verdad. *No* sabía de qué estaba hecho. Que ella supiera, no tenía un nombre, y no le iba a decir a Callum que estaba fabricado de bandas solidificadas de energía etérea que solo podía producir su padre.

Así como no le diría que estaba hecha del mismo material que el casco.

—¿Cobre, tal vez? —preguntó Callum, rascándose la oreja—. ¿Puede magnetizarse el cobre? Tendré que investigarlo. De cualquier modo —volvió a girar la mano hacia la caja—. Ahí lo tienes. El casco que casi destruyó al mundo. ¿Lista para regresar?

El muchacho la condujo fuera de la bóveda, sin dejar de hablar, aunque Nova no oyó una sola palabra. Ignoró los impresionantes objetos que pasaron; apenas sintió la máscara clavándose en su espalda.

¿Qué le diría a Ace? ¿Qué le diría al resto de los Anarquistas? Desde que se enteraron de que no habían destruido el casco, habían tenido las esperanzas puestas en recuperarlo. En devolverle a Ace su fuerza, su poder.

¿Qué harían ahora?

Tenía que haber una manera de abrir aquella caja. Resultaba impensable que el Capitán Chromium hubiera hecho *imposible* acceder al casco. ¿Y si los Renegados lo necesitaban algún día?

No podía ir al Capitán y preguntarle acerca de ello, pero… sí conocía a otra persona que podría tener una idea.

CAPÍTULO 13

Estación de Blackmire. La entrada en desuso al metro abandonado tenía un agujero del tamaño de un pequeño vehículo, precintado con cinta color amarilla. La acera se encontraba cubierta de escombros por la explosión, y aún había marcas visibles del incendio sobre los muros. Por aquí era por donde habían huido los Anarquistas cuando los Renegados fueron tras ellos, después de que el ataque de la Detonadora a la biblioteca dejara en claro que los Anarquistas no estaban tan inactivos como habían pensado. Aunque establecieron patrullas regulares para registrar los túneles y monitorear los diferentes puntos de acceso, en caso de que cualquiera de los villanos intentara regresar a su santuario, no había habido señales de ellos. Salvo, por supuesto, Pesadilla y la Detonadora.

La última vez que Adrian había entrado en los túneles, resuelto a averiguar cuál era la conexión de los Anarquistas con Pesadilla, llevaba la armadura del Centinela. Incluso ahora, sentía una comezón en los dedos, impaciente por desabrochar la parte de arriba de su camisa y abrir el tatuaje de cremallera que lo transformaría en un justiciero. Ansiaba la seguridad que le daba la armadura. Pero ignoró la tentación, sabiendo que era poco más que paranoia y quizás un poco de hábito.

Los túneles estaban abandonados. Adondequiera que Cianuro, la Abeja Reina y Phobia se hubieran ido, no habían sido lo suficientemente temerarios como para regresar aquí.

Se puso en cuclillas delante del letrero de NO ENTRAR, cubierto hacía mucho tiempo con una leyenda en aerosol, advirtiendo a cualquiera que quizás no supiera quiénes acechaban al bajar las escaleras:

Un círculo dibujado alrededor de una *A* color verde limón.

Adrian sacó su rotulador y se dibujó una linterna.

Pasó encima de la cinta y dirigió el haz de luz sobre los muros pintados con grafiti y los pernos que sobresalían del concreto donde alguna vez había habido un torniquete. Las escaleras del otro lado desaparecían en la oscuridad.

Aguzó el oído, pero si había ruidos dentro del metro, se encontraban sepultados bajo los ruidos de la ciudad.

Pero no había sonido alguno, se dijo, salvo el de las ratas. Ya no había villanos allá abajo; los Anarquistas habían desaparecido.

Descendió en silencio las escalinatas, apoyando pesadamente su calzado deportivo. El haz de la linterna saltaba sobre viejos pósters de conciertos, los mosaicos quebrados de los muros y más grafiti, tanto grafiti.

Pasó una entreplanta que se ramificaba en dos sentidos diferentes: unas escaleras que conducían a las vías hacia el norte; y otras, hacia el sur. El brazalete repicó silencioso mientras descendía hacia el andén inferior, probablemente la última alerta que recibiría antes de perder señal cuando estuviera bien profundo. Ignoró el sonido, como lo hacía desde que Espina lo arrojó al río y desde que Max señaló que quizás, solo quizás, este era el momento de despedirse del Centinela. El repiqueteo no era la notificación de cuando recibía un mensaje de uno de sus compañeros de equipo o de cuando el centro de llamados le asignaba una misión. En cambio, era la alarma que él mismo había programado para notificarse del momento en que llamaban a una de las otras brigadas de patrullaje a una emergencia.

Años atrás, como parte de un intento por garantizar la seguridad de sus reclutas, se decidió que todos los Renegados podían acceder en tiempo real a los despachos realizados a las unidades de patrullaje, y que se podían rastrear y monitorear los movimientos de las patrullas en guardia. La información estaba a disposición de cualquier Renegado que lo quisiera, aunque, por lo general, estaban tan ocupados con sus trabajos respectivos que Adrian no conocía a nadie que, de hecho, la aprovechara. Salvo por él mismo, y solo desde que se convirtió en el Centinela.

Era parte del motivo por el cual había conseguido ser tan eficaz. Cada vez que oía que enviaban a una unidad de patrullaje a la escena de un crimen particularmente grave, solo tenía que ingresar al sistema para ver a dónde la enviaban. Si había una persecución, podía seguir fácilmente sus movimientos por la ciudad. Con los tatuajes de resortes que tenía en las plantas de los pies, podía moverse más rápido que la mayoría de los Renegados, salvo los que tenían poderes para volar o desplazarse a supervelocidad. Solo con esa ventaja, a menudo podía llegar a la escena del crimen y hacer frente a los agresores antes de que aparecieran los Renegados asignados.

Durante la última semana, consideró apagar las notificaciones cada vez que repicaba su brazalete. Estaba atrapado en una lucha permanente consigo mismo. Por un lado, tenía un deseo casi irrefrenable de involucrarse en las situaciones para probar su valor y sus buenas intenciones. Pero, por otro, sabía que era más seguro que la gente siguiera creyendo que el Centinela había muerto, especialmente tras la aparición del Agente N. El Centinela era un hombre buscado, y sabía que una vez que las patrullas estuvieran equipadas con el agente neutralizador, pocos dudarían en aplicárselo.

Incapaz de resistir la tentación por completo, Adrian echó un vistazo a la notificación más reciente, solo para asegurarse de que no estuvieran asesinando a nadie ni ocurriendo ningún otro delito grave. Pero no... habían llamado a una unidad de patrullaje para lidiar con un robo de auto. Algo de lo que, decididamente, se podían ocupar sus compañeros. Desestimó la alerta y silenció todas las notificaciones entrantes.

Hizo una pausa al pie de las escaleras, alumbrando la linterna sobre las paredes. Había un gabinete vacío que había alojado alguna vez un extintor, y un antiguo teléfono de pago al que le faltaba el auricular en el extremo de su cable enroscado. El andén en sí estaba sembrado con los cuerpos de avispas muertas, algunas envolturas aisladas de golosinas y un puñado de siluetas dibujadas en tiza roja y marcadas con la señalización oficial de los Renegados.

Se acercó un poco y examinó los letreros más próximos: PRUEBA 19: CARPA DEL TITIRITERO (1/3). PRUEBA 20: PERTENENCIAS VARIAS DEL TITIRITERO. PRUEBA 21: CASQUILLO — DISPOSITIVO DE DESCARGA DE VENENO.

Ninguno de los objetos mencionados se encontraba allí, salvo los contornos de tiza y la señalización que indicaba lo que había estado allí antes de que los equipos de investigación y de limpieza de los Renegados lo decomisaran todo.

El ceño de Adrian se profundizó aún más. Debió saber que a esta altura habrían removido todas las pertenencias de los Anarquistas. Por algún motivo, había esperado que solo hubieran llevado de regreso al cuartel general las armas u objetos que daban cuenta de actividad delictiva. Pero claramente estaba equivocado. Parecía que no habían pasado nada por alto.

Caminó hacia el borde del andén, y descendió la mirada a las vías, volviendo la cabeza a ambos lados, al lugar donde desaparecían dentro de los túneles: más señalizaciones, más trazos de tiza, y aquí, más evidencia de la batalla ocurrida. Un túnel estaba prácticamente hundido como resultado de las bombas de la Detonadora. Más cadáveres de avispas, esparcidos sobre las vías.

Adrian conocía a muchos de los Renegados involucrados en la pelea. Había conocido a algunos casi toda su vida. Tuvieron suerte de que ninguno murió, pero hubo incontables heridas, desde huesos rotos y quemaduras graves hasta pulmones y gargantas que habían quedado en carne viva por los venenos de Cianuro. Incluso ahora, podía detectar el olor penetrante de sustancias químicas en el aire mustio.

Durante varias semanas luego del combate, los sanadores tuvieron que trabajar horas extra.

Y al final, los Anarquistas habían conseguido huir. Era la proverbial sal en las llagas existentes, que ya eran considerables.

Suspiró. No encontraría el títere de Winston Pratt aquí abajo. Tendría que hablar con la cuadrilla de limpieza, quizás pedir un favor al equipo de clasificación y etiquetado. Ojalá no hubieran enviado ya un montón de despojos de los Anarquistas a un desguace. Abrirse paso en ese depósito de chatarra no sería *nada* agradable.

Estaba a punto de volverse cuando su linterna atrapó una de las etiquetas fijadas al costado del siguiente túnel.

PRUEBA N/A: ¿PESADILLA?

Alguien había trazado una flecha, que señalaba hacia el interior del túnel.

Empujando las gafas hacia arriba, Adrian dio un salto y aterrizó sobre las vías. Medio kilómetro más adelante alcanzó una amplia sala de techos arqueados, donde se cruzaban y bifurcaban múltiples líneas ferroviarias. Una serie de andenes estrechos rodeaba cada lado de las vías, no para pasajeros, sino quizás para equipos de mantenimiento.

Adrian no había estado en esta parte de los túneles; jamás había formado parte de las patrullas enviadas para comprobar que los Anarquistas no estuvieran acumulando armas o reclutando miembros nuevos. Solo había venido una vez a visitar a la banda de villanos, cuando sorprendió a Congelina y a su brigada intentando intimidar a los Anarquistas para obtener confesiones falsas.

Aunque seguía sin estar de acuerdo con sus tácticas, no pudo evitar pensar que si hubiera dejado que Genissa y su equipo manejaran las cosas, era probable que los Anarquistas hubieran sido arrestados aquel día. La ciudad se habría ahorrado mucho sufrimiento.

De solo pensarlo, sintió una crispación en la mandíbula.

Un vagón abandonado se encontraba en un extremo del espacio, posado sobre las vías como si fuera a alejarse rodando en cualquier instante, aunque era tal la acumulación de mugre y suciedad en sus ventanas que era evidente que había estado inmóvil desde hacía mucho tiempo

Se acercó al vagón y leyó el letrero sobre uno de los cristales: PRUEBA 47: VAGÓN - ¿EMPLEADO POR PESADILLA?

Adrian flexionó los dedos y los cerró nuevamente en un puño, y luego caminó hacia la puerta que se encontraba en el costado. Había estado tan cerca. Había estado buscándola durante tanto tiempo, pero si solo hubiera interrogado un poco más a los Anarquistas, si se hubiera atrevido a registrar su vivienda más a fondo, habría encontrado esto. La habría encontrado a ella.

Ingresó al vagón, pero si esperaba hallar algo que le sirviera, sus esperanzas se desvanecieron rápidamente. El interior estaba tan despojado de pertenencias como el andén de Winston. Lo único que había quedado eran las etiquetas de los Renegados. Cien rectángulos blancos pegados sobre los muros y el suelo, indicando dónde se había encontrado evidencia. Más cerca: una pequeña maleta de ropa. Más allá: un banco de trabajo que contenía armas desmontadas en diversas etapas de ejecución. En la ventana: una portada de revista con una fotografía del Capitán Chromium cubierta de pequeñas perforaciones.

Intentó imaginarla, una chica que jamás había conocido, que jamás lo había conocido a él ni a su familia, con una carga tan fuerte de enojo contra su padre que arrojaba dardos contra las fotografías de revistas, practicando para el día en que intentaría asesinar a uno de los superhéroes más amados de todos los tiempos. ¿Qué pudo haberla llevado a semejante odio?

Sacudió la cabeza y se volteó. El vagón se movió bajó su peso mientras descendía nuevamente a las vías. Intentó imaginarse viviendo aquí abajo. El aire rancio y húmedo. Los años de basura acumulada a los costados de las vías. Las telarañas que colgaban entre las luminarias rotas. Sin brisa, sin luz solar, sin flores ni árboles, ni animales, ni pájaros… salvo las ratas y las cucarachas.

Las únicas manchas de color eran los tags de grafiti y una hilera de pósters publicitarios sobre una pared, aunque sus cubiertas de plástico estuvieran tan deslucidas que costaba ver lo que intentaban vender. Uno promocionaba la inauguración de una exposición en el Museo de Arte de Gatlon; Adrian no pudo evitar preguntarse cuántas de aquellas obras incalculables se habían perdido durante la Era de la Anarquía. Otro póster ofrecía un "cutis para el día de la boda" tras un tratamiento de sesenta días con una crema de noche recién patentada. Al lado había un anuncio de tiempos compartidos en un complejo tropical, aunque alguien había dibujado imágenes vulgares sobre la modelo en bikini.

Adrian ladeó la cabeza, observando el último póster. Había un libro, un thriller, con una figura sombría perfilada entre dos pinos. La frase que acompañaba el libro decía: *No es que haya regresado… es que jamás se marchó.*

Y aunque no podía estar seguro, le dio la impresión de que el póster estaba… torcido.

Pasó por encima de las vías, con la linterna dirigida hacia el siguiente túnel. Por aquel lado ya no veía más letreros de los Renegados. Quizás este fuera el último andén que los Anarquistas hubieran reclamado para sí.

Acercándose al póster, vio que definitivamente estaba torcido. No demasiado, pero lo suficiente como para sentir un deseo apremiante de enderezarlo. Era probable que el soporte que lo había mantenido colgado todos estos años hubiera empezado a soltarse del muro. Y sin embargo... tenía algo que provocó que se le erizara el cabello de la nuca: una mancha de tierra en una esquina, casi como la huella de una mano; el hecho de que el muro de mosaicos estuviera descascarillado alrededor de su marco.

Estaba a punto de extender el brazo para tocar el póster cuando vislumbró una sombra por el rabillo del ojo.

Con el corazón desbocado dentro del pecho, dirigió el haz de luz hacia el interior del túnel.

Una rata chilló furiosa y se escabulló detrás de una jarra de leche vacía para huir a toda velocidad por las vías.

Un sudor frío humedeció su frente mientras dirigía la luz alrededor del túnel, sobre las vías y encima de los techos abovedados. Lo que fuera que lo había asustado, había desaparecido, o... tuvo que admitir que lo más probable era que no hubiera sido más que su propia imaginación.

De todos modos, era imposible sacudirse de encima la sensación de que no estaba solo, de que algo lo observaba desde las sombras.

Su ritmo cardíaco empezaba a reducirse cuando su brazalete emitió una melodía, que le produjo un nuevo sobresalto. Maldijo y se apresuró por apagarla. Con el ceño fruncido, miró el mensaje. Era imposible que tuviera señal allí abajo, y ya había apagado todas las notificaciones del centro de llamadas.

Oh. Claro.

No se trataba de un mensaje ni de una alerta. Era el recordatorio que él mismo había creado para estar en City Park en una hora, o arriesgarse a la ira de Ruby si llegaba tarde para la primera competencia de su hermano.

Tras un cálculo veloz de lo que demoraría en llegar allá, maldijo de nuevo y echó a correr.

CAPÍTULO 14

Adrian jamás había visto el parque tan lleno de gente, invadido por niños, casi todos enfundados en trajes de lycra relucientes, pantimedias de neón y capas brillantes. Había pequeños puestos donde vendían uniformes de los Renegados en miniatura o disfraces que recordaban los nostálgicos trajes de superhéroes del pasado. Otros vendían camisetas personalizadas, joyería hecha a mano e incluso disfraces de superhéroe para perros y gatos. Detrás de los puestos había una larga hilera de *food trucks*, tal como prometieron, y un patio de castillos inflables. Incluso había un escenario provisorio donde una banda de música se hallaba instalando parlantes y micrófonos.

Pero la principal atracción del día, como quedó en evidencia de inmediato, se encontraba sobre los campos de deporte, situados entre jardines de flores nativas, estanques de patos y senderos para correr. Había más de una docena de diferentes tipos de competencia en las que podían participar los chicos, separados por edad y nivel de habilidad, con la esperanza de obtener una medalla y ser nombrados acompañantes (no oficiales) del héroe principal. Había carreras de pista y salas de gimnasia, arquería y salto en largo, lucha libre y artes marciales. Una enorme carpa cerca del parque infantil ofrecía incluso concursos mentales, como pruebas de lectura veloz y un certamen de ortografía. Adrian no terminaba de entender cómo tener excelentes nociones ortográficas podía trasladarse a defender la justicia, pero le gustaba que las Olimpíadas de Acompañantes fueran tan inclusivas. Todo niño merecía sentir que podía ser un superhéroe, aunque fuera por un día.

Temió estar retrasado al llegar a las tribunas que rodeaban el evento principal, una complicada carrera de obstáculos que ocupaba todo un campo de fútbol. Encontró a Ruby, Danna y Nova cerca de las primeras filas.

Ruby lo saludó, excitada, señalándole un asiento que le había reservado.

—Vamos, vamos —dijo—. Los mellizos estarán en la siguiente serie.

—¿Dónde está Oscar? —preguntó, deslizándose junto a Nova. A diferencia del entusiasmo de Ruby, Nova parecía ligeramente perpleja mientras observaba las multitudes de niños disfrazados.

—¿Dónde crees? —preguntó Danna, ahuecando el mentón en las manos.

Adrian no respondió. Obviamente, comiendo.

—¡Ahí están! —Ruby se levantó de un salto y empezó a gritar los nombres de sus hermanos, pero o no podían escucharla o sentían demasiada vergüenza de saludar a su hermana mayor. Formaban un corro con un grupo de chicos, todos de alrededor de once o doce años, pero era fácil reconocer sus cabezas idénticas de cabello rubio claro, entre las demás. Adrian solo los había visto una vez, el verano anterior, en un pícnic de las familias de los Renegados, pero recordaba lo mucho que se parecían a una versión más joven de Ruby, con pecas y todo. Se preguntó si también ella había tenido el mismo cabello rubio y tupido a su edad, antes de empezar a teñírselo en capas blancas y negras.

—Se ven genial —dijo Adrian, admirando sus trajes grises y rojos.

—Gracias, mi mamá y mi abuela les hicieron los disfraces. Jade no ha querido quitárselo en toda la semana. Me alegrará cuando acabe el día y quizás nos permita lavarlo de una vez.

—¡Abran paso, que aquí vengo! —Oscar avanzó arrastrando los pies por la banca, sujetando una bolsa de papel con una mano, el fondo de la cual ya estaba empapada de grasa. Adrian y Nova voltearon las piernas hacia dentro para dejarle espacio para pasar, chocando las rodillas.

—Lo siento —masculló Adrian, mirándola a los ojos por primera vez desde que llegó.

Nova sonrió, con una mirada extrañamente nerviosa.

—¿Ya viniste a uno de estos eventos?

—No, pero me han hablado mucho de ellos. Son bastante divertidos, ¿verdad?

Nova frunció los labios. Le llevó bastante tiempo responder, y cuando por fin lo hizo, parecía casi triste.

—Es increíble cómo le gustan a la gente los superhéroes.

—Traje suficiente para todos —dijo Oscar. Se desplomó junto a Ruby y empezó a repartir cajas de cartón que rebosaban de patatas fritas—. Pero no se apresuren, ¿sí? Allá también tienen gyros y alitas de pollo, y le puse el ojo a un pastel de fresas para el postre —acomodando el bastón entre las piernas, miró hacia el campo—. ¿Cuáles son...? Oh, descuida, ya los vi.

Ruby lo miró ceñuda.

—No conoces a mis hermanos.

—Lo sé, pero son iguales a ti —señaló, y luego tomó una patata frita de la caja de Ruby y la mordió por la mitad—. Salvo, ya sabes, el cabello. ¿Cuánto falta para que empiece?

—En cualquier momento —respondió Ruby, mirando a Oscar de forma especulativa—. Sterling lo hará genial en este, pero Jade está más entusiasmado con el tiro con arco que vendrá después.

En el campo, los niños recibieron la orden de ponerse en fila, en la línea de largada. Un referí les daba instrucciones. Ruby empezó a hacer rebotar las piernas tan rápido que toda la banca empezó a vibrar. Sin avisar, ahuecó las manos sobre la boca y gritó:

—¡*Vamos, Sterling! ¡Tú puedes hacerlo!*

Danna hizo una mueca, tapándose una oreja.

Una corneta sonó, y empezó la carrera. Los concursantes se precipitaron hacia delante y empezaron a escalar un muro falso de ladrillos. Ruby se puso en pie de un salto, gritando a todo pulmón. Oscar se unió a ella, dando alaridos a la par. Una de las chicas se escabulló hacia arriba a una velocidad inaudita: una niña de tez morena con una capa dorada sobre los hombros, que recordaba el disfraz de Lady Indómita.

La garganta de Adrian se cerró al verla. Habría sido demasiado joven para recordar a su madre cuando seguía viva; le llenaba el corazón de ternura saber que su legado se mantenía vivo, que aún seguía inspirando a los chicos de hoy.

Él también quería eso. Quería ser un ejemplo a imitar. Como su mamá y sus papás y todos los superhéroes anteriores a él.

Pero mientras la chica tomaba la delantera, cruzando una serie de pasamanos con Sterling a la zaga, oyó a Oscar inclinándose hacia Ruby.

—¿Quieres que la deje ciega con una flecha de humo? —susurró, señalando el dedo hacia la pista mientras una voluta de humo brotaba de la punta—. Solo una pequeña; nadie tendría que enterarse.

—Ni lo pienses —siseó Ruby, empujando la mano de Oscar hacia abajo—. Sterling la alcanzará en la vuelta de los barriles —sin soltar su muñeca, apoyó la caja de patatas fritas sobre la banca para poder levantar el otro puño en el aire, vitoreando animadamente.

Oscar miró su mano una vez, y luego a Adrian, con una expresión aturdida aunque alarmada.

Este le mostró el pulgar hacia arriba, esperando animarlo.

Recostándose hacia atrás en la banca, devoró un puñado de patatas fritas. Le ofreció la caja a Nova, pero ella sacudió la cabeza.

–¿Estás bien? –le preguntó, notando que su expresión seguía tan seria como cuando llegó.

–Sí, sí –farfulló distraída.

–¿Nova?

Ella le dirigió una rápida mirada, y luego volvió a girar hacia el campo.

–Es solo que… tengo demasiadas cosas en la cabeza.

La boca de Adrian se retorció. No quería decir "No sabes cómo lo entiendo", pero… podía empatizar perfectamente.

–¿Fue tu primer día en el departamento de artefactos, ¿verdad? ¿Cómo te fue?

Nova se tensionó; parecía estar debatiendo algo por dentro mientras miraba a los hermanos de Ruby precipitarse por un largo trampolín, y luego escurrirse a través de un laberinto de tubos transparentes. Adrian notó que eran todos obstáculos increíblemente oportunos para los actos heroicos de la vida real.

Ella se inclinó hacia él, bajando la voz.

–¿Sabías que el casco de Ace Anarquía está allí arriba?

Se volvió hacia ella, sorprendido.

–Eh… en realidad, creo que está exhibido en las oficinas del Consejo.

Ella lo fulminó con una mirada como para dejar en claro que a ella no podía engañarla.

Sonrió, avergonzado.

–Oh, te refieres al casco *real*.

–Sí, el real –susurró enérgicamente–. ¿Cuánta gente lo sabe?

–No lo sé. No es un secreto, exactamente, pero tampoco es algo de lo que se hable demasiado. Es más fácil que la gente crea que el que está arriba es el verdadero.

—Y que fue destruido —señaló Nova—, salvo que *no* fue destruido.

—No porque no lo intentaran —Adrian inclinó la cabeza hacia un lado—. Pareces preocupada.

—Por supuesto que estoy preocupada. ¡Es peligroso! —volvió a bajar la voz, y Adrian se halló acercando la cabeza a la suya, tan cerca que un mechón de su cabello rozó su hombro—. Y está ahí, completamente desprotegido. Una mujer de setenta años con propiedades psicométricas menores, y un muchacho que ni siquiera es un prodigio. ¿Se supone que ellos están garantizando la seguridad de uno de los objetos más poderosos de todos los tiempos? Cualquiera podría entrar allí y sencillamente llevárselo.

Adrian levantó ambas manos para apaciguarla.

—No es tan terrible como lo describes.

Nova cruzó los brazos.

—¿Por qué? ¿Por un gran cubo de metal?

Rio.

—Sí, exacto. Sabes quién fabricó el cubo, ¿verdad?

—Sí, y aunque es posible que el Capitán Chromium sea él mismo invencible, no creo que debamos confiar solamente en su obra para proteger el casco. De hecho, me gustaría hablar con tu padre acerca de ello. Si pudiera darme detalles sobre los posibles puntos débiles, entonces podría trabajar en instalar un sistema de seguridad más completo.

—Es indestructible —dijo Adrian—. No tiene ningún punto débil.

—Indestructible —repitió Nova, abrasándolo con la mirada—. Pero ¿no *imposible de abrir*?

Él vaciló. ¿Podía…?

No. Sacudió la cabeza.

—Imposible de abrir para cualquiera que quisiera volver a hacer el mal alguna vez.

Algo pareció encenderse en la expresión de Nova, y se deslizó más cerca de él hasta que quedaron pegados, del hombro a la rodilla. Adrian tragó saliva.

—Así que *puede* abrirse —dijo ella—. ¿Por quién?

—Eh… no es lo que quise… nadie lo puede abrir. Me refiero a que estoy seguro de que papá podría hacerlo, si quisiera. Pero no lo haría. ¿Para qué?

Nova se pasó la lengua por los labios, atrayendo la mirada de Adrian hacia ellos. En ese mismo instante, la multitud estalló en una ovación, e instintivamente Adrian se puso en pie tambaleando. La caja de patatas fritas cayó de su regazo, derramándose sobre los zapatos de ambos.

—Oh… ¡disculpa!

Ignorando las patatas fritas, Nova también se paró, y luego apoyó su mano sobre el codo de él. El corazón le palpitó en el pecho. Del otro lado, oyó a Ruby gritando:

—*¡Vamos! ¡Vamos! ¡Vamos!*

La mirada de Adrian saltó al campo, donde vio que tanto Sterling como la chica con la capa de Lady Indómita habían recorrido más de la mitad del circuito, cabeza a cabeza, mientras cruzaban una serie de cuerdas anudadas balanceándose.

—Adrian.

Volvió la mirada hacia ella, con las mejillas encendidas.

—¿Estás seguro de que la caja no tiene ningún punto vulnerable? —insistió, y la intensidad de su expresión lo hizo advertir lo importante que le resultaba esta cuestión. Su seriedad lo sorprendió. Jamás se le habría ocurrido dudar de la seguridad del casco. Si el Capitán Chromium había dicho que el asunto estaba resuelto, entonces estaba resuelto. Pero claramente, Nova no compartía esa confianza—. Necesito estar segura de que no hay ninguna vulnerabilidad desconocida. Ahora que estoy trabajando en el departamento de artefactos, mi deber es garantizar la seguridad de los objetos, ¿sabes? Y ese casco… no podemos dejar que caiga en las manos equivocadas.

—Jamás volverá a haber otro Ace Anarquía, Nova. Estás dándole demasiadas vueltas al asunto.

—No lo sabes. Solo necesito estar *segura*. Quizás el Capitán Chromium instaló algún tipo de procedimiento de salvaguarda, una manera de acceder al casco si alguna vez lo vuelven a necesitar y él mismo no puede abrir la caja. Una… llave de algún tipo. ¿O existe alguna forma de que alguien pueda abrirlo? ¿Aunque fuera de modo hipotético?

Adrian soltó un largo suspiro e intentó tomarse el asunto con seriedad.

—No lo sé. Mi papá podría hacerlo fácilmente manipulando el cromo. Y quizás… —dejó caer una mano dentro del bolsillo y extrajo su rotulador. Lo hizo girar entre los dedos, pensando—… incluso yo…

—¿Tú? —preguntó Nova. Adrian intentó no sentirse ofendido por su tono de incredulidad.

—No lo sé. Jamás he intentado dibujar nada empleando el cromo de mi papá. Pero no veo porqué sería diferente a dibujar sobre cristal, concreto o las gemas de Ruby.

Nova apretó su brazo aún más.

—¿Qué dibujarías para entrar en la caja?

La boca de Adrian se torció hacia un lado.

—¿Una puerta?

Ella tensó el ceño, y la sonrisa burlona de Adrian se desvaneció.

—Pero sigue estando a salvo, Nova. Jamás abriría esa caja, y ni siquiera estoy seguro de que pueda funcionar. Además, no hay otros prodigios como yo, por lo menos, no que yo conozca.

Nova musitó, reflexiva, y para su decepción, apartó las manos.

—Tal vez tengas razón, pero todos los días surgen nuevos prodigios. No sabemos qué tipo de poderes podrían descubrirse en cualquier momento. ¿Quién sabe? Quizás el cromo de tu padre no será siempre invencible.

Ruby, Oscar y Danna gimieron al unísono. Adrian levantó la mirada. Sterling había llegado al último obstáculo, una enorme piscina por encima del nivel del suelo, llena de redes, boyas y tiburones robot. Aunque nadaba rápido, la otra chica le sacó rápidamente ventaja.

—Si se te ocurre otra cosa —dijo Nova—, cualquier debilidad que la caja pudiera tener... ¿me lo dirás?

—Lo haré —respondió él, sonriendo—. Lo prometo.

La chica salió de la piscina y se precipitó hacia la línea de llegada. Sterling la siguió segundos después. Jade, muy por detrás, llegó en séptimo lugar.

—Segundo lugar —dijo Ruby—. No está mal.

—¿Bromeas? —preguntó Oscar—. Cualquier Renegado que vale su alter ego estaría orgulloso de tener a ese chico de compañero. A Jade también. De hecho... —frotó su mentón—. Me vendrían bien un par de ayudantes. ¿Crees que les pueda interesar a tus hermanos?

—¿Para qué? ¿Para ir a comprarte refrigerios? —preguntó Ruby.

—Entre otras actividades importantes que se confían a los acompañantes. Realmente ayudaría a despejar mi agenda para poder dedicarme más a salvar doncellas.

Ruby bufó.

—Yo también ayudé a salvar a aquella barista.

—Sí, pero claramente estaba agradeciéndome a mí, y mi plan es explotar esa ocasión por los siglos de los siglos. Es como un recordatorio constante de los riesgos y recompensas que conlleva el heroísmo real.

—El esfuerzo es real —dijo Danna, inclinándose delante de Ruby para robar una de las patatas fritas de Oscar.

Las tribunas empezaron a vaciarse a medida que preparaban la carrera de obstáculos para el siguiente grupo.

—Tenemos una hora antes del combate de lucha libre de Jade, y luego ambos tienen arquería —comentó Ruby, fijándose en el programa impreso.

Alzó la cabeza con una enorme sonrisa–. ¿Alguien quiere ir a que nos hagan maquillajes idénticos?

–Me leíste la mente –respondió Oscar.

–Eh, ustedes dos, vayan –dijo Adrian, recordando la expresión de Oscar cuando Ruby lo tomó del brazo–. Hay algo que quería mostrarles a Nova y a Danna… eh… allá –señaló hacia un grupo de puestos de venta junto al lago–. Pero nos vemos en el combate de lucha, ¿sí?

Danna inclinó la cabeza hacia él, con una mirada de sospecha, pero nadie se opuso cuando Adrian descendió las gradas y se unió a la multitud bulliciosa. Cuando miró hacia atrás, Nova y Danna estaban al lado suyo, pero Oscar y Ruby habían desaparecido.

–Esa fue solo una estrategia para dejarlos a solas, ¿verdad? –preguntó Danna.

–Sí –se rascó la nuca–. ¿Fue demasiado obvio?

–Las cosas no parecen estar avanzando con sutilezas, así que… –encogió los hombros.

–Oye –dijo Adrian, chasqueando los dedos–. ¿Cómo fue tu examen médico?

Danna lo miró radiante.

–Ya tengo el visto bueno para volver a trabajar. Presentaré los papeles el lunes para reincorporarme.

–No te preocupes; yo me ocuparé –dijo él–. ¿Te sientes bien?

–Genial. Los rasguños ni siquiera dejaron marcas –lanzó una mirada de reojo a Nova, y su voz adoptó una nueva aspereza–. Tampoco he vuelto a desmayarme sin motivo aparente, así que… supongo que estoy como nueva.

Nova pareció palidecer, pero lo disimuló rápidamente con una mirada consternada.

–Qué bueno, Danna.

–¿Desmayos? –preguntó Adrian.

Lo miró encogiendo los hombros.

–¿Recuerdas cuando Nova estaba en el ala médica tras el fiasco de la cuarentena? Fui a visitarla y… fue muy extraño, pero me desvanecí. Me refiero a que… *jamás* me desmayo.

–El caso clásico de agotamiento –señaló Nova–. Seguías recuperándote de las quemaduras, ¿recuerdas?

Danna la miró durante lo que pareció un instante demasiado largo antes de sonreír.

–Claro –dijo entonces–, típico –parecía que quería seguir hablando, pero decidió no hacerlo–. De cualquier modo, hay un puesto por allí que quiero ir a ver. Nos vemos en la competencia de lucha libre, ¿sí?

Al instante se dispersó en su enjambre de mariposas. Una exclamación se alzó entre la muchedumbre a su alrededor; los niños chillaban y apuntaban mientras las mariposas daban vueltas en el aire y se alejaban vertiginosamente.

–Hablando de sutilezas –masculló Nova mientras empezaban a recorrer un sendero de footing–. Me pregunto si es capaz de hacer eso con ropa de civil. No sé si el uniforme de los Renegados tiene algo que le permite cambiar de forma sin perder su vestimenta o si es parte de su poder.

–A veces, yo también me pregunto acerca de esos detalles. Por ejemplo, Simon puede hacer que sus prendas desaparezcan, y también los objetos pequeños si los tiene en la mano… pero no puede tocar un auto o un edificio y hacer que todo desaparezca. Es interesante descubrir el alcance de las habilidades de una persona. Por supuesto, para eso tenemos nuestras sesiones de capacitación.

–¿Crees que Danna podría cargar un objeto con ella? ¿Y no solo su vestimenta?

Adrian ponderó la pregunta, intentando recordar si alguna vez la había visto desaparecer con un arma. Pero siempre había estado más cómoda en un combate mano a mano.

–No estoy seguro. Tendré que preguntárselo cuando empecemos a entrenarnos la semana que viene con el Agente N. No tendría mucho sentido proveerla de una pistola neutralizadora si la pierde la primera vez que se transforma.

Nova asintió con un gruñido.

–Supongo que todos tenemos debilidades –dijo–. Incluso la magnífica Monarca.

CAPÍTULO 15

Era un poco como volver a estar en el desfile de los Renegados, rodeados de chicos con disfraces y puestos repletos de recuerdos cursis. Los niños excitados a su alrededor eran adorables, incluso si profesaban una fe equivocada. Nova no podía evitar pensar en Evie, que habría sido un poco menor que los hermanos de Ruby. Si su familia hubiera sobrevivido, ¿habrían sido criadas ella y Evie para amar a los Renegados tanto como estos chicos? ¿Estaría Evie entre ellos ahora, con las alas de Thunderbird o una máscara de Dread Warden, preparándose para correr y avanzar a los tumbos por una serie de competencias para probar que podía ser una superheroína… o por lo menos una acompañante?

O quizás Evie habría terminado siendo una prodigio, como Nova y su papá. Como el tío Ace. No había demostrado señal alguna de tener poderes cuando estaba viva, pero era una bebé, y muchos prodigios no desarrollaban sus habilidades hasta ser más grandes. Intentó no detenerse en preguntas que jamás podrían ser respondidas, pero pensarlo le provocaba angustia.

—¿Nova?

Se sobresaltó. Adrian la miraba con el ceño fruncido.

—¿Sigues pensando en aquel casco?

El casco.

Por una vez, no había estado pensando en él. Un amago de sonrisa se dibujó en sus labios.

—En realidad, en mi hermana. C-creo que hubiera disfrutado de esto.

La tristeza se reflejó en la mirada de Adrian.

—Lo siento. Olvido que tenías una hermana menor.

Ella no respondió, aunque sabía lo que se suponía que debía decir. *Descuida… fue hace mucho tiempo…*

Pero jamás comprendió por qué aquello supondría una diferencia. La pérdida de Evie seguía doliendo todos los días.

—Sé que no es lo mismo —dijo él—, pero… creo que Max también disfrutaría de esto.

Nova suspiró. Adrian tenía razón: a Max le habrían gustado las Olimpíadas de Acompañantes, aunque el Bandido era demasiado poderoso para ser relegado al rol de mero acompañante. Habiendo vivido en los túneles durante tanto tiempo, ella tenía una noción de lo difícil que debía ser para el niño estar siempre dentro de su área de cuarentena, observando cómo pasaba la vida fuera de su prisión. Se perdía tantas cosas. Se perdía del mundo entero.

—Cómo me gustaría que estuviera aquí —añadió—. Que ambos estuvieran aquí.

Sus miradas se encontraron, espejos de deseos incumplidos, y Nova advirtió un trazo de polvo gris en su mejilla. Frunció el ceño y acercó la mano para limpiárselo. Adrian permaneció inmóvil.

—Estás inmundo —dijo, y ahora que lo miró más de cerca, vio telarañas adheridas a su hombro y manchas de tierra en sus mangas—. ¿Qué hiciste hoy?

–Eh... nada interesante. Solo un paseo por unos túneles de metro en desuso. Ya sabes, el típico sábado por la mañana.

–¿Túneles de metro?

–Es una larga historia, pero... me dieron permiso para hablar con Winston Pratt tras la presentación del otro día.

Nova enganchó su pie con el sendero y tropezó. Adrian la tomó del brazo para sostenerla.

–Que hiciste ¿qué?

–Creí que quizás podía averiguar más sobre los Anarquistas. No te entusiasmes; no dijo nada útil. Pero sí dijo que si le traía su títere, me daría información.

Su títere. Hettie. Había dejado que Nova jugara con él ocasionalmente cuando era niña y siempre le había parecido un gran honor.

–Así que fui a buscar el títere pero, por supuesto, ya no quedaba nada. Todo lo que hay ahora es un montón de avispas muertas y basura desperdigada.

Nova hizo un gesto ceñudo. Odiaba pensar en los Renegados revolviendo su hogar, analizando y examinando todo lo que hallaban.

–Hablando de abejas –dijo él, con tono más ligero–, ¿cómo está el negocio de apicultura de tu tío?

Se rio ante la inesperada ridiculez de la pregunta. Casi había olvidado la mentira que le contó para justificar las colmenas de Honey en el jardín trasero.

–Eh... no muy bien, para ser honesta. Pero no es el tipo de persona que se rinda fácilmente.

–Debes haberlo heredado de él.

Evidentemente, era un elogio, y sintió que su nuca se entibiaba.

–Oh, sí, sin duda, la terquedad es un rasgo de la familia.

Casi espontáneamente resonaron en su mente las palabras de Ace, recordándole que esta no era una excursión casual de fin de semana. Ella tenía una misión, y Adrian era parte de ella. *Gánate su confianza. Gánate su respeto. Gánate su afecto.*

No debía ser tan difícil, era lo que se había repetido a sí misma durante toda la semana. Adrian era apuesto, talentoso, honorable, amable. Entonces, ¿por qué cada nervio de su cuerpo se rebelaba ante la idea de fingir atracción por él? ¿O de coquetear con él, por el solo hecho de coquetear? ¿O de simular estar interesada?

La respuesta estaba justo delante de sus narices; jugueteó con su brazalete.

Porque tal vez no sería falso.

Y descubrir que en realidad le atraía, contra toda cordura, sería demasiado costoso.

De todos modos, si alguna vez iba a sacarle información o emplear su lealtad para debilitar a sus padres, tenía que establecer una relación de confianza con él.

Tenía que…

Sus pensamientos se dispersaron al ver un grupo de árboles rodeando el lado norte del lago. Sus pies quedaron paralizados y miró a su alrededor, divisando un parque infantil no lejos de allí. El aliento quedó atrapado en su garganta.

—¿Sabes dónde estamos?

—Eso parece una pregunta capciosa.

Tomó su manga y retomó sus pasos.

—Por aquí se encuentra la cañada de la estatua.

—¿La cañada de la estatua?

—Sí, ya sabes. La dibujaste en tu libreta, la que me mostraste cuando estábamos vigilando la biblioteca. ¿Recuerdas? La estatua de la figura encapuchada.

—Oh, claro. Y tú dijiste que solías ir allí cuando eras niña.

—Solo una vez —Nova no podía explicar el vértigo que recorrió sus miembros. Sus pasos se aceleraron por propia voluntad. Doblaron un recodo. El camino pavimentado giraba hacia un lado mientras que un sendero de grava más pequeño conducía a una extensión de bosque frondoso–. Mis padres me trajeron a este parque, pero empecé a caminar por ahí y encontré… –apartó a un lado una rama baja y quedó paralizada.

Se encontraba parada en lo alto de una tosca escalinata cubierta de musgo. Los escalones descendían curvándose hacia una pequeña quebrada, rodeada de robles imponentes y matorrales tupidos.

–Esto –susurró.

Descendió a la cañada. El claro no era mucho más grande que el dormitorio que compartía con Honey en la casa adosada. Un muro bajo de piedra rodeaba los bordes con forma de círculos. De un lado, una banca de hierro forjado enfrentaba una estatua solitaria.

Nova sintió que había retrocedido en el tiempo. No había cambiado nada, no desde que era una niña.

–Parece tonto, pero… hasta que vi ese dibujo que hiciste, una parte de mí creía que quizás este lugar fuera mi propio secretillo. Lo cual no tiene ningún sentido. Probablemente, miles de personas vienen aquí todos los años. Pero… como era tan pequeña cuando lo hallé, supongo que sentí que me pertenecía. Como si quizás lo hubiera creado con mi imaginación –rio y supo que habría sentido vergüenza de admitir esto a cualquier otro, en cualquier otro momento. Pero estar aquí de nuevo era tan surreal que no le importó.

Dio vuelta a la estatua. Era exactamente como la recordaba, quizás manchada con un poco más de musgo que en el pasado. Una figura encapuchada, con una túnica suelta, como un monje medieval. El rostro tallado bajo la capucha era amorfo; tenía los ojos cerrados, una sonrisa de satisfacción y rasgos suavizados. Las manos se extendían hacia el cielo, como intentando atrapar algo.

No sabía cuál era la antigüedad de la estatua, pero parecía haber estado allí mil años. Y que seguiría en pie en el mismo lugar durante mil años más.

—Recién conocí este lugar hace un par de años —explicó Adrian—. Pero he venido varias veces a dibujar. ¿Cuántos años tenías cuando la hallaste?

—Cuatro o cinco —respondió, arrastrando un dedo a lo largo de la manga de la estatua—. Aquella noche, soñé con este lugar. Por supuesto que esto fue antes de que dejara de dormir, y hasta el día de hoy es el único sueño que recuerdo con perfecto detalle —examinó la cañada. El bosque era tan denso que ya no se oían los sonidos del festival. Tan solo las melodías de los pájaros y el crujido de las hojas—. Soñé que estaba caminando a través de una selva, con flores más grandes que mi cabeza, y un manto de hojas tan tupido que no podía ver el cielo. Todo el lugar vibraba de vida... insectos y pájaros... Salvo que a cada paso me topaba con cosas que no pertenecían a este lugar: escalones de concreto cubiertos de musgo, y hiedras que colgaban de farolas en lugar de árboles... —giró la mano en el aire, dibujando las hiedras desde su memoria—. Era Gatlon, pero estaba en ruinas. Solo era una jungla ahora, completamente cubierta de hierbas. Y luego... encontré este claro y la estatua. Al principio, estaba de espaldas a mí, pero incluso antes de acercarme, supe que tenía algo entre las manos. Así que di la vuelta, levanté la mirada y... —hizo una pausa, sintiendo que estaba de nuevo en aquel sueño, inmersa en el asombro que casi había olvidado.

—¿Y luego despertaste? —conjeturó Adrian.

Abruptamente, su atención se distrajo de la visión, y lo miró irritada.

—No. La estatua tenía algo entre las manos —hizo una pausa. Ahora se sentía pueril y un poco a la defensiva.

—¿Me harás adivinar? —preguntó Adrian.

Ella sacudió la cabeza e intentó atemperar la emoción que brotaba al recordarlo.

—Tenía una... una estrella.

Solo cuando lo dijo en voz alta se dio cuenta de lo ridículo que sonaba.

—Lo que sea que signifique eso —dijo, sin demasiada convicción.

—Es la lógica de los sueños —respondió Adrian—. O... posiblemente la lógica de las pesadillas. No sé si se trata de un sueño bueno o no.

Nova rio.

—Era un sueño bueno. No sé por qué, dado que toda la civilización había colapsado, pero... era un sueño realmente bueno —se frotó la nuca—. Mis padres estaban furiosos cuando finalmente me hallaron, y jamás me volvieron a traer al parque. Pero nunca olvidé aquel sueño. Debo haber fantaseado con encontrar aquella estrella durante varios años después.

—Es curioso cómo recordamos algunos sueños —comentó Adrian, sentándose sobre el césped y estirando sus largas piernas delante de él—. Tienes suerte. La mayoría de los sueños que recuerdo de mi infancia eran pesadillas. O... una pesadilla. Durante años tuve una recurrente.

—¿Sobre qué? —preguntó Nova, sentándose junto a él.

Adrian se retorció.

—Descuida. No debí decir nada. No es importante.

—¿Y el mío lo era?

—Sí —insistió—. El tuyo fue asombroso. ¿Una selva? ¿Una civilización arrasada? ¿Una estatua con una *estrella* entre las manos? Se trata de algo épico. Mientras que el mío solo era... —sacudió una mano despreocupadamente—. Ya sabes. Una pesadilla. Ni siquiera recuerdo mucho de qué iba, salvo el terror que me causaba.

—Deja que adivine —dijo Nova, ahuecando su mejilla en una mano—. Soñabas que llegabas al cuartel general solo para darte cuenta de que habías olvidado vestirte aquella mañana.

Le dirigió una mirada irritada.

—Tenía como cuatro años. El cuartel general ni siquiera existía.

—Oh.

—No, fue más como si hubiera una... *cosa* que me observaba todo el tiempo. Lo llamaba "el monstruo", porque era muy original. La mayoría de las veces no lo veía, pero sabía que estaba allí, esperando…

—¿Qué?

—No lo sé. Quizás, matarme. O matar a mi mamá o a todas las personas que amaba. No creo haber soñado jamás que hiciera algo, salvo acechar entre las sombras, esperando atraparme o perseguirme —se estremeció—. En retrospectiva, es posible que no resulte tan llamativo. Me crie rodeado de superhéroes. Cada vez que mi madre se iba de nuestro apartamento, no sabía si regresaría. Y las noticias siempre estaban llenas de historias de personas secuestradas o que hallaban muertas en las alcantarillas… ¿Qué se suponía que debía hacer mi inconsciente con toda aquella información? —la miró sonriendo—. Entiendo por qué a tu inconsciente le pareció mejor dejar que toda la ciudad se derrumbara.

Nova soltó una carcajada de sorpresa, y aunque sabía que Adrian estaba bromeando, se preguntó si no habría algo de cierto en sus palabras.

—Pesadillas —musitó—. No las extraño.

Adrian suavizó su gesto, y ella no pudo desviar la mirada. Sus nervios vibraban.

—Probablemente, deberíamos volver —murmuró, sin dejar de mirarla. Sin moverse en absoluto.

—Probablemente —accedió ella. Pero tampoco podía moverse. La expectativa se mezclaba con los nervios. El corazón le latía como grandes mazazos.

Gánate su afecto.

Miró su mano, apoyada sobre el césped, e intentó reunir el coraje para tocarlo. Intentó canalizar a Honey Harper, imaginando lo que haría ella. ¿Tocarle el hombro? ¿Rozarlo con la punta de sus dedos?

La idea la hizo estremecer.

¿Qué haría Honey?

Su mirada saltó a los labios de Adrian.

Tragó saliva y se inclinó hacia delante.

El joven tomó un repentino aliento de aire y, antes de que Nova supiera lo que estaba sucediendo, él se levantó de un salto y empezó a pasarse la mano sobre la ropa.

—Sí, guau, tenemos que apresurarnos —dijo, mirando su brazalete—. No hay que llegar tarde para... eh... la justa o... el espectáculo que sigue...

Nova lo miró, asombrada.

Por todos los diablos. Había intentado besarlo y... *la había rechazado*.

Así que así era cómo se sentía.

La mortificación se apoderó de ella. Agradeció que él pareciera decidido a no mirarla, ya que le dio un instante para recomponerse y tragar su decepción.

Tragarla y ocultara bien, bien adentro.

Tan adentro que casi podía convencerse de que ni siquiera estaba allí.

CAPÍTULO 16

Nova no estaba segura de cuál de los acertijos era más frustrante.

Si aquel que involucraba a Adrian, que había pasado de intentar besarla en el parque de atracciones a comportarse como si tuviera una enfermedad contagiosa incurable.

O el casco de Ace, atrapado dentro de una caja hermética.

No le gustaban los acertijos en general, pero de los dos que la mortificaban ahora, halló mucho menos incómodo concentrarse en la caja de cromo, por lo que había pasado toda la mañana sentada en el mostrador de adelante, fuera del depósito de artefactos, considerando justamente eso.

¿Cómo se abre una caja hermética?

¿Cómo se destruye un material indestructible?

¿Qué podía ser tan fuerte como para traspasar el cromo de forma segura y liberar el casco de Ace de su cautiverio?

Aún no tenía la respuesta, pero sabía quién la tenía. El Capitán Chromium. Era él quien había fabricado la caja. Debía saber cómo destruirla. Y aunque no tenía ni idea de qué podía decir para que le contara el secreto, sabía que tendría que intentarlo.

Antes de que Ace se terminara de apagar.

Estaba atrapada en una conversación muy larga, muy inteligente, muy imaginaria con el Capitán cuando la campanilla del elevador tintineó y apareció nada menos que su segundo acertijo en el área de recepción. Nova levantó la cabeza bruscamente.

—¿Adrian? —se encontraba prácticamente saltando al tiempo que corría a su escritorio.

—Está *aquí* —dijo con una sonrisa.

Ella lo miró boquiabierta. Le pareció que debía saber de qué estaba hablando, pero solo se le ocurrió pensar en el casco.

—¿Disculpa?

—Pensaba que se habían deshecho de todas las cosas encontradas en los túneles después de que los revisaron buscando evidencia, pero esta mañana hablé con la jefa de investigación de la escena del crimen y me dijo que lo han traído todo *aquí*. No tiran nada hasta que cierran la investigación, así que en este momento, todas las cosas de los Anarquistas están supuestamente almacenadas en algún lugar, esperando que las etiqueten, clasifiquen y... —sacudió la mano en el aire distraídamente hacia la bóveda—... lo que sea que hagan aquí, exactamente.

Nova lo estudió al tiempo que el estómago le daba un vuelco.

—El títere de Winston.

Acodándose sobre el escritorio, Adrian se inclinó hacia ella.

—Exacto. Además, obtuve permiso del Consejo y del terapeuta de Winston. Le darán el títere a cambio de información, mientras Snapshot pueda revisarlo antes para estar segura de que no oculta dentro ningún misterioso poder mágico.

El títere de Winston. Por el cual estaba dispuesto a intercambiar información.

Nova tragó saliva.

—Oh, eso es… genial.

—¿Snapshot está?

La puerta a la sala de archivos se abrió, pero era Callum, no Snapshot, quien salió por ella. Al ver a Adrian, quedó paralizado.

—¡Increíble! ¡El mismísimo Sketch! Soy un fan total.

—Oh, gracias —dijo Adrian, aceptando un firme apretón de manos con una expresión desconcertada.

Nova hizo un gesto entre ambos.

—Um… Adrian, Callum. Callum, Adrian.

—¿Viniste para llevarte algo? —preguntó Callum—. Tenemos una pluma que creo que te gustaría mucho.

—¿En serio? —preguntó Adrian, aunque rápidamente hizo a un lado su interés—. No, gracias. En realidad, me dijeron que hay un lugar en donde tienen almacenados todos los objetos que les confiscaron a los Anarquistas en los túneles subterráneos.

—Claro, hay un depósito en el fondo. Pero te advierto, es un desastre. Lo tengo en mi lista para ordenar, pero… —el muchacho encogió los hombros—. Oye, quizás sea una actividad que podamos hacer juntos, ¿sí?

Le llevó un momento a Nova advertir que le hablaba a ella. Se incorporó bruscamente.

—Sí, claro. Suena divertido.

Callum señaló a Adrian con el dedo.

—¿Sabes? Probablemente, debería ver tu autorización, pero… bah, ¿a quién estoy engañando? Por supuesto que lo puedes ver. Sígueme —sacudió el brazo.

Adrian le dirigió una sonrisa excitada a Nova y empezó a seguirlo.

—Oye, espera —dijo ella, saltando de la silla—. ¿También puedo ir o…?

Callum rio.

—¡Esta chica! ¡Su curiosidad es insaciable!

Tomándolo como un sí, Nova dio vuelta un letrero de VUELVO ENSEGUIDA sobre el escritorio y se precipitó tras ellos. Callum atravesó la sección delantera del depósito, dándole prácticamente las mismas indicaciones a Adrian que le había dado a ella en su primer día, hasta que llegaron a una sala independiente en el rincón del fondo, donde las paredes no llegaban a tocar el cielorraso.

El joven abrió la puerta de par en par.

—Está bien, chicos, que se diviertan. Le diré a Snapshot que están aquí atrás.

Nova se detuvo junto a Adrian en la entrada, boquiabierta. Casi había esperado sentirse abrumada por la tristeza ante todas sus posesiones y las pertenencias de su familia ahora en manos de los Renegados... menospreciadas y rechazadas.

En cambio, se sintió apabullada.

Y un poco aliviada.

Las posibilidades de que Adrian encontrara lo que fuera en medio de este caos eran escasas.

Cuadrando los hombros, este se colocó de lado para encajar entre dos imponentes estanterías, apretujándose para entrar en la sala.

—No bromeaba, ¿verdad?

Nova lo siguió. Era como si los Renegados hubieran llenado un carrito tras otro con todos los objetos aleatorios hallados en los túneles y sencillamente... los hubieran descargado en este lugar, sin cuidado ni ceremonia alguna. De todos modos, a medida que sus ojos se adaptaron al desorden, empezó a notar al menos algunos tímidos intentos de orden. Reconoció el armario de Honey que tanto amaba contra una pared, apilado con sus trajes de lentejuelas y pañuelos de seda, pero también la bata de Leroy, y una bolsa de residuos llena a reventar con la propia ropa de calle de Nova. Otros accesorios, joyas, zapatos y tal, casi todos de Honey, se hallaban desparramados sobre un carrito no lejos de ella. Los muebles

174

estaban mayormente amontonados en una pila tambaleante en el medio, incluido el amado sillón de Leroy, carcomido por las polillas. Los artículos domésticos de orden práctico estaban agrupados erráticamente sobre una serie de estanterías, desde teteras eléctricas hasta abrelatas e incluso una escoba, aunque Nova no recordaba que nadie hubiera empleado jamás una escoba en los túneles.

Un momento, no, hubo una vez en la que vio a Ingrid perseguir a una rata con una de ellas…

Adrian se abrió paso a través del estrecho pasadizo, y Nova vio lo que le había llamado la atención. Una carpa de juguete de colores llamativos, desplomada bajo una mesa larga.

—Aquí parece haber algunas de las pertenencias del Titiritero —dijo, inclinándose en cuclillas para hurgar a través del nylon arrugado.

—Genial —dijo ella, sin poder reunir ni una pizca de entusiasmo. El olor de los subterráneos la rodeaba por todos lados, y odiaba tener que recordarlo tras tantas semanas de vivir sobre la tierra. Aunque había objetos que le habían arrebatado aquel día que le hubiera gustado recuperar, tenía que admitir que no sentía tristeza de haber abandonado su prisión subterránea.

Triste de abandonar a Ace, sí, pero no triste de haberse marchado.

—Últimamente, he estado investigando un poco acerca de los Anarquistas —dijo Adrian. Encontró una pequeña cocina de plástico de juguete detrás de las carpas y empezó a forzar los armarios cubiertos de moho para abrirlos—. ¿Sabías que el padre de Winston Pratt era un fabricante de juguetes?

Nova parpadeó mirando su nuca.

—No —dijo, y era la verdad. Sabía poco sobre Winston o quién había sido antes de convertirse en el Titiritero.

—No estoy completamente seguro, pero algo me dice que este títere que quiere pudo haber sido fabricado por su padre. Tiene sentido que le tenga cariño, ¿verdad?

Ella no respondió. Había advertido un escritorio oculto bajo una serie de estanterías.

Su escritorio.

—Aun así, no encontré nada acerca de su historia original —continuó Adrian— ni de la de Phobia. En realidad, no encontré *nada* acerca de Phobia.

Nova apartó a un lado un perchero en el que colgaban más vestidos de Honey, abriéndose paso hasta el escritorio.

—Qué raro —dijo sin entusiasmo, aunque, en realidad, tampoco ella sabía casi nada sobre Phobia. Con un poder como el suyo, tan imbuido de los peores terrores de la humanidad, no estaba segura de querer saber su origen. Sabía que por momentos Phobia parecía medianamente normal. Como si pudiera sencillamente haber un tipo común bajo aquella capa: callado y solitario, con un extraño sentido del humor y una sutil ambición.

¿Cómo había sido antes? ¿Cómo se había convertido en lo que era?

Si Phobia había confiado alguna vez estos secretos, no lo sabía.

—Pero hay un montón de información sobre Honey Harper —dijo Adrian, soltando una risita. Nova le echó un vistazo y lo vio hurgando en una caja de cartón que decía sencillamente COMIDA CHATARRA—. Se crio en una granja a ochenta kilómetros al sur. Asegura que cuando tenía doce años pisó un nido de avispas. Las picaduras le provocaron un shock anafiláctico y se desmayó. Cuando despertó horas después, estaba hinchada como un globo.

—Espera… ¿fue *ella* quien lo dijo? —preguntó Nova.

—Ajá. Apareció en la entrevista de un periódico, allá cuando empezó la revolución anarquista.

Nova frunció el ceño. Era difícil imaginar a Honey admitiendo alguna vez estar hinchada como un globo.

—De todos modos —continuó Adrian—, sobrevivió, evidentemente, y halló la colmena de la reina aplastada bajo su zapato. Después de eso, la colmena entera quedó bajo su control —levantó la mirada hacia Nova—. Esa sí que es una historia de origen.

—¿Por qué son siempre tan traumáticas? —murmuró. Alcanzó el escritorio y abrió la gaveta superior. Su corazón se aceleró. Se topó con un set de destornilladores, dando vueltas. Fueron sus primeras herramientas, rescatadas de la basura por Ace cuando ella apenas tenía cuatro años. Acarició uno de los mangos con cariño, sin advertir hasta ese momento que los había extrañado.

—Cianuro también tiene una historia triste —señaló Adrian.

Nova se mordió la parte interior de la mejilla. Había oído a Leroy contar su historia: víctima del acoso escolar en la escuela secundaria, algunos de sus compañeros lo abordaron en un laboratorio químico. Las cosas se descontrolaron y no tardaron en empezar a atacarlo, no solo con los puños, sino rociándolo también con todo tipo de productos químicos y ácidos.

De todos modos, cuando Leroy contaba la historia, le gustaba adelantarse a la parte en la que arrinconó a su compañero de laboratorio en un baño y se aseguró de que su rostro quedara desfigurado con cicatrices aún más horribles que las suyas. Nova lo recordaba riéndose del asunto, pero a ella no le había parecido gracioso, en ninguno de los dos casos.

—A veces —dijo Adrian con voz hueca—, es imposible imaginar por qué alguien se hubiera aliado jamás a Ace Anarquía. ¿Por qué haría alguien cosas tan horribles como lo hicieron los Anarquistas?

La mandíbula de Nova se tensó.

—Pero luego escucho las historias y... no lo sé. A veces parece tener sentido, ¿sabes?

Nova reunió los destornilladores en la mano y se volteó hacia Adrian, comprobando que estuviera ocupado en otra cosa antes de ocultarlos en un bolsillo del cinturón.

—¿Encontraste algo?

—No hay ninguna marioneta, pero… ¿sabes qué son estas? —levantó una caja de zapatos llena de discos metálicos dentados.

Los ojos de Nova se abrieron aún más.

Él no esperó a que le respondiera.

—Las estrellas ninja de Pesadilla. Creo que son termodirigidas… o detectoras de movimientos. No lo sé, pero nos han causado muchos problemas. Son armas despiadadas —levantó una de la caja, volteándola para examinarla de ambos lados—. Siempre me pregunté cómo funcionaban. Deberíamos llevar estas al departamento de Investigación y Desarrollo.

—Lo haré —dijo ella rápidamente—. Es parte del trabajo que hago aquí, ¿sabes? Organizar objetos… pensar qué podría ser útil… asegurarme de que lleguen a las personas adecuadas. Las llevaré hoy después de mi turno.

Adrian colocó la estrella ninja nuevamente en la caja y la deslizó sobre una mesa.

—Por lo menos —exhaló Nova—, no tenemos que preocuparnos más por ella, ¿verdad? Los otros Anarquistas son bastante temibles, pero cómo me alegra que se haya resuelto el tema de Pesadilla.

—Supongo… —dijo Adrian.

Nova lo miró con el ceño fruncido.

—¿A qué te refieres?

Encogió los hombros.

—En realidad, no hemos probado que esté muerta.

Una oleada de piel de gallina recorrió sus brazos.

—¿Qué?

Adrian empezó a dar vuelta entre las manos el contenido de un baúl, lleno en su mayor parte de trucos baratos de magia y suvenires de plástico.

—Nunca encontraron un cuerpo o… evidencia alguna de que la mataron.

—Porque quedó *pulverizada* —dijo Nova. Sus palabras salieron más enérgicas de lo que quiso—. La bomba de la Detonadora la destruyó. ¡Con razón no quedó nada!

—Es posible. Me refiero a que definitivamente provocó mucho daño, pero... ¿no debió quedar algo? ¿Partes de cuerpo? ¿Sangre?

Lo miró boquiabierta. Durante todo este tiempo, todas estas semanas, por lo menos había tenido la certeza de este *único* logro. Este único resultado que había salido bien. Había simulado su propia muerte. Los Renegados creían que Pesadilla había muerto. Habían cancelado la investigación. Era una cosa menos de la cual preocuparse, y lo había aceptado, feliz.

¿Y Adrian no creía en ello?

—Pero... nadie pudo haber sobrevivido a aquella explosión.

—Tú lo hiciste.

Quedó inmóvil.

—Estabas en la casa de la risa cuando estalló la bomba.

—Y-yo... estaba en el lado opuesto de la casa de la risa —susurró—, protegida por un cilindro de metal gigante.

Sus labios se volvieron a torcer hacia arriba, pero Nova se dio cuenta de que estaba bromeando.

—Lo sé. Es probable que tengas razón. Seguramente, esté muerta. Es solo que a veces... me lo cuestiono.

—Pues no lo hagas.

Se rio, pero rápidamente recobró la seriedad. Deslizó la caja de cartón bajo la mesa y se puso de pie.

—¿Sabes? Nunca hablamos de lo que sucedió aquel día.

El pulso de Nova se disparó, y así, sin más, se encontró nuevamente en el rincón abandonado del Parque Cosmópolis, con Adrian que le decía lo preocupado que había estado cuando creyó que había muerto, y acercándose a ella, y ella misma respirando cada vez más rápido...

–¿*Quieres* hablar de ello? –la miró, vacilante.

El calor trepó por su nuca y floreció en sus mejillas. ¿Quería hablar de ello?

No, en realidad, no.

Quería fingir que no había sucedido. Quería empezar de nuevo.

Quería que él intentara besarla de nuevo, porque esta vez no huiría.

–L-lo siento –dijo, humedeciendo sus labios–. Creo que… tuve miedo.

Era cierto. *Seguía* siendo cierto. Tenía miedo. Miedo de sentir esto por Adrian Everhart, un Renegado. Miedo de que no pudiera escapar de ello, sin importar las veces que se recordara que él era el enemigo.

Miedo de que incluso ahora supiera que no intentaba acercarse a él *solo* porque Ace lo había sugerido. Si acaso, se trataba solo de una excusa conveniente para hacer exactamente lo que quiso hacer desde el principio.

–Por supuesto que tenías miedo –dijo él–. *Yo* estaba aterrado.

–¿En serio?

–Pero tú fuiste más valiente que yo. Yo quedé completamente paralizado, y tú… –su voz se fue perdiendo.

Nova lo miró, perpleja. ¿*Ella*, valiente? ¿*Él*, paralizado?

–De todos modos, incluso si la Detonadora era un monstruo, sé que no debió ser fácil. Mataste a alguien y… –levantó ambas manos como intentando calmarla. Pero ella no estaba apesadumbrada; estaba desconcertada–. Hiciste lo que tenías que hacer, pero no debió ser fácil, y… yo tan solo… si quieres hablar de ello, puedes hablar conmigo.

–Acerca de… matar a la Detonadora –dijo ella, al tiempo que sus pensamientos se reordenaban y caían nuevamente en su lugar.

Aquí estaba, preocupada por un beso frustrado, y Adrian quería hablar de la vez que había matado a alguien.

–Lo siento –dijo él–. Quizás no debí decir nada. Solo pensé…

–No, descuida. Me refiero a que… me ofrecieron terapia para aliviar el trauma si lo deseaba, pero no siento realmente que lo necesite —y no tenía ninguna intención de develar sus pensamientos más íntimos a un psiquiatra Renegado, incluso si lo necesitara—. El asunto es que matar a la Detonadora no fue difícil —exhaló, y quiso acercarse a Adrian, pero había tantas cuestiones que se interponían entre los dos. Tanto lastre emocional. Toda su vida pasada yacía a sus pies, y no se atrevía a revisarla—. No fue difícil en absoluto. Estaba haciéndole daño a toda esa gente, y habría lastimado a muchos más —sus palmas empezaron a humedecerse, pero se obligó a sostener la mirada de Adrian y a decirle la verdad, lo que incluso entonces supo que era la verdad—. Te habría lastimado a *ti*.

La sorpresa entibió sus rasgos.

—Nova...

Ella apartó la vista, su corazón latía enloquecido por cómo la miraba. Entonces...

—*Nova*.

Volvió a mirarlo, y de pronto Adrian se hallaba riendo. Señaló algo detrás de ella.

Al voltearse, sus hombros se desplomaron.

El títere de Winston, Hettie, se hallaba encaramado en el estante más alto de su antiguo escritorio. Sus piernas de madera colgaban sobre el costado, y sus tristes ojos los observaban como si hubiera estado escuchando toda la conversación y la hallara profundamente descorazonadora.

Reprimió un gemido.

—Estupendo.

███

Después de que Adrian recuperó el muñeco, se abrieron paso nuevamente a través del depósito y encontraron a Snapshot hablando con Callum en el sector asignado a artefactos con propiedades curativas.

—Claramente, debería ir en el sector de defensa —decía Callum, sosteniendo un grueso colgante negro sujeto a una cadena delgada.

—No estoy de acuerdo —replicó Snapshot, perforando algo sobre una
etiquetadora portátil—. Pertenece aquí, con el resto de los objetos con
propiedades curativas.

—No cura —insistía Callum.

—Protege de la enfermedad —respondió Snapshot.

—Sí, te protege de enfermarte, pero una vez que estás enfermo no hace
nada. Es preventivo. Es una medida de defensa. *Defensa.*

—Disculpen —dijo Adrian, llamando su atención.

Callum abrió los brazos de par en par.

—Nova, ¡dile! El Talismán de la Vitalidad, ¿cura o defiende? —levantó
el collar en alto. El enorme colgante redondo se meció de la cadena.
Parecía viejo, incluso antiguo, con un símbolo rudimentario grabado en
lo que podría haber sido hierro, exhibiendo una palma abierta con una
serpiente enroscada en el interior.

Nova sacudió la cabeza.

—Lo siento, Callum. Nunca oí hablar de él.

Sus hombros se desplomaron.

—Está bien… lo usan mayormente para protegerse contra los venenos
y la enfermedad, pero también hubo alguien que contó que repelió el
ataque de un prodigio que drenaba las fuerzas.

—Cool —dijo Adrian—. ¿Puedo verlo?

Callum le pasó el colgante.

—Lo han tenido en el sector curativo durante años, pero no tiene ningún sentido.

—Está bien, Callum, está bien —dijo Snapshot, poniendo una etiqueta
sobre el borde de un estante—. Ubícalo donde tú quieras. Hola, Adrian…
me dijeron que estabas revisando la sala de los Anarquistas. ¿Encontraste
lo que buscabas?

—De hecho… —Adrian levantó el títere–. ¿Puedo obtener la autorización para llevármelo?

Snapshot apoyó la etiquetadora y tomó el títere de sus manos. Deslizó las gafas ojos de gato de la cabeza y examinó el muñeco desde todos los ángulos. Tras un largo momento de silencio, le devolvió el muñeco a Adrian.

—Es solo una marioneta —confirmó–. No tiene ninguna cualidad extraordinaria. Tienes mi permiso para sacarlo del depósito. Callum, ¿puedes anotarlo en la base de datos?

—Genial, gracias —respondió Adrian. Fue a devolverle el medallón al joven, pero dudó. Examinó el dibujo más de cerca, frunciendo el ceño.

Nova se acercó un poco más, intentando ver lo que le había llamado la atención, pero por lo que vio solo era un colgante enorme y feo. Aunque era uno que podía proteger de la enfermedad. Se preguntó hasta qué punto. ¿Un resfrío común? ¿La peste? ¿Todo lo que hubiera entre medio? ¿Y por qué no lo tenían en el hospital en lugar de estar juntando polvo aquí?

—En realidad, ¿también puedo retirar esto? —preguntó Adrian.

—Claro —respondió Callum–, pero una vez que lo devuelvas —le dirigió una áspera mirada a Snapshot–, lo pondré en el sector de defensa.

Ella los ahuyentó con las manos.

—Solo asegúrate de llenar el formulario, señor Everhart —exhortó–. Nova puede ayudarte con ello.

Ella esbozó una sonrisa tensa.

—Por aquí.

CAPÍTULO 17

Winston Pratt sostuvo el títere entre ambas manos, escudriñando su rostro entristecido con aparente indiferencia. Adrian no había sabido qué esperar cuando le trajo el muñeco. La terapeuta había insistido en estar allí, señalando que los objetos que revestían importancia y tenían un valor afectivo para los pacientes podían desencadenar ataques emocionales muy intensos, tanto positivos *como* negativos. Así que había estado preparado para chillidos exultantes o lágrimas de desdicha. Pero no para la apatía total.

O incluso para la confusión. Winston inclinó la cabeza de lado a lado. Parecía estar examinando el rostro del muñeco, pero Adrian no tenía idea de para qué.

–¿Y? –preguntó finalmente. Su paciencia había llegado a su fin. La terapeuta le dirigió una mirada contrariada, que ignoró–. Es Hettie, ¿verdad?

–Sí –respondió Winston Pratt–. Es Hettie –frotó con la yema del pulgar la lágrima negra sobre la mejilla del títere, como intentando quitarle la pintura. No funcionó. Sosteniendo el muñeco con ambas manos, lo levantó a la altura de los ojos y susurró:

—*Tú* me hiciste esto.

Adrian echó un vistazo a la terapeuta. Parecía preocupada, como preparada para intervenir y desviar su atención hacia asuntos más alegres ante la primera señal de problemas. Carraspeando, avanzó un paso con disimulo.

—¿Qué le hizo Hettie, señor Pratt?

Winston levantó la mirada, sobresaltado. Parecía haberse olvidado de que estaban allí. Luego torció el labio, irritado.

—Hettie es un títere —dijo, sacudiendo el muñeco de modo que la cabeza de madera se bamboleó de un lado a otro—. No puede hacer nada para lo que no fue hecho.

La terapeuta parpadeó.

—Sí —respondió lentamente—, pero usted dijo...

—Es lo que simboliza —explicó Winston. Su indiferencia desapareció, y de pronto la emoción se esculpió en su rostro. Su ceño se arrugó, sus ojos ardieron. Empezó a respirar con dificultad—. ¡Es lo que él hizo! —con un alarido, jaló el brazo hacia atrás y arrojó el títere. Golpeó la pared con un sonido hueco y cayó al suelo, sus extremidades extendidas en ángulos grotescos.

Adrian observó, paralizado, y se preguntó por un instante si debía regresar en una hora o dos.

Pero luego el Titiritero tomó una profunda inhalación y rio, casi tímidamente.

—No quise hacer eso —lo miró—. ¿Podrías devolvérmelo, por favor?

Cuando la terapeuta no objetó, este levantó el muñeco del suelo. Winston lo arrebató de su mano y pasó otro momento intentando quitarle la lágrima, raspándola con la uña. Luego soltó un resoplido irritado y ocultó a Hettie contra el lado de su cuerpo.

Su mirada se volvió a encontrar con la de Adrian y encogió los hombros, un poco abatido.

—No debí descargar mi ira en el pobre Hettie —dijo, palmeando el esponjoso cabello color naranja del muñeco—. En realidad, no es culpa suya.

Adrian forzó una sonrisa, sin saber cómo responder. Esperó diez segundos enteros antes de alzar las cejas.

—¿Entonces?

—¿Entonces? —preguntó Winston.

El puño de Adrian empezó a crisparse. Lo hundió en su bolsillo intentando que fuera menos obvio.

—Teníamos un acuerdo. El títere, a cambio de información. Prometiste decirme quién mató a mi madre.

Winston chasqueó la lengua.

—No, no. Prometí contarte algo que ibas a querer saber.

Adrian cerró el puño aún más hasta que sintió las uñas clavándose en su palma. Debió saber que no podía confiar en un Anarquista. Debió saberlo.

Se encontraba a segundos de dar un salto y arrebatarle el títere al villano cuando Winston empezó a sonreír. Una sonrisa astuta y provocadora.

—Y *voy* a contarte algo que quieres saber. Más de lo que crees.

Adrian contuvo el aliento.

—Me dijiste que viste a la Detonadora matar a Pesadilla —dijo Winston—. Que tú estuviste *allí*. Pero… mucho me temo, joven señor Everhart, que te equivocabas —sus ojos chispearon—. Nuestra preciosa Pesadilla sigue bien viva.

▮▮▮

Primero, fue a las oficinas del Consejo, pero solo Blacklight estaba disponible. Adrian supuso que podría haberle contado, ya que se trataba de un oficial de alto rango como los demás. Pero no... Primero tenía que hablar con sus padres. Ellos conocían toda la historia de su búsqueda de Pesadilla. Sabían por qué era tan importante para él.

Pero según Prisma, el Capitán Chromium y Dread Warden habían salido a cenar con el inspector de seguridad alimentaria de Gatlon City y no esperaba que volvieran a la oficina hasta el día siguiente. Aunque insistió, se negó a decirle a dónde habían ido... no sería procedente divulgar esa información, ni siquiera a él, dijo, deshaciéndose en disculpas.

Así que regresó a casa, rechinando los dientes durante todo el camino.

Winston Pratt se rehusó a decir más, sin importar lo que hiciera Adrian por convencerlo, o cuántas pertenencias de los Anarquistas le ofreciera como soborno, para la indignación creciente de su terapeuta. Pratt no se dejó persuadir. Había divulgado la información que quiso dar, y ahora sus labios se sellaron. Incluso había hecho el gesto de cerrar una cremallera sobre los labios para demostrarlo.

Era tan *desesperante*. Saber que tenía más información, pero que se negaba a compartirla. Sin duda, Adrian le habría dado un par de golpes en el costado de la cabeza si hubiera creído que la terapeuta lo hubiera permitido.

Pesadilla estaba viva.

Él lo había sabido. Por algún motivo, lo había *sabido*. Aquella explosión no la había matado. Se había escabullido mientras todo el resto se encontraba distraído por las bombas que estallaban en el parque. Aún seguía en libertad.

Y existía la posibilidad de que él pudiera encontrarla. Existía la probabilidad de que descubriera su conexión con el asesino de su madre.

Hacía dos horas que iba y venía de un lado a otro del comedor cuando la puerta de entrada se abrió finalmente, y la carcajada ruidosa de Hugh resonó en toda la casa. Adrian se abalanzó hacia el vestíbulo. Ambos padres se hallaban sonriendo, pero los gestos se desvanecieron cuando sus ojos se posaron en él.

—Pesadilla está viva —soltó abruptamente—. Winston Pratt lo confirmó. La Detonadora no la mató. ¡Sigue suelta!

—Oye, oye, oye —dijo Hugh, levantando las manos—. Más despacio.

Adrian hizo una pausa para tomar un largo aliento. Sus padres se quitaron sus chaquetas mientras volvía a empezar.

—Cuando hablé con Winston Pratt el otro día, hicimos un trato. Si yo le traía su títere, él respondería una de mis preguntas.

—Sí, lo sabemos —dijo Simon—. Tuvimos que aprobar el incentivo.

—Exacto. Bueno, conseguí el títere y hoy me dijo que Pesadilla no está muerta. ¡Nos engañó a todos!

Ambos lo miraron, con las chaquetas de lana sobre los brazos.

—Y —empezó Simon—, ¿cómo lo sabe exactamente?

Adrian frotó una mano sobre el cabello.

—No lo sé. No quería decir nada más, pero parecía seguro.

—Ha estado en la cárcel durante meses —señaló Hugh—, sin contacto alguno con el exterior. Es imposible que sepa si Pesadilla está viva o no.

—Lo siento, Adrian, pero Hugh tiene razón. Solo intenta distraerte… distraernos a todos. La típica técnica de los villanos. Consiguen que busquemos algo por aquí mientras hacen planes para atacarnos por allá. Necesitamos seguir concentrados en encontrar a Espina y a los Anarquistas que faltan, no en perseguir a un fantasma.

—No, pero… —la voz de Adrian se perdió. Su mirada se desplazó de uno a otro como un relámpago y sintió la punzada repentina de autocompasión. Se meció hacia atrás sobre los talones. No quería creerles, pero no podía explicar por qué estaba convencido de que Winston Pratt decía la verdad.

Porque quieres que sea la verdad, susurró una voz, su propio inconsciente molesto.

Si no era verdad, entonces el rastro para encontrar al asesino de su madre se había vuelto a enfriar. Apenas quedaba una vaga esperanza de que quizás, quizás, alguno de los otros Anarquistas pudiera saber algo. Si alguna vez los volvían a encontrar.

Y supondría que un asqueroso villano lo había engañado. Había ido a los túneles, había hurgado entre el depósito de artefactos. ¿Sería posible que hubiera sido una misión orquestada sin premio alguno?

—Lo siento —empezó a decir Hugh, pero Adrian lo interrumpió sacudiendo la mano en el aire.

—Descuida. Yo… probablemente debí pensar en todo ello antes de dejarme convencer. Es solo que…

—Querías que fuera verdad —dijo Hugh—. Lo entendemos.

—Sí, bueno… —Adrian aclaró su garganta—. ¿Cómo fue su cena?

Hugh le palmeó la espalda antes de dirigirse hacia la escalera.

—Larga.

—Pero… —dijo Simon, descubriendo una caja de cartón que había estado invisible en su mano—… te trajimos cheesecake.

Parecía un pequeño consuelo, pero Adrian lo tomó.

Caminó penosamente hacia su habitación en el subsuelo de la mansión, con el tenedor en una mano y el postre en la otra. Se trataba de un sótano enorme, aunque mayormente sin terminar, ya que los esfuerzos de sus padres por restaurar la casa se habían concentrado en las plantas superiores. Adrian tenía el dominio de lo que sucedía aquí abajo, que hasta ahora significó que había instalado algunas estanterías con viejas figuras de acción, y algunos de sus dibujos de cómics preferidos, en su mayor parte de artistas que habían proliferado antes de la Era de la Anarquía. También tenía su cama, un pequeño sofá, su escritorio, una consola con videojuegos y una TV. No era ningún lujo, pero era suyo.

Se arrojó sobre el sofá. No sabía con quién se sentía más frustrado. Si con sus papás, por no ser capaces de siquiera considerar que Pesadilla pudiera seguir viva. O con Winston Pratt, por revelar un dato potencialmente falso y, casi con seguridad, inútil. O consigo mismo, por creerle.

Por *seguir* creyéndole, a pesar de la lógica de lo que decían sus padres. Metió un bocado grande de cheesecake en su boca, pero no lo saboreó. En su mente repasaba nuevamente la pelea en el parque temático. El momento en que la Detonadora le había arrojado la bomba a Pesadilla y Adrian la había visto intentar esquivar la explosión.

¿Intentar… y fracasar? No estuvo seguro entonces, y no estaba seguro ahora. Lo que sí sabía era que no habían hallado su cuerpo, ni trozos de él, por más horrible que fuera la idea.

Solo su máscara.

Pero ¿qué importaba? Incluso si Winston tuviera razón y siguiera viva, Adrian no se hallaba más cerca de encontrarla. No tenía más indicios para investigar. Se habían acabado las pistas. Supuso que podía escarbar entre todos aquellos objetos provenientes de los túneles subterráneos, pero le dolía la cabeza de solo pensarlo. Y si los investigadores no habían encontrado nada útil, ¿por qué creía que tendría más suerte?

Tras devorar la mitad del trozo de pastel, se levantó y se dirigió hacia su escritorio. Empezó a hurgar hasta encontrar un carboncillo.

Dibujaría un rato. Siempre lo ayudaba a concentrarse o, al menos, a aquietar su mente.

Tomó un cuaderno de espiral del estante, se sentó y encontró una página en blanco. Dejó que el carboncillo guiara sus dedos, garabateando formas rápidas y sombras enrevesadas sobre el papel, hasta que una imagen empezó a cobrar forma.

Helechos en estado salvaje. Una escalinata cubierta de musgo. Una figura envuelta en una capa, acechando en el fondo.

Un temblor sacudió a Adrian con tanta fuerza que el carboncillo rasgó una línea nítida en el paisaje, alterando la visión. Se sentó enderezándose aún más. La figura le daba la espalda y, por un instante, su inconsciente le devolvió imágenes del monstruo que había acechado sus pesadillas de niño. Hacía años que no pensaba en aquellos terrores, pero contárselos a

Nova había agitado sentimientos de impotencia que hubiera preferido que quedaran sepultados.

Entonces, cuando observó el dibujo en su totalidad, advirtió que no era el monstruo lo que había estado dibujando. Era la estatua.

La estatua de City Park.

Este no era *su* sueño; era el de Nova.

Adrian bajó el cuaderno; una idea cobró fuerza en su mente. Miró la puerta cerrada que separaba su habitación de la única otra sala terminada del sótano, aunque "terminada" fuera un término subjetivo. Tenía cuatro paredes y un techo, todos cubiertos con paneles de yeso. Carecía de molduras, textura y hasta de ventanas.

Se paró, aferrando la libreta mientras abría la puerta. Dio un paso en la oscuridad y sacudió el brazo hasta que su mano golpeó una delgada cadena. Con un tirón, encendió la bombilla de luz desnuda en el medio del cielorraso.

Recién mudados, Adrian había nombrado este espacio su "taller", un tanto irónicamente. Se había dibujado un atril, una segunda mesa de trabajo y una estantería para guardar sus libretas, la cual, había que reconocer, estaba un poco torcida. Por lo demás, el lugar permanecía vacío y un tanto desolado.

Recorrió un círculo completo, examinando los despojados muros blancos.

Sus ojos volvieron al dibujo.

Luego empezaron a subir otra vez. Espacio blanco. Vacío. Un lienzo que aguardaba llenarse.

Miró la exigua reserva de materiales de arte que había estado acumulando durante años, y una visión se apoderó de su mente.

Volteándose, atravesó una vez más a grandes pasos su habitación y subió los chirriantes escalones. Encontró a Hugh delante de la TV de la sala, habiéndose puesto pantalones deportivos y una vieja camiseta de un triatlón. (Había sido comentarista, no concursante, lo cual habría sido extraordinariamente desigual).

—Prohibido seguir hablando de Pesadilla esta noche —dijo Hugh, sin levantar la vista de la TV—. Por favor —hizo clic pasando de un canal a otro hasta llegar al noticiero.

Adrian frunció el ceño.

—No iba a hacerlo.

Hugh le lanzó una mirada incrédula.

—Solo quería preguntar si les parece bien que pinte mi taller.

—¿Qué taller?

—Ya sabes, mi taller de arte. La habitación vacía que está abajo, junto a mi habitación.

—¿El depósito?

Adrian empujó las gafas hacia arriba.

—Si *depósito* es sinónimo de "materiales de dibujo de Adrian", entonces sí.

—Creo que se refiere a la habitación que planeamos usar como depósito —dijo Simon, apareciendo detrás de Adrian con un cuenco de palomitas de maíz—, pero al final terminamos no necesitándola.

—Sip, esa misma. Entonces, ¿puedo pintarla?

Simon se dejó caer sobre el sofá, apoyando los pies sobre la mesa de centro.

—Por mí, sí.

—Cool. ¿Tienen idea de dónde puedo encontrar pintura acrílica por litro? —apenas lo preguntó, levantó la mano—. ¿Saben? No se preocupen. Tengo una vieja caja de pasteles allá abajo. Puedo fabricar mi propia pintura.

—¿Por qué tengo la impresión de que no estamos hablando de un beige neutro con una terminación semimate? —preguntó Hugh.

Adrian sonrió.

—¿Tiene alguna importancia?

—Pues, en realidad, no.

—Es lo que pensé. ¡Gracias!

—Un momento —dijo Hugh, silenciando la televisión—. Esta conversación no ha acabado.

Adrian hizo una pausa, con un pie ya fuera de la puerta.

—¿No?

Hugh suspiró.

—Hace quince minutos estabas listo para conducir una caza a gran escala de Pesadilla, y ahora ¿vas a pintar una habitación? ¿Por qué no te tomas veinte segundos y nos cuentas lo que te traes entre manos?

Adrian enfureció.

—Pues no iré tras Pesadilla, ni tras Espina, para el caso, ni siquiera iré a patrullar, dado que mi equipo sigue esperando a que aprueben nuestra solicitud para ser reincorporados. Así que tengo que mantenerme ocupado de algún modo, ¿verdad?

—Adrian —dijo Simon. La palabra sonó como una advertencia. Hugh parecía igualmente irritado, y por algún motivo, de repente recordó a su propia madre, tantos años atrás, dirigiéndole aquella mirada severa y señalándolo con el dedo mientras advertía: *Será mejor que dejes de ser tan insolente, jovencito.*

Su ánimo decayó rápidamente.

—Voy a pintar un mural.

Hugh alzó las cejas, interesado.

—¿Un mural?

—Sí, es una idea muy reciente. ¿Así que puedo…? —señaló el vestíbulo.

Simon le dedicó una mirada de exasperación a Hugh.

—¿En qué momento se volvió tan adolescente?

—Adrian —dijo Hugh, tomando un puñado de palomitas de maíz del recipiente de Simon—, solo queremos que hables un momento con nosotros. Pareces distante desde... pues, desde el episodio del Parque Cosmópolis.

Aunque no lo formularon como una acusación, Adrian no pudo evitar sentirse a la defensiva. ¿*Él* había estado distante? Ellos eran quienes siempre estaban ocupados, intentando gobernar todo el mundo civilizado.

Pero se guardó muy bien de decirlo.

—Son ustedes quienes han estado ocupados. Con las repercusiones de la Detonadora y el gran anuncio del Agente N y todo lo demás, no quería molestarlos.

—Jamás nos molestas —dijo Simon—. Siempre eres nuestra prioridad, sea lo que sea con lo que estemos lidiando. Sé que no hemos estado prestándote demasiada atención últimamente, pero no significa que no hayamos notado cómo has cambiado.

Adrian sintió el hormigueo de los tatuajes impresos sobre el cuerpo.

—No he cambiado —insistió.

El comentario provocó un bufido por parte de *ambos* padres. Los miró ceñudo.

—¿Cómo van las cosas entre tú y Nova? —preguntó Hugh.

Adrian lo miró boquiabierto y, por primera vez, empezó a lamentar haber venido. Debió haber pintado la habitación sin más. Tampoco era que bajaran allí alguna vez. Probablemente habría crecido y se habría mudado antes de que lo descubrieran. Pero no... intentaba ser responsable, y esto es lo que conseguía.

—¿A qué se refieren?

—¿Están... saliendo?

Cuando Adrian respondió su pregunta con una mirada un tanto horrorizada, Hugh levantó las palmas.

—Podemos preguntarlo, ¿verdad?

—Nova es una amiga —dijo rápidamente, para acabar de una vez con el asunto—. Nos llevamos genial. No quiero hablar de ello.

—Te lo dije… —canturreó Simon entre dientes luego de un gruñido, dejando que Adrian se preguntara exactamente qué le había dicho a Hugh, y durante cuánto tiempo su vida amorosa, o la ausencia de ella, había sido un tópico de conversación.

—Está bien —dijo Hugh—. Lamento haber dicho algo. Solo… solo espero que sepas que siempre puedes hablar con nosotros —sonrió incómodo, como si no terminara de creer lo paternal que resultaba decir algo así.

—Acerca de lo que sea —reforzó Simon.

Adrian asintió. Aunque aguantar esta conversación era lo último que quería estar haciendo en ese momento, tenía que admitir que era agradable recordar que sus padres se preocupaban por él, incluso si no terminaba de creer que él fuera su prioridad como aseguraban. Lo cual, en general, le parecía bien. Eran los mayores superhéroes del mundo. ¿Qué pretendía?

—Por supuesto, papá —echó un vistazo a Simon—. Papás. Les juro que estoy bien. Así que… —retrocedió un poco más hacia el marco de la puerta—. ¿Puedo irme ahora?

Hugh resopló y sacudió una mano en dirección a Adrian.

—Está bien. Regresa a tu soledad. Ve a realizar tu obra de arte.

Adrian les dirigió a ambos un rápido saludo, y luego se precipitó hacia el corredor antes de que se les ocurriera hablar de otros asuntos sentimentales de los que solían hablar los padres a sus hijos.

En un instante estaba abajo, hurgando entre una caja de viejos materiales artísticos. Muchos habían sido coleccionados por su madre, allá cuando aún era niño, y empezaba a realizar sus primeros dibujos. Había crayolas rotas y pinceles cuyas cerdas se habían apelmazado hacía tiempo, y un set de acuarelas en el que todos los colores se habían entremezclado formando un turbio marrón verdoso.

Encontró los pasteles reunidos en una bolsa de plástico. Aunque muchos estaban quebrados y derretidos, no cabía en sí de contento al ver la gran variedad de colores que encontró.

Sentado con las piernas cruzadas delante del muro, empezó a dibujar una nueva colección de materiales. Una serie de botes de pintura de litro, cada uno lleno de tonos intensos y terrosos y de colores brillantes y tropicales.

En minutos tenía los botes de pintura desparramados sobre el suelo de concreto, junto con un conjunto de pinceles completamente nuevos.

Observó las paredes en blanco una vez más y empezó a pintar.

CAPÍTULO 18

Normalmente, las salas de entrenamiento ubicadas en los niveles inferiores del Cuartel General de los Renegados eran un hervidero de actividad. Era aquí donde practicaban correr sorteando obstáculos o probaban nuevas técnicas con sus poderes. Pero cuando Nova llegó para el primer día de capacitación del Agente N, un silencio extraño y nervioso sobrevolaba el enorme salón.

Por una vez, nadie estaba levantando pesas o lanzando puñetazos; nadie se encontraba activando el enorme estanque de agua o saltando a través de círculos llameantes; nadie usaba las tirolesas o escalaba muros. Habían reservado toda la sala para las unidades de patrullaje que estarían trabajando por primera vez con su nueva arma química, y el efecto le daba al recinto un aire apagado y sin vida.

Al abrirse paso sobre la pasarela que atravesaba toda el área de ejercicios, Nova sintió un hormigueo en la piel. Había llegado temprano; solo una decena de Renegados esperaban junto a los objetivos donde se lanzaban los proyectiles, incluido Adrian, aunque aún no había señales de Oscar, Ruby o Danna. Adrian estaba hablando con Eclipse, el líder de otra de las patrullas.

Nova soltó una lenta exhalación.

Durante toda la mañana su mente había estado repasando la lista creciente de prioridades.

Primero: control de daños. Necesitaba saber qué le había dicho Winston y asegurarse de que su secreto seguía a salvo.

Después de eso, sus objetivos eran un poco más vagos: acercarse a Adrian; ganarse la confianza del Consejo; averiguar más sobre el Agente N; determinar cómo convertirlo en un arma contra los Renegados.

Y, por supuesto y ante todo… recuperar el casco de Ace. Sabía que, si tan solo conseguía restituirle el casco a su legítimo dueño, todo se encaminaría. En su opinión, Adrian Everhart era su mejor opción. Él creía que podía abrir la caja con sus poderes. Nova hallaría un modo de que lo hiciera. No volvería a ser rechazada. Algo pasó entre ellos en el parque; sabía que no había imaginado ni su respiración entrecortada ni el modo en que su mirada la había abrasado.

Seguía habiendo algo allí. Quizás lo había lastimado en el carnaval, y quizás todos los muros que había levantado las últimas semanas eran el resultado de su rechazo, y quizás iba a llevar tiempo y persistencia derribar aquellos muros.

Pero a Nova le gustaban los desafíos.

Cuadró los hombros y empezó a descender una de las estrechas escalinatas que conducían al área de entrenamiento. Adrian miró hacia arriba y la vio. Empezó a sonreír: ella sabía que era un acto reflejo. Le sonreía a todo el mundo.

Y sin embargo…

Concentrada en él, Nova perdió la cuenta de la cantidad de pasos que había dado. Calculó mal el último escalón y empezó a caer hacia delante. Apenas consiguió sujetarse de la barandilla.

Se irguió bruscamente, con las mejillas enrojecidas.

Adrian se asustó y corrió hacia ella.

–¿Te encuentras bien?

–Claro –dijo, jalando hacia abajo los puños de su uniforme–. Estoy bien.

Su sonrisa se ensanchó y parecía a punto de fastidiarla, pero se contuvo.

Al ponerse de pie una vez más, Nova estampó una enorme sonrisa en su propio rostro. Adrian quedó paralizado.

–Así que… ¿cómo te fue con el Titiritero?

El Renegado parpadeó, y de inmediato ella se dio cuenta de que debía reprimir el entusiasmo. Atenuando su alegría, envolvió una mano alrededor de su codo. Él se tensó, pero no se resistió mientras ella lo jalaba hacia las sombras de la pasarela, alejándose de las unidades de patrullaje que esperaban.

–¿Dijo algo… útil?

Él miró su mano aun sobre el codo, y se apartó. Fue un movimiento sutil, pero no lo suficiente. El corazón de Nova se contrajo.

–No… exactamente –respondió.

–¿En serio?

Adrian fijó su mirada en ella, y advirtió que no había planeado contarle cómo había resultado la reunión con Winston. Sintió un nudo en el estómago. ¿Qué significaba eso? ¿Qué había dicho el Titiritero?

–En realidad… –dijo con cautela–, ¿recuerdas cuando dije que no estaba *completamente* convencido de que Pesadilla estuviera muerta?

La piel de Nova se heló.

–¿S-sí?

–Pues –frotó la nuca–. Winston Pratt está de acuerdo.

La boca de ella se movió, pero no le salieron palabras.

–Me contó que Pesadilla no está muerta. Parecía *muy* seguro de ello.

Pero… cuando se lo conté a mis padres, señalaron que ha estado en prisión desde antes de su muerte y que no hay manera de que pueda haber sabido si estaba viva o no. Parece que me engañaron.

Ella parpadeó.

—Oh… ¿en serio?

El Renegado encogió los hombros.

—No lo sé. Parecía tan convencido. Pero, evidentemente, sabía que, si Pesadilla estaba viva, yo me distraería, dada nuestra última interrogación. Cuanto más pienso en ello, más probable parece que solo haya estado jugando conmigo. Como… —entornó los ojos—… un *títere*.

—Guau —musitó Nova, presionando una mano sobre su antebrazo—. Adrian… no sabes cómo lo lamento.

Y lo aliviada que me siento, pensó por dentro.

Adrian la escrutó con la mirada, y esta vez no se apartó de inmediato de ella.

—No es una pérdida total. Si no hubiera ido al departamento de artefactos, jamás habría sabido del Talismán de la Vitalidad. He investigado un poco, y es sorprendente todo lo que puede hacer.

—¿De veras? Alguna vez tendrías que venir a pasar un día conmigo en la bóveda. Hay *un montón* de cosas interesantes. No soy ninguna experta como Callum, pero… podría señalarte algunas de las más curiosas.

La sonrisa de Adrian se ensanchó aún más, y ella lo volvió a percibir: las pestañas entrecerradas; la corriente de electricidad que parecía encenderse allí donde su mano se apoyaba sobre su brazo.

—Me encantaría —dijo.

—A mí también —sonrió ella.

—Oh-oh —se oyó la voz de Oscar.

Nova se apartó bruscamente. Giró en redondo y vio a Oscar, Ruby y Danna parados junto a la escalera. Oscar meneó el dedo en dirección a ella y Adrian.

—¿Estamos ante un momento trascendente? Porque tiene todo el aspecto de serlo.

—¿Refugiarse bajo la pasarela? —preguntó Danna, con una sonrisa burlona—. Definitivamente es un momento trascendente.

—Deberíamos dejarlos a solas —Ruby arrojó los brazos alrededor de Oscar y Danna, volteándolos para que se marcharan.

—Muy gracioso, chicos —dijo Adrian, corriendo hacia ellos—. Solo estábamos hablando.

—No es lo que parecía… —empezó a decir Oscar, pero luego se detuvo—. En realidad, eso es lo que parecía.

Nova suspiró y los siguió.

—¿Estás emocionada? —preguntó Danna. Aunque su expresión era neutra, el cuerpo de Nova sintonizó al instante con el suyo, como evaluando una amenaza. Desde aquella reunión en la que revelaron el Agente N, había sentido un cambio en ella: una actitud de sospecha, un distanciamiento, la presencia de palabras tramposas; el modo en que sus ojos parecían seguirla siempre que estaban juntas.

—¿Emocionada? —preguntó, aspirando al mismo grado de despreocupación que ella.

—De empezar la capacitación del Agente N —Danna asintió en dirección a una estación donde habían puesto decenas de armas ante un despliegue de objetivos—. Siento curiosidad por ver lo que nos harán hacer hoy.

Nova tragó. No sabía lo que quería que dijera. No había vacilado en expresar su desaprobación del Agente N, aunque sabía que iba a tener que seguir el juego si quería evitar llamar aún más la atención.

—Solo quiero ser la mejor Renegada posible —dijo, aflojando la mandíbula para responder.

Un ligero temblor sacudió el párpado de Danna, y aunque no dijo nada, Nova se dio cuenta de que no estaba convencida.

Se alegró cuando Thunderbird se adentró entre las unidades de patrullaje que aguardaban. Llevaba las alas negras dobladas hacia atrás.

–Buenos días, Renegados. Hoy comenzamos nuestro período oficial de capacitación para aprender el correcto manejo del Agente N. Ustedes son nuestro segundo grupo de patrullas, y me complace señalar que, hasta ahora, la capacitación se ha realizado sin contratiempo alguno. No dudo de que ustedes también superarán nuestras expectativas –dedicó una mirada imperturbable hacia las unidades reunidas. Parecía casi una amenaza.

Danna dio un pequeño paso hacia atrás, y Nova recordó que una vez había dicho que Thunderbird la asustaba un poco. En aquel momento, no fue más que una broma... los pájaros eran los predadores naturales de las mariposas, había señalado. Pero ahora Nova también sentía la actitud intimidante de la concejala.

Recorrió con la mirada el resto de las unidades de patrullaje reunidas en la sala. Eran seis equipos en total, y aunque a esta altura había conocido a la mayoría, su atención se centró en Congelina y su equipo, que parecían más entusiasmados que el resto por empezar.

Gárgola la pescó mirándolo e hizo una mueca de desprecio, enseñando una hilera de dientes irregulares de piedra negros.

Thunderbird apoyó un maletín sobre una mesa, y el corazón de Nova empezó a palpitar. Era el mismo que la doctora Hogan les había mostrado durante la reunión. Efectivamente, al destrabar el maletín y alzar la tapa, quedaron expuestas diecinueve ampollas de líquido verde. Faltaba la vigésima; no había sido reemplazada tras neutralizar a Winston.

Nova se pasó la lengua por los labios; la boca prácticamente se le hacía agua ante aquellos viales. Apenas pudo contenerse de tocar el morral de su cinturón, donde tenía oculta una ampolla exactamente igual, con la pócima que Leroy había preparado según sus especificaciones: una mezcla de tinta, pintura acrílica y almidón para espesarla. Le había preocupado que su memoria no hubiera replicado la sustancia a la perfección, pero al observar las hileras de ampollas, notó que era casi idéntica.

Sintió una comezón en los dedos, pero se obligó a ser paciente.

Ya se presentaría una oportunidad; solo debía esperar.

Thunderbird extrajo una de las ampollas y la tendió hacia las patrullas reunidas.

—Hoy realizaremos una serie de ejercicios. Están concebidos para lograr que se sientan más cómodos con los diferentes métodos que quizás tengan que practicar en el campo cuando neutralicen a un prodigio con el suero del Agente N. Practicaremos con un falso suero, por supuesto. Pero antes, discutiremos algunas cuestiones logísticas y precauciones en cuanto al uso de este agente —giró la ampolla hacia uno y otro lado, y el líquido rezumó como si fuera miel—. Como pueden ver, el suero es bastante espeso. Debe entrar en el torrente sanguíneo de un prodigio y llegar al cerebro para que tenga efecto. Nuestros científicos han hallado que, una vez que el suero llega al cerebro, la transformación empieza al instante y se completa en segundos, como vieron con el Titiritero. Cuánto tarda en hacerlo depende de cómo y dónde se administre en el cuerpo. Si se lo inyecta por vía intravenosa, llegará al cerebro en menos de un minuto para la mayoría de los prodigios, dependiendo de la frecuencia cardíaca.

Nova hundió los dedos en los codos. *Nuestros científicos han hallado…*

Volvió a pensar en los criminales encerrados en la Penitenciaría de Cragmoor. ¿A cuántos habían empleado como ratas de laboratorio mientras los científicos perfeccionaban esta arma?

Mantarraya levantó un dedo.

—¿Y si un prodigio tiene sangre fría?

—¿O carece siquiera de sangre? —añadió Gárgola.

Nova lo miró entrecerrando los ojos. Era posible que la piel de Trevor Dunn —Gárgola— mutara en piedra sólida, pero seguía estando bastante segura de que tenía sangre. Quizás llegara el día en que ella pudiera probar aquella teoría…

—¿O no tiene cerebro? —masculló Danna a su lado.

Nova sintió un inesperado temblor en la mejilla y olvidó momentáneamente que debía desconfiar de ella.

—Esas son buenas preguntas —dijo Thunderbird—. Hay muchas excepciones y circunstancias inusuales entre la amplia gama de prodigios, y las repasaremos en su segunda sesión de capacitación. Para los propósitos de hoy, sepan que más del noventa y cinco por ciento de todos los prodigios quedarán neutralizados tras un minuto de que se les administre el suero. Como dije, debe ingresar en el torrente sanguíneo y, debido a su densidad, será ineficaz si se lo aplica por vía tópica. De todos modos, tienen varias opciones. La más obvia es a través de una inyección directa en una vena o arteria. Una inyección en el corazón tendrá un efecto particularmente rápido. También pueden administrar el suero a través de una herida abierta, aunque podría retrasarse el proceso. Además, el suero puede tomarse oralmente, para luego ser absorbido dentro de la corriente sanguínea a través de las paredes estomacales. Sin embargo, dado que no creemos que haya muchos prodigios dispuestos a beber el suero, no creemos que resulte una opción viable en la mayoría de los casos.

—¿Y si se inhala? —preguntó una muchacha llamada Cometa de Plata—. ¿Puede transformarse en gas?

—En teoría, sí —respondió Thunderbird—. El líquido puede ser evaporado y, al inhalarlo, llegará finalmente al cerebro. Pero es importante recordar que todos somos susceptibles a los efectos del Agente N, tanto como nuestros enemigos. Por el momento, no tenemos ningún modo de protegernos. Intentar convertir el suero en un arma con una bomba de gas sería demasiado riesgoso.

Thunderbird colocó la ampolla de Agente N nuevamente en la maleta. A continuación, extrajo un pequeño dardo de un morral. Nova tragó saliva. El dardo era casi idéntico al proyectil envenenado que una vez había usado para intentar matar al Capitán Chromium. Su mano se posó sobre el bolígrafo que siempre llevaba sobre el cinturón de armas, el que había diseñado hacía mucho tiempo con un compartimiento secreto para dardos. Sin examinarlo más de cerca no podía estar segura, pero sospechaba que uno de los dardos que contenía Agente N encajaría dentro a la perfección.

—Una vez que completen su capacitación —dijo Thunderbird— y hayamos revelado públicamente el Agente N, los equiparemos con armas y dardos especiales como este. Hoy los dardos están vacíos y las armas junto a los blancos de práctica —señaló el polígono de tiro— ya han sido cargadas. Ahora quiero que todos tomen una…

—Tengo una pregunta —interrumpió Nova.

Thunderbird asintió hacia ella.

—Adelante.

—¿Habrá consecuencias para los Renegados que abusen del Agente N?

—¿Abusen?

—Se trata de una responsabilidad enorme —explicó—. No estoy convencida de que, como individuos, estemos calificados para tomar la decisión vital de permitir o no que un prodigio conserve sus poderes, incluso en el caso de aquellos que hayan violado la ley.

Una sonrisa se dibujó en el rostro de Thunderbird, pero mantuvo los labios apretados.

—No hay responsabilidad más grande que proteger y servir a los ciudadanos de esta ciudad, y el resto del Consejo y yo confiamos plenamente en el buen juicio de nuestras unidades de patrullaje.

—Sí, pero ¿no debería haber algún tipo de limitación? ¿Un modo de hacer frente a alguien que tal vez decida emplear el Agente N como un castigo, o en beneficio propio, o en una situación en la que fuera injustificada? ¿Y si un Renegado neutraliza a alguien por, digamos, robar una chocolatina? Eso es un abuso de poder, ¿no es cierto? Así que solo quiero saber cuál sería la consecuencia para una situación como esa.

Thunderbird sostuvo su mirada un largo rato.

—Tus inquietudes están justificadas. Discutiré potenciales consecuencias con el resto del Consejo, y nos aseguraremos de distribuir un memorándum con nuestras decisiones.

—¿Un memorándum? —preguntó Nova con una carcajada—. Oh, genial. Porque siempre se toman en serio.

—¿Qué es esto, Introducción a la Ética? —masculló Genissa Clark, lo suficientemente fuerte como para asegurarse de que la oyeran todos.

—*Además* —aseveró Thunderbird—, en su siguiente sesión de capacitación discutiremos los factores a tener en cuenta antes de administrar el Agente N. Confiamos en su criterio, pero ofreceremos algunas directrices para cuando estén considerando si neutralizar a un oponente es la mejor forma de proceder —observó a Nova, como esperando ver si esta respuesta era adecuada.

No lo era, por supuesto, pero al percibir la mirada de Danna puesta en ella, se abstuvo de hablar.

—Ahora bien —Thunderbird señaló el polígono de tiro—. Por favor, todos tomen un arma.

Los equipos empezaron a desplazarse hacia el campo de tiro, ocupando sus posiciones delante de una serie de objetivos.

Todos excepto Genissa Clark. Los ojos de Nova se estrecharon al verla abandonar su grupo y abordar a Thunderbird. Las puntas de sus enormes alas emplumadas se arrastraban sobre el suelo mientras ella y Genissa se apartaban hacia el costado de la sala de entrenamiento. Ambas inclinaron la cabeza para acercarse, y Congelina empezó a susurrar algo, señalando cada tanto hacia el maletín lleno de Agente N.

Thunderbird fruncía el ceño, pero de una forma que indicaba atención más que desaprobación.

Ruby caminó hacia un grupo de puestos abiertos junto al campo de tiro y el resto la siguió, pero Nova permaneció atrás. Sus dedos se hundieron en el morral que llevaba sobre el cinturón y se envolvieron alrededor de la ampolla que llevaba dentro. Tenía la atención puesta en el maletín abierto, a quien nadie prestaba atención.

Los Renegados estaban concentrados en sus armas nuevas y en los objetivos que tenían delante.

Alzando el mentón, caminó hacia la fuente de agua en el extremo más alejado de la sala. Se inclinó encima, bebiendo un largo trago. Cuando volvió a mirar atrás, advirtió que Genissa y Thunderbird seguían enfrascadas en la conversación, y el resto de las unidades de patrullaje se hallaban concentradas en su entrenamiento.

Nova se abrió paso hacia el campo de tiro. Al pasar rozando el maletín, su mano se disparó rápidamente hacia fuera y tomó una ampolla, reemplazándola por el señuelo con la misma velocidad.

El pulso le vibraba al tiempo que la muestra del Agente N desaparecía dentro del morral de su cinturón.

Nova sonrió, y en ese momento Adrian se volvió para mirarla. Al ver su expresión, le devolvió la sonrisa.

CAPÍTULO 19

Adrian examinó el arma, volteándola en la palma de la mano. No era un ignorante completo respecto de las armas de proyectil, pero si bien había dedicado mucho tiempo a entrenarse e incluso a dibujar una buena cantidad de pistolas, jamás se había sentido cómodo con una en la mano.

No lo había molestado hasta hacía poco. Tal vez su frustración había empezado en el parque, cuando Nova mató a la Detonadora de un solo disparo en la cabeza, mientras que él había dudado. O quizás fuera porque ahora que el Agente N sería parte de sus prácticas regulares, pretenderían que las unidades de patrullaje fueran expertos tiradores. Sabía que estaba muy atrasado respecto de esa habilidad en particular.

No es que fuera el único prodigio mediocre en cuanto al uso de armas modernas. Muchos Renegados preferían emplear sus propios poderes en lugar de armas manuales. Conocía a bastantes miembros de patrullas que *jamás* habían disparado un arma. Así que él mismo no podía ser tan terrible, se dijo. No podía ser el peor.

Pero luego apareció Nova en el puesto junto al suyo, y no pudo evitar echarle miraditas furtivas mientras revisaba el cartucho y el mecanismo de seguridad con tanta eficacia, como si todos los días empleara pistolas tranquilizantes.

Una vez que terminó su inspección, Nova alzó el revólver, sujetándolo con ambas manos, y disparó. Fue tan rápido que Adrian se preguntó si se había molestado siquiera en apuntarle a algo, pero un vistazo a los blancos mostró su dardo justo en el centro de una diana distante.

Del otro lado de Nova, Danna soltó un lento silbido.

—Bien hecho, Insomnia. No sabes cómo me alegra que estés de nuestro lado.

Nova pareció tensionarse ante el comentario, pero no respondió.

Adrian exhaló, levantó su propio revólver y evaluó el campo de tiro que tenía delante. Había objetivos de todos los tamaños, algunos cercanos y otros lejanos. También había otros blancos: desde figuras de cartón que representaban a villanos conocidos de la Era de la Anarquía hasta una variedad de botellas, latas y tiestos de cerámica. Incluso notó un póster de SE BUSCA de Espina.

Preparándose para el retroceso, apuntó al póster y disparó.

Su dardo voló por encima del anuncio y golpeó el muro distante.

—Pssst, Nova.

Adrian se volvió. Oscar se hallaba mirándola desde el último puesto.

Ella disparó otro dardo, derribando una botella de vidrio, y luego bajó el arma.

—¿Sí?

—¿Crees que podrías fabricarme un bastón pistola, como los que tenían aquellos caballeros elegantes de la era victoriana? Porque estoy pensando que, si ahora todos portaremos revólveres, más vale que lo haga con clase, ¿verdad?

Antes de que Nova pudiera responder, Thunderbird pasó caminando detrás de las estaciones de disparo.

–Mientras se familiarizan con sus armas, quiero que cada uno piense en cómo puede, junto con sus compañeros de equipo, emplear sus aptitudes singulares combinándolas con los proyectiles del Agente N. A menudo, poder pensar de prisa y emplear los recursos que tienen a su alcance durante un altercado es lo que separa a los que triunfan de los que son derrotados.

Los sonidos de los dardos acribillando los blancos golpeaban los oídos de Adrian.

–Intenten pensar fuera de lo establecido. ¿Cómo pueden utilizar más eficientemente el Agente N junto con sus habilidades?

–Yo podría sumergir mi cola en el suero –señaló una voz nasal. Raymond Stein, o Mantarraya, uno de los miembros del equipo de Genissa–. Perforaría la piel de un enemigo con la misma facilidad que un dardo.

–Bien, bien –respondió Thunderbird–. Es un punto excelente. Aunque creo que, por ahora, será más prudente limitarse a los dardos, ya que, por supuesto, si por alguna casualidad tuvieras un corte en tu cola, podría infectarse con el suero y no sería deseable.

–¿No? –masculló Nova.

Adrian le dirigió una sonrisa cómplice.

–¿A alguien más se le ocurre cómo usar el Agente N junto a sus poderes?

–Yo podría untar la punta de una lanza de hielo con suero –sugirió Congelina. Apretó el gatillo de su revólver y envió un proyectil hacia el rostro de la Rata, un Anarquista muerto hacía mucho tiempo–. O congelar los pies de alguien sobre el suelo, inmovilizándolo mientras administramos la inyección.

–Muy bien –dijo Thunderbird.

Nova bajó su revólver y giró, dándoles la espalda a los blancos.

–Excepto –replicó, prácticamente a los gritos–, que si puedes congelar los pies de alguien sobre el suelo e inmovilizarlo, entonces ya no es una amenaza y no hace falta administrarle el Agente N. En ese caso, el prodigio debe ser arrestado y juzgado –dirigió su mirada encendida hacia la concejala–. ¿No es así?

Thunderbird asintió con calma, imperturbable.

–Estás en lo cierto, Insomnia. Pero para los fines de este ejercicio, solo quiero ideas acerca de cómo se *podrían* emplear los poderes en relación con esta nueva herramienta. Preferiría aún no censurar ninguna de nuestras sugerencias.

–¿Y cómo emplearás tu poder? –preguntó Congelina, mirando a Nova con una sonrisa de suficiencia–. Quizás puedas invitar a tu oponente a una pijamada y esperar a que se duerma antes de inyectarlo. Será un poco lento… pero cada uno hace lo que puede.

A su lado, Trevor rio con disimulo.

–Quizás su novio pueda dibujarle una honda.

–Buena idea –dijo Ruby bruscamente–. De esa manera, todos podemos ver cómo Nova te lanza un dardo directo en el ojo.

–Suficiente –replicó Thunderbird, dirigiéndoles una mirada filosa como una daga–. Quiero que cada uno de ustedes piense en esto durante los siguientes días, y lo seguiremos discutiendo en nuestra próxima sesión. Ahora, sigamos practicando con los blancos.

Mientras los equipos volvían la atención al campo de tiro, Adrian miró al grupo de Genissa, perplejo. Sabía que solo intentaban provocar a Nova, que había humillado a Trevor durante las pruebas, pero de todos modos… Todo el mundo aquí sabía que ella era una de las mejores tiradoras de todas las unidades de patrullaje. Su talento con las armas era inigualable, y sus inventos los habían ayudado una y otra vez. Demonios, ¡fue ella quien eliminó a la Detonadora! ¿Seguían pensando que era indigna de ser una Renegada?

Sacudió la cabeza y levantó el revólver, concentrándose nuevamente en el póster de Espina. Intentó apelar a sus sentimientos de ira: la frustración que sintió cuando logró huir con aquellos medicamentos; la vergüenza cuando lo arrojó al río, y justo delante de Nova.

No es que supiera que era él. Pero una pequeña parte aún esperaba algún día poder contarle la verdad.

Se encontraba imaginando la cara presumida de Espina y preparándose para apretar el gatillo cuando un dardo dio contra el tablón justo encima del hombro de la villana.

—Tan cerca —dijo Ruby, resoplando.

Adrian sonrió. Era evidente que él no era el único que guardaba rencor.

—Oigan, chicos, ¿se enteraron de la gala que habrá pronto? —preguntó Oscar. Estaba encaramado sobre el muro bajo que dividía el campo de tiro de los tiradores, pasando el revólver de una palma a la otra, aparentemente sin interés alguno en dispararla de verdad.

—Por supuesto —respondió Ruby, sin bajar el arma. Hizo un nuevo intento—. Parece que irá toda la organización.

Oscar se rascó la oreja.

—Sí, me enteré de que será un evento muy elegante. Y ahora… con la subasta para recaudar fondos, será por una buena causa —Oscar extrajo el cargador de su revólver, le dio un par de vueltas y lo volvió a meter—. Estaba pensando en que podría ser divertido ir todos juntos. Escuché que también se puede llevar a la familia, así que pensé mencionárselo a mi mamá y… —levantó la vista rápidamente y la volvió a bajar. Ruby tenía la atención fija en los blancos, pero Adrian advirtió la mirada, la inquietud, los nervios—. Pensé que quizás tú también puedas traer a tus hermanos, Ruby.

Esto finalmente provocó que ella girara y lo mirara.

—¿Mis hermanos?

—Sí —dijo Oscar—. Has comentado lo mucho que les gustaría ser Renegados, ¿verdad? Tal vez les parezca cool codearse con algunas de las patrullas. Adrian podría presentarlos a sus papás, podrían escucharnos hablar de trabajo un rato —encogió los hombros—. Les resultaría divertido.

Ruby lo miró un largo rato.

—Estás hablando de ir a una gala elegante… —dijo pausadamente—, ¿y crees que debo traer a mis *hermanos*?

Oscar la miró parpadeando.

—Me gusta ser inclusivo…

Ruby se volteó hacia los blancos, disponiéndose a realizar otro disparo, pero el martillo percutó sobre el tambor vacío.

—Y quizás Nova pueda invitar a su tío —sugirió Oscar.

Nova soltó una carcajada.

—No es el tipo de persona que frecuente galas.

—Oh. Pero tú… ¿irás? —preguntó él.

Nova dio un paso atrás, y Adrian percibió el *no* enfático a punto de salirle de la boca, pero luego vaciló. Sus ojos se encontraron, y él vio indecisión. Una pregunta. ¿Una… esperanza?

—Lo pensaré —dijo.

—Está bien —respondió Oscar, mirando el reloj—. ¿Alguien sabe cuándo paramos para el almuerzo?

—Quizás —dijo Ruby— después de que realmente hayamos practicado.

Oscar examinó el revólver. Parecía tan entusiasmado de aprender a usar un arma nueva como lo estaba Adrian.

—Vamos —dijo este, volviendo a levantar su revólver—. Te compraré una pizza si das en el blanco antes que yo.

Diez segundos después, le debía una pizza a Oscar.

Adrian soltó un gemido.

—Está bien, no lo soporto más —soltó Nova, dejando a un lado su revólver—. Voy a enseñarte cómo hacerlo.

Adrian rio y sacudió la cabeza.

—Te aseguro, Nova, que han intentado enseñarme algunos de los mejores entrenadores de los Renegados. Sencillamente, no es una de mis habilidades.

—Oh, vamos. No es tan difícil —se acercó para pararse junto a él y tomó el arma de sus manos—. ¿Sabes cuál es el punto de mira?

La miró irritado.

—Es una pregunta legítima, dado que aparentemente no la usas —dijo—. Empezaremos con lo básico.

—¿Sabes cuántas veces he apuntado un revólver? —preguntó—. Debo haberlo practicado miles de veces cuando empecé a patrullar. Así que sí, sé lo que es el punto de mira. Y el percutor, el tambor, el cilindro... todo. Sé cómo *funcionan* las armas. Es simplemente que no soy muy bueno en conseguir que la bala le dé a lo que intento darle.

—Está bien, chico listo —Nova le devolvió el revólver por la culata—. Muéstrame lo que sabes hacer.

Gimió.

—Realmente, no tienes que hacer esto.

—Entonces, ¿te da lo mismo ser mediocre? —chasqueó la lengua, decepcionada.

La miró con el ceño fruncido, pero una sonrisa pugnaba por salir de sus labios.

—¿A qué le apunto, profesora?

—A aquella diana —dijo—. La que está cerca.

—Oh, la que está cerca. Ya estás bajando las expectativas.

—No. *Tú* ya bajaste mis expectativas. Ahora deja de hablar y dispara.

Sus labios se retorcieron, pero le concedió el punto. Alzó el revólver y disparó.

Oyó que el dardo le daba a algo, pero sea lo que fuera, sin duda no era la diana.

—Muy bien. Para empezar —señaló Nova—, necesitas relajarte. Te tensionas demasiado cuando disparas.

—Por supuesto que me tensiono. Es ruidoso y... ruidoso.

—Necesitas relajarte —repitió ella—. Y tomar el revólver de esta manera, que apunte hacia arriba y luego lo bajas. No eres un vaquero —dobló las manos alrededor de las suyas, encerrando la empuñadura del arma entre ambos.

Adrian tragó saliva. Las manos de Nova eran más pequeñas que las suyas, pero lo sorprendió la seguridad que emanaban. Siempre había parecido tan insegura en lo referente al contacto físico... pero quizás era algo más que había imaginado.

—Así —dijo ella, levantando las manos de modo que quedaron paralelas al suelo. Ahora tenía la mejilla contra su hombro—. Y separa las piernas. Necesitas tener una posición firme y estable.

Adrian plantó los pies en el suelo, aunque no sentía las piernas ni firmes ni estables. Si acaso, cuanto más se acercaba ella, más débiles sentía las extremidades.

—¿Alguna vez te preocupas por apuntar? —preguntó ella.

—Por supuesto que apunto.

—Jamás lo habría imaginado.

Los ojos de Adrian saltaron hacia los de ella.

Sonreía, burlona. Luego sus pestañas revolotearon sorprendidas, y retrocedió, poniendo varios centímetros entre ambos.

—Creo que ese es tu problema —dijo Nova, volviéndose hacia los blancos—. Te gustaría darle al mundo entero. Pero necesitas parar y concentrarte. En el momento en que aprietas el gatillo, nada debería existir en el mundo salvo tú y tu blanco. Toma, inténtalo de nuevo. Esta vez, ignora todo lo demás. Solo concéntrate en el blanco.

Mientras alineaba la mira del arma con el objetivo, Nova se ubicó detrás de él, presionando una mano contra su espalda mientras envolvía la otra alrededor de la suya sobre la empuñadura.

—Es una extensión de tu brazo —añadió—, como... como tu rotulador.

Adrian soltó una carcajada.

—Es completamente diferente de mi rotulador.

—No me contradigas.

Su sonrisa se ensanchó.

—Imagina tus brazos absorbiendo el contragolpe —continuó—, y enviando toda esa energía a través de tus pies al suelo. Eso ayudará a mantener tu cuerpo relajado para que no te tensiones cada vez que disparas.

Pero Adrian no podía pensar en otra cosa que no fuera su cercanía. La mano de Nova entre sus omóplatos; su brazo rozando el suyo. Se halló queriendo demorarse, prolongar este momento solo un poco más. Inhaló una bocanada, y el aire tembló levemente.

Sintió que ella quedaba inmóvil.

—Cuando… —su voz sonó rasposa, y carraspeó—. Cuando estés listo.

—¿Se supone que tengo que dispararle a algo? —susurró Adrian, provocándole un sobresalto.

—Al objetivo —respondió secamente—. Ignora todo el resto.

Volvió la cabeza lo suficiente como para encontrarse con su mirada una vez más.

—¿Quieres que ignore *todo* el resto?

Nova mantuvo su mirada, pero su confianza desapareció. Él observó un toque de color floreciendo en sus mejillas. *Cielos*, qué hermosa era.

Adrian tragó saliva y apartó la mirada. Apretó aún más el revólver, halló el objetivo y disparó. Pero olvidó plantarse firme en el suelo. Olvido relajar los hombros. Olvidó concentrarse.

El dardo se desvió.

Sonrió, avergonzado, retrocediendo hasta que ya no hacían contacto.

—Como te dije, soy un caso perdido.

CAPÍTULO 20

Nova se precipitó furiosa por la callejuela que corría detrás de las decrépitas casas adosadas, apretando los puños a los lados.

¿Qué *diablos* le sucedía a Adrian? Estaba haciendo lo posible por coquetear con él, pero lo único que conseguía era hacer el ridículo. No podía ser más obvia. Pero, o Adrian era el chico más ingenuo de este lado del puente Stockton, o…

Rechinó los dientes.

Odiaba la otra opción, y cada vez que pensaba en ello se sentía más y más furiosa.

O… ya no estaba interesado en ella. Quizás había perdido su oportunidad cuando huyó de él en el parque.

Ace le había dicho que permaneciera cerca de Adrian Everhart, y estaba haciendo lo posible. Entendía los motivos que había detrás. Sabía que la confianza que despertara en él podía volver vulnerables a sus padres, precisamente la razón por la cual resultaba tan exasperante cada vez que le volvía la espalda, o evitaba el contacto visual, o esquivaba tocarla. Una y otra vez.

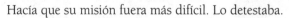

Hacía que su misión fuera más difícil. Lo detestaba.

Su enfado no tenía nada que ver con la punzada que sentía en el pecho cada vez que Adrian probaba que lo que había sentido una vez por ella había terminado.

Y, aparentemente, por muchos esfuerzos que hiciera, no lo recuperaría.

Por el rabillo del ojo vio revolotear algo dorado, y se quedó inmóvil. Una mariposa monarca aleteaba alrededor de una parcela de vernonia que había invadido uno de los jardines abandonados de los vecinos.

El pulso de Nova tamborileó mientras observaba al insecto vacilar sobre una flor púrpura antes de desplazarse hacia otra, buscando metódicamente el néctar. Sus pies, que aún llevaban las botas oficiales de los Renegados, quedaron clavados sobre el asfalto cuarteado del callejón. Se dijo que no tenía miedo: *ella*, Nova Artino, ¿miedo a una *mariposa*? Pero la carne de gallina sobre sus brazos sugería lo contrario. ¿Y si Danna la había observado hoy al tomar la ampolla del Agente N? Había tenido cuidado, pero ¿fue suficiente?

La mariposa se dirigió a una hilera de plantas del otro lado del jardín. Una golondrina gorjeó desde un cable de alta tensión por encima. Nova casi deseó que el pájaro se abalanzara sobre la mariposa y la atrapara con el pico, porque entonces ya no tendría que preocuparse por si la criatura era o no una espía de Danna.

No tendría que pasar el resto del día preguntándose si la estaba siguiendo.

No estaría aterrada de que ya hubiera descubierto su secreto.

Empezaba a contemplar las posibilidades de que la mariposa permaneciera quieta el tiempo suficiente para correr dentro de la casa y encontrar algo para atraparla cuando la criatura terminó de alimentarse y se alejó, elevándose sobre la casa adosada, hacia la siguiente calle.

Por lo menos iba en dirección contraria al cuartel general.

Probablemente, solo fuera una mariposa común, se dijo. Nada de qué preocuparse.

Nova se abrió paso penosamente el resto del camino hacia su propio jardín plagado de hierbajo, ignorando el zumbido ensordecedor de las colmenas de Honey cuando entró con fuertes pisadas en la sombra de la casa derruida. Las manos le temblaban al deslizar la puerta corrediza de cristal con fuerza y entrar en la cocina sombría. Continuaron temblando al desabrochar su cinturón de herramientas. Lo dejó caer sobre la mesada junto a una cafetera medio llena de un café que hacía rato se había enfriado y una variedad de ampollas y cubetas, vestigios del último trabajo de Leroy.

Se arrancó el brazalete y lo arrojó sobre la mesa donde yacía olvidado un jarrón sencillo color gris. Un buqué de flores, que una vez había florecido del extremo del rotulador de Adrian, ahora se encontraba marchito, los endebles capullos muertos colgaban tristes de sus tallos.

El corazón dio otro bandazo en su pecho, pero esta vez no de tristeza, sino de indignación.

Maldito Adrian Everhart.

Hacía más de un mes que había venido a esta casa y dibujado aquellas flores para ella; que le había pedido acompañarlo al parque, en una cita que no era cita. Semanas en las que su corazón se aceleraba un poco cada vez que pasaba junto a aquel ramo, el color de cuyos pétalos fue menguando con el correr de los días hasta terminar siendo una naturaleza muerta triste y deprimente en esta casa triste y deprimente.

Aunque, para ser justos, la casa se había vuelto mucho menos deprimente bajo el cuidado de Honey Harper, quien se había dedicado a su nuevo hogar con particular devoción. Nova tenía la impresión de que, en realidad, se encontraba recreando alguna fantasía doméstica a la que había vivido aferrada durante años pero mantenido profundamente enterrada. Siempre se supo que Honey odiaba vivir en los túneles, alejada de las flores, el sol y el aire libre. Los Anarquistas habían estado atrapados durante años. A medida que la salud de Ace se fue deteriorando, les fue imposible abandonarlos. Además, si se mudaban a un lugar más cercano a la civilización, corrían el riesgo de que los Renegados sospecharan de sus actividades.

Pero desde que tuvieron que abandonar su hogar a la fuerza, lejos de los túneles, la catedral y Ace, era evidente que al menos Honey había florecido con el cambio. Había pasado sus semanas alegremente en su nueva morada, a menudo entonando canciones de musicales a pleno pulmón mientras hacía sus quehaceres. Ventiló los muebles, fregó los suelos y, si bien el horrible empapelado de paisley seguía decorando la sala, por lo menos se había deshecho de las telarañas. A Nova le sorprendió el cuidado con que Honey había atacado la mugre de toda la casa, y no haberla oído quejarse jamás de romperse una uña o de tener los dedos encallecidos. Cuando se lo mencionó, esta le respondió guiñando el ojo con complicidad y observando sabiamente que: "Las reinas verdaderas se hacen no en tiempos de prosperidad, sino en tiempos de apremios".

Nova se quitó las botas y las pateó a un rincón de la habitación delantera. Leroy leía un periódico junto a la ventana, donde había colgado una manta color amarillo mostaza en busca de privacidad. Honey odiaba aquella manta y había intentado varias veces reemplazarla con cortinas livianas, pero en este asunto Leroy se mantuvo firme, insistiendo en que, más que belleza, necesitaban privacidad. La luz que se filtraba a través de la manta le daba a la habitación un aire malsano, como si las paredes mismas sufrieran de una etapa avanzada de ictericia.

Era la habitación que a Honey menos le gustaba de la casa.

Un titular en la parte superior del periódico decía: PRODIGIO Y LADRONA DE MEDICAMENTOS "ESPINA" AÚN EN LIBERTAD.

Pero cuando Leroy bajó el periódico, Nova advirtió que había estado leyendo las páginas de historietas.

—¿Tuviste un día difícil, Insomnia? —sus gafas de lectura se deslizaron hacia la punta de su nariz desfigurada, revelando un anillo de piel manchada alrededor de un ojo.

El resto de los Anarquistas había empezado a llamarla así últimamente: Insomnia, su alias para los Renegados. Al principio le irritó, pero ahora no creía que lo hicieran para burlarse de ella, sino como un recordatorio permanente de lo que estaba haciendo con los Renegados. Ella era una espía. Una detective. Un arma.

—No quiero hablar de ello —metió la mano en la manga y sacó la ampolla de Agente N que había tomado de la sala de entrenamiento, lanzándosela a Leroy.

Este no hizo esfuerzo alguno por atraparla, y dejó que rebotara sobre su pecho y aterrizara sobre su regazo. Dobló el periódico y la levantó, examinando el líquido. La solución se removió espesa mientras inclinaba el receptáculo de lado a lado.

—Qué sustancia terrible.

—La mayoría de las unidades de patrullaje habrá terminado su capacitación para finales de la semana próxima. En ese momento empezarán a equiparnos con la sustancia. Tendremos que ser muy cuidadosos.

Giró la ampolla y observó cómo una única burbuja de aire se elevaba a través del elixir.

—¿Puedo conservar esta?

—Por ahora. Como dijo Ace, tenemos que ver si podemos convertirla en un arma contra los Renegados antes de que ellos la usen contra nosotros. O intentar replicarla. Quizás pueda robar un poco más en las próximas semanas, pero no lo suficiente como para usar contra toda la organización.

—Veré qué puedo hacer.

—Además, se habló de que resulta eficaz en estado gaseoso. Me pregunto si podría ser una posibilidad. Por lo menos, un gas se podría emplear contra más de un Renegado a la vez.

—Será bastante fácil descubrir sus propiedades y qué tipo de combustión se requeriría para efectuar la vaporización —dijo Leroy—. También tendremos que determinar el potencial de reducción, a medida que se produce la difusión molecular, para predecir el rango de efectividad. Puedo empezar a averiguar todo ello, pero salvo que también consigas algunas granadas de mano desensambladas para la sustancia, no podré hacer mucho con los datos.

—Tú averigua cómo convertirlo en gas, y yo empezaré a trabajar en un dispositivo de dispersión —dijo Nova—. Tengo el ojo puesto en algunos explosivos que vi entre la colección de los Renegados. Creo que podrían modificarse para algo como esto. Además, serían fáciles de sustraer.

—Es una pena que nuestro único contacto confiable para el tema de explosivos ya no esté entre nosotros.

Nova rechinó los dientes.

—No estoy segura de que llamaría a Ingrid *confiable*.

Leroy alzó una ceja hacia ella, o lo que habría sido una ceja si el vello no se hubiera chamuscado hacía mucho tiempo.

—Me refería al Bibliotecario.

Nova arrugó la nariz, casi avergonzada.

—Ha habido cierta polémica en el cuartel general respecto de si el Capitán Chromium se vería afectado o no por el Agente N. No se le podría inyectar, dado que su piel no puede ser penetrada por ninguna aguja, pero no se sabe si el líquido podría afectarlo en el caso de que lo tragara, o el gas, en caso de respirarlo. Si se te ocurre alguna teoría en uno u otro sentido, me encantaría escucharla.

Leroy golpeteó un dedo contra el mentón.

—Veré lo que puedo encontrar, aunque no estoy seguro de cuánto puedo lograr con una muestra tan pequeña. Además de la imposibilidad de acceder a los laboratorios de los Renegados, sus pruebas, sus suministros... y, por supuesto, el muchacho.

Un escalofrío descendió por la columna de Nova. Últimamente, desde que les contó acerca del Agente N, habían mencionado a Max varias veces en sus conversaciones. No podía evitar sentir que contarles a los Anarquistas había dejado al niño vulnerable de alguna manera, y lo detestaba.

–Por ahora, haz lo que puedas –dijo, volviéndose–. Intentaré traerte más muestras después de mi próxima sesión de capacitación.

Subió penosamente las escaleras a la habitación que compartía con Honey. Era un alivio despegarse el uniforme de Renegados de la piel y ponerse su propia ropa. Acababa de jalar una camiseta por encima de la cabeza cuando Honey abrió la puerta de golpe y entró contoneándose, con el cabello envuelto en una toalla y una bata de seda amarrada en la cintura. El olor a jabón de avena y miel flotó con ella en el recinto, mezclándose con los empalagosos aromas de sus perfumes, cremas de cuerpo y cosméticos.

–¡Oh, cariño! –gorjeó Honey. Se quitó la toalla de la cabeza y empezó a retirar el exceso de humedad estrujando sus rizos–. Llegaste temprano hoy. ¿No hay suficiente caos y asesinatos en las calles como para mantener a los Renegados ocupados? –dejó caer la toalla sobre el suelo y extendió un pálido brazo hacia el colchón en el rincón de la habitación. Un puñado de avispas negras que habían estado arrastrándose sobre sus sábanas volaron rápidamente hacia ella, posándose sobre su hombro y sus nudillos. Nova observó que una desaparecía dentro de la abertura de su manga.

–Acomodaron nuestros horarios para poder realizar la capacitación del Agente N.

–¿En serio? ¿Significa que hoy viste a ese precioso muchacho Everhart?

Nova sintió que sus tripas se contraían.

–En realidad, lo veo siempre.

–Muy bien –Honey se sentó delante del espejo de su tocador y empezó a pasar un peine de dientes anchos a través del cabello húmedo–. Esta mañana fui a ver a Ace. Quería estar seguro de que te mantuvieras cerca de él como te pidió, y que conserves los oídos abiertos para averiguar lo que sea que pueda ser útil respecto del Consejo.

Nova sintió un cosquilleo en la piel. Le molestaba pensar en los otros Anarquistas, especialmente en Ace, hablando de ella a sus espaldas.

—Puedes decirle a Ace que lo veo a diario —dijo, caminando hacia la ventana. Abrió un resquicio en la ordinaria cortina de plástico y miró el callejón. Un abejorro robusto se acercó al cristal, intentando encontrar una manera de entrar.

—¿Y? ¿Cómo van las cosas?

La boca de Nova se resecó al seguir la trayectoria del abejorro.

¿Cómo estaban las cosas con Adrian?

—Bien —espetó.

Era cierto. Estaban bien. Siempre bien. Era tan simpático con ella como siempre lo había sido. Siempre acogedor. Siempre dispuesto, con una sonrisa de aliento y una palabra amable. Siempre tan condenadamente agradable.

—No es lo que parece —musitó Honey.

Nova jaló la ventana para abrirla y esperó a que el abejorro se colara en la habitación. Se volteó, disfrutando del aire fresco sobre la nuca. Esperaba que Honey la estuviera observando, pero no. Honey Harper estaba completamente concentrada en el espejo de su tocador, delineando la línea inferior de las pestañas con un grueso lápiz negro de ojos. Se trataba de un ritual diario, y uno que ella hallaba tan incomprensible ahora como en los túneles.

No es que Honey pudiera salir de la casa, y Nova dudaba de que le importara demasiado arreglarse para Leroy o Phobia.

—¿Cómo estaba Ace cuando lo viste? —preguntó.

Honey bajó las pestañas con desconfianza.

—Estás esquivando el tema.

—He estado pensando —prosiguió, ignorando la acusación— que quizás podamos empezar a sacarlo a pasear. Nadie va jamás a las ruinas de la catedral. Si pudiera salir y recibir un poco de sol, tomar aire fresco… aunque solo fuera algunos minutos por día, lo ayudaría, ¿no crees?

Honey se puso rígida.

—¿Sacarlo a pasear? No es un perro.

—Lo digo en serio —hizo un gesto en dirección a ella—. Salir de los túneles te ha hecho tan bien a ti, a todos nosotros. Quizás si pudiéramos sacarlo de esas catacumbas, dejar que vuelva a *respirar*…

La Abeja Reina se levantó de la silla.

—Él es *Ace Anarquía*. ¿Lo has olvidado? Si alguien fuera a verlo…

—Tendremos cuidado.

—Lo asesinarían en el acto o lo encerrarían en aquella horrible prisión.

—¡Ya está en una prisión!

—Por supuesto que no. No vale la pena correr el riesgo.

Nova resopló y volvió a mirar fuera de la ventana. Era un día hermoso… fresco, con una suave brisa. Los destellos de sol se abrían paso a través de las nubes. A veces le preocupaba que la debilidad de Ace estuviera tanto en su mente como en su cuerpo. Estar apartado de la sociedad misma que había intentado ayudar…

Jamás se quejaba. Tenía a Nova y a los demás, decía. Tenía sus libros y su tetera, y era todo lo que necesitaba.

Pero ella sabía que no era suficiente. Estaba muriendo. Pronto solo sería otro esqueleto más, olvidado bajo aquellas ruinas sagradas.

—Comprendo —dijo Honey, ahora suavizando la voz—. De veras que sí. Ace también es como un padre para mí, ¿sabes? Odio verlo así. Pero tú sabes cómo ayudarlo, y no es con un poco de aire fresco.

Nova frunció los labios. El *casco*.

—Lo sé —susurró. Luego se le ocurrió una idea y volvió a mirar a Honey—. ¿Acaso tú no eres *más vieja* que Ace?

La Abeja Reina lanzó un grito consternado. Arrebató un recipiente del tocador y lo arrojó contra la cabeza de Nova. Ella se inclinó, y el envase chocó contra la pared, estallando en una nube de talco.

—No quiero oír nunca más esas palabras de tu boca, ¿me escuchaste?

Nova rio.

—Lo siento, lo siento. Es evidente que estaba equivocada —se inclinó y levantó el envase casi vacío. Luego lo devolvió a su tocador. Su boca se resecó al recorrer con la mirada la variedad de cosméticos y perfumes, la mayoría llenos de avispas curiosas—. En realidad, Honey, quizás... sí puedas ayudarme con algo.

Esta cruzó los brazos, aún indignada.

—Es acerca de Adrian.

Rápidamente, su expresión se convirtió en intriga.

—¿Ah, sí?

—No sé si... si sigue interesado en mí. Por lo menos no en el sentido de... ya sabes —ante su mirada escéptica, Nova intentó reunir toda la dignidad que pudo cuadrando los hombros—. Así que quizás puedas ayudarme a resolver... cómo hacer para que se interese. De nuevo.

El entusiasmo iluminó el rostro de la Abeja Reina.

—Oh, querida niña —dijo, colocando los dedos contra el pecho—. He estado esperando que me lo pidas.

Ya conocemos una de las debilidades más grandes del Consejo... y cuando sea el momento indicado, ciertamente, le sacaremos un enorme provecho.

Eran las palabras de Ace, y tenía razón. Si el Capitán Chromium y Dread Warden tenían una debilidad, eran sus hijos adoptivos: Adrian y Max. Nova podía sacarle partido a la confianza que le tenía Adrian, especialmente si aquella confianza también venía acompañada de *afecto*.

Pero ¿por qué tenía que ser tan horriblemente embarazoso ganarse su afecto?

—No puedo hacer eso —dijo, apretando los brazos cruzados contra el pecho.

—Puedes y lo harás. Mira, así —Honey cruzó una larga pierna sobre la rodilla y se acercó un poco más a Nova sobre el colchón. Los dedos desnudos del pie le dieron un empujoncito en la espinilla, con tanta ternura que pudo haber sido solo parte de su imaginación, salvo que Honey acababa de describir esta misma técnica de coqueteo con penoso detalle—. Luego tuerces los hombros así —la Abeja Reina arrojó su cabello a un lado y se movió aún más cerca—. Préstale total atención. Como si no hubiera nada más en la sala ni la mitad de interesante para ti que *esta* conversación. Necesita creer que estás fascinada con todo lo que dice —apoyó un codo sobre la rodilla y el mentón sobre los nudillos. Sus ojos ahumados se clavaron en Nova. La mirada era tan intensa que se halló empezando a sonrojarse.

»Ahora bien, la clave es esta —continuó Honey—. Lo que sea que diga a continuación, te ríes. No demasiado, pero solo lo suficiente para que sepa que para ti es encantador, y que podrías escucharlo hablar todo el día. ¿Lista?

—¿Y si no dice nada gracioso?

Honey se rio y le dio una palmadita en la rodilla. Era un dulce gorjeo que provocó un hormigueo de placer en el pecho de Nova hasta que advirtió que aquella no reía porque estuviera divertida: solo intentaba demostrar lo que decía.

Se sonrojó. Resultaba asombroso cómo Honey podía atraer a alguien dentro de su órbita. Hacerlo sentir tan importante, tan ingenioso, tan *valioso*, todo con solo algunas carcajadas oportunas y la más imperceptible de las caricias.

Sacudió la cabeza y se puso en pie, pateando algunos de los zapatos descartados de Honey al costado de la habitación.

—Esto no funcionará jamás —dijo—. Advertirá el engaño.

—Te preocupas demasiado —respondió la Abeja Reina, inclinándose hacia atrás sobre las palmas—. Si se da cuenta de que intentas coquetear con él, aunque lo hagas horriblemente, quedará encantado con tus intentos, y de todos modos se sentirá halagado. Así, sin más, se reavivará la llama y volverás a esa no-relación angustiosa antes de que puedas agitar las pestañas hacia él.

Nova frunció el ceño.

—Creo que estás subestimando su inteligencia.

—Y yo creo que estás sobreestimando el ego de todos los muchachos del mundo. Te aseguro, pequeña pesadilla, puedes hacerlo. No es gastronomía química ni… lo que sea que hace Leroy.

Nova soltó un sonido de desprecio.

—Prefiero probar suerte con la química —se frotó las palmas sobre el costado de sus pantalones. Habían empezado a sudar mientras pensaba en la posibilidad de mirar a Adrian como Honey la había mirado. Tocándolo y sugiriendo con cada gesto, con cada mirada, que quería que intentara besarla de nuevo.

El corazón le latió con fuerza en el instante en que se le ocurrió un pensamiento irracional.

Cielos, ¿y si realmente *funcionaba*?

CAPÍTULO 21

Adrian estaba nervioso y exhausto cuando llegó a la entreplanta encima del vestíbulo principal del cuartel general. Sabía que debía recuperar el sueño perdido: había permanecido las últimas noches despierto, pintando. El mural empezaba a cobrar forma, aunque solo fueran las capas inferiores de sombras y luces: el esbozo general de lo que aún estaba por realizarse. Debían completarse los detalles, todos aquellos pequeños toques destacados que le darían vida.

Finalmente, dejó el pincel a un lado cuando su alarma le recordó que hoy había otra cosa que quería hacer, algo mucho más importante que este nuevo proyecto artístico. Incluso más importante que su búsqueda de Pesadilla o de los Anarquistas. Una idea que había estado formándose en lo más recóndito de su mente desde que se marchó del depósito de artefactos, con una mezcla de intriga e ilusión.

Cruzó el puente colgante y rodeó el muro de cristal del área de cuarentena. Podía sentir el peso del Talismán de la Vitalidad contra el pecho; su tibieza, incluso a través de la tela de su uniforme.

Había pasado horas leyendo en la base de datos acerca del medallón. Había investigado, solo, todo lo posible aunque la historia del talismán no estuviera tan bien documentada como otros artefactos de la colección de los Renegados. Un herrero prodigio lo había forjado durante la Edad Media. Si bien sus habilidades dejaban mucho que desear, era, evidentemente, un sanador de algún tipo, y el talismán pronto se ganó una reputación como protector de la peste. *Aquella* peste. Naturalmente, terminaron robando un objeto tan codiciado, y poco después ahorcaron al herrero por brujería. Por lo que se sabía, nadie había fabricado una copia jamás.

Después de eso, el talismán desapareció de los libros de historia durante varios siglos. Con el tiempo, hacia finales del siglo XVIII, resurgió cuando un príncipe supersticioso, y quizás paranoico, lo compró en una subasta, asegurando, durante el resto de su vida, que el talismán lo protegía de los enemigos que siempre intentaban envenenarlo. Cuando el príncipe terminó muriendo ya anciano de (aparentemente) causas naturales, el talismán se transmitió de una generación a otra de duquesas y barones, y finalmente, muchos años después, se vendió para pagar una enorme deuda. Volvió a desaparecer del ojo público hasta que, con el tiempo, se donó a un pequeño museo dedicado a los prodigios, cuya colección entera se entregó a los Renegados tras del Día del Triunfo.

Se entregó o se confiscó… los detalles acerca del modo en que los Renegados habían obtenido muchos de los artefactos de la bóveda resultaban bastante inciertos.

Según su descripción en la base de datos, se creía que el talismán podía proteger a una persona de envenenamiento, enfermedad y "cualquier amenaza que redujera la fuerza física o debilitara de alguna otra manera las habilidades prodigiosas de quien lo llevara". No quedaba claro hasta qué punto se había verificado esta teoría, pero le dio a Adrian una idea que no podía quitarse de la cabeza.

Cualquier amenaza.

Así decía la descripción.

¿Y qué o quién era más amenazante que Max?

Adrian no era tonto. Sabía que quienquiera que hubiera usado el Talismán de la Vitalidad a lo largo de los años seguramente jamás se había topado con una amenaza como Max. Sospechaba que su teoría aún no había sido probada, y estaría poniendo en peligro sus poderes siendo el primero.

Ser inmunes al Bandido *no* era imposible. El Capitán Chromium era prueba de ello. Y con cada paso que daba Adrian en dirección al área de cuarentena, una voz le susurraba más y más fuerte en la cabeza: *¿Y si funciona?*

¿Y si este medallón pequeño y sin pretensiones pudiera realmente protegerlo del poder de Max? ¿Y si pudiera permitirle acercarse a su hermano pequeño, quizás incluso darle un abrazo de verdad, por primera vez en su vida?

Aunque era tarde, el enorme vestíbulo del cuartel general seguía tenuemente alumbrado por las pantallas parpadeantes color azul de los televisores ubicados en todas partes que iluminaban la ciudad de cristal en miniatura de Max. Habían reparado gran parte desde su ataque telequinético, cuando perdió su concentración mientras levitaba, clavándose un capitel de vidrio en la palma de la mano. Su herida estaba sanando, aunque los sanadores prodigios eran incapaces de curarlo dada la naturaleza de sus poderes. Un doctor civil había tenido que reemplazar un tendón en el dedo de Max con uno tomado de su antebrazo, un procedimiento que a todos les pareció un tanto anticuado. Pero salió bien, y el médico había prometido que la única secuela que quedaría sería una nudosa cicatriz.

Desde que se recuperó del incidente, el muchacho había estado ocupado poniendo en su lugar los edificios rotos de cristal, empleando su propio poder de fusionar materia para la mayoría de las reparaciones.

La ciudad de cristal siempre lucía tan diferente de noche. Generalmente, la luz del día que entraba a raudales a través de la gran cantidad de ventanas la hacía brillar, reflejada en las cúpulas de cristal, en tonos de naranjas y amarillos. Pero ahora el crepúsculo parecía estar descendiendo sobre los edificios, como si incluso esta maqueta estuviera preparándose para una noche de sueño apacible.

No es que la Gatlon real fuera alguna vez apacible. Por muchos motivos, a veces Adrian pensaba que prefería esta pequeña ciudad de cristal, aislada del resto del mundo. No había crimen, destrucción ni dolor. No había villanos ni héroes.

Aparte del propio Max, el único prodigio de este pequeño universo.

Salvo que, cuando se detuvo delante del muro de cristal curvo, vio que el muchacho no estaba solo.

—Bueno, hablando de villanos —dijo.

Dentro del área de cuarentena, Hugh levantó los ojos de una mano de naipes. Su rostro se iluminó.

—¿A quién llamas villano?

—Solo una expresión, papá.

Hugh ladeó la cabeza.

—Qué bueno verte, Adrian.

Este sacudió la mano, intentando disimular su decepción. No era raro que su padre visitara a Max, y sabía que era bueno para el muchacho tener algún tipo de interacción humana más allá de las jeringas y los trajes de protección.

De todos modos, el medallón colgaba pesadamente de su cuello, y estaba ansioso por probar su teoría.

—Espera —dijo el muchacho, levantando un dedo en dirección a Adrian—. Estoy a punto de patearle el culo.

Hugh lo miró horrorizado.

—No digas *culo*.

—Como quieras. Estoy a punto de patearte el *trasero* —apoyó una carta, y luego sacudió su cabello melenudo. Estaban sentados con las piernas cruzadas en el medio de City Park, y el muchacho, que ya era menudo para su edad, parecía directamente eclipsado junto al Capitán, cuyos músculos naturales habían servido hacía tiempo de inspiración para los artistas de superhéroes de historietas en todo el mundo.

Hugh colocó dos cartas sobre la mesa.

–¿Sabes? No debes dejar que tu oponente sepa que tienes una buena mano.

–Quizás esté fingiendo –dijo Max.

Hugh lo miró detenidamente.

–Así no funciona exactamente el engaño.

–¿Estás seguro? –preguntó el niño, tomando la nueva carta que le repartían.

Hugh hizo la apuesta, arrojando un par de dulces sobre una pila que había entre ellos. Mostraron sus cartas, y Max ganó con doble par. Hugh no tenía nada.

El niño suspiró, casi decepcionado por el intercambio, mientras empujaba la pila de dulces hacia el carrusel del parque. Levantó la mirada hacia Adrian, sacudiendo la cabeza.

–No puede resistir ver una buena mano, ni siquiera si sabe que no puede ganarla. Creo que podría ser un trastorno diagnosticable. Como una necesidad psicológica de cerrar los asuntos, junto con una aversión por la ambigüedad y una actitud autoritaria.

Hugh torció el gesto y reunió las cartas.

–Quizás solo disfruto viendo a mi hijo menor ganando en la vida –señaló la pila de dulces mientras se ponía de pie–. ¿Puedo llevarme un chocolate para el camino?

–No –dijo Max, alejando la pila de su alcance–. Pero puedes ir a la tienda de la esquina y comprar más –señaló un pequeño centro comercial de vidrio–. Estoy casi seguro de que la más cercana está sobre Broad Street.

—Como digas —se inclinó y le dio un apretón a Max alrededor de los hombros—. Gracias por hacerte un tiempo para tu viejo. Te veré más tarde.

Max se inclinó hacia sus brazos.

—Buenas noches, papá.

Hugh le sonrió a Adrian al salir del área de cuarentena.

—¿Debes volver a patrullar esta noche? —preguntó, dándole un rápido abrazo de costado.

—Sí, pero durante los próximos días solo nos harán ir por disputas menores.

—¿Cómo están Danna y Ruby?

—Completamente recuperadas —respondió—. Listas para volver a trabajar.

—Bueno, sé que todos ustedes son jóvenes y entusiastas, pero creo que esta pausa en las actividades debe haber sido buena para ellas, para todos ustedes —bostezó, aunque Adrian se dio cuenta de que era falso—. Debo marcharme. Ha sido otra jornada larga con el Consejo. Pórtense bien, chicos.

Apenas se hubo ido, Max gimió.

—A veces me parece que realmente cree que vive en una historieta.

—Si alguno lo hiciera, ese sería el Capitán Chromium —dijo Adrian. Observó a Max levantando el tejado de Merchant Tower, donde empezó a meter la reserva de dulces—. Oye, Max, tengo algo para mostrarte, algo bastante importante. Por lo menos, si funciona será bastante importante.

El niño se volvió hacia él; había despertado su interés.

—¿Me dibujarás un dragón? Porque Turbo es cool, pero un *dragón*…

Como reconociendo su nombre, el diminuto velociraptor se deslizó de debajo del puente Stockton, donde Max le había hecho un pequeño nido de periódicos desmenuzados.

El muchacho arrugó la nariz. Abrió una bolsa de gusanos de goma y le dio uno al dinosaurio para que comiera. Adrian advirtió las vendas blancas que cruzaban el dorso de su mano.

Un médico prodigio habría conseguido sanar esa herida por completo hacía semanas.

Suspiró. Max estaba bien. No tenía importancia.

—Ve y párate allá —dijo.

El muchacho miró adonde Adrian apuntaba, pero no se movió.

—¿Por qué?

—No discutas, ¿sí? Si funciona, será lo mejor que haya pasado en el cuartel general desde… —su voz se fue perdiendo hasta que quedó mudo.

—¿Desde que renovaron los simuladores de realidad virtual para que pudieran volar? —sugirió Max.

Adrian ladeó la cabeza.

—¿Cómo sabías eso?

El muchacho tan solo encogió los hombros y fue a pararse donde le indicaron. Levantó una diminuta señal de tráfico al pasar Burnside.

—Está bien —dijo Adrian—. ¿Tienes tu botón de llamada de emergencia?

Las gruesas cejas de Max se fruncieron con desconfianza, pero alzó el brazo, revelando la muñequera que llevaba desde que había caído con estrépito sobre la ciudad, clavándose la cúpula de cristal en la palma de la mano. Siempre la había llevado, pero hasta esta noche jamás le había parecido importante usarla.

—Bien, espera allí.

—¿A dónde vas?

Nervioso por la anticipación, y un poco orgulloso de su propia intrepidez, Adrian se dirigió hacia las antecámaras que separaban el área de cuarentena de los laboratorios donde habían investigado y puesto a prueba la sangre y el ADN de Max para convertirlo en el Agente N.

A través del cristal, notó que el niño lo miraba ceñudo. Adrian le dirigió un gesto con el pulgar hacia arriba que aquel no devolvió, y luego abrió la puerta de la cámara terciaria. En la siguiente habitación, pasó junto a los percheros en los que colgaban los trajes protectores, cada uno equipado con puños cromados para proteger a los científicos e investigadores prodigios que tenían que acercarse habitualmente al pequeño.

Adrian se acercó a la puerta sellada del área de cuarentena, donde habían cambiado la señalización desde el fiasco en el que Nova entró en este sector para ayudar a Max. Ahora los letreros advertían a los prodigios que no se acercaran salvo que hubieran pasado todos los controles de seguridad exigidos. Se tomó un momento para reflexionar acerca de si se trataba o no de una pésima idea. Confiaba en que saldría bien, pero de todos modos era un riesgo. Un enorme riesgo si tenía que ser honesto consigo mismo.

¿Y si la naturaleza del poder de Max dejaba sin efecto los objetos de los prodigios?

Alzó una mano y colocó los dedos sobre el talismán, trazando el símbolo de la palma abierta y la serpiente enroscada.

—Por favor, que funcione —susurró. Luego, jaló la puerta para abrirla.

Los ojos de Max se abrieron de par en par. Empujó la pared para apartarse, como preparándose para lanzarse fuera del camino de Adrian, pero no había ningún lugar adonde ir que no terminara acercándolos.

—¿Qué haces? —gritó—. ¡Sal de aquí!

—Confía en mí —dijo Adrian, dando un paso con cautela. Luego, otro, encima de la terminal de autobús Scatter Creek, que lo colocaba en línea directa a Drury Avenue—. Estoy probando una teoría.

—¿Una teoría? —vociferó el muchacho—. ¿Qué teoría? ¿Que perdiste la cabeza? —se dispuso a presionar el botón de llamada sobre la muñeca.

—¡Espera! No lo presiones todavía. Creo… creo que quizás sea inmune a tu poder.

Max rio, pero era una risa que carecía de humor. Presionó la espalda contra el cristal mientras Adrian daba otro paso más hacia delante.

—*Sabemos* que no eres inmune. Así que, vamos, sal de aquí. No es gracioso.

—No, ¿ves esto? —alzó el talismán—. Estaba en el depósito de artefactos. Creo que podría protegernos de poderes como el tuyo.

—¿Qué? —Max lo miró embobado.

Adrian ya estaba un cuarto del camino dentro del área de cuarentena. Intentó recordar en qué punto había empezado a sentir los efectos del poder de Max aquella vez que corrió dentro para rescatar a Nova, pero los recuerdos de aquella noche se encontraban borrosos.

Siguió caminando, un paso lento y vacilante por vez.

Apenas respiraba, esperando la menor señal de advertencia de que el colgante podría estar fallando. Recordaba claramente el entumecimiento que se había apoderado de sus manos aquella vez; la sensación de avanzar con dificultad. La impresión de que le hubieran quitado un tapón del ombligo, y toda su fuerza se hubiera escapado a través de él.

¿Qué tan cerca había estado de Max cuando empezó? Sin duda, ahora estaba más cerca y, sin embargo, se sentía completamente normal. Nervioso e inquieto, pero, de todos modos, normal.

Ya estaba a más de mitad del camino. Pasó Merchant Tower, caminó el largo de City Park.

Los ojos del niño se estrecharon, temerosos pero también curiosos. Tenía la atención fija en los pies de Adrian, lo observaba caminar a través de la ciudad que habían construido a lo largo de los años.

El Renegado llegó al lugar donde Nova se había derrumbado en el suelo. La manzana de edificios cercana aún mostraba señales de la caída, aunque se habían quitado los restos rotos de cristal.

El semáforo olvidado cayó con estrépito de la mano de Max sobre el suelo.

—Si pierdes tus poderes a causa de esto —susurró—, no asumiré responsabilidad alguna.

—De todos modos, no deberías asumir responsabilidad por ello —dijo Adrian. Constantemente intentaba disipar la creencia que tenía el muchacho de haber hecho algo malo. No tenía la culpa de ser así. Ningún prodigio la tenía.

A tres cuartos de camino de haber ingresado en el área de cuarentena, Adrian empezó a sonreír.

Aún petrificado, Max no sonrió.

—Me siento bien —dijo, incapaz de evitar que la incredulidad que él mismo sentía se colara en su tono de voz.

Se detuvo a tres pasos del niño. Lo suficientemente cerca como para extender las manos y colocarlas sobre sus hombros.

Y lo hizo.

Max dio un pequeño respingo. Al principio, se apartó para que no lo tocara, pero luego quedó helado. Sus ojos se ensancharon.

Adrian soltó una carcajada y lo jaló para estrecharlo entre los brazos, aplastándolo con un abrazo eufórico antes de soltarlo.

—¡Me siento bien! —volvió a decir, revolviéndole el cabello encrespado—. De hecho, me siento genial. ¡No puedo creer que haya funcionado! —su carcajada se volvió más fuerte—. Salvo que... *puedo* creerlo. Porque por supuesto que funcionó. Sabía perfectamente que iba a funcionar. Por cierto, necesitas un corte de cabello.

—Dibuja algo —exigió Max, ignorando su alegría—. Rápido.

Adrian tomó su rotulador sin dejar de sonreír.

—Claro, Bandido. ¿Algún pedido?

El muchacho sacudió la cabeza. Adrian se acercó al cristal y dibujó lo primero que se le ocurrió: un prendedor de los Renegados, como el que le había dado a Nova en las pruebas.

Cuando lo extrajo completamente formado del cristal, Max chilló, conmocionado.

—¿Cómo?

Él lo miró a los ojos. Detrás de su pasmosa incredulidad, advirtió las posibilidades que empezaban a filtrarse en la mente del niño.

Durante la mayor parte de su vida lo habían mantenido separado de quienes lo amaban; al menos, de todos menos de Hugh. Y si bien él amaba al muchacho, estaba demasiado ocupado, intentando hacer un hueco a sus responsabilidades de padre entre las reuniones del Consejo, las apariciones públicas y algún que otro acto heroico. ¿Cuándo fue la última vez que Max se había sentado junto a alguien para jugar videojuegos y comer bocadillos hasta altas horas de la madrugada?

Jamás. Esa era la verdad. Nunca había experimentado nada como eso.

–Tengo una idea genial –dijo Adrian–. Mañana, voy a traer patatas fritas, refrescos y una pizza súper grasosa y te voy a masacrar en una maratón de *Crash Course III* que durará toda la noche. Salvo que prefieras… no lo sé… aprender a jugar al backgammon o algo así, y entonces haremos eso. No importa. Tú decides. Me lo dices.

Max sacudió la cabeza con perplejidad.

–Adrian, *¿cómo?* –repitió, esta vez con más fuerza. Tomó el medallón y lo giró, examinando el dorso, que contenía una imagen igual a la mano protectora–. ¿Qué es esto? ¿Cómo funciona?

–¡No lo sé! –respondió, aún eufórico–. Protege de enfermedades, venenos y cosas así, así que pensé que…

–¡Yo no soy un veneno! ¡No soy una enfermedad!

–No quise decir eso.

–¡No debería funcionar! –Max dejó caer el colgante–. No debería hacerlo.

–Pero funciona. Y lo siguiente que haré es tatuarme este símbolo –dijo Adrian, señalando–. Eso hará que sea inmune de por vida, y luego puedo darle este talismán a cualquiera que quiera visitarte. ¿Te imaginas la cara que pondrá Ruby? ¿Y Oscar y Danna? Estarán tan emocionados de venir a verte. Y Simon, por supuesto –jadeó, inclinándose hacia delante–. Oye, Simon… Estará… ni me imagino. Apuesto a que llorará.

–¿Dread Warden, llorando? –preguntó Max–. Filmémoslo –lo dijo en broma, pero Adrian supo que se sentía sobrecogido; él mismo estaba al borde de las lágrimas–. ¿Dijiste que te lo tatuarás?

–Oh, sí. Así es cómo hago… ya sabes, todas las demás cosas que hago.

–¿Te *tatúas*? –preguntó balbuceando, examinando la camisa de Adrian–. Y así es cómo…

Este levantó las manos.

–Eso no importa en este momento –lanzó los brazos alrededor de la cintura de Max y lo levantó del suelo, soltando un grito de emoción–. ¡El Talismán de la Vitalidad! ¡Gente que te venga a visitar! Piensa en las posibi… –su voz trastabilló al ojear una figura en el vestíbulo del otro lado del cristal–… lidades.

–¡Bájame!

Apoyó al niño en el suelo y retrocedió un paso, carraspeando.

–Visitantes como… ¿Nova?

Max giró rápidamente.

Nova se hallaba parada no lejos de la mesa de información del vestíbulo, mirando hacia arriba, al área de cuarentena, boquiabierta.

–Actúa normalmente –susurró Adrian. Su regocijo se sobrepuso rápidamente a su sorpresa. Le dio un codazo a Max en el costado, y ambos levantaron las manos y saludaron.

CAPÍTULO 22

—Explícalo —exigió Nova en el instante en que se precipitó con ímpetu sobre el puente colgante. Tenía los brazos cruzados con firmeza sobre el pecho. Cientos de explicaciones se agitaban en su mente, una más absurda que la otra. Adrian estaba dentro del área de cuarentena. Y, además, sonreía. Y, aparentemente, estaba bien.

Luego, el colgante que llevaba alrededor del cuello reflejó la luz, y Nova soltó un jadeo, lanzándose hacia adelante. Presionó el dedo contra el muro de cristal.

—*¿Eso?* —gritó, incrédula—. ¿En serio?

—En serio —confirmó Adrian, enseñando más dientes que nunca. Estaba prácticamente radiante de alegría.

Empezó a explicar su teoría y lo que había averiguado sobre el Talismán de la Vitalidad, y por qué supuso que lo protegería del poder de Max, pero había tantas pausas y saltos en su relato que le costó seguirlo.

Además, parecía no poder dejar de reír. Era en parte la risa de un científico loco que no había esperado que su último experimento saliera bien, y en parte la risa de un tipo que por fin podía estar con su hermanito, sin un muro de cristal de por medio.

No dejaba de alborotarle el cabello a Max, de darle suaves puñetazos en el hombro o de envolver el codo alrededor del cuello y fingir que le hacía una llave. El niño no parecía saber cómo responder a esta efusión de afecto fraternal, pero no dejaba de sonreír. Una sonrisa llena de desconcierto, pensó Nova, pero una sonrisa al fin.

Había algo entrañable en la manera en que Max miraba a Adrian: un poco de admiración junto con una dosis generosa de esperanza.

Ayer, era un prisionero y un paria. Sí, era valioso y amado, pero, también, una anomalía. Un experimento científico. Una rata de laboratorio. Él lo sabía tanto como los demás.

−¿Y el Agente N? −preguntó Nova.

Adrian se volteó hacia ella, sobresaltado.

−¿Qué hay con eso?

−Lo crearon con la sangre de Max. ¿Podrá el talismán proteger también a la gente?

Las cejas de Adrian se contrajeron sobre sus gafas. Echó un vistazo al niño, pero este tan solo encogió los hombros.

−No me mires a mí −dijo.

−No lo sé −respondió−. Es posible que sí −abrió la boca para seguir, pero vaciló. Volvió a examinar a Max, y luego miró de nuevo a Nova−. Sí, estoy bastante seguro de que sí.

−¿Y el Consejo está enterado de esto? Han destinado tantos recursos al desarrollo del Agente N... ¿y todo este tiempo este colgante estaba en la bóveda, capaz de proteger de sus efectos a cualquiera? Podría haber otras cosas. Primero, el Capitán es inmune a Max, ¿y ahora esto? −se mordió la lengua para no seguir hablando, preocupada por que advirtiera su entusiasmo.

Algo para protegerse de Max; algo para protegerse del Agente N.

Quizás, después de todo, los Anarquistas no debían estar tan preocupados por esta nueva arma.

—Estoy convencido de que nadie supo acerca del medallón y sus propiedades —señaló Adrian—. De lo contrario, otro lo habría sacado de la bóveda apenas revelaron el Agente N. Y escuchaste lo que dijeron en la presentación: no se conocen antídotos. Y la invencibilidad, como la que tiene mi papá, es prácticamente el superpoder más excepcional que se haya documentado. Nadie más es como él. No hay motivo para creer que sus poderes podrían ser replicados, al menos, no en lo que se refiere a Max. Tal vez haya otras cosas que puedan utilizarse para protegerse de su poder, pero por lo que pude investigar, este es el único objeto de este tipo.

Tal vez Adrian tuviera razón, pero incluso así, la existencia de este talismán le daba esperanzas de que el Agente N no era una sentencia de muerte para los Anarquistas.

—¿Podría emplear el talismán alguna vez? —preguntó, dibujando una sonrisa en el rostro—. Sería más fácil ayudar a Max a reconstruir las partes rotas de su ciudad si puedo entrar.

—¡Claro! —dijeron al unísono, y el brillo en la mirada del niño provocó que el corazón le diera un vuelco.

—Pero creo que antes debemos dárselo a Simon —dijo Adrian, con una mueca de disculpa—. Es solo algo simbólico, pero creo que... significaría mucho para él.

Se negó a dejar que su sonrisa se desvaneciera.

—Claro. Lo comprendo.

La expresión de Adrian era tan entrañable que Nova se sintió un poco culpable por contemplar de qué modo el talismán podía servir a *sus* propios propósitos más que a los de Max.

—Sé que no lo cambia todo —dijo Adrian—. Sigues teniendo que permanecer encerrado en el área de cuarentena. Sigues sin poder salir al mundo. Pero... algo es algo, ¿verdad?

—Es un montón —respondió Max—. Tan solo… —mientras hacía un gesto entre sí mismo y Adrian, el control sobre sus emociones empezó a resquebrajarse—. Esto ha sido… Esto es…

Adrian envolvió un brazo alrededor de los hombros del muchacho y lo jaló contra el costado de su cuerpo.

Nova apartó la mirada; sentía que estaba entrometiéndose. No solo porque no era parte de su familia, sino porque ni siquiera era una Renegada de verdad. No merecía disfrutar de este momento con ellos.

El velociraptor, que había desaparecido dentro de su nido, salió y emitió un gorjeo melancólico, clavando sus garras como púas en el tobillo de Max. Enjugándose los ojos, el muchacho se inclinó y lo levantó, evitando intencionadamente la mirada de Nova.

—Max —dijo ella, vacilante—, por qué… ¿por qué sencillamente no vives con una familia en la que no haya prodigios?

Adrian hizo una mueca.

—Yo también lo pensé, pero… —tenía el rostro tenso de dolor, pero Max solo encogió los hombros.

—Descuida —dijo, resignado—. Aquí estoy bien.

—No, no lo estás —afirmó Nova, apretando los puños—. ¡Eres un prisionero! Eres un… un…

Adrian le dirigió una mirada de advertencia, y ella evitó decir las palabras que tenía en la punta de la lengua.

Para estas personas eres un proyecto científico.

—No es seguro para mí estar afuera en el mundo —dijo Max, dejando que el diminuto dinosaurio le mordisqueara la punta del pulgar—. Podría cruzarme con un prodigio en cualquier momento, y no sería justo para ellos. Además, si alguna vez el público se entera de quién soy y de qué puedo hacer… me convertiría en un objetivo. Sigue habiendo villanos ahí fuera a quienes les gustaría usarme para sus propios propósitos…

—O fanáticos anti-prodigios a quienes les encantaría ponerle las manos encima a un chico que puede eliminar superpoderes —añadió Adrian.

—Además... —continuó el niño con la voz distante—. Aquí me necesitan.

Nova rechinó los dientes. Aunque podía haber algo de cierto en sus palabras, no podía evitar sentir que también había mucho de propaganda de terror, con la intención de mantenerlo como un preso sumiso.

—¿Para el Agente N? —preguntó.

Max asintió.

—¿Hace cuánto sabes del proyecto? —preguntó Nova—. ¿Sabías todo este tiempo lo que estaban haciendo con las muestras de tu ADN?

—No... exactamente —respondió, metiendo a Turbo en el bolsillo—. Durante mucho tiempo creí que intentaban encontrar una manera de neutralizarme *a mí*. Para que ya no tuvieran que mantenerme apartado de todo el mundo. Pero con el tiempo me di cuenta de que era más que eso. Imaginé que era algo como el Agente N, aunque no estaba seguro.

—Cielos, Max, tal vez *realmente* funcione contigo —dijo Adrian. Sus ojos volvieron a brillar—. No puedo creer que no se me haya ocurrido hasta ahora. Estaba tan excitado con el talismán, pero... ¿por qué no podríamos simplemente inyectarte con el Agente N? ¡Ya no serías un prodigio! Podrías... —sus palabras se apagaron al tiempo que Max sacudía la cabeza.

—Ya lo intentaron —respondió—. No funciona conmigo.

—¿Intentaron quitarte tus poderes? —jadeó Nova—. ¿Por qué? ¿Porque eres una amenaza?

Max se rio ante su evidente disgusto.

—No, porque yo mismo se lo pedí. Después de sus primeras pruebas exitosas con prodigios en Cragmoor, cuando... ya sabes, no acabaron convertidos en grandes montículos de fango radiactivo ni nada por el estilo, les pedí que me lo inyectaran. Quería que funcionara. No es muy

divertido ser un prodigio cuando estás encerrado en un lugar como este
–apuntó alrededor de su prisión de cristal.

–Oh –dijo Nova. Su vehemente ira en defensa de Max desapareció–.
Supongo que puedo comprender algo así.

–Nova está preocupada por los derechos de los prodigios –explicó
Adrian–. Le inquieta que empecemos a abusar del poder del Agente N.

–Si mal no recuerdo –señaló ella–, tú tampoco estabas demasiado
convencido de que fuera administrado con la mayor responsabilidad posible.

–¿Por qué? –preguntó Max–. Solo es para las personas malvadas. Jamás neutralizarían a un Renegado.

Todos los músculos de Nova se tensaron, ansiando discutir la diferencia entre un *Renegado* y las *personas malvadas*.

–Planean repartirlo a todas las unidades de patrullaje para que lo usen
cuando lo consideren oportuno. Te garantizo que se equivocarán y ma-
nejarán mal este poder. ¿Cuánto tiempo pasará antes de que amenacen o
chantajeen a prodigios inocentes solo porque no hayan sido reclutados
entre las filas de los Renegados? Esta clase de vida no es para todos, ¿sabes?

–¡Amenazados y chantajeados! ¿Por quién?

–No lo sé. ¿Congelina y sus matones? –preguntó Nova, recordando
una vez, no hacía mucho, cuando había visto a la Renegada intentando
intimidar a Ingrid para que realizara una confesión falsa–. ¿O ladrones
como Urraca? No todos los Renegados son tan caballerosos y rectos como
Adrian.

Cometió el error de mirar rápidamente a este mientras lo decía, y vio
que un destello de halago y sorpresa cruzaba su rostro. Lo apuntó con
un dedo.

–No lo malinterpretes.

–¿Hay alguna manera de malinterpretar lo que dijiste?

Nova lo fulminó con la mirada, y él alzó las manos, aún sonriente por el cumplido.

—Está bien. Estoy de acuerdo con que hay que aplicar restricciones, y tampoco me gusta la idea de que empiecen a inyectárselo a cualquier prodigio dudoso. En mi opinión, alguien como el Centinela definitivamente no merece ese tipo de castigo sin que siquiera le den una posibilidad de explicarse primero.

—Oh, por favor —dijo Nova—. Es el que menos me preocupa.

La expresión de Max se iluminó y adoptó una sonrisa extraña y bobalicona.

—Por supuesto que no te preocupa ahora que se convirtió en alimento para peces, ¿verdad, Adrian?

Este apretó los labios.

—Así es. Mi punto es que todavía hay que solucionar algunos inconvenientes del Agente N, pero tiene potencial. Me alegro de que no tengamos que preocuparnos nunca más del Titiritero, y nos habríamos ahorrado muchos dolores de cabeza si la Detonadora hubiera sido neutralizada antes del episodio del Parque Cosmópolis —se volvió hacia Max—. Y ahora que han descubierto el Agente N, ya no te necesitan a ti y tus muestras de sangre, ¿verdad? ¿Terminaron de hacerte análisis?

—Creo que sí. Hace mucho que no me toman ninguna muestra y... no creo que hubieran accedido a intentar neutralizarme si aún necesitaran que mis poderes funcionaran.

—Así es. ¿Ves? Se acabaron los análisis, se acabaron las muestras, y ahora esto —le dio un golpecito al Talismán de la Vitalidad, y jaló a Max para darle otro abrazo efusivo—. Parece que el Bandido ganó la lotería.

Max gimió ruidosamente y se escabulló de sus brazos.

—¿Sabes? Te gusta burlarte de Hugh por ser tan cursi, pero a veces eres igual.

Nova volvió a sentir que se entrometía en un momento íntimo.

—Tengo que ir a prepararme para mi turno en el departamento de artefactos. Los veo después, ¿sí?

—¿Tu turno? —preguntó Adrian—. Es la mitad de la noche.

—Las mejores horas de trabajo —acordó Nova, con una sonrisa despreocupada—. Me gusta la paz y la tranquilidad.

Saludó con la mano en alto, dirigiéndose hacia el elevador; su sonrisa desapareció apenas volteó la espalda. Había un talismán que podía proteger a la gente de Max; un talismán que quizás protegiera del Agente N.

Los nervios le vibraban por la posibilidad.

Quería ese talismán.

Pero no tanto como quería el casco de Ace. Y esta noche, era exactamente lo que pensaba obtener.

CAPÍTULO 23

Acababan de dar la una de la mañana cuando Nova pasó su brazalete bajo la cerradura electrónica y entró en la bóveda. Un puñado de luces dispersas parpadeó sobre las hileras de estanterías, iluminando el corredor con una luz apagada y fantasmal. Cerró la puerta tras ella y apoyó sobre una carretilla móvil el enorme recipiente de plástico que había traído.

Ignoró las cámaras de seguridad, aunque sentía la lente observándola mientras empujaba la carretilla por el corredor principal. Mirar las cámaras siempre provocaba sospechas, así que mantuvo la expresión neutral, el paso despreocupado.

Snapshot no llegaría en varias horas. Hasta entonces, tenía toda la bóveda para ella.

Esperaba que fuera tiempo suficiente.

El día anterior se le había ocurrido una idea brillante. Jamás podría abrir por arte de magia la caja de cromo en la que se encontraba el casco de Ace. Jamás podría romperla con un hacha mística o destrozarla con un martillo indestructible. Adrian jamás dibujaría una abertura para ella por mucho que soportara mortificarse coqueteando con él.

Pero Nova había olvidado lo que *ella* era capaz de hacer. Quizás no tuviera la superfuerza o los poderes psíquicos o el control de los elementos naturales, pero tenía ciencia, tenía persistencia e iba a meterse en aquella caja.

No se apresuró, sabiendo que había alguien en la sala de seguridad en este mismo instante que podría estar observando su marcha lenta por los corredores. Tal vez, se preguntaran qué hacía allí en medio de la noche; quizás incluso sospecharan de ella. Nova se movió lenta y normalmente. Ella y la carretilla pasearon de hilera en hilera, sus ruedas chirriantes irritando sus nervios. Realizaba paradas frecuentes, chequeando la tablilla sujetapapeles que colgaba del costado de la carretilla, fingiendo de vez en cuando hacer anotaciones. Extraía objetos mundanos de la carretilla y se dedicaba a organizarlos cuidadosamente sobre las estanterías.

Jamás había estado en la bóveda sin tener el parloteo constante de Callum en el oído. Advirtió por primera vez que una cantidad de reliquias parecían zumbar con una corriente eléctrica silenciosa. Algunas incluso emitían un sutil resplandor cobrizo, parecido al casco de Ace.

Las similitudes la hicieron vacilar al pasar el Reloj de Arena Infinito, en el cual la reluciente arena color blanca subía arrastrándose hacia la parte superior del recipiente. Nova se acercó y colocó el dedo en la base de madera de ébano. *Aquel resplandor...* le resultaba conocido. Tenía el mismo color y la misma vibración que todos los objetos maravillosos que había observado a su padre crear cuando era niña.

Miró hacia el fondo del corredor. Ahora que los buscaba, era fácil ubicar las piezas brillantes. Sabía que, probablemente, había objetos en la bóveda que, de hecho, habían sido fabricados por su padre, pero no *tantos*. No la Pluma de Ravenlore, que había estado circulando durante siglos. Ni el Sable Ártico, forjado del otro lado del mundo.

Sacudió la cabeza y volvió a dirigir la carretilla al corredor principal.

—Concéntrate —susurró para sí. Ya habría tiempo después para detenerse en los muchos misterios del departamento de artefactos. Por ahora, lo único que importaba era el casco de Ace y cómo lo rescataría.

Nova se volvió hacia el último corredor y pasó el letrero de PROHIBIDO colocado al final del estante. A mitad de camino de la hilera, ubicó la caretilla a algunos metros de la caja de cromo, dándole la espalda a la cámara en el otro extremo del corredor. Abrió su cuba de plástico y extrajo su equipo: una batería y pinzas de conexión, un cubo lleno de solución de electrolitos que Leroy le había preparado, y una rueda de acero que había hallado en el desagüe de Wallowridge y lavado esmeradamente en un baño de cloruro de sodio y ácido acético.

Escudriñó una vez más la tablilla sujetapapeles, fingiendo estar cumpliendo obedientemente las órdenes de sus superiores. Luego, abrió el cubo y vertió la solución dentro del contenedor. Cuando el olor a productos químicos irrumpió de golpe, arrugó la nariz. Ahogando la tos, tomó la rueda y la sumergió dentro de la cuba.

Con una honda inhalación, envolvió las manos alrededor de la caja de cromo. El metal estaba frío al tacto, y aunque era pesada, consiguió meter la caja dentro de la cuba sin demasiado esfuerzo. La solución chapoteó, elevándose hacia los lados. No estaba segura del grosor de las paredes de la caja, pero esperaba que la solución fuera lo suficientemente profunda como para corroer toda la base. Esperaba que el tiempo para completar el proceso fuera suficiente. Esperaba que nadie se molestara en venir al sector restringido mientras el experimento estuviera en curso.

Esperaba demasiado.

Electrolisis. La idea golpeó su mente como uno de los rayos láser del Centinela. Era el proceso que se empleaba para la aplicación de revestimientos metálicos, y el cromo se utilizaba a menudo para revestir otros metales. Empleando una batería, podía alterar la carga de los átomos neutros en la base de la caja. Los átomos perderían electrones, convirtiéndolos en iones de carga positiva, y se disolverían directamente de la caja. Con el tiempo, los iones de cromo positivos se moverían a través de la solución, atraídos por los electrones expulsados desde el otro lado de la batería, y se convertirían nuevamente en metal sólido sobre la superficie de la rueda.

El resultado: la desaparición de la caja de cromo.

O, por lo menos, un enorme agujero en la caja de cromo.

Como ventaja adicional, quizás al completar el proceso incluso obtendría una rueda indestructible enchapada en cromo.

Era tan sencillo, tan obvio, que no podía creer que no se le hubiera ocurrido antes. Incluso empezó a preguntarse si el mismo Capitán podría ser debilitado de esta manera, aunque sería mucho más difícil sujetarlo *a él* a una batería o sumergirlo en una cuba de productos químicos.

Conectó los conductores.

Cruzó los dedos y encendió la batería.

Y esperó.

Casi pensó que la batería se encendería con una llamarada, con chispas y el chisporroteo de energía, pero por supuesto que no lo hizo. Solo las mediciones digitales en el costado indicaban el flujo de amperios a través del sistema. Nova ajustó los diales, aumentando el voltaje.

Examinó la rueda, sin esperar ver ningún cambio visible. El proceso llevaría tiempo.

—Si observas un cátodo demasiado tiempo jamás logrará el revestimiento metálico —masculló para sí. Luego empujó toda la célula electrolítica hacia las sombras de la estantería.

La dejaría encendida una hora, decidió, antes de venir a chequearla. Sabía que podía llevar todo el día hasta que hubiera señales visibles de la erosión del cromo. Lo cual estaba bien. Ace había prescindido de este casco durante una década. Si él era capaz de ser así de paciente, ella también lo sería.

Siempre y cuando al final funcionara. Y siempre y cuando pudiera impedir que Callum o Snapshot vinieran a inspeccionar la colección restringida mientras llevaba a cabo el proceso. No estaba muy segura de cómo lo haría, pero estaba considerando un derrame de sustancias químicas tóxicas en la siguiente hilera. O quizás podía tramar una distracción del otro lado de la bóveda. Un par de recipientes rotos de rocas radioactivas los mantendría ocupados durante un rato...

Se sacudió las manos, apoyó la cuba sobre la carretilla y empezó a empujarla para alejarse, dejando atrás la caja de cromo y su experimento.

Se acercaba al final de la hilera cuando un sonido hizo que aguzara el oído. Parecía que algo estaba... hirviendo.

Nova frunció el ceño y se volteó lentamente.

Una nube de vapor se elevaba de la estantería donde había dejado su experimento.

El pulso se le disparó.

—¿Y ahora qué? —murmuró, abandonando la carretilla. El burbujeo se volvió más fuerte aún. El vapor se volvió más espeso. El aire irritó su garganta con el olor acre de los productos químicos.

Al llegar al contenedor de plástico, vio que la solución electrolítica se hallaba hirviendo: enormes burbujas se agitaban, estallando en la superficie y salpicando los lados.

—¿Cómo puede ser...?

Y explotó.

Nova soltó un grito ahogado, saltando hacia atrás al tiempo que la solución salpicaba en todas las direcciones, recubriendo la parte inferior de la siguiente estantería. Se precipitó por los laterales de la cuba y cayó, derramándose sobre el suelo. Uno de los cables de corriente se desprendió de la batería y salió arrojado de la célula, a punto de quitarle un ojo a Nova antes de estrellarse contra la pared.

Habiéndose cortado el circuito, el líquido restante se aquietó hasta convertirse en una cocción a fuego suave y pronto quedó quieta, salvo las últimas gotas que se deslizaban por los costados.

La caja de cromo permanecía inalterada, con un aspecto desesperadamente inocente dentro de la cuba.

Nova miró boquiabierta el desastre de productos químicos, su batería destruida, la rueda que había frotado una hora entera para estar segura de que estuviera lo suficientemente limpia como para que los átomos de cromo se adhirieran a ella.

Un grito gutural escapó de su garganta. Tomó lo que pudo tomar más cerca —un prendedor con incrustaciones de piedras preciosas— y lo arrojó por el pasillo. Al caer sobre el suelo de concreto, emitió un destello blanco enceguecedor. Nova lanzó los brazos delante del rostro y retrocedió a los tumbos, pero la luz desapareció tan rápido como se produjo y el prendedor recorrió unos metros más con un ruido seco. Cuando la sombra del resplandor se atenuó, el prendedor apareció, por suerte, intacto.

—Está bien —dijo, frotando los párpados—. Probablemente, no debí hacer eso.

—¿McLain?

Nova se sobresaltó y dio una vuelta completa antes de advertir que la voz severa provenía de su brazalete.

Tragó saliva y alzó la mano.

—Eh… ¿sí?

—Soy Retroceso, de Seguridad. Acabamos de ver un pequeño estallido en el departamento de artefactos. ¿Está todo bien?

Nova se obligó a dejar de temblar.

—Eh… sí. Lo siento. Está todo bien. Solo estaba… —aclaró la garganta—… limpiando algunos objetos aquí y, eh… debo haber errado el… cálculo… de… la solución de limpieza. Lamento importunarlos.

—¿Desea que enviemos una cuadrilla de limpieza?

—No —dijo, añadiendo una carcajada despreocupada—. No, no. Yo me ocupo. Ya saben que las cosas aquí pueden ser... temperamentales. Creo que será mejor si lo manejo yo.

—¿Está segura?

—Completamente.

La comunicación se perdió, y Nova examinó los resultados de su experimento tan pero tan fallido.

Se pasó las manos por el cabello y maldijo.

Al diablo con la ciencia y la perseverancia.

Con los hombros caídos, levantó el prendedor y volvió a colocarlo con cuidado en su lugar. Luego se marchó en busca de un trapeador.

CAPÍTULO 24

A Adrian le dolía el pecho por el nuevo tatuaje; seguía con llagas tras los miles de pinchazos de la aguja. De todos los que tenía, este fue el que menos le costó convencerse de hacerse. Supo que se lo haría en el instante en que el Talismán de la Vitalidad le permitió estar en presencia de Max.

El Talismán funcionó, y este tatuaje también funcionaría. Después de realizarlo, podría entrar y salir del área de cuarentena cuando quisiera.

Tan importante era el dibujo que no copió sencillamente el símbolo sobre su piel. Había pasado horas estudiando minuciosamente diccionarios, enciclopedias y tomos sobre simbolismo y prácticas de sanación antiguas. Los símbolos que el herrero había grabado hacía mucho tiempo sobre el medallón se encontraban en múltiples religiones y culturas, a menudo con mensajes de protección y salud.

Se decía que la mano derecha abierta protegía del mal, y las serpientes se habían asociado durante siglos con la sanación y la medicina. Cuanto más leía, más comprendía el modo en que este diseño podía proteger a alguien de fuerzas que intentarían debilitar a quien fuera.

Protección. Salud. Fuerza.

Las palabras surgían una y otra vez en sus investigaciones, y se repitieron como un mantra en la mente de Adrian mientras realizaba el tatuaje.

Una serpiente, enroscada dentro de la palma de una mano abierta.

La mano, levantada en actitud desafiante: *Deténgase. Prohibido pasar.*

La serpiente, lista para devorar cualquier desgracia que se atreviera a ignorar la advertencia de la mano.

Juntas… la *inmunidad.*

El tatuaje, aplicado directamente sobre el corazón, funcionaría. Adrian ya había conseguido logros notables trazando dibujos sobre su piel. Había llevado al máximo los límites de su poder, más allá de lo que jamás imaginó posible. Se había convertido en el Centinela, y el alcance de sus habilidades parecía infinito, limitado solo por su imaginación.

Entonces, ¿quién negaría que no pudiera darse también a sí mismo esta habilidad? No era la invencibilidad absoluta, como tenía el Capitán. La única forma que creía que podía lograrse algo *así* era con un tatuaje que abarcara cuan largo era su cuerpo, y no estaba listo para ese tipo de compromiso.

Pero ¿invencible ante Max? Podía lograrse. Era posible. Jamás en su vida había estado tan seguro de algo.

Se dirigió al espejo para inspeccionar su obra. El dibujo lucía bien. Nítido y bien delineado. A pesar de haber tenido que trabajar al revés sobre sí mismo, estaba contento con lo equilibrada que le había salido la forma en su totalidad. Había conseguido exactamente lo que imaginó: una réplica perfecta del símbolo sobre el Talismán de la Vitalidad.

Adrian relajó los hombros y presionó la palma sobre el tatuaje, dejando que el poder penetrara su cuerpo. Sintió el mismo escozor tibio que sentía cada vez que lo hacía, a medida que el dibujo se hundía en su piel y sus músculos, atravesaba la caja torácica y penetraba su corazón, que latía a un ritmo constante. A medida que se convertía en parte de él.

Cuando apartó la mano, la tinta brillaba color naranja, como una incrustación de oro fundido sobre su piel. Pero se desvaneció rápido, y solo quedó el tatuaje, igual a como lucía al quitarse la venda. A diferencia de sus otros dibujos, los tatuajes no desaparecieron después de ordenar que se hicieran realidad. Quizás porque estaban destinados a ser permanentes. Quizás porque no estaba creando una manifestación física del dibujo, sino usándolo para cambiarse a sí mismo.

Adrian confiaba tanto en sus tatuajes y sus nuevas habilidades como nunca lo había hecho respecto de algo. Mientras guardaba su kit, se encontró deseando haber podido estar al menos la mitad de seguro respecto de Nova y las señales contradictorias que le había estado enviando últimamente.

Estaba seguro... bueno, bastante seguro... con una seguridad del 83% que Nova había estado coqueteando con él en la sala de entrenamiento. Y también en el parque. Una decena de pequeños movimientos le venían a la cabeza constantemente: una sonrisa demasiado luminosa; los ojos, demorándose en los suyos un segundo de más; el modo en que se sentaba un poco más cerca de lo necesario; el roce de sus dedos sobre la espalda cuando había estado enseñándole a disparar.

Aquello era coqueteo, ¿verdad?

Y coquetear significaba que había un interés, ¿no es cierto?

Pero luego recordó el parque, y la velocidad con la que se apartó de él cuando intentó besarla, y cómo, desde entonces, todo se volvió incómodo entre ellos, y pensó que debía estar imaginando cosas.

El mayor problema era que los momentos en el parque hicieron que Adrian se volviera plenamente consciente de lo mucho que le había empezado a gustar Nova.

Gustarle *de verdad*.

Le gustaba lo valerosa que era, aquel coraje intrépido que demostró cuando se enfrentó a Gárgola en las pruebas. La ausencia de vacilación para perseguir a Espina o matar a la Detonadora. Aquella valentía que rayaba apenas con la temeridad. A veces, deseaba poder ser más como ella, siempre tan segura de sus propias motivaciones que no le importaba transgredir las normas de tanto en tanto. Así se sentía Adrian cuando era el Centinela. La convicción de saber lo que estaba bien le daba el valor para actuar, incluso cuando habría dudado siendo Adrian o Sketch. Pero Nova jamás vacilaba. Su brújula no parecía fallar jamás.

Le gustaba que desafiara las reglas de la sociedad que conformaban, negándose a inclinarse ante el Consejo cuando tantos otros se desvivían por impresionarlos; negándose a disculparse por la decisión del equipo de ir tras el Bibliotecario, a pesar de los protocolos, porque ella creía de todo corazón que habían tomado la decisión correcta frente a las opciones que tenían.

Le agradaba que lo hubiera derrotado en cada uno de aquellos juegos del parque de atracciones. Le gustaba que ni se inmutara cuando le dio vida a un dinosaurio en la palma de su mano. Le gustaba que hubiera entrado corriendo al área de cuarentena para ayudar a Max, a pesar de no tener ni idea de lo que haría una vez dentro, solo que debía hacer *algo*. Le gustaba que mostrara compasión por Max, a veces hasta indignación por el modo en que usaban su habilidad, pero jamás lástima. Incluso le gustaba que fingiera entusiasmarse por situaciones como las Olimpíadas de Acompañantes, cuando era evidente que hubiera preferido estar haciendo cualquier otra cosa.

Pero por extensa que fuera la lista cada vez más larga de cosas que le atraían de Nova McLain, lo que sentía ella por él seguía siendo un misterio para Adrian, y había una irritante ausencia de pruebas para apoyar la teoría de que tal vez, solo tal vez, él también le agradaba un poco.

Una sonrisa por aquí.

Un rostro ruborizado por allá.

La brevedad de la lista le exasperaba.

Seguramente, estaba imaginando cosas.

No importaba, se decía a sí mismo una y otra vez. En este momento no podía correr el riesgo de tener una relación cercana con nadie. Si Nova se enteraba de sus tatuajes o advertía que sus desapariciones coincidían con las acciones del Centinela, o se topaba alguna vez con algunas de sus libretas en las que detallaba la armadura o las habilidades del Centinela, lo descubriría. Era tan observadora, tan rápida. Lo sabría en un santiamén, y luego ¿cuánto tardaría en contarle al resto del equipo, o a sus padres, o a toda la organización? Nova había dejado bien claro lo que sentía por el Centinela, y distaba mucho de ser afecto.

Por lo menos su vida se había vuelto más tranquila desde que había dejado a un lado la armadura del justiciero. Su supuesta muerte había sido tomada como un hecho, aunque no habían conseguido desenterrar su cuerpo del fondo del río. Adrian sabía que sería más fácil seguir así. Dejar que el Centinela muriera según lo creía el público.

No lamentaba nada de lo que había hecho con el traje blindado, y no entendía por qué el Consejo y los Renegados estaban tan decididos a detenerlo, incluso después de todos los criminales que había atrapado y las personas a las que había ayudado. Estaban tan concentrados en su *código* que no valoraban el bien que podía hacerse cuando alguien daba un paso fuera de sus leyes.

Pero lo lamentara o no, el Centinela era considerado un enemigo de los Renegados, y no soportaba la idea de tener que explicar su identidad secreta a sus padres, o al resto del equipo. Incluida Nova. *Especialmente* Nova. La mejor manera de guardar su secreto era mantener distancia entre los dos.

Incluso si hubiera estado coqueteando.

Algo que, desde luego, había estado haciendo.

Lo sabía con un 87% de certeza.

La cabeza le daba vueltas.

Habiendo terminado el tatuaje, necesitaba otra distracción.

Se estiró para aflojar la tensión de los hombros, y entró en su taller de arte. Lo que empezó como una ráfaga de inspiración azarosa se convirtió en algo… pues, bastante espectacular, aunque lo dijera él mismo. Lo que antes había sido una sala oscura y sin ventanas, con paredes blancas y monótonas y suelo de concreto, era ahora un espectáculo que habría dejado a cualquiera sin aliento.

La pintura, inspirada en el sueño que Nova le había contado de su niñez, se había convertido en un paraíso tropical que cubría todos los muros de suelo a techo. A medida que habían crecido los ceibos, sus ramas se extendieron hacia fuera formando una maraña de hojas y enredaderas: el dosel selvático devoraba hasta el último centímetro del cielorraso. Abajo, gruesas raíces enredadas, piedras y helechos habían invadido el suelo, además de flores de vivos colores. También había restos de las ruinas abandonas que Nova había descripto, incluida una serie de escalones que conducían hacia el rincón donde podía verse la estatua, rodeada de un muro de piedra derruido y plantas invasoras. La estatua misma se hallaba de espaldas, de modo que su rostro encapuchado y sus manos extendidas no podían verse, añadiendo un aire de misterio a la imagen. Manchada de musgo y descascarillada por el paso del tiempo, era una figura solitaria e inquebrantable, el último vestigio de una civilización perdida.

Era solo pintura, pero Adrian no recordaba haber estado jamás tan orgulloso de una obra suya. Cuando entró en la sala, imaginó que podía oler el perfume embriagador de las flores silvestres, oír los graznidos de los pájaros nativos y el zumbido de miles de insectos. Que podía sentir la humedad sobre la piel.

Acababa de abrir una lata de pintura, con la intención de terminar algunos toques de luz sobre una mata de helechos, cuando una voz brusca resonó en toda la casa.

—¡*ADRIAN*!

Quedó helado.

Hacía mucho, *mucho* tiempo que no oía a Hugh gritar así.

Dejó el pincel a un lado y se abrió paso escaleras arriba con vacilación.

—¿Llamaste?

Ambos levantaron la mirada, momentáneamente mudos.

Hugh se paró de un salto y clavó un dedo sobre la tablet.

—¿Cómo se te *pudo ocurrir*?

Adrian retrocedió un paso.

—¿Disculpa?

Simon levantó la tablet para que la pudiera ver.

—¿Te importaría explicarnos esto?

Se acercó indeciso, observando la pantalla. Eran imágenes del video de seguridad que registraba el área de cuarentena de Max, y...

—Y-yo... iba a contarles.

—Me imagino —dijo Hugh, aún al borde de los gritos. Extendió los brazos bien abiertos, un gesto de frustración que Adrian no le había visto hacer en mucho tiempo—. ¿Cómo pudiste sencillamente...? ¿Por qué...? ¿Cómo se te *pudo ocurrir*?

—Adrian —intervino Simon, con mucha más paciencia—, ¿acaso...? —su voz se apagó—. ¿Acaso sacrificaste tus poderes... para poder estar más cerca de Max?

Él lo miró, incrédulo. Por cómo lo dijo, advirtió que su padre creía que la idea era absurda y envidiable al mismo tiempo. Como si él mismo hubiera considerado hacer exactamente lo mismo más veces de lo que admitiría.

—No —dijo—. No sacrifiqué mis poderes.

—Entonces, ¿qué está sucediendo en este video? —preguntó Hugh—. El pobre guardia de seguridad que estaba de turno casi tuvo un paro cardíaco cuando lo vio.

Adrian frotó una mano sobre el cabello.

—Lo siento. Iba a… hablarles acerca de ello…

—Estamos hablando ahora acerca de ello —dijo Hugh bruscamente.

—¿Podrías dejar de gritar? —observó Adrian.

Hugh lo fulminó con la mirada, pero luego aflojó el cuerpo, al menos un poco.

—Lo siento.

Adrian suspiró.

—Descubrí una manera de ser inmune a Max.

—Nadie es inmune a Max —dijo Hugh.

Adrian frunció el ceño.

—*Tú* eres inmune a Max.

Alzó de nuevo la voz.

—Y soy el único. Ahora, inténtalo de nuevo. Esta vez con la verdad.

—Encontré algo en los depósitos —dijo, ahora con más énfasis—. Se llama el Talismán de la Vitalidad. Es un medallón antiguo, famoso por proteger contra casi cualquier cosa que debilite a una persona, como venenos o enfermedades. Y pensé… pues, que quizás funcionaría también contra los poderes de Max. Y funcionó. Funciona.

Hugh y Simon intercambiaron miradas escépticas.

—Es la verdad —señaló hacia la tablet—. En el video tengo el talismán puesto. Pueden verlo.

—¿A qué te refieres con que lo *encontraste*? —preguntó Simon.

—Estaba buscando el títere para Winston Pratt, y Snapshot se encontraba allí, hablando del amuleto con aquel tipo… Callum. Investigué un poco y me enteré de lo que podía hacer, y entonces… concluí que funcionaría —miró a Simon—. Tengo el talismán abajo. Iba a dártelo a ti. Puedes llevarlo y serás capaz de ver a Max, como yo. Puedes acercarte y nada te sucederá.

—Adrian, eso es… imposible —dijo su padre.

—¡Está en el video! —señaló hacia la tablet—. Jamás mentiría sobre algo así.

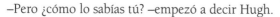

—Pero ¿cómo lo sabías tú? —empezó a decir Hugh.

—Tuve una intuición. Y funcionó.

Hugh se meció hacia atrás sobre los talones; el silencio colmó la sala.

—Inmunidad... —murmuró finalmente Simon—... ¿de Max?

Adrian enganchó los pulgares en los bolsillos.

—Y... también de otras cosas.

—Venenos y enfermedades —dijo Hugh—, y *Max*.

Adrian se rascó la nuca.

—No estoy completamente seguro, pero... creo que también podría ofrecer protección de... algo como... el Agente N.

Sus expresiones se reflejaron una a la otra. Incredulidad, pero también curiosidad.

—¿Y cómo pudimos no estar al tanto? —preguntó Hugh.

Adrian encogió los hombros.

—Supongo que como tenemos tantos sanadores prodigios, a nadie le importa demasiado defenderse de venenos y enfermedades. Ningún Renegado se había llevado el medallón jamás, no desde que se creó la base de datos. Sencillamente, a nadie le pareció importante.

—Pues, ahora lo será —dijo Hugh—. Algo así... jamás creí...

Por un momento, Simon lucía casi orgulloso. Y... esperanzado.

—Hiciste algo realmente valiente, Adrian.

—Gracias —farfulló, sintiendo que su corazón se ensanchaba.

Hugh se inclinó contra el alféizar de la ventana.

—Tenemos que hablar de esto. Lo que significaría para Max y para el Agente N. Por ahora, no le cuentes a nadie más acerca de este... Talismán de la Vitalidad, ¿está bien?

—Sí, claro, por supuesto —dijo Adrian—. Salvo que ya le conté a Nova.

Hugh puso los ojos en blanco.

—Claro que lo hiciste. Pues dile a *ella* que no le cuente a nadie, ¿sí?

Adrian asintió, aunque había cierta decepción en sus palabras. Le había entusiasmado la idea de contarle a Oscar y al resto. Hundió las manos en los bolsillos y se meció de un lado a otro, impaciente.

—Entonces, ¿eso fue todo?

Sus papás intercambiaron otra mirada, y Adrian se indignó por dentro. ¿Por qué tanto intercambio de *miradas* silenciosas últimamente? ¿Acaso no se daban cuenta de que podía verlos?

Luego ambos suspiraron, prácticamente al unísono.

—Sí —indicó Hugh—, eso fue todo.

CAPÍTULO 25

Nova prácticamente había terminado de limpiar el desastre cuando se oyó un timbre dentro de la bóveda. Inclinó la cabeza, haciendo una mueca. Parecía la alerta de la recepción, pero… era demasiado temprano para que hubiera llegado alguien, ¿verdad?

Esperó hasta oír el timbre por segunda vez. Suspirando, se dirigió al sector delantero del depósito. Una muchacha se hallaba de pie delante de la mesa de recepción, tamborileando los dedos sobre el mostrador.

Nova demoró sus pasos.

Los ojos color azul hielo de Genissa fueron al encuentro de los suyos; luego descendieron recorriendo la longitud del trapeador. Sus labios se torcieron levemente.

—Primero te pasaron de las patrullas a las obligaciones administrativas, ¿y ahora te han rebajado de categoría para realizar tareas de limpieza general? Tu familia debe estar tan orgullosa.

Nova apretó los dientes… más por la frívola mención de su *familia* que por el intento pretencioso de insultarla.

Durante su tiempo simulando ser una Renegada, se había visto obligada a admitir que muchos Renegados tenían buenas intenciones aunque fueran parte de una jerarquía social que resultaba perjudicial. Pero también había tomado incluso más conciencia de que muchos otros ansiaban ejercer la autoridad sobre aquellos que consideraban inferiores, y Congelina estaba entre los peores. Allá cuando los Anarquistas vivían en los túneles subterráneos, su equipo había realizado visitas frecuentes, burlándose de los Anarquistas, destruyendo su propiedad, desperdiciando sus recursos... todo con la excusa de "mantener la paz". Nova la despreciaba, junto a su equipo, más de lo que despreciaba a la mayoría de los Renegados.

—No hay trabajos poco importantes —señaló, apoyando el trapeador contra el escritorio de Snapshot—, solo individuos pretenciosos y mezquinos que buscan exagerar su propia importancia a costa de desalentar a los demás —estampó una enorme sonrisa en su rostro, rodeó el escritorio y encendió la computadora—. ¿Puedo ayudarte con algo?

Genissa levantó la tablilla sujetapapeles con los datos del formulario de préstamo y lo arrojó en dirección a Nova.

—Necesito el Silenciador de Convulsión.

Nova examinó la primera página de la carpeta y advirtió que Genissa ya había empezado a rellenar los datos del préstamo.

—¿El Silenciador de Convulsión? —preguntó escéptica—. ¿Qué es eso?

La Renegada la miró en silencio por un largo instante.

Nova la miró fijo a su vez. Habiendo cultivado una reserva de paciencia eterna, era bastante buena en un duelo de miradas.

Finalmente, Genissa suspiró, un tanto exasperada.

—¿Su Silenciador de *Sonido*? Se supone que la gente de este departamento debe ser útil.

Ahora que Nova lo pensó, el Silenciador de Sonido le resultó conocido: un metrónomo que, cuando el péndulo oscilaba de un lado a otro, creaba un perímetro insonorizado más allá del área donde se oían los pulsos.

–¿Para qué lo necesitas? –preguntó Nova, colocando la tablilla sujeta-papeles sobre el escritorio.

–Disculpa –gruñó Genissa–, ¿se supone que tienes que hacerme preguntas o traerme lo que te pido?

La sonrisa edulcorada de Nova reapareció.

–En realidad, *se supone* que tengo que proteger a las personas inocentes y defender la justicia. Así que, repito la pregunta: ¿para qué lo necesitas?

Pequeños cristales de hielo empezaron a formarse alrededor de las puntas de los dedos de Genissa, crujiendo contra las mangas de su uniforme. Nova se dio cuenta de que pensaba que esta conversación era una pérdida de tiempo absoluta. Le provocó cierto placer.

–Mi unidad tiene una noche atareada por delante –dijo la Renegada, la voz irritada y carente de inflexión–. Y a diferencia de algunas unidades de patrullaje, nosotros nos esforzamos por evitar la alteración del orden público –inclinándose hacia delante, presionó un dedo sobre la planilla de préstamos: un rizo de hielo crepitó sobre el papel–. Oh, espera… disculpa, qué desconsiderado de mi parte. Debí darme cuenta de lo mucho que te afectaría nuestra misión. Pero estoy segura de que dejaron a tu equipo de lado por un buen motivo.

Nova estrechó los ojos.

–¿Disculpa?

–Nos han asignado el caso Espina –presumió Genissa–. Y finalmente tenemos una pista. Deberíamos conseguir detenerla dentro de las siguientes cuarenta y ocho horas. Pero no te preocupes –se inclinó sobre el mostrador–. Nos aseguraremos de decirle a todo el mundo lo *difícil* que resultó como adversaria, solo para ahorrarles a ustedes la vergüenza. Ahora, ¿vas a entregarme ese objeto o necesito ir a buscar a alguien que realmente sepa cómo hacer su trabajo?

La sangre de Nova se encrespó pensando que quizás encontrarían y atraparían a Espina, y justamente Congelina se llevaría todo el mérito por ello.

Pero se aferró a su sonrisa como a un arma.

–¿Ya firmaste el formulario de préstamo?

–Por supuesto.

–Pues, entonces –Nova se alejó del mostrador de un empujón–, supongo que regresaré en un instante con tu... Silenciador.

No fue difícil encontrarlo, almacenado en el sector de herramientas eléctricas, entre un espejo con superficie de peltre y una colección de pequeñas esferas rojas. Nova tomó el metrónomo de madera del estante y se volvió, apretando aún la mandíbula.

Quedó helada. Volteó de nuevo con lentitud hacia las esferas.

Había seis, todas situadas dentro de una bandeja que no era mucho más grande que una caja de zapatos. Levantó una y la inspeccionó. El dispositivo le recordó a una granada: brillante y tersa, rematada de un lado con una coronilla.

–Hola, misiles de niebla –susurró, leyendo la etiqueta debajo de la caja. Eran algunos de los artefactos explosivos que le mencionó a Leroy que podían ser alterados para funcionar con una forma gaseosa del Agente N. Pero todavía no había podido inspeccionarlos. Los infames misiles de niebla eran una invención de Fatalia, que podía exhalar un vapor ácido en el aliento, capaz de pulverizar los pulmones de cualquier oponente que lo inhalara. De todos modos, su poder solo era efectivo de cerca, algo que sus enemigos terminaron descubriendo. Por eso había creado sus misiles, similares a una granada de mano, en los que insuflaba su aliento. Al hacer impacto, el ácido se liberaba en el aire. Nova pudo ver una línea delgada alrededor de la circunferencia del dispositivo, donde se habría abierto para soltar el nocivo vapor.

Se preguntó si existía aún algún rastro del aliento de Fatalia dentro de estas bombas. Y se preguntó qué tan difícil sería llenarlas con una sustancia como el Agente N. Ahora que las tenía enfrente, ya estaba imaginando cómo hacer para que funcionaran.

Si los Anarquistas realmente tenían intención de debilitar a los Renegados con su propia arma, un artefacto de dispersión como este sería mucho más eficaz que intentar eliminar a cada oponente con un dardo. Además, no podía inyectarse a todo el mundo. Los dardos no conseguirían perforar la piel del Capitán Chromium ni la de Gárgola.

Los Renegados no usarían el Agente N en estado gaseoso porque era demasiado riesgoso. Pero si ella tuviera aquel Talismán de la Vitalidad...

El sonido metálico del timbre retumbó en toda la bóveda.

Con un temblor en la mejilla, Nova colocó el misil de niebla nuevamente en la caja.

Tras regresar al área de recepción, le arrojó el metrónomo a Genissa sin más ceremonias. La Renegada tropezó y apenas consiguió atrapar el dispositivo sobre un lecho creciente de cristales de hielo. Miró a Nova furiosa.

—¡Ahí tienes! ¡Que te diviertas! —gorjeó Nova.

Con un sonido de indignación, Genissa tomó el Silenciador y se dirigió nuevamente hacia el elevador.

—¡Por nada! —gritó Nova a sus espaldas.

Una vez que se hubo marchado, se hundió en la silla del escritorio y golpeteó los dedos contra la tablilla sujetapapeles. ¿Robar los misiles o tomarlos prestados? Si descubrían que los había robado, dispararía todo tipo de alarmas. Pero si conseguía transformarlos en bombas de Agente N, entonces podrían rastrearlos al formulario de préstamos. Aunque para entonces los Anarquistas estarían completamente en modo ataque, y de cualquier manera esta farsa ya habría terminado.

Sus labios se torcieron. Quizás debía esperar y discutirlo antes con Leroy y Ace.

El elevador volvió a tintinear, y Callum entró en la sala, con gesto aturdido.

—¿Hubo realmente una explosión?

Nova se tensó.

—¿Qué?

—La gente de seguridad me avisó. ¿Qué pasó?

El pánico se apoderó de sus entrañas, pero más que preocupado, Callum parecía extrañado. Y ansioso, por supuesto. Siempre tan ansioso.

—N- nada —dijo—. Solo estaba… um… limpiando un poco. Creo que debo haber mezclado algún producto químico vencido.

Callum se desanimó.

—¿Solo eso? Pensé que quizás habrías descubierto alguna función mágica de algo.

Sacudió la cabeza, fingiendo decepción.

—No lo creo. Disculpa.

—Vaya —sacudió una mano en el aire, y su expresión volvió a la normalidad—. Probablemente, sea algo bueno. La combustión espontánea es cool, pero no lo más conveniente para el lugar de trabajo —se inclinó sobre el escritorio y giró la tablilla de préstamos hacia él. Nova había advertido que siempre chequeaba quién tomaba prestado el equipamiento y qué se llevaban, un argumento en favor de robar los misiles, ahora que lo pensaba. El muchacho hizo una mueca de desagrado.

—¿Vino Congelina? Esa chica me aterra.

—¿Acaso no te fascinan sus súper habilidades para hacer copos de nieve?

El muchacho soltó una risilla.

—¿Bromeas? Usa su poder de la peor manera posible. Si yo pudiera manipular el hielo, llevaría patines todo el tiempo y haría un sendero permanente de hielo delante de mí adonde fuera —apartó la carpeta—. ¿Para qué quería el Silenciador de Sonidos?

—No estoy segura —masculló, rehusándose a admitir que habían pasado por alto a su equipo para el caso Espina—. No me corresponde hacer preguntas —hizo una pausa—. Eso creo, ¿verdad? ¿No hay que preguntar?

¿Podemos impedir que alguien tome prestado algo que consideramos que no debe poseer?

Callum soltó un gruñido.

—Por lo general, no. No si han pasado la autorización y firmado el préstamo. Pero si realmente estás indecisa respecto de algo, puedes pedirle a Snapshot que lo discuta con el Consejo. Yo solo tuve que hacerlo una vez, cuando estaba bastante seguro de que uno de los nuevos reclutas estaba empleando una llave maestra para entrar en los apartamentos de la gente. Lamento decir que tenía razón.

Nova lo miró boquiabierta.

—¿Qué pasó?

—Lo expulsaron de las patrullas y pasó un montón de tiempo haciendo trabajo comunitario. Ahora trabaja en el patio de comidas.

—Qué suerte tuvo. Si hoy hiciera algo así, probablemente le inyectarían el Agente N.

—No lo creo —Callum frotó la pálida pelusa sobre el mentón—. Estaba infringiendo la ley, pero no era particularmente peligroso. El castigo pareció oportuno.

Nova rezongó, pero no estaba segura de estar de acuerdo. Una vez que el público conociera el Agente N, reclamaría que lo aplicaran a todos los casos en los que un prodigio cometiera una infracción. Y el Consejo estaba tan ansioso por conservar su reputación que sospechaba que consentiría fácilmente.

Y por cada prodigio que neutralizaran, el poder de los Renegados crecería cada vez más.

—No te gusta el Agente N, ¿verdad?

Nova se sobresaltó.

—¿Qué?

Callum se inclinó contra el escritorio.

—A mí me parece trágico. ¿Que alguien nazca con habilidades increíbles solo para que se las quiten? Es un desperdicio terrible. El hecho de saber cómo podría ser este mundo, lo que podría ser la humanidad, si solo eligiéramos todos hacer nuestro mejor esfuerzo, ayudar a los demás, ser... sencillamente, héroes. No me gusta pensar que pueden quitarle esa posibilidad a alguien antes de que pueda desarrollar todo su potencial.

—Es cierto —dijo Nova—. Salvo que tener superpoderes no te convierte automáticamente en un héroe desinteresado. Las personas son codiciosas y crueles y... para algunos, tener superpoderes solo los hace aún más codiciosos y crueles —su mandíbula se tensó—. Genissa Clark es prueba de ello.

—Sí... —asintió Callum, hablando lentamente, como si estuviera pensando—. Pero creo que cuando tienen la opción de hacer el bien o el mal, la mayoría de las personas elige hacer el bien.

—Y yo creo —replicó Nova— que nada es tan blanco o negro como las personas pretenden que lo sea. Hacer el bien y hacer el mal no son mutuamente excluyentes.

—¿Por ejemplo? —preguntó Callum, inclinando la cabeza.

Nova jaló la silla hacia ella y se dejó caer encima.

—No lo sé. ¿Ace Anarquía, por ejemplo?

La expresión del joven se tornó divertida.

—Estoy escuchando, sigue.

Lo miró con el ceño fruncido. Cielos, qué tipo raro.

—Pues es un villano, ¿verdad? Todo el mundo lo sabe. Es incuestionable. Mató personas. Destruyó la mitad de la ciudad.

—¿Pero?

—Pero si no hubiera sido por él, los prodigios seguirían viviendo con miedo. Perseguidos, victimizados, abusados... Fue él quien creó un mundo donde los prodigios pueden valerse por sí mismos, declarar lo que somos y no temer que nos castiguen por ello. Luchó por los derechos de todos los prodigios mientras que los Renegados solo parecen interesados en defender a los prodigios que suscriben a su código.

—Pero la gente seguía con miedo —respondió Callum—. La Era de la Anarquía no fue un tiempo agradable... para nadie. Fueron los Renegados quienes le devolvieron la seguridad. Así que, en realidad, fueron quienes mostraron al mundo que los prodigios merecían tener derechos.

—Los Renegados no existirían sin Ace Anarquía.

—¿El fin justifica los medios?

—A veces.

—Entonces, Ace Anarquía fue un héroe.

Lo escudriñó con recelo.

—No dije eso.

Su sonrisa reapareció, y Nova tuvo la impresión de que esta conversación era más que un debate divertido para él. Se preguntó si era uno de esos abogados del diablo que podía defender los dos lados de una misma discusión, cualquiera fuera su opinión real.

—Sígueme —dijo, dándole la espalda.

—¿Qué? ¿A dónde vamos?

—Quiero mostrarte algo.

Nova no se movió. Mientras Callum esperaba a que llegara el elevador, le dirigió una mirada de impaciencia.

Ella se puso de pie.

—Está bien. Pero será mejor que no me despidan por esto.

El muchacho soltó una risilla.

—Tú y yo somos los únicos de toda esta organización que consideramos fascinante trabajar en el departamento de artefactos. Créeme: no te despedirán.

Cuando llegó el elevador, Nova lo siguió dentro. Se sentía obligada a negar lo que Callum había afirmado: no trabajaba aquí porque los artefactos fueran *fascinantes*. Estaba aquí porque tenía un trabajo que cumplir; tenía un casco que recuperar.

Pero luego se dio cuenta de que no estaba totalmente equivocado. Ella pensaba de veras que el trabajo era interesante. Como inventora, podía apreciar la innovación que había detrás de muchos de los objetos de la colección.

De todos modos, su entusiasmo le parecía exagerado.

El elevador empezó a subir, y Nova miró hacia el panel de control. Con un sobresalto, se apartó de la pared empujándose hacia fuera.

Callum la estaba llevando al piso más alto, donde se ubicaban las oficinas privadas del Consejo.

La tensión le envolvió los miembros del cuerpo.

¿Por qué la llevaba al Consejo? ¿Había descubierto quién era? ¿Lo sabía?

No debió defender a Ace Anarquía. No debió ser tan descuidada con el experimento de electrólisis. No debió haber criticado a los Renegados ni al Agente N.

Nova enroscó los dedos; la sensación familiar de su poder calentó su piel. Apuntó a la nuca. Medio segundo y estaría inconsciente.

Su atención saltó a la cámara en el techo del elevador, y dudó.

—¿Ya subiste aquí arriba? —preguntó Callum, observando los números que iban pasando a toda velocidad sobre las puertas metálicas—. Tienen expuestos algunos de los objetos más cool de la colección justo fuera de las oficinas del Consejo, aunque entre tú y yo, sus elecciones son cuestionables. Quiero decir, todo tiene su lugar, pero las personas están demasiado obsesionadas con las armas y los métodos de combate. Si fuera por mí, exhibiría algo como la Antorcha del Legado. Quizás no sea llamativa, pero desempeñó un papel fundamental en la historia temprana de los prodigios.

Mientras parloteaba, Nova se permitió relajarse.

No la entregaría al Consejo; solo quería mostrarle algunas piezas más de su amada colección.

Debió imaginarlo.

Al salir del elevador, Prisma se hallaba sentada ante un enorme escritorio; su piel de cristal brillaba a la luz de una araña de vidrio soplado. Al ver a Callum, su rostro se iluminó; los destellos de luz sobre sus dientes hacían que el suelo blanco y lustroso reflejara un sinfín de arcoíris deslumbrantes.

–Hola, Chico Maravilla –saludó–. ¿Ya es hora de cambiar las piezas?

–Hoy no. Solo quería mostrarle a Insomnia el paisaje. ¿Se conocen?

La sonrisa de Prisma se posó sobre Nova.

–Solo nos vimos una vez. Me alegra volver a verte –extendió una mano. Cuando Nova la tomó, halló que su piel era tan dura y fría al tacto como el vidrio. He aquí, pensó, otra prodigio más que quizás no fuera vulnerable a los dardos del Agente N.

Aunque no imaginaba por qué alguien se molestaría en neutralizar a Prisma. En su opinión, la mujer estaba hecha de cristal, y… eso era todo. Su único "poder" era un bonito show cuando la luz le daba en la piel del modo justo.

–Adelante –indicó Prisma, señalando una puerta–. El Consejo aún no ha llegado, así que tendrán mucha paz y tranquilidad.

Cruzaron un vestíbulo circular con varias vitrinas y cuadros prominentes, pero Callum no hizo comentario alguno sobre los valiosos artefactos. Ni siquiera sobre la enorme pintura que representaba la derrota de Ace Anarquía el Día del Triunfo, una obra que enfurecía a Nova ahora tanto como la primera vez. En cambio, la guio a través de una amplia puerta, por un breve pasillo que pasaba delante de la oficina de Tsunami, hasta salir a la plataforma de observación del cuartel general.

Nova salió fuera y sintió el descenso de temperatura. Se hallaban rodeados de cristal y acero, debajo de los pies y curvándose hacia arriba para formar una marquesina transparente encima de ellos. Callum se adelantó, poniendo las manos sobre una barandilla que rodeaba toda la plataforma.

Nova hizo lo mismo.

Entonces, el aliento quedó atrapado en su garganta.

La vista no se parecía a nada de lo que hubiera visto jamás. Había pasado bastante tiempo sobre los tejados de edificios, incluso sobre rascacielos, pero jamás había estado tan alto. Jamás había visto Gatlon City extenderse como un espejismo. Había una bahía a la distancia, donde el sol de la mañana bailaba sobre las olas como oro fundido. Alcanzó a ver el puente Sentry y el Stockton cruzando el río, majestuosos con sus imponentes pilones y las elegantes arcadas de sus cables de suspensión. Allá estaba la icónica Merchant Tower, con su reconocible cúpula de cristal, y el centenario Hotel Woodrow, que aún lucía un letrero fantasma sobre el ladrillo. Los monumentos que había visto miles de veces, pero jamás así. De tan lejos, ya no veía las huellas que el tiempo había dejado en la ciudad: los edificios que se desmoronaban a la intemperie; los vecindarios abandonados; los montículos de basura y escombros, apilados sobre las aceras y los callejones. Aquí arriba no había ruido alguno que compitiera con la tranquilidad: ni sirenas, ni gritos, ni el clamor de los cláxones. Ni el aullido de gatos callejeros o el graznido territorial de los cuervos.

Era espectacular.

—¿Sabes lo que es asombroso? —preguntó Callum. Señaló y ella siguió la dirección de su dedo, apuntando hacia abajo, a City Park: los prados de exuberante verdor y los bosques pintados de otoño, como un oasis inesperado en un océano de cemento y vidrio—. ¿Ves aquel árbol, junto al rincón sudeste del parque? ¿El de hoja perenne que se yergue por encima de todos los pequeños de hoja caduca? Se trata de un ciprés reina. ¿Sabes lo lento que crece esa especie?

Nova lo miró parpadeando. No terminaba de entender a dónde iba con esto.

—No.

—Lento —dijo Callum—. *Muy* lento. Así que quienquiera que plantó aquel árbol debió saber que iba a tener que esperar años, *décadas*, antes de poder sentarse debajo y disfrutar de su sombra. Quizás nunca consiguió hacerlo. Quizás lo plantó esperando que sus hijos o sus nietos, o incluso desconocidos absolutos, muchas generaciones después, fueran capaces de sentarse bajo sus ramas y dedicaran un momento de gratitud a la persona que había tenido la visión de plantar un retoño en los inicios.

Quedó en silencio, y Nova frunció el ceño. ¿*Esto* era aquello tan importante que quería mostrarle?

–Además –dijo Callum–, los trenes. Los trenes son tan cool.

Ella tarareó para sí misma. Empezó a pensar cómo terminar esta conversación de modo amable para poder regresar al trabajo.

–Piensa en los primeros trenes a vapor. Toda esa ingeniería, todos esos recursos… Al principio, debió haber confianza. La fe de que eso era el futuro: los viajes, la industria y el comercio. No había ninguna garantía de que aquellas vías serían tendidas, que conectarían todas aquellas ciudades y puertos, pero alguien tuvo la suficiente convicción como para hacerlo de todos modos.

–Callum…

–¡Y el alfabeto! –dijo, volteándose hacia ella–. ¿Alguna vez te detuviste a pensar en el alfabeto?

–Eh…

–Piensa en ello. Esos símbolos que son solo trazos sobre el papel. Pero a alguien, en un momento dado, se le ocurrió asignarles un sentido. Y no solo eso, ¡sino enseñarles esos significados a otras personas! Para concebir una manera en que las ideas y los pensamientos quedaran asentados y se compartieran… debió parecer una tarea imposible al principio, pero perseveraron, y piensa todo lo que se logró con ello. ¿No es fantástico?

–Callum –repitió Nova, ahora con mayor firmeza–. ¿Cuál es el punto?

Él parpadeó recobrando la serenidad, y la miró un instante, casi con tristeza.

–Mi punto es que Ace Anarquía, cualesquiera hayan sido sus motivos, fue en última instancia una fuerza destructiva. *Destruyó* cosas. Pero somos tanto más fuertes y mejores cuando ponemos nuestra energía en crearlas, no en destruirlas.

—Por supuesto —respondió amargamente—. Y los Renegados son quienes crean.

Callum encogió los hombros.

—Lo intentan, pero nadie es perfecto. Como dijiste, incluso Ace Anarquía luchó por una causa en la que creía... una causa por la cual valía la pena luchar. Pero no construyó nada. En cambio, mató y destruyó, y dejó el mundo en ruinas. El resultado no fue la libertad para los prodigios. Fueron veinte años de terror. Veinte años en los cuales la gente no pensaba en escribir libros, plantar árboles o construir rascacielos. Ya era un logro sobrevivir un día más —sonrió con ironía—. Por otro lado... también el Agente N es una fuerza destructiva. Agota pero no repone. Me preocupa que sea un paso hacia atrás para todos nosotros.

Quedaron un instante en silencio, y luego Callum gimió y se revolvió el propio cabello.

—Lo siento. La gente me dice que soy aburrido cuando hablo de estas cosas, pero a veces me frustra tanto ir por la vida viendo todo esto —extendió los brazos a los lados, como si pudiera abarcar la ciudad que estaba abajo—. Hay tantas cosas para maravillarse. ¿Cómo podría alguien querer perjudicarlo? Cómo pueden las personas despertar cada mañana y no pensar... *¡Mira, el sol sigue allá! ¡Y yo sigo acá! ¡Esto es increíble!* —rio y se volvió hacia Nova—. Si solo pudiera hacer que todo el mundo viera... me refiero a más de un minuto, entonces... no lo sé. No puedo dejar de pensar que entonces todos podríamos trabajar para crear cosas. Juntos, por una vez.

Nova volvió a mirar la ciudad. Vio barcos pesqueros surcando las olas que se dirigían hacia el mar; vehículos abriéndose paso por las calles, casi como si fueran parte de una danza coreografiada; operadores de grúas y constructores reparando edificios caídos y erigiendo nuevas estructuras sobre las antiguas.

Cientos de miles de personas, realizando sus quehaceres diarios. Día tras día. Año tras año. Generación tras generación. De alguna manera, la humanidad había conseguido construir *todo esto*. A pesar de todo lo que había intentado interponerse en su camino. Por algún motivo, habían prevalecido. Seguían adelante.

Era increíble. ¿Cómo no lo había considerado antes? Quizás porque nunca había tenido oportunidad de verlo de esta manera. Había pasado tanto tiempo de su vida bajo tierra. Escondida en los túneles oscuros y sin vida. Jamás se había puesto a pensar en cuánto exactamente les estaba costando aquella clandestinidad a ella y los Anarquistas. Las vidas que jamás podrían vivir.

O quizás lo estaba viendo ahora porque…

Porque.

—¿Chico Maravilla? —susurró.

Callum gimió.

—Solo Maravilla. Prisma cree que añadirle el Chico lo hace un lindo apodo, lo cual hubiera sido genial cuando tenía siete años.

Se volteó hacia él, sacudiendo la cabeza.

—No sabía que eras un prodigio.

—Sí, no uso mis poderes demasiado. Ser capaz de mostrar brevemente todas las grandes maravillas de este mundo —volvió a lanzar el brazo hacia el horizonte— no parece mucho cuando se lo compara con bíceps de cromo o erupciones volcánicas saliendo de las puntas de los dedos —chasqueó para demostrar lo que decía, pero en lugar de parecer decepcionado, su rostro volvió a adoptar una expresión embelesada—. ¿Sabías que en el siglo XVII un prodigio detuvo el torrente de lava de un volcán en erupción para que su aldea…?

—*Callum.*

Se detuvo en seco.

Nova lo miró.

—Estabas manipulándome. Creí… hubo un segundo en el que pensé… ¡No puedes jugar así con las emociones de los demás!

—Ah, idea equivocada —dijo, imperturbable—. No puedo hacerles nada a las emociones de los demás. Solo puedo mostrar sus sentimientos reales o lo que verían si se molestaran en observar más de cerca. Y cuando las personas ven la verdad, que realmente estaban rodeadas de muchas cosas asombrosas, tienden naturalmente a experimentar un sentimiento de asombro sobrecogedor. Quiero decir, ¿por qué no lo sentirías tú?

Nova frunció el ceño, dudando de dejarse convencer por esta explicación. Se sentía manipulada, como si hubiera tenido un momento de claridad deslumbrante, solo para descubrir que había sido una ilusión.

Salvo que ahora no estaba tan segura de lo que era real y lo que no.

Tenía que admitir que darles la posibilidad de asombro a los demás era un don bastante genial. No era llamativo, pero sospechaba que tenía razón. Quizás el mundo sería diferente si todos pudieran verlo cómo él.

—¿Por qué no te tienen patrullando? —preguntó—. Con un poder como ese, serías capaz de desactivar muchas situaciones peligrosas.

—Eh… no es tan fácil como crees. Las personas tienen que tomarse un instante para ver el mundo a su alrededor, y cuando alguien está en el medio de una pelea o cometiendo un delito, no se detendrá a oler rosas imaginarias. Puedo tener mayor impacto aquí, ayudando a otros Renegados a cambiar su perspectiva, recordándoles a los otros lo que intentamos lograr. Si vamos a reconstruir el mundo, me gustaría que se erija sobre cimientos de gratitud, no sobre la codicia o el orgullo.

—Si ese es tu objetivo —señaló Nova, frotándose la frente—, entonces no creo que lo estés logrando.

—Es un proceso lento, pero soy paciente.

Nova caminó a lo largo de la plataforma de observación, deslizando los dedos sobre la barandilla. Llegó al extremo y se detuvo. Gatlon City se hallaba construida mayormente sobre una serie de laderas que descendían hacia la bahía. Desde este ángulo podía ver la catedral de Ace, situada en la cima de una colina alta, con el ruinoso campanario que se elevaba sobre el páramo.

Podía oír la voz de Ace en su cabeza, diciéndole que a veces había que destruir el viejo orden para crear uno nuevo.

El progreso se construía a menudo sobre el sacrificio.

Detestaba pensar que los Renegados podían tener acceso a un arma como el Agente N, pero no por los mismos motivos que Callum. Él odiaba la idea de destruir el potencial de los superpoderes, pero Nova odiaba, más que nada, el desequilibrio de poder que acarrearía. Sí, los superpoderes podían emplearse para lograr grandes cosas, pero también para la crueldad y la dominación. Y cuantos menos prodigios hubiera, más probable sería que los que permanecieran se convirtieran en tiranos todopoderosos.

Si fuera por ella… si pudiera cambiar el futuro del mundo… haría que no hubiera superpoderes de ningún tipo. No más superhéroes; no más villanos.

Solo la humanidad, sin poderes, vulnerable, todos luchando juntos para sobreponerse a las circunstancias de la vida.

Algo le decía que Callum no estaría de acuerdo con aquella postura.

—¿Por qué me trajiste aquí arriba? —preguntó.

Le llevó un instante responder. Cuando lo hizo, habló con voz queda.

—Me agradas, Nova. No sé lo que has sufrido, pero me doy cuenta de que te han herido. Y que aún sigues sufriendo.

Ella se estremeció.

—Sé que algunos prodigios se convierten en Renegados porque les gusta la idea de tener poder —continuó, fijando su mirada en ella—. Y algunos quieren el prestigio y la fama. Pero muchos de nosotros estamos aquí porque queremos hacer una diferencia. Queremos cambiar las cosas para mejor –hizo una pausa, y su mirada se deslizó hacia el horizonte–. No sé cuál es tu historia, pero creo que tú también quieres cambiar las cosas para bien. Creí que quizás mostrándote esto sería un buen recordatorio de lo que todos estamos haciendo aquí. De aquello por lo cual estamos luchando.

Nova estudió la ciudad a sus pies. *Era* un buen recordatorio de aquello por lo cual estaba luchando.

Pero Callum se equivocaba en una cosa.

A veces, las cosas tenían que destruirse antes de poder construir algo mejor.

CAPÍTULO 26

—¿Te dije que luces ridículo? —susurró Max, ocultándose detrás de Adrian mientras se asomaba del otro lado de la esquina.

—¿En serio? —el Renegado descendió la mirada al traje de protección color blanco—. Para ser honestos, me siento un poco como un astronauta.

—Pues pareces un colchón de aire con patas.

Adrian lanzó una mueca por encima del hombro. Se daba cuenta de que Max estaba nervioso. El chico siempre se ponía irritable cuando estaba nervioso.

—¿Estás listo?

—No —respondió Max, tensando la frente—. Siento que estoy rompiendo las reglas. ¿Y si me topo con alguien? ¿Y si… los lastimo?

—Son las cuatro de la mañana —señaló.

—Por eso, podría haber personal de seguridad y unidades de patrullaje nocturnas yendo y viniendo, y a veces los sanadores entran temprano, y sabes que Nova siempre anda dando vueltas a horas extrañas, y…

—Max —Adrian le dirigió su mirada más severa—, solo tenemos que llegar al elevador. Son literalmente... –calculó la distancia–... quince metros, y la costa está absolutamente libre. No nos encontraremos con nadie.

–¿Y si aparece alguien cuando salimos del elevador? Podrían sorprendernos. O, mejor dicho, nosotros podríamos sorprender a alguien...

–Nadie sorprenderá a nadie. Tenemos la planta chequeada, y las escaleras, bloqueadas. Estará bien.

–¿Qué dirían Hugh y Simon?

Las comisuras de la boca de Adrian se torcieron.

–Estoy casi seguro de que lo entenderían –dijo, no queriendo revelar la sorpresa.

Movió nerviosamente los puños de cromo sobre la muñeca. Quería extender la mano y despeinar a Max; se había acostumbrado rápidamente a poder exteriorizar su afecto, pero los gruesos guantes lo impedían. Era doblemente frustrante dado que no creía que necesitara el traje protector. Ahora tenía el tatuaje: debía poder acercarse a Max sin problema.

Pero los tatuajes seguían siendo un secreto que debía guardar, y lo último que quería era que ciertas personas empezaran a cuestionarlo acerca de ellos. Así que, por ahora, tendría que conformarse con el traje.

–Vamos –animó, abriendo la puerta del área de cuarentena.

Con la mirada preocupada, Max empezó a seguir a Adrian, pero luego hizo una pausa. Turbo estaba mordisqueándole la tira de las sandalias.

–No, quédate aquí, Turbo –dijo, empujando a la criatura nuevamente hacia la diminuta orilla de la bahía.

Adrian volvió a mirar en ambas dirección, e hizo pasar a Max por la puerta. Turbo permaneció donde estaba, con la cabeza a un lado mientras los observaba un instante antes de arrastrarse hacia su cuenco de comida. La criatura comía tanto que Adrian empezaba a pensar que debieron haberla llamado Oscar Jr.

Al cruzar el vestíbulo, las pisadas de sus zapatos golpetearon contra el puente colgante. Adrian alcanzó a ver la cabina de seguridad en la entrada de la puerta principal. De todos modos, habían dado instrucciones precisas al personal, y nadie se asomó para detenerlos mientras se abrían camino hacia el sector de los elevadores.

—Hoy no han hablado de otra cosa —señaló Max.

—¿Hmm?

El muchacho señaló y Adrian siguió el gesto hacia uno de los monitores de televisión instalados en el vestíbulo. Reproducían una noticia, y aunque no había sonido alguno, el ícono de un recipiente de pastillas encima del hombro de la presentadora daba cuenta de la historia.

Dos noches atrás una chica de catorce años había muerto de una sobredosis, resultado de la sustancia ilegal que circulaba en el mercado de medicamentos de la ciudad. La droga se elaboró, en parte, a partir de las medicinas como las que Espina había robado del hospital. Era la octava sobredosis de la semana. Además del uso descontrolado de medicamentos, la creciente popularidad de la sustancia también se vinculaba con el aumento de la violencia callejera, el tráfico de drogas y la prostitución.

Tal vez, lo más preocupante fuera que los Renegados hubieran hecho muy poco por contrarrestar la creciente epidemia de abuso de drogas o el florecimiento del mercado negro. Si acaso, parecían no saber cómo combatir a un enemigo que no podía ser derribado con golpes o rayos láser.

En la pantalla, estaban entrevistando a la familia de la víctima más reciente, cuyos ojos se hallaban hinchados por el dolor. Adrian clavó el dedo en el botón del elevador. No había manera de saber si las drogas que habían matado a la chica se habían elaborado a partir de las mismas que Espina había robado, pero no podía evitar sentir el peso de su fracaso.

El elevador llegó, y ambos entraron apresuradamente. Podía sentir la ansiedad de Max cada vez que el niño miraba hacia arriba, a la cámara del techo o a los números sobre la puerta. Su nerviosismo pareció aumentar a medida que el elevador subía. Un pie golpeaba rápidamente contra el suelo; una mano no dejaba de apartar hacia atrás un mechón de cabello imaginario de la frente. Fruncía continuamente los labios y sacudió los brazos con el propósito de calmarse.

—Sé que esto te resulta extraño —dijo Adrian. El aliento empañó la parte interior de la máscara recordándole vagamente la sensación de estar dentro de la armadura del Centinela—. Pero te aseguro que no es tan riesgoso como parece. Te lo juro. No haría nada por ponerte en peligro... ni a ninguno de los Renegados.

—Pero ¿a dónde vamos? —preguntó Max, gimoteando.

—A la planta treinta y nueve —Adrian señaló el botón iluminado.

Max lo miró, furioso.

—¿Y qué hay en la planta treinta y nueve?

La sonrisa solapada de Adrian volvió a asomar, espontáneamente, y Max resopló irritado.

Al llegar a la planta, las puertas se abrieron. El Renegado le indicó al muchacho que saliera primero, y este se deslizó afuera con vacilación, pero hizo una pausa en el descanso.

—Ey... ¿papá?

Hugh se hallaba de pie unos doce pasos delante del elevador.

—Hola, Max.

El niño volvió la mirada a Adrian, con los ojos redondos por el pánico, pero este ya se hallaba sonriendo.

—Te dije que lo entenderían —empujó a Max entre los omóplatos, animándolo a avanzar hacia el amplio espacio abierto.

La planta treinta y nueve era una de las tantas del cuartel general que se encontraban libres, esperando ser ocupadas con cubículos, salones de realidad virtual, un centro de llamadas ampliado, consultorios o laboratorios... lo que fuera que se necesitara a medida que creciera la organización. Pero por ahora era tan solo una superficie de hormigón vacío, tubería expuesta en el cielorraso, y una hilera tras otra de pilastras, de un extremo al otro del edificio.

Vacía salvo por Hugh Everhart, Adrian y Max.

–¿No estoy… en problemas? –preguntó Max, acercándose de manera vacilante a su padre–. ¿Por salir del área de cuarentena?

–No, no estás en problemas –Hugh adoptó un gesto severo–. Tampoco puede volverse una costumbre, pero fue bastante fácil conseguir un espacio para una noche. Se trata, después de todo, de una ocasión especial.

–¿En serio?

Su padre asintió. Su atención se volvió al muro detrás de Max y Adrian, y hubo un rastro de preocupación, pero también de esperanza.

–Suponiendo que funcione…

Max se volvió, y Simon salió del estado de invisibilidad con un parpadeo. El muchacho jadeó, y luego palmeó a Adrian en el brazo.

–Debiste contarme.

Simon se hallaba de pie junto al elevador, con el Talismán de la Vitalidad alrededor del cuello. Seguramente había estado lo suficientemente cerca para tocar el hombro de Max al pasar junto a él.

–No… me siento diferente –dijo Simon. Se encontraba tenso, lo cual no era propio de él.

Por un largo segundo, nadie se movió. Simon se hallaba a solo cinco o seis pasos de Max, lo suficientemente cerca como para haber podido sentir de inmediato los efectos de su poder. Primero, se sentiría débil; luego, desaparecerían sus habilidades. Cuando le sucedió a Adrian, lo sintió especialmente en las manos. Perdió la sensibilidad de los dedos, y existió la amenaza de no poder volver a darle jamás vida a sus dibujos. No estaba seguro de lo que sentiría Dread Warden. ¿Vulnerabilidad? ¿Desprotección?

–¿Sientes algo? –preguntó Hugh.

Simon sacudió la cabeza.

—Me siento normal —se esfumó, y todo su cuerpo desapareció como si hubieran apagado una luz.

Max tomó el antebrazo de Adrian y lo apretó. El traje emitió un siseo alrededor de los puños.

Un instante después, Simon reapareció, un par de pasos más cerca y con una amplia sonrisa. Llevó la mano al medallón alrededor del cuello.

—Está funcionando —soltó una carcajada—. Adrian, esto es increíble. Max, yo...

Antes de que pudiera terminar, el niño se arrojó hacia delante, envolviendo los brazos alrededor de la cintura de su padre.

El rostro de Simon se descompuso por el abrazo inesperado. Inclinándose hacia delante, rodeó sus hombros para abrazarlo.

—¿Significa que ahora también puedo patearte el trasero jugando a las cartas? —preguntó Max contra su camisa.

Este rio entre dientes.

—Te decepcionará saber que soy un jugador de cartas *mucho* mejor que él.

Hugh carraspeó, desviando la atención de Adrian hacia él. Sacudió la cabeza a uno y otro lado, indicando que este lo siguiera.

—Démosles un minuto.

Las mejillas de Adrian empezaban a dolerle de tanto sonreír, pero no podía impedirlo mientras se abrían paso a través del suelo polvoriento.

—Simon tiene razón —dijo Hugh, hablando en voz baja para evitar el eco—. El Talismán de la Vitalidad es asombroso, y me mortifica pensar que ha estado en nuestra bóveda todo este tiempo, sin que ninguno de nosotros supiera nada de él. La vida de Max podría haber sido tan diferente... —la voz le tembló, pero lo disimuló carraspeando de nuevo.

—Más vale tarde que nunca —respondió Adrian—. Me alegra haberlo encontrado cuando lo encontré.

—A mí también. Y designaremos a algunas personas para que examinen más de cerca los objetos que tenemos en la colección, para ver qué otra cosa de valor se nos puede haber pasado.

—Deberías hablar con Nova acerca de ello. Últimamente, ha estado muy empeñada en su labor con los artefactos.

—Lo haré —respondió su padre—. Será fascinante para nosotros saber qué otra cosa pudo haber sido desaprovechada allí abajo.

Una vez que llegaron a los ventanales del fondo, Adrian se fijó en la distancia que los separaba de Max y se quitó la máscara. Hugh se tensó al observarlo quitarse la capucha, pero él le sonrió.

—Estamos lo suficientemente lejos.

Cuando no hubo señales de que sus poderes sufrirían menoscabo, accedió asintiendo.

—Escucha, Adrian, hay algo que creo que debes saber. Tarde o temprano.

—¿Sí? —su ceja se disparó hacia arriba.

—Hubo un adelanto importante en el caso Espina.

Adrian se enderezó aún más.

—¿Qué? ¿Cuándo?

—Ayer por la mañana, bien temprano. Después de… aquella fatalidad desafortunada.

—¿La chica que murió de una sobredosis?

—Sí. Les dijimos a los aliados de Espina que si éramos capaces de rastrear las drogas que la joven había comprado a las que habían sido robadas, podían llegar a ser acusados de cómplices de un homicidio involuntario. Uno de ellos empezó a hablar. Nos dio algunas pistas acerca de dónde podía estar ocultándose la villana.

—Eso es genial —respondió Adrian—. Notificaré a mi equipo de inmediato. Podemos… —su voz se perdió al tiempo que Hugh sacudía la cabeza. Su entusiasmo decayó—. No nos asignarás el caso, ¿verdad?

–Ya se lo dimos al equipo de Clark.

Fue como si le dieran un puñetazo en el estómago. Adrian gimió.

–¿Congelina? ¿Lo dices en serio?

–Sé que no te llevas bien con ella, y no te culpo. Son un grupo... glacial –sonrió ante su propio juego de palabras. Adrian lo ignoró–. Pero son un equipo sólido, uno de los más eficaces que tenemos. Confío en ellos para que manejen el caso.

Adrian frunció el ceño; sabía que el gesto le daba un aire de niño malcriado.

Sintió la tentación de decir que el único motivo por el cual Congelina traía tantos criminales era porque su equipo no jugaba según el código... él mismo lo había comprobado cuando los vio hostigando a los Anarquistas en los túneles subterráneos, intentando incriminarlos con una confesión falsa.

Pero resistió la tentación, no solo porque no tenía evidencia de las transgresiones de Congelina, sino porque sentía vergüenza de su propia hipocresía. El Centinela tampoco seguía las reglas del código, y era parte del motivo por el que él, como el equipo de Congelina, era tan bueno llevando criminales ante la justicia. Atrapar a los delincuentes era fácil cuando no había que lidiar con el inconveniente de tener pruebas y someterse a un juicio.

Quizás era parte de por qué le desagradaba tanto Genissa Clark. Quizás se sentía celoso de que ella pudiera salirse con la suya, mientras que él fuera tratado como una peste que había que erradicar.

–Quería que te enteraras por mí, antes de que se corriera la voz –explicó Hugh–. Esta decisión no es porque no confiamos en ti y en los demás, Adrian. Pero, como sabes, se trata de un caso importante, y...

–Necesitas a los mejores –masculló Adrian.

Hugh frunció el ceño, pero no lo contradijo.

Adrian suspiró.

—Lo importante es que atrapen a Espina y la lleven ante la justicia. No importa quién. Después de todo… —volvió a mirar a Simon, recordando lo que le habían dicho tras el atraco al hospital—… no existen los héroes en soledad.

CAPÍTULO 27

El alba asomaba cuando Adrian llegó a casa y bajó penosamente las escaleras a su habitación. Sabía que no debía sentirse tan malhumorado después de lo que habían vivido aquella noche, después de conseguir darle a Max algo que se había resignado a desear: un momento para disfrutar realmente a Simon, y pronto, también, a sus amigos. Al menos, después de que sus padres le dieran permiso para contarle al público sobre el medallón.

Pero toda la alegría de Max no podía conseguir que superara la irritación tras enterarse de que, de *todas* las unidades de patrullaje de la organización, habían elegido al equipo de Congelina para ir tras Espina. A Adrian le dolía la mandíbula de apretar los dientes durante todo el camino a casa.

Mientras iba y venía de un lado a otro sobre su alfombra raída, levantó su brazalete. Por fin, había apagado las notificaciones del centro de llamadas, eliminando la tentación de volver a enfundarse el traje del Centinela. Aspiraba a confiar en el sistema, a encomendarse al código, como querían sus papás. Intentaba darles a los Renegados el beneficio de la duda, creer que *eran* suficientes para proteger la ciudad, para llevar a los malhechores de su mundo ante la justicia.

Pero hoy no lo podía resistir.

Accedió al mapa de la ciudad e hizo una búsqueda rápida de Congelina.

Su mandíbula se tensó al advertir una pequeña señal parpadeando sobre el mapa. Se encontraba en servicio activo, desplazándose por la Avenida Raikes. Mientras observaba, dobló hacia el norte sobre Scatter Creek Row, moviéndose rápido; debía estar dentro de un coche de patrullaje.

Intentó deducir su destino basándose en la dirección en la que se dirigía. Tal vez Espina estuviera acampando en un viejo cobertizo junto al embarcadero, o en uno de los depósitos cerca del puerto, o en algún vagón abandonado junto a las vías extintas.

Hizo una mueca de desazón, obligándose a quitarse el brazalete. Lo lanzó sobre la cama, y se arrojó a un lado, sepultando el rostro en la almohada con un gemido de frustración.

Se dijo a sí mismo que debía dejar que ellos lidiaran con el asunto.

Intentó persuadirse de que no valía la pena el riesgo de ir tras ellos ni tras Espina.

Hundió los dedos en las mantas.

Capturarían a Espina. La pondrían bajo custodia. Confiscarían las drogas robadas que aún no habrían entrado al mercado negro.

Congelina conseguiría la gloria, pero eso no debía importarle a Adrian. El punto es que se haría justicia, y se repararía un daño transformándolo en un acierto. Al menos, a esta altura, lo más cercano a un acierto.

Pero por cada motivo lógico para no actuar, su cerebro le devolvía una excusa para ir tras ellos.

¿Y si el equipo de Congelina fracasaba? ¿Y si Espina volvía a huir? Puede que necesitaran una mano. Un refuerzo, *por si acaso.*

Volteó la cabeza hacia el costado. La luz de su brazalete seguía parpadeando.

Adrian mordisqueó la parte interior de su mejilla. Sintió el tirón del angustioso debate interior.

Permanece a salvo. Permanece oculto. Deja que el Centinela descanse en paz.

Pero en algún lugar, en lo profundo, sabía que no iba a suceder. Lo sabía desde el momento en que su papá confesó que habían elegido al equipo de Congelina y no al suyo.

Iría tras Espina. Tenía que hacerlo.

—Solo para estar seguro —dijo, tomando rápidamente el brazalete y volviendo a colocarlo en su muñeca—. No te revelarás, salvo que sea absoluta y verdaderamente necesario.

No era porque tuviera que probar algo. Ni a sí mismo, ni a sus papás, ni… ni siquiera a Nova.

No, esto no tenía que ver con él mismo. Tenía que ver con el Centinela.

Esto tenía que ver con hacer justicia.

■■■

Cuando Adrian llegó al puerto, era casi el mediodía, había seguido las señales de su brazalete para saltar de un tejado a otro. Sus pesadas botas sonaron con estrépito al caer sobre la cabina de una vieja grúa, seguramente usada años atrás para levantar los contenedores marítimos de las barcas entrantes. A juzgar por la pátina de suciedad sobre los cristales de la cabina, no creía que la hubieran usado en años. La señal de rastreo de Congelina provenía de una pila de contenedores que hacía mucho tiempo habían sido abandonados al óxido al detenerse el comercio internacional. En los últimos tiempos, la industria se había reactivado bastante, pero habían dejado que gran parte de la infraestructura existente antes del surgimiento de Ace Anarquía se deteriorara lentamente.

Del otro lado de una cerca, en el otro extremo del corralón de almacenamiento, identificó el vehículo de patrullaje con la *R* roja pintada sobre el capó, una camioneta lo suficientemente grande como para que incluso Gárgola cupiera dentro.

Adrian descendió hasta la mitad de la torre de la grúa y se dejó caer sobre el suelo; la fuerza del impacto arrojó una gruesa nube de polvo a su alrededor. Abriéndose paso a través del laberinto oxidado del corralón, se acercó a los contenedores desde atrás.

Un estruendo lo dejó helado. Le siguió el rugido de la tierra resquebrajándose. El suelo tembló bajo sus pies. El polvo sobre los imponentes contenedores se desplazó y cayó como una lluvia sobre su casco. Tenía que ser Mack Baxter... *Temblor*.

Un instante después, oyó un grito de ira. La parte posterior de un contenedor voló sobre el sendero, ni treinta pasos delante de él. Los tentáculos espinosos de Espina emergieron primero, deslizándose fuera como un pulpo gigante.

Adrian se agazapó, y luego se lanzó al aire antes de que la Anarquista pudiera verlo. Aterrizó sobre el tejado del contenedor más próximo con un golpe metálico que le sacudió los dientes, pero el sonido quedó encubierto bajo el grito estridente de Congelina.

—¡Mantarraya! ¡Gárgola!

Espina amarró sus miembros sobrantes alrededor de la pila más cercana de contenedores y se impulsó por encima, ágil y veloz. Segundos después, cruzaba los tejados a toda velocidad, dirigiéndose hacia el agua.

Estaba escapando.

De nuevo.

Adrian emitió un gruñido. Cerró el puño de la mano derecha y extendió el brazo hacia ella. El cilindro sobre el antebrazo de la armadura emergió de su piel y empezó a brillar, blanco incandescente, listo para disparar el láser. Era mejor tirador con el láser de lo que jamás lo había sido con una pistola, y Espina aún no estaba demasiado lejos. Podía darle. Podía...

En algún lugar más abajo, oyó el rugido de Gárgola. Luego Espina gritó sorprendida. Una torre de contenedores sobre la cual corría se meció, desplomándose hacia un lado. Chilló y extendió dos tentáculos intentando alcanzar el siguiente. Los miembros sobrantes lo atraparon, las espinas perforaron el metal con un chirrido. Adrian se estremeció.

Espina quedó colgando un momento, recuperó el aliento, y luego con un fuerte gruñido se izó a sí misma sobre el tejado.

Acababa de desplomarse sobre el estómago cuando Mantarraya apareció en el otro extremo de su contenedor, sonriendo con malicia. Dijo algo que Adrian no pudo oír, y Espina levantó la vista, con expresión febril.

Un tentáculo se retrajo, preparándose para arremeter contra Mantarraya, pero fue demasiado lenta.

La cola del Renegado la embistió como un látigo, clavándole la punta de púas sobre el hombro.

Espina emitió un gruñido y se derrumbó hacia delante, tumbándose de cara sobre la cima encrestada del contenedor.

Adrian tragó saliva, se ocultó entre las sombras y guardó el láser. El traje hizo un sonido metálico cuando se hundió nuevamente bajo sus paneles.

Con velocidad inaudita, el veneno de la cola de Mantarraya inmovilizó el cuerpo de la prodigio y sus tentáculos suplementarios. El Renegado jaló bruscamente sus brazos tras la espalda y esposó sus muñecas. No fue particularmente delicado al disponerse a empujar el cuerpo por el borde. Adrian esperó que golpeara el suelo con fuerza, pero Gárgola estaba allí, esperándola. Atrapó su cuerpo sin fuerzas, pero lo dejó caer con la misma rapidez.

Congelina salió dando zancadas de detrás de un contenedor, y Temblor apareció del otro lado del sendero, sacudiendo el suelo con sus pasos.

—Buen trabajo —dijo, palmeando la mejilla de Espina. Una capa de escarcha quedó impresa al apartar la mano–. Entre arrestar al cerebro detrás del robo del hospital y conseguir todos los medicamentos de aquel laboratorio, diría que nos corresponde un ascenso.

Adrian cerró los ojos, con el corazón abatido; había venido hasta aquí en vano. La pelea solo había durado un par de minutos, y claramente no necesitaban al Centinela. Era posible, después de todo, que sus padres hubieran tenido razón en asignar a Congelina a este caso.

Se deslizó sobre el contenedor para evitar los golpes reveladores de sus pisadas sobre el metal. Uno de los que pasó tenía ventanas toscamente recortadas sobre los lados, cubiertas con redecilla. Hizo una pausa para mirar dentro y vio que el interior había sido completamente alterado. De afuera parecían una pila de contenedores abandonados y sin pretensiones, pero por dentro había suficientes herramientas y material para equipar un laboratorio: mecheros Bunsen, tazas para medir, matraces de destilación, cubas enormes con tubos y etiquetas, y un estante tras otro de productos farmacéuticos hurtados.

No solo habían encontrado a Espina; habían hallado su laboratorio, las drogas y las pruebas que necesitarían no solo para mostrar que había robado aquella droga del hospital, sino que estaba empleándola para elaborar sustancias ilegales que vendería en el mercado negro.

Sería un juicio rápido.

Adrian se apartó de la ventana. La decepción de haber perdido la oportunidad de atrapar a Espina hizo evidente que, en realidad, esto había tenido más que ver con el deseo de querer probarse a sí mismo; de que la gente cambiara su opinión respecto del Centinela, y de necesitar elogios y admiración… del público, sí, pero también de los Renegados. De sus pares y de sus padres.

Suspiró y se preparó para bajar de un salto del contenedor cuando un ruido extraño lo hizo vacilar.

Inclinó la cabeza, escuchando.

Era un *tic-tac*.

Un *tic-tac* lento y constante.

Su pulso se aceleró y dio vuelta rápidamente. La memoria lo llevó directamente al parque de atracciones y a los resplandecientes explosivos color azul de la Detonadora, colocados en todo el predio.

Una bomba. *Espina tiene una bomba.*

Se acercó nuevamente con sigilo a la ventana y miró dentro, examinando el laboratorio. Desde su lugar estratégico, podía ver a Congelina parada justo fuera de la puerta más lejana, y aunque el *tic-tac* debió ser lo suficientemente fuerte para que todos lo oyeran, parecía más tranquila que nunca.

La Renegada se inclinó y colocó algo sobre el suelo: una caja triangular de algún tipo.

¿Era *esa* la bomba? ¿Había traído Congelina un explosivo con ellos?

Pero… ¿por qué?

Desplazándose nuevamente hacia el borde, Adrian miró el paso entre los contenedores. Congelina, Gárgola, Mantarraya y Temblor se hallaban parados alrededor de Espina, que estaba de rodillas, con las manos sujetas detrás y sus seis miembros punzantes, flácidos a su lado.

Ahora pudo ver el dispositivo sobre el suelo con mayor claridad, y la aguja que se mecía a un ritmo constante a un lado y a otro. A un lado y a otro.

Era un metrónomo.

Estaba casi seguro de que era el metrónomo de Convulsión. El Silenciador de Sonido, que evitaría que cualquier sonido, por más fuerte que fuera, se desplazara más allá del área en el cual pudiera oírse el *tic-tac* del metrónomo.

Pero ¿para qué podían necesitar…?

—No —lloriqueó Espina, sus palabras mal articuladas por los efectos del veneno de Mantarraya, mientras este y Temblor aferraban los extremos de sus tentáculos y los estiraban lejos de ella—. ¿Qué hacen?

Congelina extendió los dedos y seis chorros de hielo salieron disparados hacia los apéndices, congelándolos e inmovilizándolos contra el suelo. Espina emitió un gruñido, y Adrian alcanzó a ver la ondulación de los músculos bajo su camisa al intentar replegar los miembros dentro del cuerpo, pero el hielo los sujetó tan fuerte como si fueran esposas.

Los dedos de Adrian se enroscaron alrededor de los bordes del contenedor.

—Esto es lo que sucederá —dijo Congelina—. Te formularé algunas preguntas, y tú las responderás. Si no lo haces… —inclinó la cabeza.

Gárgola alzó un puño, y se endureció hasta convertirse en piedra gris. Con una sonrisa repugnante se inclinó de cuclillas junto a uno de los tentáculos de Espina y le asestó un golpe con el puño.

Adrian se echó atrás. El grito de Espina lo desgarró por dentro, y resonó con estridencia en todo el astillero.

Las náuseas se agitaron en su estómago cuando Gárgola levantó el puño y alcanzó a ver el lugar donde el miembro había sido aplastado por el peso. Una de las espinas se había astillado y rezumaba sangre amarillenta.

—Entonces —dijo Congelina, una vez que el alarido de Espina se hubo apagado hasta convertirse en un gimoteo tembloroso—, ¿estás lista para empezar?

CAPÍTULO 28

—N-no pueden… —Espina balbuceó a través de dientes apretados—. Estoy desarmada… inmovilizada… Su código no les permite…

—Oh, eres una experta en nuestro código, ¿verdad? —Congelina soltó una carcajada—. Ladrona, productora, traficante… Realmente, no creo que a nadie vaya a importarle lo que te suceda.

Espina emitió un berrido, y las lágrimas humedecieron su rostro.

—¿Y cuando su precioso Consejo advierta que me *torturaron*?

Congelina rio y alzó el pestillo de una funda que llevaba sobre el cinturón.

—Oh, no advertirán nada.

Era una pistola, exactamente como las que habían estado usando para entrenarse últimamente. El pulso de Adrian se aceleró.

Tenían el Agente N. *Así* pensaba Congelina salirse con la suya. Podían hacerle lo que quisieran a las extremidades suplementarias de Espina, porque una vez que estuviera neutralizada, aquellas extremidades ya no existirían. Toda evidencia del abuso de los Renegados habría desaparecido. Y con el metrónomo en marcha de manera regular, nadie oiría sus gritos más allá del astillero.

Sería la palabra de los Renegados contra la de ella... una delincuente conocida y a la que nadie lamentaría ver despojada de sus poderes. Adrian no estaba seguro de cómo o por qué habían permitido que el equipo de Congelina se armara del agente neutralizante –tal vez hubieran recibido un permiso especial por tratarse de un caso notorio–, pero sí sabía que sería fácil afirmar que habían neutralizado a Espina en defensa propia.

¿A quién le creería el Consejo?

Su estómago se contrajo.

–Sé que has estado vendiendo tu producto en el mercado negro –dijo Congelina, la voz altanera y glacial. El sonido le hizo chirriar los dientes–. Quiero los nombres y los seudónimos de todos los traficantes a quienes has estado vendiéndoles.

Hubo un instante de silencio, remarcado solamente por el *tic-tic-tic* del metrónomo. Tragando la bilis en la boca, Adrian volvió a mirar por encima de la cornisa.

–No conozco ninguno de los nombres –roncó Espina–. Ellos me dicen dónde entregar la mercadería y recoger el pago, y yo lo hago.

Congelina le hizo una señal a Gárgola.

Otro puñetazo descendió con fuerza, aplastando un segundo miembro.

El grito de Espina desgarró a Adrian por dentro como una agresión física.

No quería tenerle compasión. Espina era una criminal. Había robado medicamentos; los había empleado para producir sustancias ilegales; los había puesto al alcance de los adolescentes. Sus acciones seguramente habían resultado en incontables muertes.

Ni siquiera habría lamentado ver si en aquel momento le inyectaban el Agente N.

Pero también sabía que esto estaba mal. Golpearla mientras estaba indefensa; torturarla innecesariamente. Se suponía que debían llevarla al cuartel general, dejar que la interrogaran allá. De todos modos, cualquier confesión obtenida bajo coacción sería falible.

Pero ¿y si dice algo útil?, replicó su cerebro. *¿Si revela más nombres o aporta pruebas que den lugar a más arrestos? ¿Y si consiguen derribar una cadena entera de traficantes por esto...? ¿O un sindicato entero de drogas?*

Volteó el rostro de la escena que tenía abajo, estrujándolo con fuerza. Podía marcharse. Fingir que jamás había visto nada de esto. Podía permitir que Congelina y su equipo rompieran las reglas y confiar en que terminarían promoviendo la justicia.

—Volveré a hacer la pregunta —dijo la Renegada—. ¿Cuáles son los nombres de tus cómplices?

La voz de Espina se estaba quebrando; hacía rato que su osadía había quedado sepultada bajo el dolor.

—Te lo dije, no lo sé. No compartimos nombres.

Congelina emitió un sonido de duda. Observó a sus compañeros, y Adrian imaginó su expresión pagada de sí misma.

Quizás él tampoco actuara siempre dentro de los límites del código de Gatlon, pero *esto* iba más allá de querer hacer justicia por mano propia. Esto era, lisa y llanamente, un abuso de poder.

No lo consentiría.

Arrojó el brazo hacia delante. El diodo de láser emergió de la placa del antebrazo y empezó a relumbrar.

Gárgola alzó el puño.

Adrian disparó. Un rayo de luz impactó en el pecho de Gárgola y lo lanzó hacia atrás, contra el contenedor más cercano. Cayó sobre el suelo con un golpe sordo que sacudió toda la torre y dejó una muesca considerable del lado de metal.

Adrian se lanzó sobre el suelo y aterrizó entre Espina y Congelina.

—Suficiente. Ya la han capturado. Hicieron su trabajo. Ahora lleven a esta criminal de regreso al cuartel general y dejen que el Consejo lidie con ella.

La expresión de Congelina pasó rápidamente de la sorpresa a la aversión.

—Vaya, vaya, tenía la sensación de que tu muerte era demasiado buena para ser cierta —largos carámbanos empezaron a formarse en su mano izquierda. La derecha aún sujetaba la pistola—. ¿Intentarás decirme que el Consejo te envió? ¿Que tus órdenes también son que traigas a Espina de regreso? —escupió sobre la tierra—. Lo siento, pero esa argucia no funcionará una segunda vez.

—No tengo que mentir acerca de nada. Estás actuando por fuera del código, y el Consejo lo sabrá. Ahora, ¿vas a arrestar a esta criminal y confesar tus propios delitos o tendré que hacerlo yo por ti?

—Tengo una idea mejor —dijo Congelina, alzando la comisura del labio—. Creo que estamos a punto de detener a dos criminales buscados… ya neutralizados. Oh, qué contento estará el Consejo.

Algo dio contra el hombro de Adrian. Sintió un tirón en la armadura. La púa de la cola de Mantarraya estaba enganchada bajo la placa del hombro, intentando arrancársela. Con un gruñido, Adrian sujetó la cola y jaló, levantándolo en el aire.

Congelina aulló y lanzó un carámbano. Adrian lo bloqueó con el antebrazo, y el hielo se hizo añicos, los fragmentos se deslizaron a través del polvo. Levantó la palma izquierda hacia ella y una bola de fuego empezó a envolverse en su mano, chisporroteando color naranja y blanco.

La Renegada retrocedió un paso.

—No —dijo Adrian—. Yo tomaré a Espina bajo mi custodia. Yo mismo la entregaré al cuartel general.

Lo dijo sin realmente pensar en lo desquiciada que resultaba la idea de entrar en el cuartel general, con toda la armadura del Centinela puesta, llevando a Espina sobre los hombros... pero resolvería los detalles más tarde.

Volviéndose, apuntó el fuego hacia los montículos de hielo que habían inmovilizado los miembros del Espina en el suelo. Esta lo observó, con una mirada precavida y llorosa, las mejillas húmedas de lágrimas y los miembros quebrados recubiertos con sangre amarilla.

—Qué simpático —dijo Congelina—. Pero ese no es realmente el plan que tenemos. ¡Temblor!

Adrian levantó la mirada justo a tiempo para ver a Temblor dar un fuerte pisotón sobre el suelo. Una grieta dividió la tierra compactada, disparando en línea directa justo entre sus piernas. Aulló sorprendido y perdió el equilibrio, y cayó de costado. En ese mismo instante, la cola de Mantarraya se envolvió alrededor de su cuello, inmovilizándolo sobre el suelo. Intentó hundir los dedos entre la cola y la armadura pero no encontró lugar de donde tomarse.

—Eso fue un buen intento, con tu discurso galante y todo lo demás —soltó Congelina. Se paró encima de Adrian. Tenía una mano sobre la cadera y la otra le daba golpecitos al revólver contra el muslo.

Echó un vistazo a Espina, que seguía de rodillas, con la cabeza gacha. Solo había conseguido liberar uno de sus tentáculos del hielo, y era uno de los que estaban fracturados.

—¿Sabes? Me alegro de que hayamos tenido este encuentro —continuó Congelina—. Eres un recordatorio perfecto de todo aquello por lo cual estamos luchando los Renegados.

Adrian le dirigió una mirada feroz, aunque sabía que su odio no podía verse a través del visor.

—Creo que *estás* confundida.

—No, *tú* estás confundido —espetó—. Creyéndote el justiciero de turno, asegurando luchar *para que se haga justicia*. Pero hay una razón por la cual no eres un Renegado, y todo el mundo lo sabe. Si realmente te importaran las personas de este mundo, si realmente quisieras ayudar a los débiles e inocentes, entonces te habrías unido a nosotros hace tiempo. Pero no… crees que puedes hacerlo solo. Obtienes mayor gloria de esa manera, ¿verdad? Fama, publicidad… Defiendes causas justas, pero ambos sabemos que tienes tus propias intenciones ocultas. Y ese es el problema con los prodigios que andan por la vida haciendo ostentación de sus propios fines oscuros –se acuclilló delante de Adrian, perforando el escudo del casco con su mirada–. Empieza a darle todo tipo de ideas a otros prodigios. Empiezan a pensar… ¿por qué ser un Renegado? Puedo ser más sin ellos. Muy pronto, están más preocupados por su propia reputación que por ayudar a otros. No les importa proteger a los inocentes; no les importa acabar con el delito. Están por encima de todo eso. Y sin que te des cuenta… hay otro villano en el mundo del que *nosotros* nos tenemos que ocupar –se volvió a poner de pie y apuntó el cañón del revólver hacia el rostro de Adrian. Este estrechó los ojos aunque sabía que un dardo del Agente N no conseguiría atravesar su casco–. O eres un Renegado o eres un villano. Y es posible que cada tanto soslayemos las reglas. Incluso es posible que ignoremos el código por completo cuando vemos una mejor manera de hacer las cosas… una manera que *realmente* haga de este mundo un lugar mejor. Pero ¿ir por ahí haciendo de cuenta que puedes estar contra nosotros y seguir siendo un héroe? –sacudió la cabeza–. Eso, sencillamente, es intolerable.

Una sombra cayó sobre Adrian. Gárgola bajó los brazos y tomó los costados de su casco, preparándose para arrancarlo.

Con un rugido, Adrian flexionó el brazo y disparó un rayo a la cola de Mantarraya. Este jadeó y cayó hacia atrás, soltándole el cuello lo suficiente como para que el justiciero golpeara el casco hacia atrás contra el estómago de Gárgola. El hombre de piedra gruñó por el impacto y lo soltó. Adrian se puso en pie de un salto y se dio la vuelta, dirigiendo un golpe al costado de su cabeza. Pero la mejilla de este se transformó instantes antes del impacto, y el estruendo del metal sobre la piedra reverberó a través de sus huesos. Echándose atrás, levantó la pierna, en cambio, colocó la planta sobre el pecho del hombre de piedra y lo empujó hacia el suelo con fuerza.

Adrian apenas consiguió evitar caer de nuevo al suelo mientras Temblor avanzaba retumbando hacia él. A su alrededor, las torres de los contenedores marítimos temblaban y se mecían, amenazando con derrumbarse sobre todos ellos.

Echó a correr a toda prisa. Se disponía a saltar hacia la cima de una de las pilas de contendores cuando un muro de lanzas de hielo salió disparado del suelo, dirigido hacia él. Soltó un aullido: esta vez no pudo detenerse a tiempo. Cayó con un tropiezo y rompió tres de las lanzas bajo su peso.

Una cuarta se alzó inmovilizándolo entre las placas acorazadas que protegían su costado y el abdomen. La punta afilada lo perforó justo debajo de las costillas. Adrian lanzó un grito tanto por la sorpresa como por el dolor. Gruñendo, envolvió ambas manos alrededor del témpano y se apalancó para apartarse.

Caminó a los tumbos, jadeando. Sudaba y sangraba dentro del traje, y las gotas caían surcando su columna, empapándole la camisa.

—Así que el traje no es invencible —dijo Temblor, acercándose pesadamente hacia él—. Es bueno saberlo —levantó la rodilla, disponiéndose a enviar otra convulsión en dirección a Adrian.

Con un esfuerzo desesperado, reunió su energía y se lanzó hacia arriba. Aterrizó sobre una torre de ocho contenedores de altura. Apretando el puño, empezó a preparar otro rayo de energía.

—Deja que Mack se ocupe de él —gritó Congelina—. Gárgola, tenemos un trabajo que terminar.

Adrian se puso en pie y apuntó el brazo incandescente hacia el grupo que se hallaba abajo.

—Como dije, seré yo quien termine el trabajo por ustedes. Consideren ahora a Espina mi prisionera.

Temblor rugió y levantó el pie como para volver sacudir la tierra cuando Congelina alzó la mano para impedirlo.

—Espera. Creo que debe ver esto.

Mantarraya rio entre dientes, aunque el sonido era apagado. No había terminado de recuperarse del rayo de energía.

—Sí, debe conocer las propiedades del Agente N... porque él será el próximo.

Pero Congelina sacudió la cabeza. Miraba hacia arriba a Adrian, su expresión era calculadora.

—No... cambié de opinión. No vamos a neutralizar a Espina. Sería un desperdicio de recursos dado que la *encontramos* así.

Adrian frunció el ceño.

—¿Qué vas a...?

—Temblor, trae al justiciero aquí abajo. Gárgola... mátala.

—¿Qué? —vociferó Adrian. Giró el brazo hacia Gárgola, y luego oyó el estruendo de la tierra más abajo. La torre se sacudió bajo sus pies. Disparó, pero el rayo de energía se desvió y le dio a un contenedor detrás de ellos.

Adrian chilló y tomó el borde para evitar resbalarse en tanto se tumbaba hacia un lado.

El metrónomo apenas podía oírse por encima del chirrido de arcilla y tierra, la fragmentación de rocas profundas.

Vio a Gárgola, y sus ojos se agrandaron. Con horror. Con incredulidad.

—¡No! —gritó, en tanto este envolvía ambas manos alrededor de la cabeza de Espina. Ella empezó a gritar—. ¡No pueden...!

Con un movimiento despiadado, Gárgola le aplastó el cráneo entre las palmas, silenciándola.

El aire abandonó el cuerpo de Adrian. Manchas blancas centelleaban en los bordes de su campo de visión.

—No estés triste, Centinela —gritó Congelina hacia arriba—. Nadie la extrañará... así como nadie te extrañará a ti.

El temblor alcanzó un crescendo. La precaria torre bajo sus pies empezó a venirse abajo.

Adrian se obligó a ponerse en pie. Fustigado por la adrenalina y la ira, se lanzó a correr todo el largo del contenedor, apartándose de un salto segundos antes de que se derrumbara bajo sus pies. Aterrizó con un golpe sobre el tejado del laboratorio de Espina y siguió a toda velocidad, corriendo de una pila a otra. El mundo entero temblaba ahora. El astillero era un caos de contenedores que se desplomaban, el crujido de metal, la tierra que se estremecía. Cada vez que aterrizaba sobre una nueva pila, inmediatamente empezaba a oscilar y a corcovear bajo sus pies.

Siguió corriendo, sacudiendo las piernas lo más fuerte y rápido que podía, obligándolas a avanzar, y cuando la última pila de contenedores empezó a caer, saltó hacia arriba estirando el cuerpo.

Apenas consiguió atrapar el gancho de una de las enormes grúas. El impulso lo lanzó hacia delante, sobre los muelles del puerto. Se soltó, giró en el aire y cayó con un estrépito dentro de un vertedero de tractores oxidados rodeado por un cerco. Se agazapó tras un enorme montacargas, inclinándose bien abajo, jadeando, con el corazón agitado.

Ya no podía oír el *tic-tac* del metrónomo.

Ya no podía oír a Congelina ni a sus aliados.

Se quedó quieto un largo tiempo, esperando ver si Temblor continuaría la persecución. Tenía la piel caliente y húmeda por el sudor. Todos los músculos le temblaban.

Y cada vez que cerraba los ojos, veía las manos pétreas de Gárgola envolviendo la cabeza de Espina, y oía las palabras ominosas de Congelina.

Así como nadie te extrañará a ti.

CAPÍTULO 29

El Talismán de la Vitalidad.

Nova no había podido dejar de pensar en él desde que vio a Adrian dentro del área de cuarentena, al menos cuando no estaba lamentándose por su fracaso para obtener el casco. La habilidad que tenía Max de absorber otros superpoderes no había afectado a Adrian, y todo por el medallón de un colgante.

Pero no estaba en la bóveda: a lo largo de los últimos días, se había fijado varias veces en los registros de préstamos, y él aún tenía que devolverlo.

Lo necesitaba. No para protegerse de Max, sino para protegerse a sí misma del Agente N. Específicamente, del Agente N en estado gaseoso. Leroy estaba a punto de descubrir algo, lo sabía, y con los misiles de niebla que había retirado de la bóveda desde aquel momento, ahora sabía exactamente cómo convertir las armas en un sistema para distribuir el vapor tóxico. Neutralizaría a cualquier prodigio que entrara dentro de un radio de un metro y medio del dispositivo durante el transcurso de los primeros tres minutos y medio de su emisión (el tiempo que llevaba para que las moléculas de vapor se disiparan hasta perder su poder, según los cálculos de Leroy). Debilitaría sus poderes del mismo modo inexorable que si hubiera metido la viscosa sustancia color verde directamente en su corazón.

Por fin los Anarquistas tenían un arma que podían usar contra los Renegados. Incluso, contra varios Renegados a la vez.

Pero Nova no quería arriesgar sus propias habilidades ni ningún otro iba a querer correr el riesgo. Para protegerse en la batalla que sabía que se avecinaba, una batalla que esperaba más pronto que tarde, necesitaba aquel medallón.

Esos eran los pensamientos que agitaban su mente mientras recorría el sendero de diez kilómetros entre la sórdida casa adosada que compartía con los Anarquistas y el suburbio más bonito de Gatlon City.

Hacía muchos años que sabía que el Capitán Chromium y Dread Warden se habían instalado en la mansión del viejo alcalde, sobre Pickering Grove. Cuando los Anarquistas padecían su existencia en los túneles subterráneos, había escuchado a Honey quejarse incesantemente de lo injusto que era todo ello: que sus enemigos estuvieran rodeados de lujos mientras que *ella*, una reina, tuviera que soportar aquellas cavernas hediondas y mugrientas. Una vez Nova preguntó por qué, si sabían dónde vivían dos de sus peores enemigos, no iban y los atacaban. Leroy podría llenar la casa con gases venenosos a través de la red de conductos, o Ingrid podría sencillamente volar el sitio. Incluso, Nova, que tenía trece años y un orgullo desmesurado por aquel entonces, podría escabullirse por una ventana y asesinarlos a ambos mientras dormían, siendo un detalle menor el que en aquel momento jamás hubiera matado a nadie.

Pero Honey había suspirado melancólicamente, mientras Leroy le contaba a Nova todo lo que sabían sobre los sistemas de seguridad de la mansión, tanto de los equipos de protección tecnológicos como de los que tenían superpoderes.

No, el Capitán Chromium y Dread Warden no serían tan fáciles de matar.

Pero esta noche Nova no tenía pensado matar a nadie.

Solo quería conversar. Y quizás echar un vistazo.

Aquello no era un crimen, ¿verdad?

Sus pisadas empezaron a aminorar su enérgico ritmo a medida que las casas a su alrededor se volvieron más grandes; las entradas que conducían hasta ellas, más largas, y los árboles que bordeaban la carretera, tan antiguos y arraigados que en algunos lugares sus ramas formaban un dosel que cubría toda la calle.

Este vecindario aún presentaba las huellas de destrucción de la Era de la Anarquía que sintió el resto de la ciudad, y varias ventanas tapiadas y jardines descuidados sugerían que muchas de estas mansiones permanecían abandonadas. Nova se preguntó por qué tantos de los apartamentos en el centro se encontraban abarrotados de gente hasta alcanzar un grado poco saludable mientras estas propiedades permanecían vacías. Sin duda, tenía que haber un mejor uso para ellas que dejar que se pudrieran y terminaran derrumbándose por el deterioro.

No pudo evitar imaginar lo que pudo haber sido la vida aquí antes de la Era de la Anarquía. Qué diferente mirar fuera de la ventana y ver un jardín cuidado con esmero y niños andando en bicicletas sobre la calle. Qué diferente a cualquier cosa que ella hubiera conocido… las barbacoas en el jardín trasero y las tardes ayudando a la pequeña Evie con la tarea mientras mamá y papá preparaban la cena en la cocina…

Nova tuvo que obligarse a apartar aquella fantasía de la cabeza antes de arriesgare a que sus ojos se llenaran de lágrimas.

Gracias a lo que fuera que Callum le hizo a su mente, este tipo de pensamientos habían estado colándose todo el día en su cabeza. Pequeñas ensoñaciones sobre las posibilidades de aquello que la rodeaba. ¿Y si la vida fuera más que venganza y mentiras? ¿Y si los Anarquistas

y los Renegados no tuvieran que encontrarse en un estado de guerra permanente? ¿Y si Adrian Everhart no fuera su enemigo y sus padres no le hubieran fallado, y su vida pudiera girar en torno a chismorrear con Ruby y reírse de las bromas de Oscar y no tenerle miedo a cada mariposa que pasaba, y cada vez que su corazón golpeteaba al ver a Adrian no pareciera una traición de todas las personas que amaba?

Pero aquella vida jamás sucedería. No para ella. Gracias a las Cucarachas, que habían asesinado a su familia, y a los Renegados, que no la protegieron. Gracias a todas las personas que habían odiado y abusado de los prodigios durante todos aquellos siglos. Gracias a las bandas de villanos que se habían aprovechado de la hermosa visión de Ace.

Y gracias a Nova misma. Ella sabía que tenía una opción. Había visto bondad entre los Renegados, por mucho que quisiera hacer de cuenta que no existía. Podía intentar ignorar sus falsas promesas, olvidar las mentiras que le contaban al mundo. Podía, sencillamente, rendirse.

Pero Callum había querido recordarle a Nova aquello por lo cual estaba luchando, y funcionó.

Se encontraba luchando para librar al mundo de los Renegados, para que ningún niño volviera a depositar su fe jamás en superhéroes que no acudirían. Para que nadie más tuviera que sufrir el desengaño que ella tuvo que sufrir.

Y también, por supuesto, por Ace. Él la había acogido, protegido, cuidado.

No dejaría que muriera sin dar batalla.

Soltó una exhalación para tranquilizarse, se fijó en los números descoloridos del buzón más cercano. Su corazón martilló con fuerza. Había estado tan encerrada en sí misma que estuvo a punto de pasar de largo.

Su atención saltó del buzón a la verja de hierro forjado, y luego del largo sendero de laja a… la casa.

La mansión.

El... *palacio*, al menos en comparación con todas las casas en las que Nova hubiera vivido alguna vez.

—No puede ser cierto —masculló.

La verja de entrada se conectaba a un muro de ladrillo antiguo que bordeaba la propiedad. El sendero se curvaba alrededor de una fuente de tres niveles, que no funcionaba o se había apagado ante la llegada del invierno. Las enormes ventanas arqueadas se hallaban ribeteadas de molduras de un blanco prístino. Un pórtico de estilo griego enmarcaba el porche delantero y las inmensas puertas dobles, pintadas de un acogedor tono amarillo claro. Una serie de chimeneas irrumpían de varios gabletes en el techo, y cada tanto una ventana en voladizo realzaba el atractivo visual del ladrillo.

La admiración y el disgusto se mezclaron al contemplarla, y no supo cuál aventajaba a la otra. Quería mofarse de su aspecto pretencioso, pero tenía que admitir que no era completamente cierto.

La casa era... majestuosa, no había duda alguna de ello. Tenía cierto clasicismo sutil, como si pudiera haber sido construida en cualquier momento de los últimos doscientos años.

De todos modos, eran más metros cuadrados de lo que tres personas podrían aspirar a usar jamás.

Pero era posible que solo estuviera a la defensiva. No podía evitar preguntarse lo que debió pensar Adrian cuando vio la decrépita casa adosada de Wallowridge estando acostumbrado a *esto*.

Nova tragó saliva y se acercó a la verja. Extendió la mano para tomar la manilla cuando una luz roja parpadeó sobre un dispositivo empotrado en el pilar más cercano. La luz la recorrió de pies a cabeza, y luego se posó sobre su brazalete.

—*Credenciales de Renegado detectadas* —dijo una voz automática desde un parlante disimulado tras una farola—. *Puede dirigirse a la entrada principal y presentarse. Advertencia: apartarse del camino podría resultar en la pérdida de la vida o de una extremidad. ¡Bienvenido a la Mansión del Alcalde de Gatlon City!*

La luz roja se apagó con un parpadeo al mismo tiempo que un cerrojo dentro de la verja hizo un chasquido metálico.

Nova empujó la puerta. Gimió y rechinó, pero una vez que hubo pasado, se volvió a cerrar de manera espontánea. Oyó que la cerradura se bloqueaba de nuevo y reprimió un escalofrío.

–Permanece en el camino –dijo, examinando la losa. Los amplios jardines verdes a ambos lados eran pulcros y vistosos, como esperando que alguien acomodara un juego de croquet–. Debidamente anotado.

Se abrió paso hasta la puerta y entró en la sombra del pórtico. Dos arbustos ornamentales se encontraban sobre los escalones, en urnas antiguas de piedra. Un llamador en el medio de la puerta amarilla tenía la forma de un elefante con colmillos; la aldaba, situada dentro de su trompa enlazada.

Una pequeña placa de bronce junto a la puerta rezaba:

MARCADOR HISTÓRICO DE GATLON CITY

MANSIÓN DEL ALCALDE

Esta casa sirvió como hogar de los alcaldes de Gatlon City durante más de un siglo, antes del período de veinte años conocido como la Era de la Anarquía, durante el cual asesinaron en este lugar al alcalde Robert Hayes, su familia y personal.

Bajo esta placa estoica había una más pequeña, de madera, con palabras pintadas a mano que decían: RESIDENCIA EVERHART-WESTWOOD: ¡ESTÁN ESTRICTAMENTE PROHIBIDOS LOS VENDEDORES, LAS PROTESTAS O LOS COMPORTAMIENTOS MALVADOS!

Antes de que Nova pudiera decidir si le resultaba o no gracioso, una de las puertas dobles se abrió de par en par.

315

Saltó hacia atrás, su mano fue en dirección hacia el cinturón antes de recordar que no lo había traído consigo.

—¿Nova? —preguntó Adrian, rodeado de un halo de luz que provenía del vestíbulo a sus espaldas—. Creí que el sistema de seguridad estaba gastándome una broma —estuvo a punto de sonreír, aunque no llegó a hacerlo—. ¿Qué haces aquí?

Cien pequeñas observaciones acudieron en tropel a la mente de Nova, todas a la vez, dejándola sin palabras: el olor a canela que salía flotando por la puerta; la camiseta de manga larga de Adrian que lucía más ajustada que lo habitual; sus jeans, con manchas de pintura y roturas en las rodillas; el dibujo al carboncillo sobre la pared detrás, representando el puente de Stockton de noche; el hecho de que estuviera presionando una mano bajo las costillas de modo extraño, y que la dejara caer apenas notara que ella lo advirtió.

Eligió el que pareció el menos problemático de sus pensamientos.

—Vives en una mansión.

Adrian parpadeó y luego observó el recibidor como si hiciera mucho tiempo desde que se hubiera detenido a mirar a su alrededor.

—La mansión del alcalde, sí. ¿No lo sabías?

—Sí —dijo—. Pero no esperaba… me refiero a que es real y literalmente una mansión —señaló hacia el jardín—. Tienes una fuente.

Una sonrisa lenta se abrió paso en su rostro.

—No te asustes, pero hay una cochera para carruajes en la parte de atrás. Oh, y el desván solían ser las habitaciones de los sirvientes. Incluso hay un sistema de campanillas que se conecta con un montón de botoncitos en toda la casa, de modo que si la esposa del alcalde quería una taza de té solo tenía que oprimir un botón y un criado iba y le tomaba el pedido —sus ojos brillaron—. Cuánta clase, ¿verdad?

Nova lo miró boquiabierta.

—Dime que no tienes criados.

Riendo, Adrian retrocedió un paso.

—No hay criados. ¿Quieres entrar? Estaba calentando unos rollos de canela para la cena.

—¿Qué? ¿Acaso no cenas con siete platos todas las noches?

—Solo los domingos. ¿Eso es un sí?

—Es un sí —Nova contuvo el aliento al cruzar el umbral, su atención deambulaba de las molduras antiguas e intricadas a los cristales que colgaban de la araña. Echó un vistazo al abdomen de Adrian y detectó un bulto cuadrado bajo su camisa—. ¿Qué pasó?

—Nada —respondió él rápidamente, volviendo a presionar allí una mano, y luego desestimando la pregunta—. Estaba... eh... desempacando unas cajas con un cúter, se me resbaló y me lesioné. ¿Ya sabes cómo dicen que hay que cortar hacia *fuera*? Finalmente, comprendí por qué.

Se volteó y ella lo siguió, frunciendo el ceño. Adrian era muchas cosas, pero torpe no era una de ellas. Era difícil imaginarlo cometiendo semejante error.

Pasaron una escalinata de roble que se curvaba hacia arriba, a la segunda planta, y una entrada con forma de arco a través de la cual vio grupos de sillas y sofás y un piano en un rincón, aunque aún desde donde estaba alcanzaba a ver una capa de polvo recubriéndolos.

—¿Eso es un *salón*? —preguntó Nova.

—No, es un salón *formal* —respondió Adrian—. Mis papás contrataron a un famoso diseñador de interiores hace unos años para que lo decorara, y no creo que lo hayamos usado desde aquella vez. De todos modos, insisten en que será muy útil una vez que empecemos a invitar a dignatarios extranjeros y ellos necesiten un lugar para recibirlos —hizo un gesto de comillas en el aire con los dedos.

Nova esperaba que la llevara a una cocina, pero en cambio Adrian la condujo por una estrecha escalinata hacia una especie de sótano. El aroma a canela se volvió más intenso.

Al poner un pie sobre la alfombra tupida, advirtió con sorpresa que se encontraba en su recámara.

Su habitación.

Debió haber vacilado en la entrada un segundo de más porque, cuando él se volvió y vio su expresión, se tensionó.

—Podemos llevar estas de nuevo arriba, si lo deseas —dijo, levantando una bandeja de aluminio llena de bollos de canela, dulces y pegajosos—. Solo iba a… um… —señaló una puerta cerrada del otro lado de la habitación—… continuar con un proyecto que tengo entre manos… Pero podríamos ver una película o lo que quieras… —vaciló, y la piel se plegó entre sus cejas—. Por cierto, ¿tú qué haces aquí?

—Yo solo… quería verte —respondió Nova. Los ojos de Adrian se agrandaron tras sus gafas, casi imperceptiblemente. Había estado practicando estas palabras durante todo el camino, intentando encontrar una manera de pronunciarlas sin sonrojarse. No lo consiguió por completo—. ¿Tus papás están en casa?

Sacudió la cabeza.

—Siguen en el cuartel general.

Genial. Tendría acceso completo a la casa para revisarla, aunque esperó encontrar el medallón aquí, en su habitación. Solo tenía que hacer que Adrian perdiera el conocimiento primero.

—¿Está todo en orden? —preguntó él.

—Sí. Sí —dijo ella—. Solo… siento curiosidad. Una película parece buena idea —lo decía en serio. Una película era algo fácil, cómodo, sin presión alguna.

Por no mencionar que las personas se quedaban dormidas todo el tiempo viendo una película, sin levantar sospecha alguna. Lo único que necesitaba era una excusa para poner su mano sobre la suya. El roce de un dedo contra su nudillo. Eso era todo lo que hacía falta.

—Está bien. Cool. Hay una televisión arriba.

Nova señaló con el mentón la televisión situada sobre una pequeña consola de entretenimiento.

—¿Aquella no funciona?

—Eh... sí. Solo que... no quería asumir... me refiero a que... lo que tú quieras.

Por primera vez en lo que parecían días, Nova sintió que la tensión de su pecho empezaba a aflojarse. Había estado frustrada por sus intentos fallidos de coquetear con Adrian, de *acercarse* a él. Pero acababa de llegar a su casa, y era evidente que su presencia lo alteraba.

Una oleada de satisfacción corrió por sus venas. Aquello debía ser lo que Honey sentía, sabiendo el tipo de poder que ejercía sobre las personas. Nova incluso se atrevió a dedicarle una pequeña sonrisa burlona. La Abeja Reina estaría orgullosa de ella.

Dio un paso para acercarse más a Adrian.

—¿No te permiten llevar chicas a tu habitación?

Él soltó una risilla. Luego retrocedió un paso, aunque de manera sutil.

—No lo sabría; jamás invité a ninguna.

Ella se sonrojó; aquel momento de seguridad había desaparecido con la misma rapidez con que llegó.

—Bueno. Confío en que no intentarás hacer nada... *inapropiado*.

Adrian rio, pero se trataba de una risa tan incómoda como se sentía ella, y de pronto recordó todas las veces que prácticamente se había arrojado encima de él durante las últimas semanas, y cómo había ignorado cada uno de sus avances.

Metió las manos en los bolsillos. Esperaría hasta que estuvieran sentados. Sería más fácil encontrar una excusa para tocarlo entonces. Sería más fácil ser audaz cuando no tuviera que mirarlo a los ojos.

Adrian tomó el control remoto y la televisión se encendió con un parpadeo. Nova empezó a deambular alrededor de la habitación. Era mucho más informal que el resto de la casa, situada en la planta de arriba. Su cama; las mantas revueltas, tumbadas sobre el suelo; un sofá pequeño y gastado; un caballete de pintura y un escritorio; el centro musical, y una estantería en el rincón, rebosante de cómics, manuales de dibujo y diferentes cuadernos. En las paredes colgaban un puñado de dibujos y pósters de videojuegos clavados con chinchetas.

—Toda esta casa enorme, ¿y te hacen dormir en el sótano?

—Era mejor que una de las habitaciones de arriba. Allí sucedieron los asesinatos —la miró—. ¿Oíste hablar de los asesinatos?

—Leí acerca de ellos. En la placa —y *estoy bastante segura de que Ace estuvo aquí aquella noche.*

Adrian asintió.

—Además, de esta manera tengo cien metros cuadrados para mí solo.

—Esto —dijo Nova, haciendo un gesto amplio con la mano— no son cien metros cuadrados.

Él señaló una puerta.

—Hay un baño por ahí, y un gran espacio sin terminar. Y —señaló una segunda puerta en la pared más lejana— aquel es mi taller de arte.

—¿Tienes un *taller de arte*?

—Es una casa grande.

—¿Puedo verlo?

Adrian abrió la boca, pero la volvió a cerrar, indeciso.

—¿Qué? —preguntó Nova—. ¿Has estado practicando desnudos o algo por el estilo?

Él hizo un gesto de vergüenza.

—Nada tan escandaloso.

—Entonces, ¿qué?

Suspiró.

—Está bien. Quizás te parezca raro. Espero que no sea raro, pero quizás lo sea —aclaró la garganta—. ¿Recuerdas aquel sueño que me contaste? ¿El de las ruinas, la estatua y el parque?

Nova parpadeó.

—Sí...

—Me vino una idea a la cabeza, y me inspiré tanto que... me pareció que sería cool...

Su voz se fue apagando.

Nova esperó.

—Recrearlo.

Ella siguió esperando, pero Adrian no tenía más que decir.

—No te sigo.

—Lo sé —apoyó la bandeja de bollos de canela intactos sobre la mesa—. Es difícil de explicar. Ven. Solo que... si resulta más horrendo que artísticamente bello, échale la culpa a la falta de sueño, ¿sí? —vaciló, y luego le dirigió una mirada de mortificación—. No es que tú sepas demasiado acerca de ello.

Nova sonrió.

—Conozco el tema —dijo, tan intrigada por lo incómodo que se veía Adrian como por el misterio en la siguiente habitación.

Carraspeando, este abrió la puerta que conducía a su taller. Nova lo siguió dentro.

Sus pies tropezaron, y se aferró a la puerta.

—Oh, cielos —susurró.

Una jungla fue a su encuentro. Había pintado árboles imponentes y vegetación frondosa sobre cada centímetro libre de todas las paredes, el cielorraso y el suelo. Aunque el recinto olía a pintura tóxica y era evidente que no había sido ventilado, el mural era tan detallado y exuberante que, en cambio, Nova casi imaginó la fragancia de flores exóticas y una suave brisa.

Adrian quedó de pie en el medio de la habitación. Lucía una expresión crítica mientras inspeccionaba su trabajo.

—No sé realmente de dónde provino el impulso, pero... una vez que se me ocurrió, fue como algo que tenía que hacer. Supongo que me sentí muy inspirado por la forma en que describiste aquel sueño. He estado trabajando para plasmarlo en mis ratos libres.

Nova se obligó a apartarse de la puerta. Al advertir que la parte trasera de esta también había sido pintada, incluso la manija, la cerró para completar la visión. El vértigo se apoderó de ella al moverse de un muro a otro, pero sabía que no provenía de los gases de la pintura.

Sus dedos recorrieron la pintura al avanzar. Mayormente se trataba de plantas: flores exóticas color púrpura que extendían sus pétalos gigantes como velas al viento. Troncos nudosos antiguos cubiertos de hongos y musgo, con largas enredaderas enlazadas que colgaban de sus ramas. Césped y helechos, brotando entre las raíces desniveladas de los árboles e inclinando sus frondas de encaje sobre pequeñas matas de florecillas estrelladas color blanco y brotes de un naranja encendido. El tronco de un árbol caído formaba un puente cubierto de liquen sobre una familia de arbustos de hoja ancha.

Pero no era solo una jungla. Adrian también había incluido vestigios de las ruinas, la ciudad que la jungla había reclamado. Lo que podría haber sido una roca era, al inspeccionarlo más de cerca, la esquina del cimiento de hormigón de un edificio. Aquellas mesetas escalonadas cubiertas de vida vegetal florecían sobre una escalinata antigua. Los rayos de sol que se filtraban a través de la gruesa cubierta forestal caían sobre el torso encapuchado de una estatua largamente olvidada, de espaldas, ocultando el tesoro que podría estar acunando entre las manos. Un recuerdo repentino de su sueño volvió a Nova. *Llevaba una estrella.*

—Adrian —susurró, con miedo de romper el hechizo de este lugar—, esto es asombroso.

—¿Crees que se parece? ¿Al sueño?

—Tú... sí. Es exactamente... —advirtió con un sobresalto que tenía los ojos húmedos. Se volteó, presionando una mano contra la boca para recomponerse—. No hiciste esto para mí, ¿verdad?

Adrian miró de costado, hacia la estatua.

—No… —empezó—. Aunque tampoco hice un esfuerzo consciente por *no* hacerlo para ti. Quiero decir, también tenía que hacerlo por mí —encogió los hombros—. En aquel momento parecía una gran idea.

—Fue una gran idea. Esto es… mágico.

Adrian empezó a sonreír, y Nova se preparó para lo que venía. Se había acostumbrado a esa mirada particular. La que decía que estaba a punto de hacer algo que la impresionaría, le gustara o no.

—Supongo que creí que de vez en cuando merecías tener buenos sueños —dijo—. Incluso si nunca duermes.

Luego presionó la mano contra el muro más cercano y exhaló.

El mural empezó a cobrar vida, emergiendo alrededor de sus dedos. Las hojas se desdoblaron, envolviendo su muñeca, y el efecto se propagó, como la onda de un estanque, hacia toda la pared. Troncos de árboles brotaron desde el concreto; las hierbas se rizaron contra sus rodillas; enredaderas perezosas se descolgaron por encima.

Nova se acercó a él, presionándose contra su costado. El duro suelo bajo sus pies se convirtió en musgo blando. Las flores se abrieron; los hongos germinaron. El olor a pintura cedió al aroma arcilloso de tierra oscura y a un perfume embriagador. Aunque Nova no había visto pájaros ni insectos en la pintura, era fácil imaginar el trino de las aves rompiendo el silencio; el canto de las cigarras, el chasquido de los escarabajos.

Las copas de los árboles se amontonaron por encima, pero los rayos del sol se filtraron hacia abajo, salpicando la estatua con manchas de luz.

Adrian bajó la mano. Nova miró el lugar donde la había posado y ya no pudo ver la pared. ¿Estaría enterrada detrás del panel de follaje? ¿Seguían en su sótano? Las plantas eran tan densas, el aire era tan húmedo y dulce, que era casi imposible imaginar estar siquiera dentro.

El joven movió los pies, y Nova se dio cuenta de que había estado observándola, pero no podía borrar el desconcierto de su rostro.

—¿Te pareció un buen truco? —aventuró.

Su corazón golpeaba con fuerza.

—Todo esto —dijo lentamente—, ¿y el mejor seudónimo que se te pudo ocurrir fue *Sketch*? ¿Como un bosquejo?

Sus labios se curvaron hacia arriba, y se notó lo mucho que le había agradado este pequeño comentario.

—Es mejor prometer menos y luego superar las expectativas.

—Pues lo lograste —tenía las mejillas tibias al girar lentamente dando una vuelta completa—. ¿A dónde fue la habitación? ¿Dónde estamos?

—Seguimos aquí. Si apartas algunas de estas hojas, podrás ver las paredes, pero volverán a estar despojadas y blancas. Me aseguré de cubrirlas con pintura para que no se pudieran ver cuando estás parada en el medio como nosotros —señaló la parcela mística de jungla—. Puedes dar una vuelta si lo deseas. Nada de lo que hay aquí te lastimará.

Nova mantuvo las manos junto al cuerpo, en parte para evitar tomarle la mano a Adrian. No podía imaginar durmiéndolo *ahora* y, sin ese propósito en particular, la idea de tocarlo la aterraba.

Encontró su propio ritmo, deleitándose con cada paso. Los dedos bailaban a lo largo de cada pétalo, se deslizaban sobre las gráciles briznas de césped, se entrelazaban alrededor de una serie de enredaderas bajas. Resultaba asombroso lo mucho que le recordaba a su sueño o a lo que recordaba de aquel. Estaba segura de que, al describírselo a Adrian, no había sido tan minuciosa, pero él lo había plasmado hasta el más mínimo detalle.

Hizo una pausa cuando su atención recaló en la estatua. Estaba dada vuelta de modo que solo veía la parte trasera de su manto encapuchado, y sus hombros estrechos de piedra se hallaban verdes por el musgo, habiéndose descascarillado los trozos de piedra por el paso del tiempo.

Nova se atrevió a acercarse, sintiendo el suelo blando ceder bajo sus pisadas. Respiró hondo al rodearla. Sus manos extendidas se hicieron visibles.

El aliento quedó atrapado en su garganta, aunque de alguna manera lo había anticipado.

Podía sentir la mirada de Adrian, y se preguntó si lo sabía. Si este había sido parte del plan mientras pintaba el mural.

—¿Cómo? —murmuró.

Había que reconocer que él frunció el ceño, confundido.

—¿Cómo qué?

—Adrian… ¿cómo hiciste una *estrella*?

CAPÍTULO 30

—Vaya —dijo Adrian, acercándose para situarse junto a ella–. Quién hubiera creído.

Parecía tan asombrado como se sentía Nova, pero era imposible. Este era su sueño, pero la pintura *de Adrian*. Su visión. Su magia.

¿Su estrella?

Nova hizo un gesto de desconcierto.

Era *realmente* una estrella. Por lo menos, creyó que debía serlo. Una única esfera fulgurante flotaba entre las manos de la figura. No era más grande que una canica, y no más difícil de mirar que la estrella más brillante del cielo nocturno. Su luz iluminó sutilmente el mundo fantástico que los rodeaba.

Era magnífico, y era exactamente como el sueño de Nova. De niña, en su estado de delirante inconsciencia, había sabido que era una estrella, y ahora lo sentía igual de poderosamente, aunque todo lo que sabía de astrofísica le decía que no era posible.

Pero vamos, muchas de las cosas que hacía Adrian no parecían posibles.

Una estrella.

Ni ella ni él dijeron una palabra durante un largo rato. El recinto se hallaba en silencio, pero había algo acerca de la jungla que él había creado, *la jungla*, pensó Nova con perplejidad, *la jungla que creó*, que daba la impresión de vida y ruido, de tibieza y crecimiento, de fértil permanencia.

Por fin, Adrian carraspeó.

—Eso no estaba en el mural.

—Lo sé —dijo Nova, recordando la estatua en la pintura, y de cómo la había dibujado de modo que solo se pudieran ver su espalda, no sus manos.

—¿Fue intencional? —preguntó ella tras otro momento de reflexión.

—Tal vez —respondió él—. Estaba pensando en tu sueño cuando lo hice.

—¿Qué hace? —preguntó, lo cual pudo haber sido una pregunta extraña. ¿Qué hacía cualquier estrella?

Pero Adrian solo encogió los hombros.

—Es tu estrella. Dímelo tú a mí.

Ella se mordió el interior de la mejilla. ¿Era su estrella?

—No lo sé. Desperté antes de que ocurriera algo.

Una parte de ella quería estirar la mano y tocarla. La estrella emanaba una tibieza reconfortante, y no creía que la quemara como un sol real en el universo real. Pero le preocupaba romper el hechizo si la tocaba. Quizás se desvanecería. O, peor, quizás no sucedería nada. No sabía cuál de los dos era más responsable de darle entidad a esta estrella a través de un sueño, si ella o Adrian, y no quería arriesgar un desengaño descubriendo que no era más que un bonito efecto visual.

Inhaló el aroma de las hojas empapadas de rocío y las flores embriagadoras. Cerrando los ojos, se hundió en el suelo y se sentó con las piernas cruzadas sobre el suave musgo. Era fácil ceder a la tranquilidad de este lugar. Creer que este era el mundo real dentro de cientos de años. La ciudad había caído, y ya no había más villanos ni superhéroes. No más

327

Anarquistas, no más Renegados, no más Consejo. No más luchas por el poder.

Sencillamente, se había acabado todo.

Abrió los ojos en el momento en que Adrian descendió al suelo junto a ella, con un poco de rigidez, intentando no doblar el cuerpo alrededor de la herida en el costado.

—¿Es terrible —preguntó— que tenga que caer la humanidad para que me sienta tan relajada?

Le llevó un momento responder, pero parecía serio al hacerlo.

—Un poco.

Nova rio, esta vez una carcajada de verdad. Él también soltó una risita.

—¿Por qué? —preguntó—. ¿Por qué es tan difícil relajarte?

Se atrevió a mirarlo. Sabía que no estaba entrometiéndose, y que no insistiría, a pesar de su curiosidad.

Inhaló.

Creyó que sería difícil formar las palabras, pero no lo fue. No realmente. Habían estado listas en el fondo de su garganta durante diez años, esperando ser pronunciadas. Volvió a la primera noche que se había sentado a conversar con Adrian, a conversar *de verdad*, cuando vigilaban a Gene Cronin y la biblioteca de Cloven Cross. No le había contado acerca de su familia en aquel momento. No le había confesado toda su historia original. Pero por algún motivo intuyó que siempre había sabido que con el tiempo se la contaría.

—Cuando tenía seis años, me quedé dormida una vez con mi hermanita Evie en brazos —hablaba en voz baja, apenas un murmullo—. Cuando desperté, oí a mi madre llorando. Caminé a la puerta y miré el corredor. Había un hombre allí, empuñando un arma. Más tarde me enteré de que una de las bandas de villanos estaba chantajeando a mi papá, y cuando no cumplió con su parte del trato, contrataron a un tipo para... castigarlo

—su ceño se contrajo, con la mirada perdida en las sombras que existían entre los helechos y troncos del árbol caído; sus recuerdos, atrapados en aquel apartamento. Alzó los hombros hacia el cuello, una vez más, paralizada por el temor—. Le disparó a mamá —susurró—, y luego le disparó a papá. Lo vi suceder.

La mano de Adrian se retorció, arrancando la atención de Nova de las sombras y hacia sus dedos elegantes, su piel oscura. No extendió la mano hacia la suya, aunque creyó que le tomaría la mano si ella lo hacía primero.

No lo hizo.

—Corrí a mi habitación y me oculté en el armario. Lo oí entrar y... luego oí... —sus ojos se llenaron de lágrimas—. Oí a Evie. Se despertó y empezó a llorar y... también la mató a ella.

Adrian dio un respingo involuntario, un estremecimiento que sacudió todo su cuerpo.

—No tenía siquiera un año. Y cuando me halló en el armario, lo miré a los ojos y me di cuenta, pude ver perfectamente que no sentía la menor pizca de remordimiento. Acababa de asesinar a una *bebé*, y no sentía nada.

Esta vez, Adrian sí tomó su mano, deslizando los dedos entre los suyos.

—Apuntó el revólver hacia mí y...

Nova vaciló, dándose cuenta a último momento de que no podía contarle esta parte de la historia. El shock de haber estado a punto de contarle el secreto innombrable la distrajo del recuerdo.

—Y apareció mi tío —dijo, limpiando la nariz con la manga—. Mató al hombre. Me salvó.

Adrian hundió los hombros. Maldijo en silencio, en voz baja.

Nova bajó la cabeza. El dolor de los recuerdos se mezclaba con la culpa. Había revivido aquella noche incontables veces en su mente, todo el tiempo sabiendo… que pudo haberlo detenido. Si hubiera sido valiente. Si no hubiera salido corriendo. Si no se hubiera ocultado.

Podría haber dormido al hombre. Podría haber salvado a Evie, por lo menos, si no salvaba a sus padres.

Pero había sido una cobarde y…

Y había estado tan segura. *Tan segura* de que los Renegados vendrían. Fue su fe en ellos lo que destruyó a su familia, casi tanto como el mismo sicario.

—Después de eso, cada vez que cerraba los ojos, oía aquellos disparos en mi cabeza. No podía dormir —explicó—. Tras un tiempo, dejé de intentarlo.

Incluso hace poco, cuando había quedado dormida brevemente dentro del área de cuarentena de Max, la pesadilla la había atormentado. El sicario, al acecho, encima de ella. La fría presión del revólver contra la frente. Los disparos, resonando en su cabeza.

¡BANG-BANG-BANG!

Se estremeció.

Adrian se frotó la nuca con la mano libre.

—Nova —susurró, sacudiendo la cabeza—. Lo siento tanto. Sabía que los habían matado durante la Era de la Anarquía, pero jamás creí…

—¿Que lo había visto? Lo sé. No es algo que me pareció que debía incluir en la solicitud de Renegados.

Asintió, comprendiendo. Su expresión era abrumada.

Y aunque contar la historia le provocó tristeza, también sacó a relucir su rabia. El resentimiento que había desplazado su propio dolor los últimos diez años.

¿Dónde estaban los Renegados?, quiso gritar. *¿Dónde estaba el Consejo? ¿Dónde estaban tus papás?*

Apretó los dientes y bajó la mirada a sus manos entrelazadas. La de él, tibia y sólida, la de ella se había vuelto flácida.

–A mi mamá también la asesinaron –susurró él.

Ella tragó saliva.

–Lo sé –todo el mundo lo sabía. Lady Indómita había sido una leyenda como cualquier superhéroe.

–Por supuesto que no lo vi suceder. Ningún chiquillo debería pasar por algo así. Pero de todos modos –su ceño se arrugó de dolor mientras lo decía–, durante mucho tiempo me pregunté si tal vez no era mi culpa. Por lo menos, en parte.

Ella se sacudió repentinamente, sorprendida por lo mucho que sus palabras reflejaban su propia culpa.

–¿Cómo pudo haber sido tu culpa?

–No lo sé. No tiene sentido, pero… –hizo un gesto de desazón–. ¿Recuerdas que dije que solía tener pesadillas muy vívidas? ¿Aquellas con el monstruo? Pues parte de ese sueño recurrente que tenía era que mi mamá se iba de nuestro apartamento, salía volando por la ventana para ir a salvar alguna situación en algún lugar de la ciudad, y yo la miraba partir cuando… una sombra se cernía encima de ella y no la dejaba seguir volando. La veía caer. La oía gritar. Y cuando miraba hacia arriba, el monstruo estaba sobre el tejado… mirándome.

Nova se estremeció.

–Tuve aquel sueño más veces de lo que puedo recordar. Llegó al punto en que me daba una rabieta cada vez que mi mamá se ponía su traje. No quería que se marchara. Estaba tan aterrado de que no regresara. Y luego, una noche, no volvió –se encontró con la mirada de Nova–. Cuando hallaron su cuerpo, se veía claramente que había muerto por la caída, y había una mirada de… terror en su rostro. Durante mucho tiempo creí que mis pesadillas lo habían hecho realidad. Como si hubieran sido proféticas o algo así.

–No fue tu culpa –dijo Nova, apretándole la mano–. Fueron sueños, Adrian. Fue solo una coincidencia.

–Lo sé –respondió, aunque Nova no estaba segura de que le creyera o de que se creyera a él mismo–. Pero ella podía *volar*. ¿Cómo pudo haber caído una distancia tan grande sin haber podido...? –bajó la cabeza–. Ningún villano se adjudicó jamás su muerte, por lo que sé, lo cual es raro en ellos: a muchas de las bandas de villanos les gusta hacer alarde de sus victorias. Y matar a Lady Indómita... habría sido una victoria sobre la cual valía la pena alardear –su voz se tornó agria. Era evidente que este misterio lo había atormentado y frustrado casi tanto tiempo como el pasado había atormentado a Nova.

–Quieres averiguar quién lo hizo –dijo ella lentamente–, para cobrarte venganza.

–No venganza. Justicia.

Nova tembló. Lo dijo con convicción, aunque no estaba segura de que reconociera la diferencia en su propio corazón.

¿Y en el mío?, se preguntó.

¿Quería venganza contra el Consejo, o justicia?

Al pensarlo, todo su cuerpo empezó a pesarle.

Esto no era para ella. Este momento de paz. Esta sensación de seguridad. Este mundo sin héroes ni villanos, donde ella y Adrian Everhart podían sentarse tomados de la mano dentro de un sueño infantil.

Este mundo no existía.

Frotándose la frente, Adrian soltó un suspiro.

–Lo siento. *Esto* –dijo, señalando a su alrededor– debe ser un sueño, no una pesadilla.

Un amago de sonrisa retorció las comisuras de su boca.

–Es un sueño, Adrian. El primero que he tenido en mucho tiempo.

Sus ojos brillaron al escuchar sus palabras. Luego extrajo el rotulador del bolsillo de sus jeans y miró alrededor.

–Tengo una idea –dijo, volviéndose hacia un muro de piedra ruinoso. Empezó a bosquejar. A Nova le sorprendía que pudiera crear algo real y tangible de la nada. Podía seguir así sin parar, creando un sueño dentro de un sueño dentro de un sueño.

Dibujó un enorme par de auriculares que extrajo de la piedra. Los extendió hacia Nova.

—Auriculares anti-ruido —explicó—. Ni siquiera el ruido de balas los atraviesa —le empujó el hombro suavemente con la banda de la cabeza.

Nova arrugó la nariz con escepticismo, pero tomó los auriculares y deslizó los audífonos acolchados sobre las orejas. Al instante, el mundo, que ya había estado en silencio, se atenuó hasta alcanzar un silencio impenetrable, solo alimentado por el estruendo de su propio pulso, el tamborileo de sus propios latidos del corazón.

Los labios de Adrian se movieron. Una pregunta, pensó, pero Nova sacudió la cabeza mirándolo.

Él sonrió. Se recostó hacia atrás, extendiendo el brazo sobre el trozo de musgo. Una invitación.

Ella dudó mucho menos tiempo del debido, y luego se recostó y apoyó la cabeza en la curva entre su hombro y su pecho. Le llevó un momento ponerse cómoda con los auriculares puestos, pero cuando lo hizo, se dio cuenta de que ahora había dos corazones latiendo uno contra otro. Aunque los aromas de la jungla habían poblado el recinto, estando tan cerca de Adrian sintió el fuerte olor químico de la pintura, mezclado con un trasfondo de jabón con fragancia de pino.

Su atención recaló en la estrella. Su brillo jamás se atenuó. Jamás se intensificó. Jamás cambió en absoluto. Tan solo se cernía, de modo pacífico y permanente.

Y este muchacho, este muchacho asombroso, había producido todo esto.

Recordó por qué había venido aquí esta noche. Para encontrar el Talismán de la Vitalidad. Para protegerse del próximo combate con el Agente N. Para cumplir con su deber.

Podía esperar. Tan solo una hora más. Quizás, dos. Luego dormiría a Adrian y continuaría con su plan.

Por ahora, en este sueño extraño e imposible, podía esperar.

Lenta y regularmente, sus latidos quedaron sincronizados. Nova los oyó palpitando en conjunto durante lo que pudo haber sido una eternidad. Seguía mirando la estrella cuando, inesperadamente, dejó de titilar, y cayó en un sopor profundo y sin sueños.

CAPÍTULO 31

Despertó con el sonido de pájaros. En aquel lugar confuso entre la vigilia y el sueño, parecía completamente normal que el arrullo de las palomas y el chillido de los cuervos hubieran sido reemplazados por el gorjeo y cotorreo de criaturas mucho más exóticas.

La tranquilidad duró solo un instante. Abriendo los ojos con brusquedad, Nova se incorporó hacia arriba, una mano hundida en el musgo y la otra aterrizando sobre un par de auriculares desechados. Una manta cayó alrededor de sus caderas.

—Cielos —dijo Adrian. Se hallaba sentado a unos metros, con la espalda contra la estatua. Un enorme cuaderno descansaba a su lado, con un lápiz apoyado en el margen interior. Desde donde estaba, Nova alcanzó a identificar un tucán dado vuelta y a medio dibujar.

Sonrió.

—Para alguien que nunca, nunca, *nunca* duerme, cuando quieres puedes dormir como una profesional.

Nova palmeó sus ojos, intentando sacudirse la modorra.

–¿Qué hora es?

–Casi las cinco –dijo–. *De la tarde*. Has estado durmiendo casi veinticuatro horas seguidas. Lo cual, según mis cálculos, quiere decir que no estás ni cerca de haberte puesto al día –su expresión se tornó seria, y una pequeña arruga se formó sobre el puente de sus gafas–. Intenté llamar al número que hay en tu expediente para avisarle a tu tío dónde estás, pero decía que lo habían desconectado. ¿Hay algún otro número que deba probar? Debe estar preocupado.

Lo miró parpadeando, perpleja, incapaz al principio de distinguir entre el "tío" fingido, mencionado en sus papeles oficiales, y Ace. Sentía la cabeza llena de pesada niebla y se preguntó si todo el mundo se despertaba… tan *grogui*. Esa era la palabra para ello, ¿verdad? *¿Grogui?*

¿Cómo lo soportaba la gente?

–No, está bien –dijo, sacudiendo la cabeza–. Está acostumbrado a que desaparezca de noche y no regrese durante varios días. Es difícil estar encerrada mientras todo el resto de la gente duerme. Además, ahora que realizo turnos de patrullaje… –rastrilló los dedos a través del cabello, intentando quitar algunos nudos–. En fin, revisaré… eh… mi expediente. Probablemente, ingresaron mal el número –se volvió a frotar las pestañas y le sorprendió hallar pequeñas secreciones blancas adheridas–. ¿Realmente dormí durante…? –quedó paralizada, una punzada de pánico surcó sus miembros–. ¿Crees que es a causa de Max? ¿Será algún tipo de secuela?

–¿Qué, no crees que puedan reconocerse los méritos de mis auriculares mágicamente eficientes y anti-ruidos?

Nova frunció el ceño, incluso mientras sus dedos se posaban sobre ellos.

Pero luego advirtió que estaba bromeando.

–En realidad, lo pensé. Podría estar relacionado. Max mencionó estar padeciendo un ligero insomnio desde que estuviste aquel día en el área de cuarentena. Sabemos que obtuvo una pequeña porción de tu poder. Quizás ahora *puedas* dormir, pero por elección y no por necesidad… O quizás… se deben dar las condiciones adecuadas –dirigió una mirada reflexiva a los auriculares.

Nova los rodeó con los dedos. Incluso ahora, después de tantos años, podía oír los disparos en la cabeza con fuerza ensordecedora. No estaba convencida de que un par de auriculares le dieran paz a su mente tras diez años de terror.

O quizás no tuviera que ver en absoluto con los auriculares. Se sonrojó, recordando lo que sintió al reposar la cabeza en el pecho de Adrian para oír los latidos de su corazón. Hubo un sentimiento que no recordaba haber experimentado desde pequeña.

La sensación increíble de estar *a salvo*.

Adrian la observaba con expresión seria.

–No te preocupes, Nova –dijo, inclinándose hacia ella–. Hace semanas que entraste en contacto con Max, y esta es la primera vez que duermes desde entonces. Estoy noventa y nueve por ciento seguro de que sigues siendo una prodigio a pesar de ello.

Ella parpadeó, dándose cuenta de lo equivocado que estaba respecto de lo que fuera que estuviera viendo en su rostro. Creyó que estaba preocupada por sus poderes, pero aquello estaba muy lejos de la verdad. Sabía que su verdadero poder, la habilidad de Pesadilla de dormir a las personas, seguía intacto. Aquello no la asustaba.

No, lo que temía era algo mucho peor, y tenía mucho más que ver con caer sumida en una dulce inconsciencia en brazos de Adrian Everhart.

Tenía miedo, incluso ahora, de la impaciencia que sentían sus dedos por estirarse y tocarlo, cuando jamás había sentido la necesidad de tocar *a nadie*, salvo que fuera para desarmarlos.

Y quizás estuviera aterrada de lo difícil que resultaba evitar que su mirada se desviara hacia su boca, o del cosquilleo que había empezado a sentir en sus propios labios traicioneros, o de sus propios latidos golpeando con estruendo como una banda de percusión dentro del pecho.

Los ojos de Adrian se estrecharon ligeramente.

—¿Qué sucede? —preguntó, dudando y desconfiando un poco.

—Nada —susurró ella.

Todo, retrucó su mente.

¿Para qué estaba aquí?

No para dormir. No para contarle a Adrian los secretos que había guardado a salvo durante toda su vida. No para que le recordaran por enésima vez lo diferentes que podrían ser las cosas si solo…

Pues si solo las cosas fueran diferentes.

¿Qué estaba haciendo aquí?

Su mirada saltó a las ramas de los árboles circundantes, donde distinguió un loro completamente blanco.

—Los pájaros son nuevos —dijo, deseando cambiar de tema, pensar en otra cosa antes de que su mente volviera a desviarse hacia los besos.

Por un instante, Adrian no respondió, y Nova estaba desesperada por saber lo que estaba pasando por su mente.

¿También había pensado en besarla?

Sus dedos sujetaron la manta en la que había estado envuelta mientras dormía. *Veinticuatro horas.* Adrian debía haber despertado hacía siglos. ¿Cuánto tiempo había estado sentado aquí mientras ella dormía? ¿Había estado observándola? ¿Y por qué aquella posibilidad que normalmente le habría resultado irritante, por no decir directamente perturbadora, ahora todo lo que hizo fue suscitar inquietud por haber dicho algo incriminatorio mientras dormía? O, peor… ¿echar babas?

No, no, eso no era peor. Se sacudió mentalmente, obligándose a ordenar sus pensamientos.

Por eso era peligroso dormir. Confundía a la mente, y ella necesitaba estar totalmente alerta. La hacía vulnerable, por más segura que se hubiera sentido en brazos de Adrian.

—Parecía que faltaba fauna —respondió él—, y tenía un poco de tiempo libre. Y ahora sé que hay un límite a la cantidad de loros que puedo dibujar sin perder el interés.

Nova sacudió la cabeza con recelo. Si alguna vez Callum se apoderaba de los cuadernos de Adrian, se pondría loco de alegría.

—Eres consciente de que eres increíble, ¿verdad? Quiero decir… puedes crear *vida*. Primero, aquel dinosaurio, y ahora ¿un ecosistema entero?

Él rio, y aunque desde luego su piel era demasiado oscura, estaba casi segura de que estaba sonrojándose.

—No lo pienso así. Puedo crear… la ilusión de vida —siguió las alas azules de un pájaro mientras brincaba sobre las copas de los árboles—. Tengo una vaga idea de cómo vuelan las aves, y sé que comen insectos, y que si los persigue un halcón echan a volar. Pero jamás aprenderán o crecerán más allá del momento actual. No harán nidos ni empollarán huevos. Se parecen más a autómatas que a pájaros reales.

Nova lo miró e intentó convencerse de que sus humildes comentarios estaban justificados, pero sabía que estaba rebajándose.

Típico de Adrian.

Antes de que pudiera responder, alguien gritó desde lo que parecía un lugar muy lejano…

—¡Adrian! ¡La comida está lista!

Nova se tensó, escudriñando su santuario selvático.

Había olvidado por completo que estaban en un espacio cerrado, y no entre las ruinas cubiertas de vegetación de una ciudad antigua.

Estaban dentro de su casa. Su *mansión*. La que compartía con Dread Warden y el Capitán Chromium.

Y sus padres estaban aquí.

Adrian también pareció momentáneamente nervioso.

—Oye —dijo, cerrando el cuaderno sobre el lápiz—, ¿tienes hambre?

Los labios de Nova se separaron. De pronto, empezó a respirar con jadeos breves y molestos.

La cena. Una cena familiar de todos los días.

Con *ellos*.

Volvió a cerrar la boca y se obligó a asentir.

–Sí, claro. De hecho, estoy muerta de hambre.

–Yo también –se paró y le ofreció una mano. Ella fingió no verla mientras se ponía de pie, apoyándose en el muro de piedra derrumbado. No estaba lista para volver a tocarlo. No quería saber cuánto lo disfrutaría.

Para cuando volvió a mirarlo, la mano de él se había deslizado dentro de su bolsillo. Además de la camiseta de manga larga, se había cambiado los jeans y puesto unos pantalones deportivos, y había algo tan íntimo y relajado en su aspecto que casi le pareció todavía más apuesto.

Y él era apuesto.

Ya lo había notado. Al parecer, lo había notado cientos de veces: el ángulo elevado de sus pómulos; los labios carnosos que tan fácilmente cedían a aquella sonrisa sutil. Incluso las gafas, que enmarcaban sus oscuros ojos con su gruesa montura, añadían un aire de gracia y sensibilidad a sus rasgos. Cuando se detenía a pensar en ello, se le resecaba la boca.

Empezaba a pensar que podría estar verdaderamente en apuros.

Siguió a Adrian a través del espeso follaje y las enredaderas colgantes. Él apartó a un lado las hojas de una planta de aspecto prehistórico, y apareció una sencilla puerta de madera empotrada en una sencilla pared blanca.

Nova miró hacia atrás una última vez, deseando haberse tomado el tiempo para admirar la estatua, y la estrella… lo que empezaba a pensar como *su* estrella, antes de cruzar el umbral de la puerta y regresar a la realidad.

CAPÍTULO 32

Nova siguió a Adrian fuera del sótano y nuevamente escaleras arriba por la estrecha escalinata. La cabeza le trabajaba a toda marcha, intentando determinar qué posibilidades había de que esto fuera una trampa.

No demasiadas, pensó. Había estado durmiendo una noche y un día enteros y, por más incómoda que la hiciera sentir, tenía que admitir que no había sucedido nada. Nadie la había atacado ni atrapado.

Y sin embargo, no podía bajar la guardia, no por completo. Siempre existía la posibilidad. Una posibilidad de que Winston hubiera finalmente revelado la identidad de Nova, o de que hubieran sacado a la luz alguna evidencia incriminadora contra ella mientras dormía. Veinticuatro horas era más que tiempo suficiente para que algo fallara en los planes.

Adrian empujó la puerta en lo alto de la escalera, y ella se preparó para lo que enfrentaría al volver a entrar en el imponente vestíbulo. Pero la mansión parecía tan silenciosa y ordenada como antes.

Lo siguió a un comedor formal, con revestimiento de madera y una araña de cristal suspendida sobre una mesa de madera de cerezo, tan grande como para acomodar a doce personas o más. En lugar de estar servida con porcelana fina y cubiertos de plata, la mesa estaba cubierta de periódicos, muchos aún envueltos en bandas elásticas, pilas de correo basura y dos ejemplares de la revista *Héroes Hoy*.

Adrian se abrió paso a través de otra puerta, y Nova quedó envuelta en el sonido de vida: platos que tintineaban, el zumbido de un ventilador, el golpe rítmico de un cuchillo contra una tabla.

En el instante en que entró en la cocina abierta, sus ojos saltaron no a los dos hombres que se hallaban cocinando, sino a las enormes ventanas arqueadas que rodeaban un rincón informal de desayuno, y a una puerta que podría conducir a una salida... o tal vez a una despensa; al bloque de cuchillos sobre la mesada de granito; a la sartén de hierro fundido que hervía a fuego lento sobre el fogón, y a la hilera de taburetes que se harían añicos contra el Capitán Chromium, pero podrían ser capaces de dejar a Dread Warden sin sentido si se blandían con suficiente fuerza.

Una vez que ubicó todas las salidas posibles y dedujo la cantidad de armas potenciales suficientes como para confiar en que no se encontraría impotente ni siquiera en esta situación, se atrevió a saludar a sus anfitriones.

Hugh Everhart extendió una mano hacia ella, sujetando una cuchara de madera en la otra.

—Nova, nos encantó enterarnos de que cenarías con nosotros.

Ella contuvo el aliento al estrecharle la mano, preguntándose si su poder funcionaría contra el invencible Capitán Chromium.

Preguntándose, en segundo lugar, en qué momento Adrian había subido para informarles a sus padres que tenía una invitada. ¿Fue antes o después de pasar la noche extraoficialmente?

Hugh le señaló la barra, donde Simon Westwood cortaba zanahorias en bastones delgados.

—Estamos casi listos —dijo—, pero sírvete con toda libertad un bocadillo mientras esperas.

Simon empujó un plato en dirección a ella, lleno de tomates cherry y bastones de pimiento crudo. La atención de Nova, sin embargo, se dirigió al enorme cuchillo de cocinero que tenía en la mano. Luego notó su delantal a cuadros azul, algo tan diferente a cualquier prenda en la que hubiera imaginado a Dread Warden que por un instante le pareció que podría estar soñando. Así eran los sueños, ¿verdad? Ridículos, absurdos y absolutamente imposibles.

Cuando pensaba en estos dos superhéroes, siempre los imaginaba en el medio de una batalla, generalmente, una en la cual ella se encontraba descubriendo algún modo astuto de matarlos a ambos a la vez. Jamás los había imaginado en casa, haciendo algo tan mundano como preparar la cena juntos.

—Adrian —dijo Hugh, vertiendo las zanahorias sobre la bandeja—, ¿puedes ir abajo y traer otra lata de tomates de la despensa?

—Claro —respondió él. Se llevó un bastón de zanahoria a la boca mientras se levantaba de la mesada. Le dirigió a Nova una sonrisa rápida de aliento, y desapareció nuevamente por la puerta trasera.

—La despensa está en el otro extremo del corredor —dijo Simon, disponiendo los vegetales sobre el plato. Le llevó a Nova un instante darse cuenta de que le estaba hablando a ella—. Resulta fastidioso cuando te olvidas de algo en la mitad de una receta. Hace mucho que tenemos la intención de vaciar el armario de las escobas —señaló con la barbilla una estrecha puerta cerrada— y convertirlo en una despensa nueva, pero por algún motivo se vuelve a llenar con objetos de superhéroe.

Era tal la rapidez con que los pensamientos invadían la cabeza de Nova que apenas lo comprendía. ¿Una despensa? ¿Tomates en lata?

Intentó relajar los hombros, regularizar su respiración, admitir para sí que un ataque no era inminente.

Pero de todos modos dio un paso hacia el costado para estar más cerca del bloque de cuchillos de cocina. Por si acaso.

—Me temo que esta comida no estará a la altura de nuestro nivel habitual, por lo menos cuando tenemos una invitada especial —dijo Hugh. Se hallaba parado junto a la cocina, removiendo una salsa roja y burbujeante—. Pero ha sido un largo día para ambos, y no esperábamos que hubiera invitados al llegar a casa —la miró de soslayo, sus ojos casi brillaban con picardía.

—Yo ni siquiera esperaba que me sirvieran una cena hecha en casa —comentó Nova. Su atención saltó de la salsa de tomate al colador de tallarines humeantes en el fregadero, a una sartén llena de carne picada cocida.

—Espero que te guste la comida italiana —dijo Hugh—. No eres vegetariana, ¿verdad?

Ella sacudió la cabeza, y observó mientras raspaba la carne para echarla dentro de la salsa.

—Me encanta la comida italiana —respondió, intentando igualar la insólita normalidad—. Papá era italiano, y mamá solía cocinarnos pasta todo el tiempo para complacerlo. Pero nunca fue su especialidad. No le salía tan bien como su lumpia.

—Oh, me encanta la lumpia —afirmó Hugh, con entusiasmo excesivo.

Nova mordió la parte interior de su mejilla, casi esperando que leyera sus pensamientos. *Mi papá, mi mamá, que ya no están aquí. Que estaban tan convencidos de que vendrías, de que los protegerías. Que me enseñaron a creer que nos protegerías.*

Pero Hugh continuó revolviendo la olla, con expresión serena.

—¿Cuál es el origen de McLain? —preguntó Simon, provocándole un sobresalto—. Si tu papá era italiano.

El corazón le martilleaba en el pecho. Lo había olvidado. No era Nova Artino; al menos, no aquí. Era Nova Jean McLain.

—Eh… mi… abuelo —balbuceó—. Abuelo paterno. Era escocés, pero… vivió en Italia. Por un tiempo.

Simon emitió un murmullo, manifestando cierto interés. Un murmullo educado. Un murmullo para hablar de cosas irrelevantes.

¿Había conseguido engañarlos? ¿O intentaban encontrarla con la guardia baja? A pesar de lo jovial de su conducta, advirtió que Hugh tenía sombras azuladas bajo los ojos y una barba incipiente sobre la mandíbula, usualmente bien afeitada. Simon también parecía menos animado de lo habitual.

–¿Se encuentran bien? –preguntó.

Simon soltó una risa entre dientes; él y Hugh se miraron con expresión compasiva.

–Adrian nos contó que anoche dormiste mucho –comentó, arrastrando las puntas de las zanahorias hacia su palma y arrojándolas al fregadero del otro lado de la barra–. Supongo que no te contó las novedades.

–¿Novedades?

La puerta a sus espaldas se abrió, y Adrian emergió con una lata de tomates troceados, como si fuera un trofeo.

–Misión cumplida.

–Gracias, Adrian –dijo Hugh, tomando la lata. En lugar de emplear un abrelatas, hundió las uñas en el borde y desprendió la tapa de aluminio hacia atrás. Luego vertió el contenido dentro de la salsa–. Simon estaba contándole a Nova sobre el Centinela.

Ella y Adrian quedaron inmóviles.

–¿El Centinela? –preguntó Nova.

–Sip –asintió Simon con gravedad–. Está vivo.

Adrian hizo un gesto de contrariedad. Le resultó extraño a Nova: a pesar de las veces que él la había escuchado *a ella* quejarse del Centinela, jamás había dicho nada negativo sobre el vigilante. Por lo menos, no que recordara. Tenía la sospecha secreta de que sentía cierta admiración por el individuo.

–Así es –añadió Adrian–. Supongo que debí mencionarlo. En este momento está en todos los noticieros.

Nova lo miró parpadeando. Su tono era extraño… Evasivo.

Simon se deslizó de la banqueta y rodeó el bar, pasando delante de Nova. Al ver el cuchillo que llevaba en la mano, todos sus músculos se contrajeron. Sus dedos se curvaron como garras, identificando el trozo de piel justo que emplearía para dejarlo inconsciente.

Él tomó un paño de la mesada y empezó a secar el cuchillo.

—Disculpa —dijo, volviéndose hacia ella.

Nova se sobresaltó.

—Claro, perdón —se apartó con cuidado de él.

Simon dejó caer el cuchillo dentro del bloque junto con el resto.

Nova intentó deshacer el nudo que sentía en el estómago, irritada por su propia reacción exagerada.

—Así que… ¿cómo sabemos que está vivo?

—Se enfrentó con una de nuestras unidades de patrullaje. ¿Conoces a Congelina y su equipo? —Simon recordó de inmediato y rio, pero sin mucho humor—. Claro que sí. Las pruebas. De cualquier manera… los enviaron para atrapar a Espina. Finalmente, teníamos algunas pistas sólidas sobre su paradero, y… pues, la hallaron —un músculo se crispó bajo su barba.

—¿Y?

—Llegaron a tiempo para ver al Centinela torturándola… aplastando algunos de sus miembros.

Nova se echó hacia atrás.

—¿Qué?

A su lado, Adrian levantó un bastón de zanahoria y lo hundió con fuerza en un tazón de salsa.

—Cuando se dio cuenta de que los Renegados estaban allí, asesinó a Espina, delante de sus propios ojos. Luego los atacó.

Nova miró a Adrian, en parte para que lo confirmara, pero se hallaba fulminando el mostrador con la mirada.

—Dejen que adivine —dijo ella—. Logró escapar. De nuevo.

–Es una advertencia más de que no debe ser subestimado –señaló Simon.

Nova exhaló.

–Pero ¿por qué atacaría a Espina así? ¿Por qué no atarla y dejarla a los Renegados, como todos aquellos criminales que atrapó antes?

–Creemos que pudo tratarse de un ajuste de cuentas –respondió Hugh–. Por el ultraje que le causó en la barcaza.

–¿Estamos seguros de que podemos creerle a Congelina todo esto? –preguntó Adrian, rompiendo otra zanahoria entre los dedos con un chasquido–. Si quieren saber mi opinión, me parece un poco descabellado.

–Hemos recuperado el cuerpo de Espina –dijo Simon–. Hemos visto la destrucción provocada por la batalla con el Centinela. La historia coincide.

Adrian abrió la boca para decir algo más, pero vaciló. Con los ojos aún chispeando de furia, masticó con fuerza la zanahoria.

Nova cruzó los brazos sobre el pecho. El Centinela vivo despertaba toda una serie de sentimientos de los que se había olvidado desde que lo vio hundirse en el río. Él había estado resuelto a encontrar a Pesadilla. Más que ningún otro.

Con suerte, tal como los Renegados, también creería que estaba muerta.

Llevaron la comida al rincón del desayuno. Nova dejó que Adrian se sentara primero y luego se deslizó junto a él para no quedar atrapada contra la pared. Pero incluso aquella mínima cuestión estratégica la hizo sentir medio ridícula, y empezaba a olvidar el motivo de su preocupación anterior.

Había dormido durante horas bajo este techo. *Veinticuatro horas*. Y no le había sucedido nada. No sabían que era Pesadilla. No sabían que era una Anarquista ni la sobrina de Ace. Para ellos, era una Renegada hasta la médula.

¿Qué estaba haciendo aquí?

Ace estaba consumiéndose en sus catacumbas, y ella estaba cenando con sus enemigos.

Por un rato, se había sentido cómoda; incluso, segura. Se había dejado llevar por un mural y un sueño. Había imaginado lo que sería volver a tocar a Adrian, quizás incluso besarlo. Había admirado sus gafas, por banal y patético que fuera.

Pero ninguna de esas eran las razones por las cuales estaba aquí.

Probablemente, debía felicitarse. Había iniciado esta farsa con la intención de pasar algunas semanas dentro del cuartel general y aprender lo que pudiera de la manada de fanáticos con los que convivía a diario, pero en cambio, había logrado esto: estar sentada en el hogar de dos de sus principales objetivos. Confiaban en ella; quizás, incluso les cayera bien.

Hizo una pausa.

¿Les caía bien?

Miró con enojo las tenazas mientras Hugh alzaba los espaguetis sobre su plato, obligándose a no sentir curiosidad, a que no le importara. Podía usar esto a su favor. Todo esto: su confianza, el descuido en su rutina. Esta era su oportunidad para sonsacarles información. No podía desperdiciarla.

—Entonces —preguntó Adrian, bebiendo un sorbo de agua—, ¿consiguieron obtener nueva evidencia del Centinela en la escena del crimen del astillero? ¿Contamos ahora con alguna pista sobre su identidad?

—Siguen analizándolo —dijo Hugh—. Hasta ahora, la única pista sólida que tenemos es que podría ser el prodigio más arrogante que esta ciudad jamás tuvo.

Simon rio.

—¿El más arrogante? No creo que haya nadie que te supere en ese aspecto.

Hugh sonrió. Para sorpresa de Nova, la miró *a ella*.

—Siempre me están volviendo loco, pero no saben lo difícil que es ser tan encantador. Hace falta una gran dedicación.

Sin saber qué decir, Nova le sonrió a su vez y metió un bocado lleno de pasta en la boca.

Adrian partió una hogaza de pan, soltando una nube de vapor.

—A mí me da la impresión —dijo, con la expresión distante— de que ha estado intentando ayudar a la gente. ¿Qué hay de lo que ustedes hicieron allá en la Era de la Anarquía?

Hugh y Simon se tensaron, y Nova tuvo la impresión de que no era la primera vez que tenían esta conversación.

—No había reglas para seguir en aquella época —dijo Simon—. No existía la autoridad del código. Hacíamos lo que había que hacer para detener a los villanos que dirigían la ciudad. Pero imagina si siguiéramos operando así. Si cada prodigio hiciera lo que quisiera, cuando lo quisiera, en nombre de la justicia, no tomaría mucho tiempo para que todo se viniera abajo. La sociedad sencillamente no funciona de ese modo, y tampoco podemos hacerlo nosotros.

Nova se mordió el interior de la mejilla. En cierto sentido, estaba de acuerdo: ciertamente, la sociedad necesitaba reglas y consecuencias.

Pero ¿quién había elegido al Consejo para dictaminar aquellas normas?

¿Quién decidía qué castigos se infligían por romperlas?

—Sabemos que ha habido mucha controversia respecto de las acciones del Centinela —dijo Hugh—. Si son buenas o malas, útiles o dañinas. Pero la pelea en el astillero demuestra que no es… completamente estable. Tenemos que encontrarlo y detenerlo.

—Te refieres a neutralizarlo —replicó Adrian, con la mandíbula tensa.

—Si llegara el caso —respondió Hugh—. El surgimiento del Centinela es un buen ejemplo de lo importante que es mantener a la población de prodigios bajo control. Tenemos que asegurarnos de que los villanos

de este mundo jamás volverán a ascender al poder. Sé que hay ciertos...
escrúpulos con respecto al Agente N dando vueltas entre las tropas, pero
no podemos tener a ningún prodigio ejerciendo sus poderes sin restric-
ción de ningún tipo.

—Hablando de lo cual, ¿sabes a qué me recuerda el Centinela? —preguntó Simon, y Nova tuvo la clara impresión de que estaba cambiando
de tema para evitar una discusión. Señaló hacia Adrian con el tenedor.
Este aspiró un rápido aliento—. Aquella historieta que escribiste cuando
eras un muchacho. ¿Cómo se llamaba? ¿Rebel X? Rebel...

—¡Rebel Z! —exclamó Hugh, alegrándose—. Lo había olvidado por
completo. Tienes razón, el Centinela se parece bastante a él, ¿verdad?

El tenedor de Adrian quedó detenido a centímetros de su boca.

—¿Saben acerca de eso?

—Por supuesto que sí. Recuerdo aquel verano cuando casi no hiciste
otra cosa.

—Sí, pero... no creí que lo hubieran visto. Yo... estoy casi seguro de
que no se lo mostré a nadie.

Hugh y Simon tuvieron la decencia de lucir avergonzados. Hugh encogió los hombros.

—Quizás le echamos un vistazo cuando no estabas mirando. ¡No podíamos evitarlo! Estabas tan concentrado y no nos contabas nada. Moría-
mos por saber lo que era.

—Y eran geniales —exclamó Simon, como si su entusiasmo pudiera
apaciguar el detalle menor de haber invadido su privacidad—. ¿Los ter-
minaste alguna vez?

Adrian bajó el tenedor y volvió a girarlo entre los espaguetis. Tenía
los hombros tensos.

—Terminé tres ejemplares, y luego perdí el interés. Definitivamente,
no eran geniales. Me sorprende que siquiera lo recuerden.

—A mí me pareció fantástico —afirmó Simon.

—Tenía once años, y eres mi papá. Tienes que decir eso.

—Siempre me pregunté si Rebel Z podría estar inspirado en quien les habla —comentó Hugh guiñando el ojo.

—Pues no —dijo Adrian, sin expresión.

—Ah, bueno. No puedes culpar a tu viejo por ilusionarse.

—¿De qué hablamos? —interpuso Nova.

—Nada —soltó Adrian, al tiempo que Simon respondía.

—Una historieta que Adrian empezó hace años. Sobre un superhéroe sometido a una alteración biológica, ¿verdad?

Echando un suspiro, Adrian lo explicó, sin mucho entusiasmo.

—Se trataba de un grupo de veintiséis chicos secuestrados por un científico maligno y sometidos a un montón de ensayos para transformarlos en prodigios. Solo sobrevivía a los ensayos el niño número veintiséis. Se transformaba en un superhéroe y se proponía como misión vengarse del científico y de todos sus secuaces. Más adelante iba a haber una gran conspiración gubernamental, pero nunca llegué tan lejos.

—Parece interesante —respondió Nova, solo bromeando a medias. Era evidente que esta conversación lo había hecho sentir muy incómodo. Quería empatizar, incluso si no parecía que fuera motivo de perturbación. Una historieta realizada años atrás... ¿a quién le importaba? Pero vamos, siempre había odiado cuando Leroy quería conocer sus inventos antes de que estuvieran listos para mostrarlos, así que quizás lo entendiera después de todo—. ¿Puedo leerla?

—No —dijo—. Estoy casi seguro de que lo echaron todo a la basura.

—No lo creo —respondió Hugh—. Me parece que está todo en una caja, en algún lugar de la oficina, o quizás en el depósito.

Adrian le dedicó una mirada aún más fría que los carámbanos de Congelina.

—Pues si alguna vez lo encuentras de casualidad, me encantaría verlo —dijo ella.

Simon carraspeó, y Nova pudo presentir que estaba a punto de cambiar una vez más de tema antes de que Adrian tomara la decisión de no volver a traer jamás a una chica a cenar.

—Nova —dijo, secándose el bigote con la servilleta—, ¿cómo van las cosas en el sector de armas y artefactos? ¿Encontraste alguna vez... lo que buscabas?

Nova fingió inocencia.

—¿A qué se refiere?

—Imaginé que parte de tu motivo para enviar una solicitud al departamento tenía algo que ver con tu interés por el casco de Ace Anarquía.

Aunque Nova sintió que su corazón estaba a punto de estallar en el pecho, Simon no parecía más que jovial al volverse hacia Hugh.

—Debiste verla con la réplica. Le echó un solo vistazo y supo que era falso. Me impresionó —le sonrió—. ¿Ya te mostraron el verdadero?

—Me mostraron la caja dentro de la cual está —dijo Nova, moviendo la comida en el plato.

Simon asintió.

—Espero que haberlo visto por ti misma haya sido un alivio. No parecías convencida cuando te dije que lo teníamos a buen resguardo.

Nova le echó un vistazo a Adrian, y supo que ambos estaban pensando en su conversación durante las Olimpíadas de Acompañantes.

—¿Está seguro? —preguntó. Su rostro era una máscara inexpresiva.

Hugh soltó una carcajada.

—No me vayas a meter en problemas —masculló Adrian.

—¿Qué? —preguntó Hugh—. ¿A qué te refieres?

—Es solo que Adrian cree que él *podría* abrir esa caja si se lo propusiera.

—¡Ja! ¿Adrian? No. Ni en sueños —Hugh se metió un bocado de pasta en la boca, como si la conversación hubiera terminado.

—Obviamente, no lo he intentado —dijo Adrian—. Pero creo que es posible.

—¿Cómo lo harías? —preguntó Simon.

—¿Dibujando una puerta en la caja?

—¡Una puerta! —Hugh rio entre dientes—. Por favor. Eso es... —vaciló, y su ceño se arrugó apenas—. Jamás funcionaría. ¿No lo crees?

Todos intercambiaron miradas inciertas.

Nova bebió un sorbo de agua, evitando mirar a nadie a los ojos para que no advirtieran su incipiente urgencia.

—En realidad, no tiene importancia. Adrian jamás intentará conseguir ese casco. Pero sí plantea un asunto interesante. Hay tantos prodigios, con tantas habilidades. ¿Cómo saben que la caja es infalible si jamás han desafiado a nadie para que la abra? Es solo una caja.

—Solo una caja —Hugh resopló, y su preocupación momentánea parecía haber pasado—. Es una teoría interesante, pero no tiene sentido especular. Me conozco y sé cómo funcionan mis poderes. Solo hay un prodigio que puede abrir esa caja, y no es Adrian —le dirigió un mirada ceñuda— ni ningún otro del que tengamos que preocuparnos.

—¿En serio? —preguntó Nova—. ¿Quién es?

Hugh arrojó una mano en el aire, exasperado.

—¡Yo!

Nova alzó una ceja.

—¿Porque podría... manipular el cromo un poco más?

—Vaya, claro. O podría fabricar un mazo para darle un golpe si tuviera ánimos destructivos. Pero el casco está a salvo. Nadie ha conseguido aún llegar a él, y nadie lo hará jamás.

El pulso de Nova se aceleró, el inicio de una idea susurrando en lo más profundo de su mente.

¿Un mazo de cromo?

¿Funcionaría? ¿Podría un arma fabricada del mismo material ser lo suficientemente fuerte como para destruir la caja?

Solo si la fabricaba el mismísimo Capitán, sospechó. Como quedó comprobado con su experimento electrolítico, aquella caja no estaba hecha de cromo *normal*. Como el Capitán, sus armas eran... pues, extraordinarias.

–¿Irás a la gala mañana por la noche? –preguntó Simon, y Nova estaba tan perdida en sus especulaciones que le llevó un instante advertir que la pregunta iba dirigida a ella.

–¿A la gala? –preguntó, intentando recordar qué día era–. ¿Ya es mañana?

–Me hice la misma pregunta hace unas horas –comentó Hugh–. Hemos recibido un montón de sponsors de último momento, y todo indica que será una bonita fiesta. Música en vivo, un servicio completo de catering. Será divertido. De cualquier manera, tienes que venir. ¿Sabes, Nova? Empiezas a ser respetada entre muchas personas de la organización... especialmente, entre los jóvenes. Sería muy importante que estuvieras allí.

Nova forzó una sonrisa apretada, aunque la desazón se apoderó de ella al advertir las implicancias de sus palabras y lo que se había convertido a los ojos de los Renegados.

Ella era Nova McLain. La superheroína y la impostora.

CAPÍTULO 33

Nova recordó poco más sobre la conversación durante la cena, la mayor parte de la cual giró alrededor de los planes del Consejo para los programas de alcance comunitario en curso. Finalmente, Hugh y Simon se levantaron de la mesa y empezaron a cargar el lavaplatos, moviéndose como un equipo bien ensayado. Nova los observó un instante, incapaz de conciliar esta sencilla tarea doméstica con los superhéroes que habían derrotado a Ace Anarquía.

–Entonces… –empezó a decir Adrian, atrayendo una vez más su atención hacia él. Ahora parecía más calmo, y sospechó que estaba aliviado de que la cena hubiera terminado–. Probablemente, tengas que regresar a casa.

Lo miró parpadeando, y casi soltó una carcajada.

Regresar a casa.

Seguro.

–¿Y esa película que nunca pudimos ver? –formó una sonrisa forzada.

Así fue cómo Nova se halló nuevamente en la guarida de Adrian, sentada en el gastado sofá. La industria del entretenimiento era una de las actividades que se había interrumpido durante la Era de la Anarquía. Desde entonces había empezado a repuntar lentamente. Por eso, la colección entera de sus películas consistía de "clásicos" de hacía treinta años. Nova no había visto ninguna.

Adrian eligió una película de artes marciales, pero a ella no le importó realmente qué elegía. No la estaría viendo de cualquier manera.

Él se instaló en el sofá. Sin tocarla, pero lo suficientemente cerca como para sugerir que podía haber algún contacto si ella lo elegía. O quizás no hubiera un motivo oculto, y sencillamente tenía un sitio favorito, un cojín preferido.

Nova se reprendió por los rápidos latidos del corazón. Casi parecía que un desconocido le hubiera secuestrado el cuerpo. Alguien que había olvidado quién era y de dónde venía. O, más importante aún, quién era *Adrian*.

Esta atracción tenía que terminar. Ella era una Anarquista. Era *Pesadilla*.

¿Qué creía que pasaría exactamente cuando él se enterara? Porque con el tiempo lo descubriría. Era inevitable. Una vez que obtuviera el casco, y el Talismán de la Vitalidad, y ya no tuviera que jugar este juego.

Tomando un respiro tranquilizador, se acercó un poco más a Adrian y apoyó la cabeza sobre su hombro. Él se tensó, pero fue apenas un instante. Luego deslizó el brazo alrededor de ella, y ella se dejó caer sobre su costado, previniéndole a su cuerpo que no se relajara. Que no se permitiera gozar de su tibieza ni de la fuerza sutil de aquel brazo, ni del olor a pino que podría haber sido jabón o loción de afeitar.

Esta vez, sus pensamientos calculadores se sobrepusieron a los latidos de su corazón. El *tic-tac* del reloj mental resultó más rápido que su pulso.

Los créditos iniciales de la película se deslizaron sobre la pantalla. Un hombre apareció caminando penosamente a través de un temporal. En lo alto de una montaña se erigía un templo inhóspito.

La mano de Adrian descansaba sobre su pierna. Con la mayor naturalidad posible, Nova hizo un ademán como para tomarla. Estaba a instantes

de enlazar los dedos con los suyos cuando él se apartó, moviendo el cuerpo tan rápido que ella estuvo a punto de caer en el espacio entre los cojines.

Se enderezó.

Adrian se había vuelto para mirarla, levantando una rodilla sobre el sofá. Tenía una expresión de preocupación, pero sus hombros permanecían firmes. Nova se retrajo, sus mecanismos defensivos erigiéndose como los muros de un castillo.

—La gala de mañana por la noche —soltó sin más, las palabras pronunciadas a tal velocidad que se confundieron en una única afirmación confusa.

Nova lo miró boquiabierta.

—¿Disculpa?

—La gala. Si tú vas y yo voy, y… ¿Te gustaría que fuéramos juntos? Me refiero a como si fuera una cita. Esta vez, oficialmente —su nuez de Adán se deslizó de arriba abajo en la garganta—. Sé que aquella vez en el parque fui poco claro, así que ahora lo diré de entrada. Me gustaría que fueras mi pareja. En realidad, me encantaría… —hizo una pausa antes de añadir, un tanto avergonzado—… si es lo que tú deseas.

La mandíbula de Nova se descolgó. Su mente quedó en blanco, e intentó formular una respuesta basada en la lógica y la estrategia, y en lo que Ace querría que hiciera, y en si convenía a su causa o no, y en si esto cambiaría algo, pero solo podía pensar en lo adorable que era Adrian cuando estaba nervioso.

Y también…

Aún le gusto.

A pesar de todos los avances rechazados, de todos los silencios incómodos. Había estado tan segura de que ya no le interesaba tras el penoso final de su no-cita en el parque, y sin embargo… esto. No solo pedirle que fuera su pareja, sino ver lo *contento* que estaba por ello.

—Está bien —susurró.

Ya habría tiempo para planear una estrategia.

El rostro de Adrian se iluminó.

—¿En serio? —con un gesto de confirmación, volvió a recostarse sobre el respaldo y a apoyar el brazo sobre los hombros de Nova. Exhaló—. Genial.

Volvió a acomodarse contra él. Una parte de ella quería estar feliz, pero lo único que sentía era pavor.

Conseguiría aquel casco, y Ace Anarquía regresaría al poder. Los Renegados caerían. La sociedad se encargaría de enseñarles a sus propios hijos, de plantar sus propios vegetales, y todos serían más fuertes por ello. Mejores por ello.

Y Nova también sería más fuerte y mejor.

Pronto, habría acabado con las mentiras. Habría acabado con los secretos.

Y Adrian habría acabado con ella.

En la pantalla, el hombre acababa de entrar en el templo. Su cuerpo se perfilaba contra las enormes puertas en tanto la nieve soplaba en rachas a su alrededor.

Nova intentó aquietar sus pensamientos, volver a concentrarse en lo que debía hacer.

Había venido aquí a buscar el Talismán de la Vitalidad. Por un momento, se le cruzó la idea de que simplemente podía preguntarle a Adrian acerca de él, y sabía que probablemente se lo prestaría, en especial, si le decía que quería visitar a Max.

Pero no, si todo iba bien, ella llevaría aquel talismán como Pesadilla, no como Insomnia, y cuantos menos rastros hubiera que la conectaran a su alter ego, mejor.

—¿Nova? —preguntó Adrian, en voz tan queda que casi creyó que estaba imaginándolo.

Ella levantó la cabeza.

Él sostuvo su mirada apenas un segundo antes de inclinarse y besarla.

Nova jadeó a escasos centímetros de su boca, sobrecogida no solo por la sorpresa, sino por la corriente eléctrica que sacudió cada nervio de su cuerpo.

Adrian se apartó, nuevamente preocupado. Sus ojos eran una interrogación; sus labios, una invitación.

La boca de Nova se sintió abandonada. El beso había sido demasiado breve, y sus manos anhelaban tocarlo; su cuerpo entero, desesperado por acercarse aún más.

Aunque sabía lo que debía hacer y sabía que esto era una idea terrible, extendió la mano detrás de su cuello y jaló su boca nuevamente sobre la suya.

El beso se intensificó rápidamente. Curiosidad contenida, y luego, de la nada, una necesidad urgente e insatisfecha. De estar más cerca, de besar aún más profundamente, de tocar su rostro, su cuello, su cabello. Los brazos de Adrian rodearon su cintura y la jaló encima, volteando el cuerpo de Nova de modo que quedó acunada entre sus brazos.

De pronto, emitió un siseo y se apartó bruscamente.

Sus ojos se alzaron de golpe, el corazón le trepó a la garganta. Los rasgos de Adrian se hallaban retorcidos por el dolor.

—¿Adrian?

—Nada —dijo entre dientes, una mano presionando su costado. Su rostro se volvió a suavizar al mirarla.

—¿Qué…?

—Nada —repitió, y luego estaba besándola de nuevo, y la inquietud por lo que fuera que lo había lastimado, había desaparecido. Nova se hallaba temblando, abrumada por tanto contacto físico. Los labios de Adrian, la mano entre su cabello, la otra contra sus costillas. Su cuerpo estaba tendido a medias sobre su regazo, los latidos de su corazón, palpitando con fuerza contra su pecho, y sus labios, *cielos, sus labios…*

Y, sin embargo, aquella voz susurró en un rincón recóndito de su mente, recordándole por qué estaba allí a pesar del deseo de ignorarla.

Los dedos de Adrian se curvaron sobre su nuca. Nova se hallaba tan reclinada que sintió el brazo del sofá bajo sus hombros. Cerró los ojos con fuerza, queriendo creer que esto era el mundo entero. Solo Adrian Everhart y cada una de sus mágicas caricias.

Pero aquella voz era implacable, le recordaba que esto *no* era real. Esto jamás podía ser un lugar de pertenencia para ella. Adrian Everhart no estaba destinado para ella, y por cierto ella no estaba destinada para él.

Salvo que... aquella voz se desvaneció, ahogada por el ruido de fondo, reemplazada por el calor de su boca y la fuerza de sus brazos, y otra voz, aún más queda, se dio a conocer. Una voz que pudo haber estado intentando llamar su atención desde el momento mismo en que conoció a Adrian y su corazón dio un brinco ante su sonrisa abierta.

¿Por qué no?

¿Por qué no podía pertenecer aquí? ¿Por qué no podía tener esto? Sencillamente, no regresaría jamás. Seguiría fingiendo ser Nova McLain, Renegada, durante el resto de su vida. Nadie tendría que saberlo jamás. *Esto podía ser real.*

Besó a Adrian aún más fuerte, y él gimió a modo de respuesta. Si solo pudiera sujetarlo con fuerza suficiente... Si pudiera hacer que este momento durara...

Bang. Bang.

Sus ojos se abrieron a toda velocidad. Adrian no pareció darse cuenta, sus dedos habían descubierto en aquel momento la piel desnuda de su cintura. Ella tembló al sentirlo, se estremeció ante la abrumadora convergencia de tantos deseos, estrellándose dentro de ella de una sola vez.

La suave voz de disenso quedó sepultada rápidamente bajo su culpa creciente. No, no, *no*. Elegir a Adrian sería abandonar a los Anarquistas, abandonar a Ace.

Bang.

Elegir a Adrian sería abandonar cualquier posibilidad de vengar a Evie y a sus padres.

Nova cerró los ojos con fuerza, incluso más que antes, esperando bloquear el sonido de los disparos a medida que su objetivo volvía a ponerse de manifiesto. Y recordó por qué estaba aquí. Por qué *realmente* estaba aquí.

Le había fallado a su familia una vez cuando la necesitaban. No lo haría de nuevo.

Se sujetó contra Adrian, aferrando un puñado de camisa con los dedos de cada mano. Las lágrimas estallaban tras sus párpados. Tenía que hacer esto. Tenía que hacerlo.

Si no lo hacía, podría olvidar *por qué.*

Mientras su cuerpo ardía entre los brazos de Adrian, Nova liberó su poder en el punto de unión de sus labios, cuidando de que la atravesara lo más suavemente posible. Hacía mucho tiempo que no usaba su poder con delicadeza. No desde que durmió a su hermana todos aquellos años atrás.

De todos modos, el efecto se produjo a la misma velocidad.

Los dedos de Adrian soltaron su cabello; sus brazos se aflojaron; su cabeza rodó a un lado, poniendo fin al beso, y su cuerpo se derrumbó sobre el respaldo del sillón, aprisionando a Nova contra los cojines. Su respiración, que instantes atrás había sido tan errática como la suya, se desaceleró.

Nova exhaló.

Miró arriba, al cielorraso, con la vista nublada por lágrimas aún no derramadas. Se detuvo un momento, memorizando el peso de su cuerpo y el calor que emanaba de sus prendas. Estaban enredados, las rodillas de ella enroscadas alrededor de la cadera de él; los brazos de él atrapados bajo la espalda de ella. Sus propios dedos se hallaban apoyados sobre su cuello, y era tan fácil imaginar lo perfecto que podía ser este momento si solo fuera real. Solo una chica y un muchacho, abrazándose, robándose besos, durmiéndose uno en brazos del otro. Todo tan sencillo y sin complicaciones.

Si solo…

Empezó a liberarse, moviéndose lentamente, aunque sabía que él no despertaría. Al levantar su propio peso del sofá y deslizarse sobre el suelo, Adrian se reacomodó y se hundió en el sillón. El costado de su rostro rozó contra el cojín y torció sus gafas.

Nova extendió la mano hacia sus sienes y le quitó las gafas del rostro. Plegó las patillas y las apoyó sobre la mesa de centro. Luego fue a tomar una manta de su cama alborotada. Lo cubrió con ella, pensando en que él había hecho lo mismo cuando ella dormía. ¿Se habría detenido para observar su rostro sereno como lo hacía ella ahora? ¿Había considerado besarla mientras dormía como Nova tuvo la tentación de hacer? Seguía sintiendo un hormigueo en los labios, tras interrumpir el anhelo insatisfecho.

Pero Nova sabía que Adrian jamás le robaría un beso de ese modo, y tampoco podía hacerlo ella.

En cambio, se puso de pie, enderezó sus prendas y luego examinó la habitación. No podía estar segura de cuánto tiempo tenía. Usar su poder con delicadeza como lo había hecho tendía a acortar la duración del sueño; además, últimamente sus poderes parecían diferentes. Ligeramente debilitados, desde que quedó atrapada en el área de cuarentena con Max.

Pero por lo menos disponía de una hora. Quizás, dos. Tendría que ser suficiente.

¿Dónde guardaba el Talismán?

Echó un vistazo, primero, bajo su cama, y luego en las gavetas de un pequeño escritorio, pero solo halló pequeños componentes electrónicos, trozos de lápices de colores, y un kit completo para realizar tatuajes, seguramente alguna otra de sus múltiples actividades artísticas. Revisó su colección de videojuegos, y una cómoda llena de camisetas, calcetines y ropa interior, tras lo cual la imagen de Adrian en bóxers de algodón negros fue prácticamente imposible de quitarse de la cabeza.

Con las mejillas ardientes, se acercó a una estantería en el rincón, donde una pila de cuadernos desgastados se encontraba intercalada entre una colección de historietas y un set de figuras de acción del Dúo Desastre. De pequeña, había guardado una vez un juego de química entero dentro del interior vaciado de un diccionario geográfico, así que supuso que se trataba de tan buen escondrijo como cualquier otro.

Extrajo una pila de cuadernos de bocetos y empezó a hojearlos, pero en uno tras otro se encontró con páginas reales de libros reales, con *sorprendentes* dibujos reales. Paisajes urbanos y retratos, y página tras página de símbolos extraños, una serie de rizos fuertemente enroscados, como resortes, y otros que parecían pequeñas llamas, pero no había contexto para lo que Adrian pudo haber estado pensando cuando los dibujó. Les seguían algunos dibujos conceptuales preliminares para el mural de la siguiente habitación.

Nova cerró con un golpe el último cuaderno y volvió a ponerlo sobre el estante.

El medallón estaba en algún lugar de esta casa. Tenía que estar. Adrian no se lo habría dado…

El aliento quedó atrapado en su garganta.

Por supuesto. Se lo daría a alguien, pero solo a una persona. Él mismo se lo había dicho. *Antes debemos dárselo a Simon.*

Nova resopló. Se alejó de la estantería y caminó a hurtadillas alrededor del sofá. No se atrevía a volver a mirar a Adrian. Temía que la tentación de acurrucarse junto a él y de olvidar su tarea fuera demasiado fuerte para resistir una segunda vez.

Cuadrando los hombros, se encaminó escaleras arriba.

CAPÍTULO 34

Una vez en el vestíbulo, Nova se detuvo un instante para aguzar el oído. Aún podía oír la dramática melodía de la película, y tras inclinar la cabeza un largo instante, creyó oír una ducha que corría en algún lugar de la segunda planta.

Enderezó los hombros y empezó a subir la escalinata de roble. Los antiguos escalones gimieron, rechinando bajo sus pasos.

Al llegar arriba, había un par de puertas dobles a su izquierda. Debía ser la habitación principal. Alguien se hallaba dentro yendo y viniendo, y silbando para sí. También de allí provenía el agua que corría, aunque toda la casa parecía zumbar en tanto el agua circulaba a toda prisa a través de las tuberías.

Frente al descanso había otro corredor. Nova se escabulló hacia delante.

La primera puerta que abrió terminó siendo un armario de ropa blanca.

La segunda le provocó una sonrisa.

Un despacho.

Nova se deslizó dentro, dejando apenas una pequeña hendija para oír si alguien se acercaba por el corredor.

Estaba segura de que Simon no había estado usando el Talismán de la Vitalidad a la hora de la cena. Si Adrian se lo había dado, entonces quizás estuviera en su dormitorio o en su oficina, en el cuartel general. Pero no podía revisar ninguno de los dos en aquel momento.

Por lo menos, era posible que encontrara algo útil revisando la oficina mientras aguardaba, esperando que ambos Concejales se quedaran dormidos sin su ayuda.

Se acercó al enorme escritorio, rebosando de pilas de papeles y carpetas, una de las cuales se había desplomado sobre un teclado. Nova tomó la carpeta que se encontraba encima y examinó la etiqueta, luego la siguiente, revisando todas las pilas, buscando cualquier cosa que fuera útil. Pero todas parecían ser anteproyectos que el Consejo se hallaba considerando o ya había promulgado: proyectos sociales en curso alrededor de la ciudad, planes para construcciones futuras, acuerdos comerciales con naciones extranjeras.

Se volvió hacia las gavetas, y encontró una llena de estadísticas e informes de índices de criminalidad de varios países. Cerca de la parte de arriba había una lista de las ciudades alrededor del mundo que tenían sindicatos de Renegados en marcha.

Era una lista extensa.

Nova la apartó a un lado y se volteó hacia un archivador junto a la pared. Dentro, había gruesas carpetas que trazaban los proyectos y planos para los cuarteles generales y otras propiedades operadas por los Renegados, desde detalles de sistemas de alarmas hasta permisos para la instalación de elevadores. Nada acerca del casco. Nada acerca del Agente N. De todos modos, no resultaba información desdeñable en absoluto.

Sacó algunos documentos para revisar después y los colocó junto a la lista de sindicatos internacionales.

Siguió buscando, aunque presintió que su suerte y su tiempo empezaban a menguar.

Volteándose hacia las bibliotecas amuradas, examinó los lomos de enormes volúmenes de guías legales y manifiestos políticos, todos publicados antes de la Era de la Anarquía. En el estante inferior había un puñado de álbumes de fotografías. Se sobrepuso a la curiosidad, azuzada por la posibilidad de ver adorables fotografías infantiles de Adrian y, en cambio, tomó una caja. Retiró la tapa y se quedó helada.

Un monstruo la observaba malévolamente desde el interior.

Conteniendo el aliento, puso la tapa a un lado y levantó la hoja superior, donde habían dibujado una criatura, garabateada frenéticamente con crayón negro. El bicharraco en sí era una sombra amorfa que se extendía hasta los bordes del papel; solo había dos huecos en blanco donde debieron estar sus ojos.

Ojos vacíos e inquietantes.

El monstruo de Adrian.

Nova levantó el dibujo que había estado debajo. Otra ilustración de la criatura: una masa flotante de tinieblas. Dos brazos extendidos, casi parecidos a alas. Una cabeza protuberante, cuya única particularidad eran aquellos ojos vigilantes y estremecedores.

Hojeó algunos dibujos más, aunque era más de lo mismo. Lo mismo, aunque cada uno con pequeñas diferencias. Notaba que algunos habían sido realizados cuando era muy pequeño, y sus trazos eran fruto de la emoción más que de la habilidad. Pero otras ilustraciones posteriores tenían detalles más desarrollados. En algunas, los brazos con forma de ala terminaban en dedos huesudos o garras afiladas. A veces, era una sombra amorfa; otras, alto y endeble. Unas veces sus ojos eran rojos; otras, amarillos, y otras, eran rasgados como los de un gato. En ocasiones, el monstruo blandía un arma: una espada dentada, una jabalina, grilletes de hierro.

¿Cuánto tiempo había acechado sus sueños esta criatura? Resultaba increíble que él mismo no hubiera acabado sufriendo insomnio.

En la parte inferior de la pila de dibujos encontró una colección de páginas engrapadas. Nova las sacó de la caja; una pequeña carcajada de sorpresa escapó de sus labios.

Sobre la portada, en un estilo artístico mucho más elaborado que las imágenes del monstruo de las pesadillas, había un dibujo de un niño pequeño, de tez oscura, con una chaqueta de fuerza blanca y una insignia sobre el pecho que decía *Paciente Z*. Se hallaba amarrado a una silla y tenía una maraña de electrodos y cables conectados a su cabeza rasurada, cada uno conectado a varias máquinas. El típico científico loco se cernía sobre él, garabateando sobre una tablilla.

Un título se hallaba impreso nítidamente encima: *Rebel Z: número 1*.

Su boca se retorció en una sonrisa divertida. Nova dio vuelta la primera página. El niño de la cubierta aparecía intentando comprar una chocolatina en un supermercado, pero al no tener monedas suficientes en el bolsillo lo rechazaban. Los periódicos sobre un mostrador junto a la caja registradora exhibían titulares que advertían acerca de niños desaparecidos y conspiraciones gubernamentales.

Un subtítulo rezaba: "Yo fui la víctima número veintiséis del doctor".

Tomando las páginas engrapadas del lomo, Nova hojeó el resto del cuaderno. Pasaron a toda velocidad imágenes del niño, junto con otros, encerrados en celdas y sometidos a diferentes pruebas por el científico y sus secuaces, las enfermeras. En la última página, el niño aparecía llorando sobre el cuerpo de una chica, la Paciente Y. El globo del diálogo final decía: "Encontraré una manera de escapar y te *vengaré*. ¡Vengaré a todos!".

Al final: *Continuará…*

Nova sacudió la cabeza, sonriendo abiertamente ante la posibilidad de echar un vistazo a la imaginación de Adrian a los once años, y se dispuso a tomar el Número 2 de la caja. Sus dedos acababan de tomarlo cuando oyó una puerta que se abría al final del corredor.

Quedó inmóvil.

Pisadas.

De inmediato, su mente vociferó una excusa. *Adrian decidió que quería que viera estas viejas historietas, después de todo. Estaba a punto de llevarlas abajo para mirarlas y...*

Pero no hizo falta. Las pisadas descendieron pesadamente las escaleras.

Oyó, inmóvil. En algún momento durante su búsqueda el agua había dejado de correr por las tuberías.

Metió las historietas en la caja y la cerró, empujándola de nuevo sobre el estante. Tomó la carpeta con los detalles de los planes del cuartel general y la lista de dignatarios internacionales.

Se acercó a la puerta y se asomó fuera. Las puertas dobles del otro lado del rellano se encontraban entreabiertas; una luz azul se derramaba hacia fuera junto con el sonido de las noticias de la noche.

Nova frunció el ceño. Solo había oído a uno de ellos yendo abajo, así que el otro seguía dentro.

Las opciones eran esperar a que ambos se durmieran y luego deslizarse dentro para revisar la habitación o crear una distracción para que salieran.

La primera opción parecía ser la menos riesgosa.

Esperaría. Y si Adrian volvía a despertar mientras lo hacía, pues lo volvería a dormir.

Tenía toda la noche.

Cuando estuvo segura de que el camino estaba despejado, se deslizó dentro del corredor y volvió a escabullirse escaleras abajo, manteniéndose cerca de la pared donde había menos posibilidad de que los viejos clavos chirriaran bajo sus pasos. Llegó al vestíbulo y estaba dando la vuelta a una columna cuando volvió a oír el silbido.

Provenía del corredor. Tendría que pasar directamente al lado para regresar al sótano.

Armándose de valor, cruzó hacia el otro lado y se lanzó a través de la puerta dentro del comedor, cerrándola silenciosamente tras ella. Con el pulso acelerado, echó un vistazo al recinto con su elegante revestimiento de madera, su araña reluciente y las pilas de sobres desparramadas. Pensó en meterse bajo la mesa, pero resultaría demasiado sospechoso si la atrapaban. En cambio, deslizó el archivo bajo una pila particularmente caótica de sobres y se precipitó dentro de la cocina, donde el lavaplatos estaba funcionando y el olor a ajo sobrevolaba en el aire.

Ya no se oían los silbidos.

Contuvo el aliento.

Luego la puerta del comedor se abrió, y se retomaron los silbidos.

Maldiciendo, Nova corrió al mejor escondrijo que vio: el armario que Simon había señalado que convertirían, algún día, en una despensa.

Abrió la puerta de un tirón. Sus pies se detuvieron y retrocedió, atónita.

Había una varilla de madera en la parte superior en la que habitualmente habrían colgado abrigos y chaquetas, pero se encontró mirando, increíblemente, la capa negra de Dread Warden y el brillante body azul del Capitán Chromium. Ambos estaban metidos dentro de bolsas de plástico con etiquetas de tintorería sujetas a sus colgadores. Amontonados sobre el suelo por debajo había seis pares de botas de los Renegados, y un cinturón de herramientas no muy diferente al de Nova, que colgaba de un gancho sobre la parte trasera de la puerta.

Su mandíbula se descolgó.

Allí estaba.

El Talismán de la Vitalidad, colgando alrededor del cuello del disfraz de Dread Warden, destellando bajo la luz de la cocina.

¿Qué hacía en un *armario de escobas*?

Tragando con fuerza, extendió la mano y descolgó la cadena del gancho. Era más pesada de lo que esperaba, más o menos del tamaño de una moneda, con la mano y la serpiente grabadas sobre su superficie negra.

Estuvo a punto de soltar una carcajada. No podía creer haberlo encontrado... encontrado de verdad, realmente haberlo *conseguido*.

Lo abrochó en su nuca y metió el medallón bajo el cuello de su camisa, sintiendo el hierro tibio contra la piel.

La puerta de la cocina se abrió. Nova giró de golpe.

Simon Westwood lanzó un chillido de sorpresa y, muy brevemente, titiló y se volvió invisible. Luego regresó, aferrándose el pecho.

—Lo siento —farfulló Nova—. Estaba... um... buscando... ¡un bocadillo! Acabo de recordar que la despensa estaba... —señaló hacia la puerta del comedor— por allá, ¿verdad? Al final del corredor. Lo siento. No quise ser entrometida.

Simon hizo un gesto con la mano, desestimando sus disculpas.

—No, no, está bien. Es una casa grande. Es fácil confundirse —habiéndose recuperado del susto, se dirigió a un armario elevado y jaló la puerta para abrirlo—. Guardamos los bocadillos aquí. ¿Dónde está Adrian?

—Se quedó dormido —dijo ella, encogiendo los hombros con timidez—. Parecía tan cansado a la hora de la cena. No quería despertarlo.

—Ah —señaló el armario abierto, surtido con una variedad de galletas y patatas fritas—. Bueno, toma lo que quieras.

—Gracias.

Simon tomó una chocolatina para sí, lo cual sorprendió a Nova. Jamás hubiera imaginado que Simon Westwood fuera goloso. Espabilándose, Nova cerró la puerta del armario y fue a echarle un vistazo a los bocadillos.

Simon estaba a mitad de camino de la puerta cuando se volteó para mirarla.

—Sé que tal vez no debería decir nada, pero... sabes, eres la primera chica que Adrian ha traído a casa para presentarnos.

Se sonrojó.

–En realidad, fui yo quien vino a verlo, así que… No sé si cuenta.

Riendo entre dientes, Simon asintió, y su cabello rizado cayó sobre su frente.

–Puede ser. Aunque creo que a la larga lo habría hecho.

El color de sus mejillas se intensificó aún más, lo cual odiaba. ¿Todos los padres avergonzaban así a sus hijos?

Pensarlo le provocó una punzada de dolor en el pecho. Jamás sabría lo que era ser avergonzada por su padre, y jamás invitaría a un muchacho a conocer al *tío Ace*.

–Buenas noches, Nova –dijo Simon, saliendo de la cocina.

Sus hombros se hundieron, descargando la tensión acumulada, y levantó la mirada hacia el cielorraso, aliviada.

Nova decidió regresar a buscar la carpeta oculta cuando se marchara, y se dirigió nuevamente abajo.

Adrian seguía profundamente dormido. Se tomó un momento para analizar su rostro, intentando convencerse de que quería estar segura de que no despertaría: los planos de sus mejillas, la acerada mandíbula, los labios que ya no resultaban tan enigmáticos pero eran más tentadores que nunca.

–Lamento tanto que tuvieras que ser el enemigo –susurró.

Luego volvió a entrar a hurtadillas en la sala del mural. Había una última cosa que debía tomar de esta casa.

La jungla asaltó sus sentidos aún más intensamente ahora que podía compararla al mundo real. Los pájaros seguían arriba entre las ramas, chillando y graznando, y quedó sumergida en el perfume embriagante de las flores.

Desde la entrada, solo alcanzó a vislumbrar un destello del hombro de la estatua y una franja de la capucha. Nova se abrió paso a través de la maleza hasta quedar parada nuevamente delante de ella.

En el sueño de su niñez, era todo lo lejos que había llegado. Recordaba con claridad la sensación de asombro al pararse delante de esta estatua, atrapada en aquel estado de inconsciencia y fantasía. Incluso ahora se sentía arrebatada por lo imposible que resultaba, por el milagro de esta diminuta estrella creada de la nada.

Había querido tocarla en el sueño, pero jamás pudo hacerlo: despertó demasiado pronto.

Sus manos temblaban al alzarlas con los dedos extendidos. Un instinto íntimo le señaló que debía acercarse con sigilo a la estrella. Como si moverse demasiado rápido la ahuyentaría.

Relumbraba, como consciente de su presencia. Cuando llegó a escasos centímetros, advirtió que había empezado a cambiar de color, de un blanco vibrante a un tono más cálido e intenso: un dorado cobrizo, como el material que su padre solía extraer del aire.

Nova unió las manos y rodeó la estrella. Su calor latió contra las palmas.

Exhalando, llevó las manos ahuecadas nuevamente a su pecho. En su corazón empezó un golpeteo vertiginoso. Se atrevió a separar los pulgares; apenas lo suficiente. Lo suficiente para ver la estrella encerrada dentro.

De pronto, emitió un fogonazo que la cegó. Nova tropezó hacia atrás, volteando la cabeza hacia un costado.

El resplandor dejó una mancha fulgurante sobre sus párpados. No se desvaneció durante mucho tiempo mientras parpadeaba y miraba sus manos de reojo. La impresión de luz en su visión empezó a dispersarse y miró asombrada a su alrededor. Destellos de delgados capilares dorados vibraban en el aire.

Nova cerró los ojos con fuerza, frotándolos con los nudillos.

Cuando los volvió a abrir, las siluetas extrañas de luz habían desaparecido, y también la estrella.

Su pecho se contrajo por la decepción, pero le siguió una carcajada. ¡Cuánta ingenuidad!

¿Qué había esperado? ¿Que podría llevársela con ella? ¿Que podría conservar esta estrella para siempre, para recordar esta noche de felicidad absoluta? ¿Una noche construida sobre mentiras y decepción?

Con un suspiro, regresó arduamente a través del follaje. Estaba a punto de llegar a la puerta cuando una luminiscencia llamó su atención.

Quedó paralizada. Una sombra se movió sobre un tronco caído. Se volteó, buscando la fuente de luz, y las sombras volvieron a desplazarse. No había nada detrás de ella.

Dio una vuelta completa, y el movimiento de luces y sombras giró con ella.

Nova descendió la mirada. Jadeando, extendió el brazo delante, mirando el brazalete de filigrana que su padre le había dejado, sin terminar.

Ahora, en el lugar donde el soporte de metal había estado vacío durante tantos años, sin una piedra preciosa encima, emanaba la luz de una única estrella dorada.

—Oh, por todos los cielos —masculló. Transcurrió un minuto intentando hundir los dedos bajo la piedra y liberarla de las garras, pero no se movió.

Oyó el crescendo de música dramática, proveniente de la televisión en la habitación de Adrian. Apretando los dientes, jaló la manga encima del brazalete y regresó adonde estaba. Los créditos finales se deslizaban sobre la película, y él seguía dormido sobre el sofá, pero sabía que no tardaría en despertar.

Nova enderezó el cuerpo de Adrian con un ligero empujón y se acurrucó a su lado. Apenas se había dejado caer en los cojines cuando él gimió y se estiró, abriendo los párpados.

Al verla, se sobresaltó, y retrajo rápidamente el brazo que ella había colgado subrepticiamente sobre sus propios hombros.

–¿Nova? Yo… –frunció el rostro adormecido–. ¿Qué…?

Sonrió, lo más radiante que pudo.

–Tanta pintura debió cansarte. Creo que te perdiste toda la película.

–¿Me quedé dormido? –echó un vistazo a la televisión, frotándose los ojos–. L-lo siento.

–Descuida. Yo dormí veinticuatro horas, ¿recuerdas?

–Sí, pero… estábamos… –alargó la mano para tomar las gafas sobre la mesa y deslizarlas sobre su rostro con expresión preocupada–. ¿Acaso no estábamos…? –su voz se perdió.

–Tengo que irme a casa –dijo Nova, ruborizándose cuando recordó el beso–. Te veré en la gala, ¿sí? Intenta descansar un poco más.

La miró boquiabierto. Su confusión empezó a despejarse.

–La gala, claro. Te veré allí.

Antes de que pudiera echarse atrás, Nova se inclinó y lo besó ligeramente en la mejilla.

–Buenas noches, Adrian.

Luego subió las escaleras a toda velocidad, con una estrella en la muñeca, un medallón oculto bajo su camisa y una cruel punzada de excitación que le aleteaba en el pecho.

CAPÍTULO 35

–¿Y crees que esta Lanza de Plata funcionará? –preguntó Ace, la voz cargada de desdén mientras discutían sobre la pica de cromo que la mayoría del mundo creía que había destruido su casco.

–No estoy completamente segura –respondió Nova–. Pero el Capitán Chromium definitivamente dio a entender que una de sus armas de cromo sería lo suficientemente fuerte como para averiar la caja. Siempre y cuando yo consiga blandirla con el vigor suficiente –su gesto se ensombreció. Dejó que su mirada se paseara entre cada uno de sus compañeros–. Conseguiré ese casco como sea. Si no puedo romper la caja, entonces traeré el armatoste entero de regreso, y después pensaremos en una solución.

–Sí –dijo Ace, con una mueca de desprecio–. Lo haremos.

Nova podía ver el resentimiento en las sombras de sus ojos, y aunque no creía que la telequinesis de Ace fuera capaz de abrir la caja del Capitán, advirtió que quería intentarlo.

–Quizás Leroy pueda preparar una pócima que calcine el cromo. O…

quizás haya otra cosa en la bóveda que nos pueda servir. Ya revisé la base de datos dos veces, y no parece haber nada, pero volveré a fijarme…

Una mano cayó sobre su hombro. Leroy le sonreía, las cicatrices de su rostro tensas alrededor de su boca torcida.

–Descubriremos un camino, Nova. Has concebido un sólido plan. Procedamos un paso por vez.

–¿Qué se supone que debemos hacer mientras que tú lo haces… *todo*? –preguntó Honey. Presionó una mano sobre la boca para cubrir un bostezo, y la luz de las llamas parpadeantes arrancó destellos del esmalte metálico color dorado que cubría sus uñas–. Nosotros también somos villanos, ¿sabes? Podemos asumir alguna responsabilidad.

–No somos villanos –respondió Ace, apretando una mano para formar un puño–. Quizás sea el retrato que nuestros enemigos han pintado de nosotros, pero no dejaremos que nos defina. Somos librepensadores. Revolucionarios. Somos el futuro de…

–Oh, lo sé, lo sé –dijo Honey, desestimándolo con la mano–. Pero a veces es divertido satisfacer las expectativas de otros. No significa que tengamos que tomarnos todo tan literalmente.

Ace estaba a punto de decir algo más, pero luego se inclinó sobre las rodillas, sacudido por un violento acceso de tos. Nova se levantó de un salto, pero Phobia ya se encontraba arrodillado junto a él, presionando los dedos esqueléticos entre sus omóplatos.

Nadie habló hasta que la tos se hubo silenciado. La tensión era palpable cuando Ace colapsó contra el respaldo de su silla, resollando.

–Tan solo… tráeme mi casco –dijo, fijando los ojos en Nova–. *Por favor.*

–Lo haré –susurró–. Te prometo que lo haré.

–Tus temores no verán la luz –siseó Phobia. Con el rostro envuelto en sombras, Nova no supo a quién se dirigió–. El paso del tiempo no conseguirá devorar tu gran visión. Todo esto no habrá sido en vano.

Entonces, es Ace, pensó, mientras su tío asentía agradecido en dirección a la figura encapuchada.

—Espero que tengas razón, mi amigo —dijo. Se paró, apoyándose un instante sobre el hombro de Phobia—. Estoy orgulloso de ti, mi pequeña pesadilla. Sé que esto no ha sido fácil, pero tus tribulaciones se acercan a su fin. Pronto, volveremos a ser fuertes, y yo tomaré la antorcha que tú has encendido y los conduciré a todos a una nueva era.

Se inclinó sobre ella y ahuecó su rostro. Tenía la piel tan fría como el mismísimo sepulcro.

—Gracias, tío —respondió—. Ahora, por favor, ve a descansar.

No discutió al dirigirse cojeando hacia la cama con dosel, que alguna vez había sido un lecho suntuoso. Una cortina de huesos cayó, dividiendo el recinto con un estrépito hueco, y lo ocultó de la vista.

—Tras todos estos años —dijo Honey—, uno creería que habría aprendido a hablar como un ser humano normal.

Nova la miró con desaprobación. Tenía la relativa certeza de que aún podía escucharlos a través de la cortina de huesos.

—Pasa el día leyendo filosofía antigua —dijo Leroy, señalando la extensa colección de tomos encuadernados en cuero, apilados contra uno de los sarcófagos de mármol—. ¿Qué esperas?

Honey se mostró poco impresionada. Luego volvió su atención a Nova.

—Entonces, ¿qué quieres que hagamos mientras tú te paseas con el *artiste*?

—Leroy ya hizo su trabajo —dijo, haciendo un esfuerzo por ignorar la mirada sugestiva de Honey.

—Facilitado por aquellos artefactos que hallaste —Leroy señaló la caja de cartón que contenía seis esferas con aspecto de granada.

Los misiles de niebla, de Fatalia, habían terminado siendo la carcasa perfecta para la última invención de Nova: un dispositivo de dispersión cuya finalidad era liberar el Agente N en forma de nube de gas al detonarse. Había conseguido sacar a hurtadillas un puñado de ampollas adicionales de la sustancia durante la sesión más reciente de entrenamiento, y con algunas alteraciones basadas en los experimentos de Leroy, confiaba en que los dispositivos estuvieran listos para usarse.

—Necesitaré un conductor para el momento de la huida —señaló Nova—. Alguien que me lleve al cuartel general y me traiga de regreso.

—Por supuesto —respondió Leroy.

—Y alguien tendrá que llevar mi brazalete a casa cuando me marche de la gala, de modo que si lo rastrean después, tenga una coartada.

Honey hizo una mueca de desprecio, mostrándose desinteresada, pero luego puso los ojos en blanco.

—Está bien.

—Gracias —respondió Nova, sin expresión en la voz—. No podría hacerlo sin ti. Phobia, al principio pensé que podías ayudarme, asistiéndome en caso de emergencia, por si algo falla, pero ahora… —consideró el muro de calaveras que los dividía de Ace—. Tal vez, sea mejor si alguien permanece aquí.

—Yo podría asistirte en caso de emergencia —dijo Honey.

Nova hizo un gesto de desazón.

—Pues… gracias, pero… creo que prefiero algo más sigiloso y furtivo.

Honey la miró fijo, y por un momento Nova creyó que la había ofendido.

—Tienes razón, no es lo mío.

—Pero —continuó, tragando— hay una cosa más con la que me puedes ayudar. Yo… voy a necesitar un vestido.

Por fin, el rostro de Honey se iluminó.

—Algo práctico —añadió Nova con rapidez.

—Oh, cariño, soy una supervillana; no soy otra cosa más que práctica —guiñó un ojo.

—Sí, ya me di cuenta —masculló.

—Elegiremos algo cuando regresemos a la casa —Honey se balanceaba sobre los dedos de los pies–. Tengo un trajecito de lentejuelas sexy que podría funcionar…

—No quiero algo sexy.

La Abeja Reina rio burlona.

—Un vestido que no sea sexy *no* es una opción.

Arrugó la nariz.

—Bueno… pero entonces… no demasiado sexy.

—Ya veremos —dijo, alzando un hombro con un leve encogimiento–. ¿Sabes? Solían invitarme a galas y fiestas todas las semanas. Oh, los cócteles, y el *baile*… —suspiró con melancolía–. Los Heraldos, sabes. Siempre hacían las mejores fiestas. Cualquier persona que se considerara importante tenía que estar presente.

Nova miró a Phobia. Se hallaba tan inmóvil como una de las terroríficas estatuas de santos en el rincón.

—Déjame adivinar… Honey tiene un profundo temor a perderse algo.

Leroy rio, e incluso Phobia emitió un siseo que podría haber sido una carcajada.

—Entre otras terribles inseguridades —señaló.

—¿Qué? —chilló Honey–. ¡No soy insegura! —tomó una calavera extraviada y se la arrojó a Phobia, que la bloqueó con un golpe de su guadaña. El cráneo cayó con un sonido hueco sobre el suelo, y Nova se estremeció. No pudo ignorar que alguna vez había pertenecido a una persona de verdad.

Phobia dio vuelta la guadaña y atravesó una de las cuencas de los ojos con la punta de la cuchilla, levantándola del suelo. Tomó el cráneo entre sus dedos huesudos y lo apoyó cuidadosa y casi tiernamente de nuevo sobre uno de los estantes de piedra que revestía las catacumbas.

—Ya verán —dijo Honey, y Nova volvió la atención hacia ella–. Te divertirás esta noche, despojando de poder a aquellos tiranos arrogantes;

arriesgándolo todo para conseguir tus objetivos; recuperando lo que es por derecho nuestro. Créeme, querida, será divertido –le dio un empujoncito a Leroy con el extremo de su zapato puntiagudo–. ¿Acaso no estás de acuerdo?

–Efectivamente, todos estos planes me traen recuerdos –afirmó Leroy. Pero cuando miró a Nova, esta advirtió un dejo socarrón más que coincidencia con las palabras de Honey.

Nova no respondió a ninguno de los dos. Lo que tenía por delante esta noche no le provocaba ninguna emoción. En todo caso, estaba deseosa por acabar de una buena vez con el asunto. Decidida a no fracasar. Pero también el temor se revolvía en sus entrañas, y no conseguía identificar la causa.

Aunque no le quedaba duda de que tuviera mucho que ver con Adrian.

–Me alegraré cuando se haya acabado la gala –dijo–. Solo estaré allí una hora, a lo sumo, dos. Y luego…

Honey sonrió malignamente.

–Y luego.

Un revoloteo llamó la atención de Nova encima del hombro de Honey, y frunció el ceño. Al principio creyó que era una de las avispas, pero…

Se acercó. Honey miró alrededor.

Una mariposa, cuyas alas estaban salpicadas de manchas naranjas y negras, salió disparada del interior de uno de los cráneos y voló a toda prisa hacia la escalinata, al final de las catacumbas.

Nova soltó un grito ahogado.

–¡No! ¡Atrápala!

Phobia se esfumó, transformándose en una masa de humo, y reapareció bloqueando la entrada. La mariposa volteó, evitando por poco su pecho, y se precipitó hacia la caja que ocultaba la entrada de los túneles subterráneos. Honey saltó, habiéndose quitado uno de sus zapatos, y lo arrojó hacia la criatura.

Nova y Leroy se lanzaron hacia delante a la vez, estrellándose contra la caja y empujándola contra la pared. La mariposa chocó de costado y luego intentó volar desesperada hacia arriba. Leroy saltó sobre la caja, manoteando a la criatura con la palma.

—¡No la lastimes! —gritó Nova.

—¿Por qué diablos no? —preguntó Honey.

La mariposa voló alrededor del techo, buscando otra salida. Pero no había otro lugar adonde ir.

Se posó sobre un sepulcro de mármol, y Nova imaginó a Danna intentando recuperar el aliento. Sus alas se aquietaron, y al plegarse revelaron su intrincado trazado, como un vitral dorado.

—Confíen en mí —dijo Nova—. Tenemos que atraparla dentro de algo.

Había aprendido lo suficiente sobre sus aliados y sus debilidades como para saber cómo operaba Danna. Si atrapaban a la mariposa, entonces quedaría apresada en modo enjambre. Pero si conseguía huir...

Danna lo sabría todo.

Observando una copa de vino sobre el suelo, Nova se abalanzó para tomarla, en el mismo momento en que la mariposa volvía a remontar vuelo. Ya no revoloteaba sin rumbo. Ahora la criatura se lanzó hacia delante, dirigiéndose directo a...

El corazón de Nova se detuvo.

Las velas.

Iba a consumirse a sí misma. A sacrificarse en lugar de quedar atrapada aquí abajo. A inmolarse para que el resto del enjambre pudiera converger.

—¡No! —olvidando la copa de vino, Nova corrió, y se arrojó al suelo deslizándose con la pierna extendida, lista para patear la base del candelabro.

Pero justo antes de que la mariposa alcanzara una de las llamas naranjas, una funda de almohada cayó del aire, y encerró a la criatura deteniendo su vuelo.

Sin embargo, Nova continuó deslizándose. Golpeó la base del soporte con el tacón, y el candelabro cayó al suelo. Algunas de las velas se extinguieron con la caída, mientras que otras rodaron sobre el suelo aún encendidas.

Jadeando, observó en tanto las esquinas de la funda se sujetaban entre sí, y todo el revoltijo caía flotando al suelo. La tela se dobló hasta que apenas pudo distinguir el insecto que se agitaba adentro.

—Todo este alboroto —alcanzó a oír que decía la voz extenuada de Ace— ¿por una simple mariposa?

—M-monarca —dijo Nova, resollando, aunque tanto por el terror de que Danna descubriera la guarida de Ace y regresara a contarles a los demás como por su propio esfuerzo.

—Una Renegada —añadió Honey, con la voz rezumando desdén.

Ace salió dando zancadas del lugar donde la cortina de huesos se había apartado y dejó que se cerrara con estrépito tras él. Se paró sobre la funda de la almohada. Seguía pálido, pero la excitación del breve episodio había encendido un inusitado destello en sus ojos.

—Tratándose de una *superheroína*, no eligió una forma particularmente amenazadora.

—No es solo una —explicó Nova, parándose sobre sus piernas temblorosas—. Se transforma en todo un enjambre de mariposas —enderezó el candelabro y volvió a colocar cada cirio dentro de su porta velas. Pero cuando estaba a punto de introducir la última, alguien se la quitó de las manos. Aún ardiendo, flotó en el aire hacia Ace.

—¿Dónde están las demás? —preguntó Leroy.

Nova examinó las catacumbas y la caja oscura de la escalera, pero no vio más indicios de ninguna.

—Debe haber enviado solo una para que nos espiara —*o a mí*, pensó.

Un escalofrío de terror la recorrió por dentro. Se había salvado por un pelo. Se preguntó cómo los había encontrado Danna allí, pero su mente le dio la respuesta de inmediato.

Monarca había estado siguiéndola. ¿Durante cuánto tiempo? ¿Qué más había visto?

—Bueno —señaló Ace—, se ve muy fácil de matar.

Alzó una mano, y la funda de almohada se elevó en el aire, acercándose a la llama de la vela.

—¡No, espera!

Ace la escrutó.

Matar a una sola mariposa no tendría demasiado efecto sobre Danna. El Centinela había destruido decenas de ellas en el desfile, y había salido cubierta de horrendas quemaduras de un lado del cuerpo. Pero matar a solo una no sería más devastador para ella que si se cortara con un trozo de papel.

Pero... *atrapar* a una era otra historia. Era su mayor debilidad. Para volver a su forma humana, Danna necesitaba todos sus lepidópteros para unirse. Si al menos una permanecía separada, quedaría atrapada en modo enjambre hasta que pudiera unirse con las demás.

Nova solo podía conjeturar acerca de todos los secretos descubiertos por la Renegada a estas alturas. Se revelaría su verdadera identidad. Encontrarían a Ace. Sería el fin.

No podía permitir que Danna se reformara.

—Hay que mantenerla viva —dijo, e hizo lo posible por explicar el poder de la Renegada, sus debilidades y los riesgos que corrían.

Ace sostuvo la mirada de Nova un largo momento, y luego accedió.

—Como digas —la vela volvió a su soporte, y la funda de almohada, con la mariposa atrapada dentro, cayó en las manos de Leroy. La mariposa parecía haber quedado quieta adentro.

—¿Cuántas más tiene su enjambre? —preguntó este.

—Cientos —respondió Nova—. Tal vez, mil. Y puede ser muy escurridiza con ellas —volvió a mirar a su alrededor, sintiéndose observada. Las criaturas eran tan pequeñas. Podían caber en recovecos tan pequeños, y mientras se mantuvieran quietas, sería prácticamente imposible verlas con esta oscuridad–. Pero mientras que esa no consiga huir, no debería resultar una amenaza.

–Genial –dijo Honey, meneando el dedo–. Una bonita mascota nueva.

Nova sonrió, pero a desgano. No podía encontrar la fuerza para creer en sus propias palabras.

Danna era una Renegada, y una buena.

Definitivamente, seguía siendo una amenaza.

CAPÍTULO 36

La fiesta se celebraba en un viejo edificio señorial que alguna vez había sido una estación de tren, enteramente de ladrillo, con techos abovedados de cristal y ventanas altas, aunque durante años la estación había estado abandonada. Una vez que los Renegados reivindicaron el poder sobre Gatlon City, convirtieron el edificio en uno de sus primeros "proyectos comunitarios". Blacklight, en especial, había insistido en que, si aspiraban a involucrarse en el mundo de la política internacional, necesitarían un lugar para recibir a los dignatarios visitantes, y el Cuartel General de los Renegados no estaría a la altura.

Además, alegó que era una parte de la historia de la ciudad que podía restaurarse con relativa facilidad. Los Renegados esperaban reconstruir Gatlon City a como era antes de los días de Ace Anarquía… En realidad, querían hacerla más suntuosa de lo que jamás había sido, y este era un buen punto de partida.

Adrian llegó temprano, junto con sus padres, para ayudar en lo que pudiera. Mayormente, había pasado la tarde dibujando profusos ramos de flores para los centros de mesa, y empezaba a sentir que sería feliz si no tenía que volver a dibujar otra cala más en su vida cuando Tsunami le dijo que fuera a cambiarse. De todos modos, agradecía el trabajo: había mantenido su mente ocupada, por lo menos parcialmente, ya que no podía dejar de pensar en la noche anterior.

Sentía un calor en la piel cada vez que recordaba la sensación de los labios de Nova contra los suyos, y su mano sobre la nuca, y el peso de su cuerpo en sus brazos. Y luego… *y luego…*

Nada.

Porque se había quedado dormido.

¿Durante el beso? ¿O después? Todo se volvía borroso. Había estado electrizado, arrastrado por las sensaciones. Y luego se despertó, parpadeando, mientras los créditos de la película se deslizaban, y Nova le sonreía como si nada inusual hubiera sucedido.

Había reaccionado de modo tan cool, como si no fuera gran cosa, como si sucediera todo el tiempo, y agradecía su amabilidad. Pero de todos modos. *De todos modos.*

Seguramente, estaba equivocado respecto del orden de los acontecimientos. No pudo haberse quedado dormido durante el beso. Era posible que, en algún momento, hubieran vuelto a ver la película, y entonces… solo entonces… se quedara dormido.

Por lo menos, aquello resultaba menos mortificante.

Aunque no mucho menos.

Pero su memoria era poco fiable. Nova… besándolo… y… los créditos.

Debió estar mucho más cansado de lo que creyó tras la pelea con el equipo de Congelina, además de tantas noches trabajando hasta tarde sobre el mural.

Por lo menos, Nova seguía siendo su cita para la gala. No había arruinado lo que fuera que había entre ellos. Esta nueva realidad terrorífica y maravillosa.

De pie ante un espejo del lavabo, con la camisa aún desabrochada, Adrian se quitó la venda del torso para comprobar el estado de su último tatuaje. Seguía supurando manchas de sangre, y una hilera de contusiones amoratadas con bordes irregulares cruzaba el lado izquierdo del pecho. Se estaba acostumbrando al proceso de sanación; sabía que empeoraría antes de mejorar. Pronto, el tatuaje pasaría a la fase de descamación y se formarían costras, con una comezón irrefrenable que lo haría querer atacarlo con papel de lija. Aquella era siempre la peor parte. Por lo menos, el tatuaje en sí, los constantes pinchazos de la aguja en la piel, duraba solo alrededor de una hora. La comezón podía durar días.

Empezó a inclinarse sobre el lavabo para quitar con agua las manchas de sangre, pero el movimiento le produjo una descarga de dolor en el costado. Se estremeció, llevando la mano al lugar bajo las costillas donde lo había perforado una de las gélidas lanzas de Genissa. No era una herida profunda —su armadura se había llevado la peor parte—, pero sin la ayuda de los sanadores Renegados sabía que seguiría doliendo un tiempo. Había vendado la herida lo mejor posible, dibujando sus propios puntos de sutura y aplicando ungüento con regularidad para repeler una infección.

Suspiró, presionando el vendaje suavemente con los dedos. Había descubierto que desde que se convirtió en el Centinela lo más difícil era disimular el hecho de que estaba herido; evitar las muecas cuando alguien le daba un codazo; disimular los movimientos agarrotados cuando salía de un auto o escalaba un tramo de escaleras; sonreír a pesar del dolor cuando lo único que quería era tomar un par de calmantes y pasar la tarde reclinado sobre un sofá delante de la TV.

O besando a Nova de nuevo. Sin duda, *aquello* sí había apartado su mente de la herida.

Terminó de limpiar el tatuaje y lo secó dándole palmaditas con una toalla de papel. Luego se abocó con torpeza a los botones de su camisa blanca.

Esperaba que Oscar supiera cómo anudar una corbata de moño para no tener que pedirle a uno de sus papás o, peor, a Blacklight.

Adrian no estaba acostumbrado a sentirse tan ansioso. Claro, a veces se sentía nervioso. De hecho, había estado mucho más excitado desde el día que Nova McLain entró en su vida. Pero no estaba acostumbrado a esta sensación de inquietud que le provocaba nudos en el estómago, y quería acabar de una buena vez con ella.

Acabaría con ella, ¿verdad?

Se enfundó en la chaqueta de esmoquin justo en el instante en que la puerta se abrió.

—¿Por qué demoras tanto? —preguntó Oscar, golpeando el bastón contra el suelo, cubierto de tantas baldosas octogonales blancas y negras que Adrian se mareó de solo mirarlo.

—¿Acaso estás dibujándote el esmoquin encima?

Adrian miró el reflejo de Oscar y sonrió.

—En realidad, es una idea genial —hurgó entre la pila de ropa anterior y encontró su rotulador.

—Estaba bromeando —dijo Oscar a toda velocidad—. Por favor, no te quites la ropa para empezar a dibujarte prendas nuevas.

Ignorándolo, Adrian garabateó sobre la tela de su camisa. Cuando terminó, tenía un impecable moño blanco sobre la base de su garganta.

Oscar resopló.

—Tramposo.

—No todos podemos ser tan elegantes como Oscar Silva.

Por cierto, Oscar lucía especialmente elegante, con una camisa de vestir gris claro, cuyos puños habían sido doblados para exhibir sus fornidos antebrazos, y un delgado chaleco color rojo. Además, ya llevaba un moño rojo, perfectamente anudado, que hacía juego.

—¿Es un moño de gancho?

Oscar bufó.

–Por favor. Solo los villanos recurren a moños de gancho.

Cuando salieron del lavabo, Adrian se sorprendió de que ya muchos invitados hubieran llegado... muchos Renegados, junto con miembros de sus familias y sus parejas. Paseó la vista por el salón, pero no vio a Nova entre la gente.

El nerviosismo volvió a apoderarse de él.

El espacio lucía increíble. Columnas gigantescas sostenían el extenso cielorraso. El domo de vitrales del centro había sobrevivido milagrosamente a la Era de la Anarquía, aunque el enorme reloj contra la pared se había reconstruido a partir de fotografías antiguas.

No había taquillas de boletos, ni tableros que anunciaran los horarios de los trenes, ni carritos de equipajes o puestos de periódicos. Ahora, en cambio, había mesas circulares cubiertas de manteles rojos y cristalería reluciente. Las luces se balanceaban por encima como boyas de un océano invisible, cada una pasando por una variedad de intensos tonos brillantes y salpicando el salón con tonalidades color esmeralda y turquesa. Había bandejas levitantes que llevaban copas de champaña y diminutos entremeses, y un escenario donde tocaba un cuarteto de cuerdas delante de una pista de baile vacía.

Un silbido agudo desvió su atención hacia el guardarropa, donde Ruby se hallaba entregando su chaqueta.

–Luces espectacular, Sketch –señaló, tomando el ticket y metiéndolo en un pequeño bolso enjoyado. Vestía un traje de cóctel rojo, desprovisto de adornos, pero la enorme gema que siempre lucía en la muñeca contrarrestaba su sencillez, y ahora también llevaba un colgante de rubíes rojos. Sin duda, una creación propia. Su cabello, una mezcla de mechas blancas decoloradas y otras teñidas de negro, estaba sujeto en un recogido alborotado. A Adrian le recordó a un tigre blanco. Tierno pero feroz.

–Se dibujó el moño –dijo Oscar–. No estoy seguro de que cuente.

Ruby lo miró de soslayo.

—Tú también te ves espectacular.

—Estoy listo para hacer una demostración de mis habilidades —dijo pavoneándose. Acomodó un tobillo detrás del otro y dio una vuelta rápida—. Dime que puedes bailar con eso —apuntó el extremo de su bastón hacia los tacones de Ruby.

—Qué bonita idea —respondió ella—, pero todos sabemos que no habrá nadie que pueda apartarte de la comida una vez que empiece a circular —su expresión se tornó seria—. ¿Alguno habló con Danna esta noche?

Adrian y Oscar sacudieron la cabeza.

Ruby lucía preocupada.

—Se suponía que vendríamos juntas, pero me envió un mensaje más temprano, diciendo que había surgido algo y que nos encontraríamos aquí. Le pregunté a qué se refería, pero jamás respondió.

—Qué extraño —dijo Oscar—. Pero estoy seguro de que vendrá pronto —alargó la mano para tomar la de Ruby, pero en cambio quedó paralizado y apoyó la palma sobre su bastón. Carraspeando, se volvió hacia Adrian—. Vendrá Nova, ¿verdad?

—Sí, creo que sí —miró el enorme reloj y vio que la gala había empezado oficialmente hacía doce minutos. Estaba atrasada, pero tampoco *tanto*. Y Hugh mencionó que la había visto hacía un rato en el cuartel general, así que probablemente había trabajado hasta último minuto—. Estoy seguro de que estará aquí pronto.

—Vamos —Ruby enlazó el brazo a través del codo de Oscar. Él se enderezó, sorprendido, pero luego enlazó el otro a través del de Adrian, y volvió a desanimarse—. Mi familia está entusiasmada de verlos.

Los arrastró hacia el océano de mesas.

No eran solo los hermanos de Ruby quienes habían asistido a la gala, sino también su mamá, su papá y su abuelo. Habiendo escuchado hablar tanto de ellos, a Adrian le pareció que ya los conocía, y no pasó mucho tiempo hasta que sus hermanos estaban rogando saber cómo era derribar criminales, y si era verdad que Espina tenía una lengua hendida, y si era raro vivir en la misma casa que Dread Warden porque, si ellos pudieran volverse invisibles, se les ocurrirían las *mejores* travesuras.

Adrian fue lo más amable que pudo, pero constantemente miraba la entrada, observando la llegada de los invitados. Después de un rato, apareció la madre de Oscar. Su grupo, incluidos los padres de Adrian, que se encontraban socializando del otro lado del salón, ocupaban dos mesas enteras. Guardó un asiento para Nova, y advirtió que Ruby también colocaba su bolso sobre el asiento junto a ella, reservándolo para Danna.

Pasaron veinte minutos. Oscar y Ruby fueron a pararse junto a las puertas de la cocina, donde estaban seguros de poder abordar a los camareros cada vez que salían con una nueva bandeja de aperitivos.

Pasaron treinta minutos. Adrian distinguió a sus padres abasteciendo una larga mesa con cestas de regalos y postres: una subasta silenciosa que era parte de la recaudación de fondos para reemplazar algunos medicamentos robados. Simon hizo una oferta para comprar una tarta enrejada, aunque era Hugh el amante de las tartas, y aquel hubiera preferido definitivamente el pastel de chocolate que estaba al lado.

Pasaron cuarenta minutos. Poco a poco, una gran tristeza se apoderó de Adrian. Su sonrisa se tornó más forzada. La mirada compasiva de Oscar solo lo irritó aún más.

Cuando ya había pasado una hora del inicio de la gala, solicitaron a los invitados que ocuparan sus lugares, y sirvieron la ensalada. Adrian contempló los tallos delicados de una lechuga desconocida, las nueces confitadas y los trozos relucientes de remolacha color púrpura. Sus padres se sentaron en su mesa, y la madre de Oscar parecía a punto de desvanecerse por su mera presencia. Adrian tomó el tenedor y jugueteó con la comida, agradecido de que entre Hugh Everhart y Oscar Silva, nadie advertiría que no dijo gran cosa.

No vendría.

Lo había echado a perder.

Intentó convencerse de que era lo mejor. Era imposible que él y Nova fueran alguna vez más que amigos y compañeros. No si tenía pensado guardar su secreto. Ya había empezado a planear maneras diferentes de poder decirle la verdad.

Pero Nova odiaba al Centinela. Si creyó que ella estaría encantada de conocer su identidad, de que quedaría subyugada por él, entonces se había mentido a sí mismo más de lo que creyó. No. Una relación de verdad jamás funcionaría, no mientras continuara siendo el Centinela. No mientras persistiera su conflicto de lealtades. No mientras que...

–Santos humos –susurró Oscar–. Adrian... –palmeó el hombro de este con el dorso de su mano, trayéndolo de vuelta a la realidad. Ruby también lo notó, y ambos se voltearon al mismo tiempo.

El aire abandonó sus pulmones. Al instante, se evaporaron todas sus dudas.

Solo bromeaba. Una relación de verdad podía funcionar perfectamente. Él se ocuparía de que así fuera.

Adrian se puso de pie de un salto y se abrió paso a través del laberinto de mesas, incapaz de quitar la mirada de Nova. Parada junto a las puertas, buscaba entre la multitud, y cuando lo vio se sobresaltó, sorprendida. Él esbozó una ancha sonrisa. Ella sonrió a su vez, pero con cautela. Tal vez, también estuviera nerviosa.

Por alguna razón, la idea le provocó un sentimiento cercano a la euforia.

–Guau –dijo cuando llegó a su lado–. Te ves...

–No te acostumbres –interrumpió–. No me volveré a poner un vestido en mi vida. No entiendo cómo cualquiera se sometería por voluntad propia a esta tortura –jaló el dobladillo del forro negro bajo un sobrevestido de encaje.

Adrian rio.

–Entonces, lo admiraré mientras pueda.

Nova se sonrojó y su mirada se deslizó sobre su esmoquin. Tragó saliva.

–Lamento haber llegado tarde –dijo, sin mirarlo.

–No te preocupes. No te perdiste demasiado. Te mostraré dónde nos hemos sentado.

Nova miró la multitud. Parecía preocupada. No lo siguió.

–¿Sucede algo?

–No tengo demasiada hambre. ¿Crees que podamos caminar un poco en lugar de sentarnos?

–Claro –respondió Adrian–. De hecho, tienen una tienda de regalos aquí si quieres ir a ver lo que hay.

–¿Una tienda de regalos?

–Sí, hace cuatro años esto empezó a ser un destino turístico popular, y a Blacklight le pareció que con una tienda de regalos se obtendrían ingresos adicionales. Son objetos bastante cursis, pero es divertido de todos modos. Especialmente si estás buscando un globo de nieve o un llavero nuevo. O un imán de la silueta de Gatlon, con tu nombre impreso sobre el lateral de Merchant Tower.

La sonrisa de Nova se volvió menos tensa.

–No sabes cuánto tiempo he estado buscando exactamente eso.

CAPÍTULO 37

Nova serpenteó a través de la tienda de regalos, boquiabierta por la indignación. Debían estar a la vista absolutamente todos los objetos coleccionables de los Renegados que alguna vez se habían fabricado, dedicando una cantidad malsana de espacio en las estanterías a rendir tributo al Consejo: los cinco admirados.

Despertadores de Thunderbird. Loncheras de Tsunami. Lámparas de noche de Blacklight. Pegatinas de Dread Warden, y… en cuanto al Capitán Chromium…

Pues.

Todo era del Capitán Chromium. Desde platos temáticos hasta viseras para el sol, púas de guitarra y figuras de acción, patinetas e imanes para el refrigerador. No había ningún producto que alguien, en algún lugar, no hubiera pensado en ponerle encima el rostro reluciente de Hugh Everhart.

Fue con una sensación de desazón que Nova advirtió que, si alguien estaba vendiendo todas estas baratijas, era porque algún otro las estaba *comprando*.

Levantó un globo de nieve con la silueta de Gatlon bajo el cristal, en la que se destacaba la torre del cuartel general. Le recordó al recipiente donde estaban conservando la mariposa de Danna, que se encontraba, en ese mismo instante, posada sobre el tocador de Honey en la casa de Wallowridge.

Apoyó el globo de nieve.

—Solían odiar a los prodigios —dijo, su mirada saltando de un estante a otro. Examinó, estupefacta, un set de salero y pimentero del Capitán Chromium y Dread Warden—. Solían literalmente perseguirnos y quemarnos vivos. Y ahora... —alzó los saleros—. ¿Ahora nos hemos convertido en chucherías?

Adrian hizo un gesto de desazón.

—Esos son realmente inquietantes.

—Pero es raro, ¿verdad? —Nova volvió a colocar los saleros sobre el estante—. Haber sido despreciados durante tanto tiempo... y no fue hace tanto.

—Han cambiado muchas cosas en los últimos treinta años —afirmó Adrian, haciendo girar un soporte de llaveros—. Ace Anarquía le mostró a la humanidad que algunos prodigios debían ser temidos y odiados, mientras que los Renegados le mostraron que algunos prodigios debían ser amados y valorados.

—Valorados —dijo Nova—. Pero seguramente no... idealizados.

Él le sonrió.

—Es la naturaleza humana, ¿verdad? Las personas necesitan poner a alguien sobre un pedestal. Quizás les dé algo para soñar —empezó a hojear una libreta de tarjetas postales.

Nova lo miró. Tenía una mota diminuta de pelusa sobre la manga de su chaqueta, y fue solo por el deseo irrefrenable de quitársela que apretó el puño y lo ocultó, en cambio, tras la espalda.

Había estado anticipando otro beso de Adrian, lo cual le provocaba excitación, y nervios, e incluso culpa, sabiendo que esta relación estaba condenada a morir. Pero hacía cinco minutos que había llegado a la gala, y él no había atinado a hacer nada, ni siquiera a tomarle la mano.

Las emociones conflictivas eran más que un poco alarmantes.

–¿Qué habrías hecho si hubieras estado vivo antes de la Era de la Anarquía? –preguntó–. ¿Crees que hubieras ocultado tu poder? ¿O intentado ganarte la vida como un mago o un ilusionista, incluso a riesgo de que te atraparan? ¿O habrías intentado defenderte y a los otros prodigios, como lo hizo Ace Anarquía?

Una comisura de su boca se alzó con ironía.

–Definitivamente, no habría hecho lo que hizo Ace Anarquía.

–¿Por qué no? –preguntó Nova, y aunque notó su tono defensivo, no pudo evitarlo–. En aquella época habrías temido por tu vida. Habrías sabido que, si alguna vez te descubrían, te matarían. Por ninguna otra razón más que… –vaciló–. Por ninguna razón en absoluto.

Adrian pareció considerar su punto.

–Creo –dijo tras un largo momento– que habría encontrado alguna causa en la cual habría podido ayudar. Como fabricar prótesis para los veteranos de guerra, o juguetes para los niños cuyas familias no tuvieran el dinero para comprarlas, o… no lo sé, algo caritativo. Y comenzaría a fabricar esas piezas y a donarlas de manera anónima, para que nadie supiera de dónde provenían. Pero seguiría produciéndolas hasta que con el tiempo empezarían a considerarme una especie de guardián protector, y estarían tan agradecidos por toda mi ayuda y todo lo que había hecho que cuando finalmente me revelara y supieran que un prodigio había fabricado todos esos objetos, se darían cuenta de que nuestros poderes podían emplearse para el bien. Y quizás habría empezado a cambiar lo que la gente pensaba de nosotros –ojeó un set de vasos de trago temáticos de los personajes del Consejo y encogió los hombros–. Así como los Renegados cambiaron lo que piensa la gente, ayudando a las personas en lugar de lastimándolas.

—¿Y qué habría sucedido —preguntó Nova— si después de revelarte hubieran decidido que todo aquello que les hiciste no había sido más que el resultado de fuerzas malignas, y se lo quitaran a todos esos veteranos de guerra o a esos niños, y te mataran de todos modos? Eso sucedió, sabes. Muchos prodigios intentaron usar sus poderes para hacer cosas buenas. Muchos prodigios intentaron mostrarle al mundo que no somos malvados, y no fue gratitud lo que recibieron a cambio.

—Quizás tengas razón —dijo Adrian—, pero lo habría intentando de todos modos.

Nova reprimió su respuesta.

Ace no había intentado cambiar el mundo. Lo cambió *de verdad*.

Pero sabía que Adrian hablaba en serio. Él sí habría hecho las cosas diferentes; habría intentado cambiar al mundo ayudando a las personas; habría hecho lo que creía que era lo correcto para la humanidad.

Y aunque sabía que no habría cambiado nada, lo admiraba por ello.

Cuando regresaron a la gala, quedó decepcionada al descubrir que solo habían pasado quince minutos. Necesitaba permanecer por lo menos una hora para evitar sospechas, pero cuanto más permanecía, más nerviosa se sentía. Sintió la gravedad de la noche como una espada sobre la cabeza que le impedía relajarse. *Divertirse*, como había insistido Honey.

Adrian la llevó a su mesa y la presentó a la madre de Oscar, una mujer rolliza con el cabello negro salpicado de gris y una sonrisa tan agradable como la de su hijo. Nova también reconoció a los hermanos de Ruby, que se habían adueñado de los asientos a ambos lados del Capitán Chromium y lo bombardeaban con preguntas.

Escrutó las mesas cercanas. A estas alturas, ya reconocía a la mayoría de los Renegados, y era raro ver tantos sin uniforme, comiendo, conversando, disfrutando de la compañía de unos y otros. No parecían superhéroes.

No parecían enemigos.

De pronto, la boca se le resecó. Nova tragó un vaso de agua.

Era demasiado tarde para echarse atrás ahora. Tenía un trabajo que hacer. Ace confiaba en ella.

Oscar hizo una broma, y toda la mesa se rio, salvo Ruby, que se volteó hacia Nova y entornó los ojos, exasperada ante quién sabe la ridiculez que había dicho. Podría haberse tratado de una broma privada entre ellas si hubieran tenido bromas privadas entre ellas.

Si hubieran sido amigas.

Los altavoces chillaron. El público giró hacia el escenario.

—Esta es mi señal —dijo Hugh Everhart, dirigiendo otra sonrisa perfecta a Jade y Sterling mientras se levantaba de la mesa.

Nova lo observó alejarse, recordando que no hacía mucho había intentado dispararle un dardo envenenado en el ojo.

Los Renegados.

Ellos. Son. Los. Renegados.

Delante del micrófono, Blacklight les daba la bienvenida a la gala y explicaba en qué emplearían sus generosas donaciones. No mencionó el atraco al hospital, aunque por supuesto todo el mundo estaba al tanto. Todos los que estaban aquí sabían que necesitaban fondos para reemplazar las drogas robadas, para los niños enfermos, para los pacientes que estaban muriendo. Esto era algo que los Renegados, a pesar de todos sus poderes extraordinarios, no podían subsanar. Claro, ellos tenían sanadores prodigios que se turnaban para trabajar en el hospital, pero no alcanzaban. Jamás sería suficiente para ayudar a salvar a todas las personas que sufrían enfermedades.

De todos modos, la gente confiaba en los sanadores. Suponía que, si alguna vez terminaban en un hospital, un prodigio estaría allí para cuidarlos, aunque las estadísticas demostraban que muchas más personas se curaban con medicamentos modernos o medicina preventiva que con cualquier grado de intervención de los prodigios.

Sin embargo, no había ninguna ganancia en los productos farmacéuticos. No con los prodigios al frente. ¿La habría ahora que este atraco demostró el valor y la necesidad de la medicina moderna?

Sobre el escenario, el resto del Consejo se unió a Blacklight, todos radiantes de orgullo. Nova se sintió transportada al desfile, donde se habían sentado como reyes y reinas en lo alto de su carroza, regodeándose con los aplausos de la multitud enfervorecida.

Por eso estaba aquí. Para acabar con la idealización de estos supuestos héroes y con las promesas que hacían pero no podían cumplir. Los héroes que no habían salvado a su familia. Que no la habían salvado a ella. Los héroes que habían arruinado a Ace. Que habían conseguido que la sociedad dependiera de ellos.

Sus motivos se repetían como un disco rayado en su cabeza, como un mantra, no fuera que volviera a olvidarlos.

El Capitán Chromium tomó el micrófono de Blacklight, todo sonrisas y hoyuelos.

—Todos los días me siento inspirado por estar trabajando con algunos de los prodigios más inteligentes, valientes y compasivos que el mundo haya conocido —empezó—, y espero que cuando se marchen, cada uno de ustedes también se vaya inspirado. Porque juntos hemos restablecido a Gatlon City de la situación desesperante que pesaba sobre ella, y juntos continuaremos forjando una ciudad, un país y un mundo, que serán mejores y más brillantes que nunca. ¡El apoyo que vemos aquí esta noche es prueba de ello!

El público vitoreó, y Nova se obligó a unir las manos, aunque se oía un eco de resentimiento en cada uno de sus aplausos.

No habían protegido a su familia. No habían salvado a Evie.

Apenas escuchó el resto de su discurso. No prestó atención cuando los otros dijeron algunas palabras, y luego se anunciaron los ganadores de la subasta silenciosa. Los aplausos sonaban distantes en sus oídos.

Echó un vistazo al reloj.

Su corazón se aceleró, la sangre corrió por sus venas al compás de los segundos que avanzaban.

Una tropilla de camareros emergió a toda velocidad por una puerta lateral, llevando bandejas cargadas de platos. Delante de ella le colocaron un filete de pez blanco en su punto, salpicado con vinagre balsámico oscuro y una espesa mermelada de naranja, una cucharada de puré de patatas espolvoreadas con romero, una torre de zanahorias asadas caramelizadas y tomates cherry rostizados. Incluso había un ramito de perejil, verde y fresco.

Era el plato más atractivo que Nova recordara que le hubieran servido jamás, y no sentía ningún deseo de comerlo.

Toda la gente a su alrededor hablaba del dinero que ya se había recaudado para el hospital. Ella se obligó a tomar algunos mordiscos, aunque su estómago intentó resistirse.

Cuanto más pensaba en ello, más crecía su entusiasmo. Entusiasmo por seguir adelante con su tarea. Entusiasmo por que acabara esta noche de una buena vez. Entusiasmo por estar del otro lado, por superar el temor, la culpa y la incertidumbre. Entusiasmo por que Ace la volviera a mirar con los ojos chispeantes y orgullosos, diciéndole que todo había valido la pena.

CAPÍTULO 38

—¿Bailamos?

Las palabras, susurradas casi al oído, le provocaron un susto tremendo. Le llevó un momento procesar la pregunta. Miró confundida a Adrian, parpadeando, al tiempo que un hormigueo recorría su cuerpo. Tenía una lista, armándose en su cabeza. Una decena de listas. Todo lo que aún tenía que hacer. Todo lo que podía salir mal esta noche.

Adrian señaló hacia la pista de baile, donde ya se encontraban Ruby y Oscar. Nova no los había visto abandonar la mesa. En lugar de dejar que su bastón le impidiera moverse, Oscar lo estaba usando como un elemento escenográfico, haciendo que un instante Ruby se alejara con un giro, y al siguiente, volviera hacia él, "atrapándola" con la caña de pescar ficticia. Esta sacudió la cabeza, momentáneamente mortificada, pero su risa no tardó en aparecer y se unió a la broma, inflando las mejillas y fingiendo nadar en círculos a su alrededor. Otros bailarines les echaban miradas de desconcierto, pero por lo que les importaba, podrían haber estado solos en la pista de baile.

–Claro –dijo Nova exhalando. Recordó que debía actuar con normalidad. Por lo menos, lo más normalmente posible–. Está bien.

Adrian tomó su mano mientras se abrían paso a través de las mesas. Aunque la llevaba relativamente suelta, Nova sintió de todos modos que una descarga eléctrica le recorría el brazo.

Fue una vez que la había tomado entre sus brazos y se hallaban rodeados por el ritmo efusivo de la banda que recordó que no sabía cómo hacer esto. La habían entrenado para pelear. Para matar. ¿Qué sabía de bailar?

Pero Adrian no parecía mucho más cómodo que ella, y se sintió aliviada cuando pareció que todo lo que sabía hacer era presionar una mano contra la parte inferior de su espalda y girar a ambos al compás de la música. Nova observó a quienes los rodeaban en la pista de baile. Su atención recaló en Blacklight. Normalmente, le habría parecido pomposo y presumido, pero le sorprendió verlo parodiándose a sí mismo. De un momento a otro pasaba de hacer ademanes afectados con las manos en el aire a torcer las caderas imitando algunos pasos de baile de mitad de siglo. Parecía estar divirtiéndose.

No lejos de allí estaba Tsunami, bailando con un hombre que resultaba casi corpulento al lado de su contextura pequeña. Se movían demasiado lento, mirándose a los ojos, como si fueran los únicos en el salón. ¿Era su esposo? Nova jamás lo había visto, y no encajaba en absoluto con quien habría imaginado como compañero de Tsunami. Era demasiado bajo, demasiado rollizo, demasiado... calvo. Era todo lo contrario a lo que hubiera imaginado como pareja de una gran superheroína, pero no había duda respecto de las miradas de amor que se prodigaban.

Apretó la mandíbula, aunque no entendía por qué le irritaban tanto.

Volvió la atención de nuevo hacia Adrian, intentando adoptar una expresión agradable mientras por dentro quería gritar. ¿Cómo podía ser tan amable, tan dulce, tan auténtico, siempre tan malditamente auténtico? ¿Cómo podía ser uno *de ellos*?

–Escucha, Nova –empezó a decir–. Quería estar seguro de que... anoche... –su voz se desvaneció, y el pulso de ella saltó cuando una mezcla de recuerdos confusos acudió a su mente: sus besos, sus manos, los auriculares, la estrella–. Yo... no... me sobrepasé ni nada, ¿verdad?

Ella rio, aunque más por el malestar que por otra cosa.

–Tampoco fue que me resistí demasiado –replicó. Sus mejillas se ruborizaron. Al recordarlo, al reconocer la verdad de sus palabras.

Una sonrisa débil curvó sus labios.

–Sí, pero... no quería que creyeras... –de nuevo, parecía incapaz de terminar su frase, y Nova se preguntó qué era lo que no debía estar creyendo. Luego los pensamientos de Adrian parecieron cambiar de dirección–. Y no sabes cómo lamento haberme quedado dormido. Supongo que no me di cuenta de lo cansado que estaba, y no quiero que pienses que estaba... ya sabes, aburrido o algo así.

–Descuida –dijo ella. El calor de sus mejillas le resultaba ahora casi insoportable–. Necesitabas descansar.

Apartó la mirada, y ella advirtió que no se apresuró por darle la razón. No sospecharía de ella, ¿verdad? No podía darse cuenta. Las palmas empezaron a sudarle, y resistió la tentación de secarlas sobre los hombros de su chaqueta de esmoquin. Ya había sentido aquellos músculos cuando acunó la cabeza contra ellos instantes antes de quedar dormida. Ciertamente, no necesitaba sentirlos de nuevo. No esta noche.

–Que conste –señaló Adrian, ahora en voz más baja, de modo que tuvo que hacer un esfuerzo por escucharlo–, por si acaso hay alguna... confusión, que me agradas mucho, Nova.

La carne de gallina cubrió sus brazos. La miraba intensamente.

Tragó saliva.

–A mí también me agradas mucho –respondió. Ni siquiera era mentira.

Adrian parecía aliviado, aunque no completamente sorprendido por su confesión.

—Me alegro —admitió—. Porque sé que no soy muy experimentado cuando se trata de… esto —señaló entre los dos.

Ella alzó una ceja.

—No, sin duda eres un neófito cuando se trata de… *esto* —imitó el gesto.

En lugar de reír, como esperó, la pequeña sonrisa de Adrian se convirtió en un gesto de extrañeza.

—¿Un neófito?

—Lo siento —se disculpó Nova, volviendo a reír y preguntándose si era posible ser incluso más torpe—. Significa novato.

—Sé lo que… —Adrian se interrumpió, su ceño aún más fruncido. Podía verlo considerando algo mientras la miraba.

—¿Qué? —preguntó.

Él hizo a un lado su preocupación.

—Nada. Es solo que por un instante me recordaste a… alguien —volvió a sacudir la cabeza y forzó una sonrisa aún más animada—. Descuida.

—¿Puedo interrumpir? —preguntó Oscar, quitando a Adrian del camino antes de que cualquiera de los dos tuviera oportunidad de responder.

—Oh… eh, claro —balbuceó, boquiabierto

Nova sonrió, y dejó que Oscar la alejara con un giro entre los brazos. Mirando atrás, vio a Adrian alejándose de la pista de baile.

—Antes de que te entusiasmes —dijo ella—, solo quiero que sepas que no voy a dejar que me "atrapes" con tu bastón.

Oscar la miró con extrañeza.

—¿Qué?

—¿Lo que hacías antes? ¿Con la… "caña de pescar"?

Le llevó otro instante antes de entender. Soltó una carcajada incómoda y muy poco propia de él.

Empezaron a bailar, pero en lugar de la gracia desplegada con Ruby, ahora lo hacía con movimientos bruscos y una expresión tensa en el rostro.

—¿Te encuentras bien? —preguntó Nova, incluso mientras su mirada se volvía a desviar hacia el reloj.

—Sí, claro. Genial. Qué buena fiesta, ¿verdad?

—Sí, muy divertida.

Oscar carraspeó y echó una mirada alrededor de la pista de baile. Luego jaló a Nova hacia él.

—Está bien, sé franca. ¿Cómo te parece que lo estoy haciendo?

Ella parpadeó.

—¿Disculpa?

—Con Ruby. He estado intentando impresionarla toda la noche, pero no sé qué piensa de mí. ¿Crees que lo está pasando bien?

—Um… claro —dijo Nova—. Ambos parecían estar divirtiéndose.

—Así es, ¿no? Quiero decir, yo lo estaba pasando genial. Aunque también sintiera que en cualquier momento podía vomitar sobre mis zapatos, lo cual… no quiero hacer. Son zapatos bonitos, ¿sabes?

Nova no supo qué decir, pero de todos modos sonrió comprensivamente.

—Oye, déjame preguntarte algo. De Renegado a Renegado. Amigo a amigo.

—¿Somos…?

—No lo niegues.

Ella se mordió el labio.

—Según lo que sabes, ¿has oído a Ruby decir alguna vez: "Guau, ese Oscar es un tipo tan amable y/o viril y/o imposiblemente irresistible"?

Nova ahogó una carcajada.

—Eh… no con esas palabras exactas, no.

Él sonrió animado.

—Pero ¿palabras similares?

—No lo sé, Oscar. Es obvio que le gusta pasar tiempo contigo, y eres tan bueno con sus hermanos. Estoy segura de que le parece realmente… dulce.

Su expresión se tornó pensativa.

–¿Amablemente dulce o virilmente dulce?

–No sé si entiendo lo que es ser "virilmente dulce".

–No, yo tampoco –lanzó una mirada hacia su mesa, y luego la hizo girar una vez bajo el brazo. Le sorprendió la rapidez con que su propio cuerpo le respondía, y se le ocurrió que pese a todas sus payasadas, pese a necesitar de su bastón para apoyarse en él esporádicamente, en realidad, Oscar sí sabía bailar.

–Hace mucho que te gusta, ¿verdad?

–Desde el primer momento en que la vi, en las pruebas de los Renegados –él sonrió, nostálgico–. Pero siempre ha habido una parte de mí que creyó... ya sabes, que yo no le interesaría en ese sentido.

Nova frunció el ceño. Jamás había escuchado a Oscar manifestando timidez de ningún tipo. Resultaba un poco desconcertante.

La vio mirándolo y levantó el mentón.

–No te preocupes, ya lo he superado. ¿Recuerdas a la barista que salvé tras el atraco al hospital? Quiero decir, con la ayuda de Ruby.

–¿La "damisela"?

–Sí, sé que no estuviste allí, pero realmente le gusté. Y me hizo pensar, ¿sabes? En realidad, soy un partido fantástico.

Nova rio mientras la jalaba hacia él.

–Tu lógica es impecable.

–Así es. Así que dame algunos consejos: ¿cómo consiguieron tú y Adrian salir de la zona de amigos?

Se quedó mirándolo. ¿Así los veía la gente? ¿Que habían sido amigos y ahora eran algo más?

Quería creer que era a causa de sus increíbles dotes de actriz, pero sabía que no era el caso en absoluto. Por mucho que quisiera convencerse de lo contrario, no tenía que actuar demasiado cuando estaba con Adrian, y hacía mucho que no había tenido que hacerlo.

Le agradaba *de verdad*. Más de lo que debía agradarle. Más de lo que quería admitir.

—Podrías decírselo, sabes —se encogió de hombros—. Solo dile que te gusta más que una amiga para ver qué sucede.

Le dirigió una mirada de disgusto.

—¿En serio? ¿No se te ocurre algo mejor?

—Es un plan de acción válido.

—No puedo *decírselo* así sin más. ¿Y si se ríe de mí? ¿Y si las cosas se vuelven raras?

—Pues es el riesgo que tomas. O te resignas a dejar que las cosas sigan como están o te expones sabiendo que podría terminar en rechazo.

Sacudió la cabeza.

—No me estás ayudando. Lo digo de verdad, ¿cómo te conquistó Adrian?

Esta vez, Nova sí rio. ¿Conquistarla? Adrian no la había *conquistado*.

Pero luego su carcajada se cortó en seco.

No la había conquistado.

¿O sí?

Intentó recordar al momento en que lo que sentía por él había empezado a cambiar. Cuando pasó de ser un Renegado más, el hijo de sus enemigos declarados, a... algo más. Al principio, sucedió lentamente, pero luego... no tan lentamente. Los últimos meses se volvían borrosos; había visto su bondad, su amabilidad, su talento, su encanto. Todas las pequeñas cosas que hacían que fuera... *él*.

—No lo sé —confesó al fin—. Me invitó a ir al parque de atracciones. Supongo que fue una misión de trabajo, pero también... una especie de cita. Creo.

—Sí, ya sé, ya lo intenté. Ya la invité a acompañarme a diferentes lugares. Pero siempre asume que es como misión oficial, o que iremos todo el grupo. Siempre dice: "Genial, veré si Danna quiere compartir el viaje" —resopló con enojo.

Un nervio latió en la frente de Nova al oír el nombre de Danna, y volvió a pensar en la mariposa atrapada dentro del envase.

—Una vez Adrian me trajo sándwiches —dijo— cuando me quedé trabajando hasta tarde en el cuartel general.

—Me gustan los sándwiches —señaló Oscar, con una mirada de aprobación.

—A Ruby seguramente también.

Volvió a alejar a Nova con un giro, y su expresión parecía más cálida cuando ella volvió a girar hacia él.

—¿A quién no le gustan los sándwiches? —dijo, con tono casi jovial.

Nova recordó todos los tips de Honey para conquistar y seducir.

—Y deberías encontrar pequeñas excusas para tocarla, sutiles pero no tan sutiles.

—Claro. Entiendo perfectamente —asintió, mirándola con intensidad.

—Y asegúrate de reír cuando haga una broma. Aunque no sea realmente graciosa.

Oscar se detuvo a pensarlo.

—Es imposible que *no* sea graciosa. Quiero decir, obviamente seré yo el gracioso de la pareja. Si… cuando… pues, ya sabes a qué me refiero. De todos modos, ella tiene un gran sentido del humor.

—¡Oh! —dijo Nova, entusiasmada por todo lo que recordaba de los consejos de Honey—. Y cada tanto sorpréndela con obsequios, para que sepa que has estado pensando en ella. Las flores son ideales. Y las joyas.

Al oír esto, Oscar se mostró indeciso.

—Lo que cuenta es la *intención* —dijo Nova. Apartó la mano de su hombro, jaló la manga de encaje de su vestido y quedó expuesto el brazalete de filigrana cobrizo—. La primera vez que conocí a Adrian, me compuso el broche del brazalete. Quizás no me lo obsequió, pero de todos modos… —su voz se desvaneció, casi con tristeza—… no puedo evitar pensar en él, ya sabes… cada vez que lo veo.

Una mano le sujetó el antebrazo girándolo hacia un lado. Nova se tensó, lista para quebrar el brazo al agresor… pero era solo Urraca, mirando el brazalete, embobada.

—Oh —dijo, relajándose—. Eras tú. Qué curioso, justo hablábamos de aquella vez cuando intentaste robarme…

—¿Qué es *esto*? —preguntó la pequeña.

Nova advirtió sorprendida que había dejado expuesta la esfera brillante, engastada en el brazalete. Había olvidado que estaba allí. Jaló la mano con fuerza y la cubrió con la manga.

—Nada —dijo.

—Aquello no estaba antes allí —Urraca señaló la muñeca de Nova.

—No, lo llevé a un joyero —empezó a volverse nuevamente hacia Oscar.

—Pero ¿qué es? —insistió la niña, tomándole el codo—. Tiene una cualidad diferente a la de… *cualquier otra* joya.

—¿Una cualidad? —Nova la miró impaciente.

—Sí. No es ámbar, ni cuarzo y, definitivamente, no es un brillante… —su áspera expresión era más hosca que lo habitual al intentar descifrar lo que veía en el brazalete—. Pero es… —empezó a jadear, y esta vez Nova no se resistió cuando la muchacha le levantó el brazo y volvió a jalar su manga hacia arriba—. Tiene valor. Tiene *mucho* valor —sus ojos se agrandaron de… *deseo*.

Nova le arrebató el brazo otra vez y dirigió a Oscar una mirada de desconcierto, que este le devolvió.

—¿De dónde salió? —preguntó Urraca. Parecía desesperada por saberlo; Nova buscó a tientas una respuesta.

¿Había salido de un sueño? ¿De una pintura? ¿De una estatua?

¿*Qué* era?

No lo sabía.

El tañido de un reloj resonó en todo el salón, sobresaltándola.

—Nada —dijo a toda velocidad—. No es nada —enlazó el codo con el de Oscar—. Vamos a ver a los demás.

Él no se opuso, pero ella lo vio observando a Urraca mientras abandonaban la pista de baile.

−¿Qué fue todo eso?

Sacudió la cabeza.

−No tengo ni idea. Por algún motivo, esa chica está obsesionada con mi brazalete. Si alguna vez desaparece, definitivamente sabré dónde buscarlo −al ver a Ruby en su mesa, hizo una pausa y apretó el brazo de Oscar−. Oye, ¿Oscar?

−¿Sí?

Se encontró con su mirada y, tras un instante de vacilación, sonrió. Por primera vez se dio cuenta de que este momento... podía ser el final. Era posible que jamás volviera a ver a Oscar ni a Ruby después de esta noche. Al menos, salvo que fuera del lado opuesto de un campo de batalla.

Esperaba que él supiera lo mucho que significaba esto para ella.

−Sé que es un poco trillado, pero quiero que sepas que *realmente* me pareces un gran partido, y... creo que Ruby ya lo sabe. Solo sé tú mismo. ¿Cómo podría no enamorarse de ti?

La miró, y por un momento, ella advirtió la profundidad de su inseguridad. La gratitud brilló en sus ojos color café, mezclándose con la esperanza, dominada por el deseo. Por primera vez, ella se preguntó cuánto de su seguridad era pura actuación.

O quizás la seguridad no era más que eso: pura actuación.

Luego pasó el instante, y reapareció la sonrisa torcida de Oscar.

−¿*Un poco* trillado? Vaya, Nova, ¿lo sacaste de una tarjeta de cumpleaños? "Solo sé tú mismo". Por favor. De todos los consejos inservibles... −chasqueó la lengua mientras se alejaba, empleando su bastón para apartar una silla del camino.

Nova sacudió la cabeza. Sonrió, pero al advertir el reloj por el rabillo del ojo, su sonrisa se desvaneció.

Ya había permanecido demasiado tiempo.

Adrian también se hallaba en su mesa, divirtiendo a los hermanos de Ruby con historias de todos los objetos asombrosos que tenían en el cuartel general, desde las salas de entrenamiento hasta los simuladores de realidad virtual.

–Adrian –dijo, apoyando una mano sobre su puño. Aquel dio un respingo–. Lo lamento tanto, pero… antes de salir de casa esta noche, mi tío me dijo que no se sentía bien. Por eso llegué tan tarde. No quería arruinar nuestra noche, pero… estoy un poco preocupada por él. Creo que debería regresar a casa para ver si está bien.

Adrian se levantó de un salto.

–¿Quieres llamarlo?

Nova fingió una carcajada.

–Podría hacerlo, pero es tan tozudo. Podría estar medio muerto y no decir nada. No… creo que realmente debo irme.

–Por supuesto. ¿Puedo llevarte? O…

Sacudió la cabeza.

–Tomaré un taxi, pero gracias.

No discutió con ella, y se preguntó si era porque sabía que podía cuidarse sola, o porque una vez había visto su "hogar" y no quería avergonzarla aún más acudiendo de nuevo.

–Espero que esté bien –dijo Adrian–. ¿Te veré mañana en el cuartel general?

–Sí, por supuesto.

Hubo un instante, apenas uno muy breve, en el que Nova creyó que se inclinaría para besarla, aquí, delante de todo el mundo.

Y en ese espacio breve, anheló aquel beso. *Solo una vez más.*

Pero él vaciló demasiado tiempo, y ella se obligó a sonreír mientras se volteaba.

Adrian la tomó de la muñeca y la jaló nuevamente hacia él. El corazón de Nova se disparó, y luego él se inclinó hacia ella, dándole un único beso sobre los labios.

Se apartó, un tanto avergonzado.

—Buenas noches.

Un hormigueo recorrió el cuerpo de Nova, y por una eternidad atrapada dentro de un latido, consideró quedarse.

Pero el momento pasó, y se apartó.

—Buenas noches.

Aturdida, se desplazó a través del océano de mesas. Sentía un ardor en la boca, y las piernas le temblaban. Finalmente, empujó las puertas de salida para pasar a través de ellas. Apenas sintió el soplo del frío aire nocturno, su mente confusa empezó a aclararse.

Adrian era problemático. Malo para sus convicciones. Malo para sus lealtades.

Su cabeza estaría mucho más despejada tras esta noche.

Porque ya no sería una Renegada. Esta farsa llegaría a su fin, y con ella... cualquier vínculo que la atara a Adrian Everhart.

—Adiós, Adrian —le susurró al aire nocturno.

Se permitió sentir una leve tristeza mientras caminaba las tres calles al aparcamiento donde había acordado reunirse con Leroy y Honey. El auto deportivo se encontraba allí, su carrocería amarilla, salpicada de rayones y abolladuras. Honey Harper estaba sentada sobre el capó, puliéndose las uñas. Leroy ocupaba el asiento del conductor, con el codo apoyado fuera de la ventanilla.

—¿Cómo fue? —preguntó Honey, sacudiendo la pierna.

—Genial —respondió Nova, arrancándose el brazalete. Se lo entregó a Honey, que escrutó el dispositivo de alta tecnología con ligera desconfianza—. Hay que llevar eso de regreso a casa.

—¿Acaso crees que no presté atención a todo lo que tramamos? No te preocupes por tu preciosa coartada. Tengo dinero para tomarme un taxi, e incluso preparé un disfraz —sacó un par de gafas descomunales y las deslizó sobre los ojos.

—En medio de la noche —dijo Nova, asintiendo—. Seguro que no levantarás ninguna sospecha.

—Sospecha, no… *misterio*.

—Genial. Solo asegúrate de ir directo a casa. Nada de desvíos.

Honey chasqueó los dedos a través del aire, un gesto que solo incrementó los nervios de Nova. Quizás debió darle esta tarea a Phobia. Rastrear el brazalete le daría una coartada si algo salía mal. No esperaba que sucediera. Tenía todas las razones para creer que sus mentiras habían llegado a su fin.

No fallaría.

De todos modos, era demasiado tarde para cambiar el plan.

—¿Te despediste? —preguntó Honey. De pronto, su mirada se volvió penetrante al ponerse de pie—. Estoy segura de que no fue fácil.

Nova apretó la mandíbula.

—Tampoco fue tan difícil —masculló.

Cuando empezó a rodear a la Abeja Reina para dirigirse hacia el lado del pasajero, esta dio un paso al costado y le bloqueó el camino. Seguía sonriendo, y sus ojos permanecían ocultos tras las gafas.

—Hoy parecías distante, pequeña pesadilla. Estoy preocupada por ti.

Nova la miró.

—Por si no te has dado cuenta, he tenido demasiadas cosas en la cabeza.

Honey emitió un sonido de desinterés.

—¿Qué sucede? —preguntó Leroy, abriendo la puerta del auto y saliendo fuera.

—¿Sabes? —continuó Honey, ignorándolo—. Probablemente seas demasiado joven para recordarlo, pero una vez éramos temidos. Éramos temidos y respetados. Y ahora… somos *esto* —giró el dedo lustroso hacia el vehículo, cubierto de golpes y herrumbre.

Leroy hinchó el pecho.

—Eso fue innecesario, Honey Harper.

—*Reina Madre* —replicó ella, endureciendo la voz—. Y el auto está bien, pero hubo un tiempo en que era la envidia de las bandas. Cuando teníamos joyas, champagne y poder… y ahora… tenemos que encontrarnos a hurtadillas en un aparcamiento, en medio de la noche, temerosos de mostrar nuestros rostros en público. Y todo por culpa de los Renegados.

Nova giró el brazalete sobre la muñeca.

—Soy plenamente consciente de ello, Honey. También a mí me lo quitaron todo.

—Así es. Lo hicieron —Honey deslizó las gafas hacia la punta de la nariz, horadando a Nova con su mirada enigmática—. Pueden ofrecerte notoriedad y un par de botas elegantes. Incluso quizás te ofrezcan gemas preciosas, como esa baratija que llevas en la muñeca.

El corazón de Nova dio un vuelco, y su mano cubrió automáticamente la estrella oculta.

Honey rio.

—La vi esta tarde cuando te probabas vestidos. ¿Acaso crees que se me habría pasado?

—No es nada —respondió Nova.

—No me importa lo que sea. Lo que quiero decir, Nova, es que los Renegados pueden ofrecerte un montón de cosas, pero jamás te podrán ofrecer la venganza.

—Su Majestad —dijo Leroy, con algo más que un dejo de ironía—, ¿has olvidado que todo esto es obra de Pesadilla? La operación de reconocimiento del terreno, su plan. Ella está arriesgando su vida por esta misión.

Honey sonrió con dulzura.

—No lo he olvidado, Cianuro. Solo quiero asegurarme de que *ella* tampoco lo olvide.

—No lo olvidaré —dijo Nova a través de dientes apretados.

—Me alegro —Honey ahuecó su mejilla en una mano, y fue todo un esfuerzo no apartarse—. Enorgullécenos —apartando la mano, metió el brazalete en su vestido y se alejó a grandes zancadas hacia la noche.

Nova tragó saliva con fuerza. Aunque la estrella sobre la muñeca no pesaba nada, sintió su presencia como una bola con cadena.

Leroy la escrutó.

—Nova, ¿estás...?

—Bien —espetó. Sin mirarlo, abrió la puerta de un tirón—. Estoy lista. Llegó la hora de derrotarlos.

CAPÍTULO 39

Leroy se detuvo en un puesto de un aparcamiento vacío, a una calle del cuartel general. Apenas habían hablado durante el trayecto.

–Abre la cajuela –dijo Nova, aliviada de huir por la puerta del pasajero.

–¿Cuándo te volviste tan mandona? –bromeó Leroy–. Este pequeño grupo no necesita dos Reinas Madres, ¿sabes?

Nova permaneció en silencio. No estaba de ánimo para bromas.

Sus zapatos resonaron sobre el concreto mientras rodeaba la parte trasera del vehículo deportivo. En las sombras, vio la familiar chaqueta color negra, su amado cinturón de armas, y encima de la pila… una máscara de metal con la forma curva de su rostro.

Llevó la mano detrás del cuello y bajó el deslizador de la cremallera del vestido. Se lo quitó, y luego se enfundó los pantalones negros, la camiseta y la chaqueta, la máscara, y finalmente los guantes que ella misma había diseñado. Siempre resultaba un poco inquietante colocarlos y desconectar la fuente más ventajosa de su poder… si tropezaba con dificultades, convenía tener los dedos libres… pero esta noche iba a necesitar los guantes.

Las prendas parecían confinarla, comparadas con el uniforme de los Renegados al cual se había acostumbrado, pero una vez que completó el conjunto, se sintió... fuerte. Poderosa. Casi *invencible*.

No más lealtades enrevesadas; no más inciertas intenciones ocultas. No más secretos, no más mentiras.

Ella era una Anarquista... una villana, llegado el caso.

Ella era Pesadilla.

Cerró la cajuela con fuerza.

–Dame una hora –le avisó a Leroy–. Mientras tanto, date unas vueltas en caso de que nos hayan seguido.

–¿Acaso crees que soy un novato? –Cianuro sonrió con suficiencia, apoyando un codo sobre la ventanilla–. Aquí me encontrarás.

Nova esperó a que se alejara a toda velocidad, los neumáticos chirriando al salir del garaje. Tras jalarse la manga para volver a cubrir la estrella, echó a correr.

Oculta entre las sombras y en los huecos de las escaleras, acechaba en cada esquina, confirmando que las calles estuvieran despejadas; los callejones, vacíos. Pronto se encontró delante de una entrada trasera al cuartel general, de poco uso, donde se realizaban entregas y por donde entraban dignatarios extranjeros cuando les preocupaba la atención excesiva de turistas y reporteros. Dos plantas más arriba, había una cámara de seguridad, pero se hallaba orientada hacia la puerta... la entrada más vulnerable del edificio.

Ella no franquearía ninguna puerta para ingresar.

Se ocultó tras un contenedor de escombros para asegurarse de que nadie la hubiera visto acercarse, y luego miró hacia arriba evaluando la subida. Los muros del edificio eran lisos, pero había suficientes salientes alrededor de las ventanas como para tener puntos de apoyo cuando fuera necesario.

Sería difícil de escalar, pero nada que no pudiera acometer.

Oprimió el interruptor en la parte trasera de los guantes: una descarga de electricidad atravesó la tela. Ventosas presurizadas emergieron sobre las palmas y las puntas de los dedos. Nova levantó los brazos y presionó la mano contra el costado del edificio. Los guantes soportaron su peso. Empezó a trepar.

Al pasar por la tercera planta, la cuarta, la décima, los edificios a su alrededor empezaron a alejarse. Observó las azoteas y las torres de agua, y empezó a sentirse expuesta. Pero sabía, desde el punto de vista racional, que no tenía mucho de qué preocuparse. Lo curioso de vivir en una ciudad llena de rascacielos era que nadie levantaba la vista hacia arriba jamás.

Además, había empezado a acostumbrarse a la sensación de vulnerabilidad. Había estado paranoica desde el instante mismo en que puso un pie en la arena para competir en las pruebas de los Renegados. Desde el comienzo fue plenamente consciente de la delgada cornisa sobre la que hacía equilibrio.

Una parte de ella, posiblemente una gran parte, sentía más alivio que ansiedad al llegar a la planta veintiséis, la primera entre muchas que permanecían sin uso, y solo una planta más arriba de las oficinas de seguridad. No importaba lo que le ocurriera aquella noche, ya no tendría que mentir.

Apoyando los pies sobre la saliente de la ventana y afirmando la mano contra el muro exterior, alargó la mano para tomar el rompe cristales enganchado en su cinturón. Encajó el cilindro en la esquina inferior de la ventana y accionó la palanca, liberando la estaquilla con resorte.

El cristal se hizo añicos. Una descarga de diminutos trozos de vidrio cayó sobre el alféizar y hacia la calle, tintineando como campanillas de viento al chocar sobre el concreto más abajo. Nova usó el rompe cristales para apartar los bordes afilados que quedaban, y entró inclinando la cabeza.

La planta se hallaba vacía, como lo había estado cuando tanteó el terreno aquel día tras examinar los planos que se había llevado de la casa de Adrian. Aquí no habían instalado cámaras, sensores ni alarmas.

Corrió rumbo a las escaleras y bajó a la planta veinticinco. La puerta se abría a un corredor sencillo color beige, acordonado justo fuera de la caja de la escalera, con un letrero que rezaba: A PARTIR DE ESTE PUNTO, SOLO PERSONAL AUTORIZADO.

Nova pasó por encima de la cuerda y caminó sin hacer ruido por el corredor, alineado a ambos lados con puertas cerradas y lectores digitales de placas de identificación. No se detuvo cuando oyó pasos que provenían del siguiente corredor, aunque le sorprendió cuando una mujer desconocida dobló la esquina. En lugar del uniforme gris de los Renegados, llevaba un elegante traje color azul con una placa de identificación sujeta al bolsillo del pecho.

Una administradora, supuso Nova. No una prodigio.

Al verla, la mujer quedó paralizada, sus ojos se agrandaron.

Nova se quitó rápidamente uno de los guantes y se abalanzó hacia ella. La mujer tomó aliento, pero el grito nunca salió. En el instante en que los dedos de la villana le tocaron el cuello, su poder fluyó a través de ella. Con un gemido entrecortado, se desplomó hacia delante, en brazos de Nova.

Depositó a la mujer en un hueco bajo un bebedero, y se apoderó de la placa de identificación.

Esta vez avanzó más de prisa, casi corriendo, hasta llegar al recinto que en los planos aparecía como el centro de seguridad. Acercó la placa de la mujer al escáner y un indicador luminoso color verde parpadeó. Giró la manija y empujó la puerta para abrirla.

Del otro lado se encontró con un muro de monitores, con cientos de imágenes diferentes del cuartel general y dos sillas vacías.

Nova entró en la sala.

Un latigazo súbito irrumpió de detrás de la puerta, clavándose en su muslo. Gritó. El dardo le arrancó la piel, dejando un corte en sus pantalones. Se desplomó sobre una rodilla y sintió como si le hubieran quitado un trozo de la pierna con un mordisco. En pocos segundos, la carne alrededor de la herida empezó a arder, y un rastro de sangre se escurrió sobre el suelo.

—¿Por quién me has tomado?

Levantó la mirada. Parada encima de ella, Mantarraya cerró de un portazo, con el rostro contorsionado de indignación.

—Siempre causándoles problemas a Sketch y sus amigos perdedores, ¿y esto es todo lo que sabes hacer? Te vi en las cámaras en el instante en que entraste en el hueco de las escaleras —hizo una señal hacia el muro de pantallas—. Qué desperdicio. Creí que se suponía que serías alguna villana importante —con una mueca de desprecio, se puso de cuclillas junto a ella—. Por lo menos, tenemos algunos minutos antes de que pase el efecto de la parálisis. Más vale que veamos quién eres.

Extendió la mano hacia la máscara de Nova. Ella apretó los dientes, resistiendo el deseo de apartarse al sentir los dedos húmedos hurgando bajo los costados del metal.

Las puntas rozaron su mandíbula, y fue todo lo que Nova necesitó. El contacto de piel con piel.

La resignación se reflejó en el rostro de Mantarraya; acababa de darse cuenta de su torpe error. Enseguida, cayó de costado con un fuerte golpe.

Una vez que lo tenía inconsciente, Nova volvió la atención hacia su herida. Presionó una palma encima, y al apartarla tenía la mano húmeda con sangre.

Lastimada y dolorida, sí, pero no paralizada como lo creía Mantarraya.

Frotó la sangre del costado de sus pantalones y hurgó dentro del kit que llevaba en el cinturón. Extrajo a toda velocidad una venda y un ungüento curativo, apretándola con fuerza alrededor de la pierna. Podía

sentir la tibia presión del Talismán de la Vitalidad, encerrado entre su chaqueta y su esternón.

Sustancias tóxicas, enfermedades y, evidentemente, también un veneno como el de Mantarraya. Qué necios los Renegados de haber guardado el medallón en su bóveda, sin apreciarlo. Era solo un ejemplo más de su arrogancia.

Una vez que se hubo ocupado de la herida, volvió la atención a las pantallas.

Reconoció a Congelina vigilando la entrada principal, y a Temblor, patrullando la parte trasera de la planta baja. Le llevó más tiempo encontrar a Gárgola, pero finalmente lo distinguió haciendo sus rondas cerca de los laboratorios, en la entreplanta.

Ninguno parecía preocupado, lo cual era un alivio. Mantarraya debió confiar lo suficiente en su habilidad para derribar a Pesadilla, sin molestarse en alertar al resto del equipo.

Nova le quitó su brazalete y lo metió en su cinturón, y luego pasó por encima del cuerpo de Mantarraya y se dirigió hacia los mandos. Había analizado minuciosamente la documentación en la que se explicaba la instalación, la programación, el software de copia, los dispositivos de seguridad y las alarmas. Había planeado hasta el cansancio diferentes situaciones hipotéticas.

Al final, solo le llevó menos de ocho minutos desactivar las cámaras de todo el edificio. Una vez desconectadas, todo el sistema perdió la señal.

Ocho minutos parecían una eternidad, pero teniendo el sistema de seguridad fuera de servicio, su trabajo sería mucho más simple.

Al abandonar la sala de seguridad, la adrenalina fluía a tope por sus venas. Apenas miró a la mujer que dormía bajo el bebedero. Nadie había venido a buscarla.

El edificio estaba mayormente desocupado, pero esta mujer era un recordatorio de que no *todo* el mundo había elegido ir a la gala aquella noche. Podría encontrar más sorpresas.

Debía ser cautelosa. Mantarraya se había comportado de manera arrogante, y pagó un precio. Nova no volvería a cometer el mismo error.

Llegó a los elevadores, pero vaciló. Cambiando de idea, volvió a dirigirse al hueco de las escaleras. La pierna le escocía, pero resistió el dolor. Se concentró en contar las plantas, con la cabeza en la misión que tenía por delante.

Al llegar al departamento de artefactos, se detuvo un instante, solo lo suficiente para ver cómo se encontraban sus vendas. Una mancha de sangre se había filtrado a través del vendaje, pero la sensación de ardor alrededor de la herida no era más que una sorda punzada.

Abrió la puerta.

Una escena familiar fue a su encuentro: los dos escritorios dentro del área de recepción, uno aséptico y pulcro, y el otro, abarrotado con las chucherías de Snapshot. Las luces estaban apagadas, el recinto, en silencio y despoblado. Nova cruzó a grandes pasos la sala de archivos, empleando el brazalete de Mantarraya para abrir el cerrojo de la puerta que conducía a la bóveda. El único sonido eran sus propios pasos retumbando sobre el suelo mientras pasaba entre las estanterías tenuemente iluminadas.

Primero, se dirigió a las armas de los prodigios y se apropió de la llamada Lanza de Plata. La pica del Capitán, la que había empleado para intentar destruir el casco. Había intentado y fracasado. La levantó del estante: tenía una longitud de dos metros y medio y la sintió fría entre las manos. Parecía fuerte y robusta, pero no demasiado pesada. En realidad, era perfecta. Elegante. Afilada. Estupendamente equilibrada.

La llevó contra el hombro y se abrió camino hacia el área restringida.

De pie al final del corredor, alcanzó a ver la caja de cromo sobre su estante, con el mismo aspecto de siempre: brillante, sólida y levemente burlona, perdida en las sombras y el desorden de otras reliquias azarosas. Como si el objeto que estaba dentro apenas mereciera la atención.

Apretó la mandíbula, y pasó la lanza de una mano a otra. Algún día, era probable que esta arma terminara dentro de un museo, pensó, donde las personas contemplarían el instrumento que creían que había destruido el casco de Ace Anarquía. Hablarían de las buenas obras del Capitán Chromium: cómo sacó a la sociedad del estado de desesperanza en el que había caído; cómo había derrotado al supervillano más destructivo de todos los tiempos. La gente hablaría de los primeros Renegados, y de cómo habían sido suficientemente valientes para pelear por un mundo en el que creían, y *aquello*... aquello era...

Nova hizo un gesto de desazón, apartando el pensamiento de la mente.

Aquellos primeros Renegados, incluido el Capitán Chromium, podrían haber ayudado a mucha gente, pero no la habían ayudado *a ella*.

—Sal de mi cabeza —gruñó, apretando el puño alrededor de la jabalina.

Del otro lado del corredor, Callum apareció por entre las sombras. Llevaba la misma vestimenta arrugada de siempre. Nova se había preguntado, al pasar, por qué no estaba en la gala. Quizás había demasiadas personas desagradecidas merodeando el lugar como para poder soportarlo.

Parecía más reflexivo que temeroso al ver a Nova, con su oscura capucha, la máscara de metal y la lanza de cromo en el puño.

—Pesadilla —dijo, escrutando las estanterías—. ¿Qué viniste a buscar? —parecía sinceramente curioso. Nova casi podía ver su mente funcionando, intentando determinar cuál de los cientos de objetos resultaría más atractivo para una Anarquista que se suponía que estaba muerta. Empezó a acercarse a ella, observando las repisas, hasta que su atención recaló en la caja de cromo e hizo una pausa—. Es el casco, ¿verdad?

Nova inclinó la punta de la jabalina hacia él.

—No puedes detenerme —dijo, acercándose un paso más. Él no retrocedió—. No intentes ser un héroe.

Su mirada descendió a la pica. Luego se acercó aún más, situándose entre Nova y la caja de cromo.

Gruñendo, Nova avanzó a paso firme, hasta que la punta estaba a solo centímetros de su abdomen.

—Muévete.

Un pequeño músculo de su mejilla se tensó, y un recuerdo pasó a toda velocidad por la mente de Nova. El mundo, a sus pies; el océano, reluciendo bajo un cielo vibrante; una ciudad palpitante y vital; miles de pequeños milagros, y otros más que ocurrían todos los días. Un millón de pequeñas realidades de las cuales maravillarse. Y Callum se lo había mostrado. Callum se lo había…

Un grito gutural escapó de la garganta de Nova. Giró la pica en la mano y se lanzó hacia delante, golpeándole el pecho con el extremo trasero de la jabalina. El muchacho emitió un gruñido y se desplomó sobre el suelo.

—Cielos —jadeó—. ¿Y eso por qué fue?

—Sal de mi camino.

Callum se alzó sobre los codos. Parecía a punto de reír, pero no lo hizo.

—Yo no hice nada —luego su ceño se tensó, confundido—. Espera… ¿sabes quién soy? ¿Lo que puedo hacer?

Nova le lanzó una mirada de ira.

—Conozco a mis enemigos.

Él se incorporó un poco más, frotándose el pecho donde lo había golpeado.

—Escucha.

Y ella quería escuchar. *Realmente* quería escuchar. Oír lo que tenía para decir. Qué consejos impartiría desde la ridícula mirada que tenía del mundo. Porque le gustaba cómo veía el mundo. Ella también quería verlo así. En algún lugar, en lo profundo, quería creer que podía haber un modo en

424

que todo el mundo, los Renegados y los Anarquistas, los prodigios y los civiles, coexistieran dentro de una especie de equilibrio armonioso. Sin guerras, sin luchas de poder. Sin héroes ni villanos.

Pero la mirada de Callum era defectuosa. Solo funcionaría si todo el mundo veía el mundo tal como él.

Y la triste realidad era que *nadie* veía el mundo como él.

—No —dijo, provocándole un sobresalto.

—¿No?

—No, no te escucharé. Es demasiado tarde para eso.

Metiendo la pica en el pantalón detrás de ella, se inclinó y presionó las puntas de los dedos sobre su frente. Callum ni se inmutó, pero el destello de decepción la hirió de todos modos.

Una vez que se hubo dormido, Nova sacudió la mano para librarse de la sensación de liberar su poder. Esta vez lo sintió diferente, usándolo contra alguien a quien no podía considerar su enemigo, a pesar de lo que le había dicho. Incluso Adrian, por mucho que lo deseara, siempre había seguido siendo el enemigo.

Cuadrando los hombros, pasó por encima del cuerpo de Callum y apoyó la lanza contra la repisa. Extendió la mano para tomar la caja. Al acercarla, el brazalete que llevaba puesto se calentó contra la piel. Frunció los labios, y enrolló el dobladillo de la manga hacia atrás. La estrella brillaba aún más luminosa que durante aquel día… con una luz casi cegadora, proyectaba sombras profundas que danzaban sobre las estanterías. Casi esperó que estallara o quizás desapareciera, como lo hizo la primera vez que intentó tomarla de las manos extendidas de la estatua. Pero cuando no hizo más que emitir un tibio latido durante unos segundos, volvió a centrar su atención en el receptáculo.

Con una inhalación, alzó la caja y la giró de lado a lado, inspeccionándola desde todos los ángulos. Cada lado era idéntico a los demás, sin aparentes marcas o debilidades.

La colocó sobre el suelo, y volvió a levantar la pica. Retrocedió un paso y se preparó para lo que estaba a punto de hacer, aunque no tenía ni idea de lo que sucedería. Había imaginado este momento cientos de veces desde que el Capitán había hecho aquel comentario casual durante la cena.

O podría fabricar un mazo para darle un golpe si tuviera ánimos destructivos.

Había tenido la expectativa de que una vez aquí, con la lanza en el puño y de pie junto a la caja, sabría qué hacer. Pero lo único que tenía era una esperanza vaga de que esto funcionara.

—Esto funcionará —murmuró, apretando aún más la lanza—. Por favor, que funcione.

Alzó la pica encima de la cabeza, se preparó, y estrelló la punta contra el centro de la caja.

El golpe reverberó a través del metal y repercutió en sus brazos, sacudiéndole hasta los huesos. Nova tropezó hacia atrás.

La caja de cromo se había deslizado algunos metros hacia atrás, pero de lo contrario estaba intacta.

Ni siquiera un rasguño.

Gruñendo, Nova intentó de nuevo, esta vez con más fuerza. El metal emitió un sonoro tañido, y de nuevo sus brazos temblaron por el impacto. La caja chocó contra la repisa más cercana, sacudiendo toda la unidad por el golpe.

Aun así, no se advirtió señal alguna de que se hubiera debilitado.

La desesperación se apoderó de Nova. No, no, no. No podía haber sido todo en vano.

Esto tenía que funcionar.

Giró la pica y volvió a intentar, esta vez blandiéndola como un hacha de guerra. Golpeó con fuerza contra la caja. El impacto sacudió su cuerpo. Volvió a blandirla. Una vez. *Y otra vez.*

Tambaleándose hacia atrás, Nova miró la lanza con desprecio. Jadeaba, tanto por la indignación como por el esfuerzo. Esto tenía que funcionar. Necesitaba este casco y no tenía más opciones.

No podía fallar. No *ahora*.

Levantó la pica sobre el hombro y gritó. La estrella sobre la muñeca emitió un destello cegadoramente brillante. Una corriente eléctrica atravesó sus brazos hasta llegar a sus dedos mientras sacudía la lanza lo más fuerte que pudo.

Se elevó sobre el corredor lanzando destellos de luz.

No plateados, sino un brillo cobrizo dorado.

Golpeó la caja justo en el costado.

El cubo estalló.

Bien podría haber sido hecho de cristal.

Nova saltó hacia atrás al tiempo que trozos de cromo roto volaban hacia sus tobillos. La lanza cayó con estruendo sobre el suelo y rodó a unos metros de distancia, volviendo a su color gris plateado.

Un hormigueo se apoderó de sus brazos tras la descarga de energía que los había atravesado. Tenía el pecho agitado. La herida de la pierna latía aún más que antes.

Pero todo ello quedó rápidamente olvidado.

Un grito de desconcierto salió de sus labios.

Allí estaba el casco, de costado, entre la caja astillada, exactamente como lo recordaba. El material cobrizo aún relucía débilmente. Nova recordó a su padre, y el brillo de los hilos de energía cuando trabajaba, como tenues flejes de luz solar. Había una faja elevada que recorría el centro del cráneo, y acababa en una punta afilada sobre la frente, y la abertura por delante donde una vez habían asomado los ojos de Ace.

Al acercarse, los trozos de cromo crujieron bajo las botas de Nova. Se arrodilló y lo alzó, acunando el casco entre sus manos.

No parecía peligroso. Ni siquiera funesto.

Tan solo, como si hubiera estado esperándola.

CAPÍTULO 40

Cuando Adrian abandonó la gala, Ruby y Oscar estaban de nuevo en la pista de baile. Nova se había marchado hacía más de una hora. Conversó un rato con Kasumi y su esposo, y con algunos agentes con los que había entrenado hacía muchos años pero que ahora rara vez veía, salvo de pasada. Comió su postre, una crema de limón dulce, y les dio el de Nova a los hermanos de Ruby para que compartieran. Bailó una vez con Ruby y una con la madre de Oscar.

Pero había estado contando los minutos desde que Nova se marchó, esperando el momento de irse sin que nadie notara realmente la verdad.

Sin ella aquí, no le interesaba bailar ni hablar de banalidades con nadie. Lo único que quería era regresar a casa, recostarse en la jungla que había creado y pensar en la próxima vez que la vería.

La próxima vez que la besaría.

No podía dejar de sonreír al marcharse de la gala y meter las manos en los bolsillos de sus pantalones de esmoquin. Encontró el rotulador y lo extrajo, haciéndolo girar entre las manos.

Debía dibujar algo para obsequiarle cuando volvieran a verse mañana. Solo algo para recordarle las dos últimas noches. Las dos últimas increíbles noches. Algo para que supiera que estaba pensando en ella, que lo que sentía iba en serio.

Sabía que a Nova le costaba entrar en confianza. Le costaba soltar sus incertidumbres. Le costaba arriesgar salir herida. Adrian creía que ahora que le había contado la verdad sobre sus padres y su hermana la entendía mejor. Cielos, su hermanita. Evie.

Su sonrisa se desvaneció al pensar en ella. Su corazón se contrajo al imaginar a Nova, la pequeña Nova, asustada, teniendo que soportar algo tan horrendo...

Y aunque sabía, desde el punto de vista lógico, que no había persona en el planeta que necesitara menos protección, no podía evitar sentir un deseo abrumador de protegerla. De evitar que jamás tuviera que sufrir algo así.

Dio vueltas el rotulador, contemplando qué obsequio podía dibujar para abarcar todo ello. Sus zapatos de vestir repiquetearon sonoramente sobre el pavimento, una cadencia acompasada que lo seguía por las calles oscuras y familiares hacia su hogar.

Acababa de desechar las ideas más trilladas y obvias, como joyas, flores o un nuevo cinturón de armas, cuando un pequeño movimiento pasó a toda velocidad delante de él, a punto de chocar contra sus gafas.

Adrian retrocedió tambaleando. Al principio creyó que era un pájaro o una de aquellas horrendas polillas gigantes que a veces aparecían de la nada en su sótano.

Pero luego la vio: una mariposa negra y dorada, bailoteando alrededor de un poste de luz a solo metros de donde estaba.

—¿Danna? —preguntó, oteando la calle en busca de más insectos aislados. La mariposa parecía estar sola. Por un instante, se le cruzó por la cabeza que existía la posibilidad de que no fuera más que una mariposa monarca común.

Una que, por casualidad, estuviera revoloteando por ahí en medio de la noche.

Rascándose la mejilla con el rotulador tapado, Adrian pasó caminando lentamente junto al poste.

La mariposa se lanzó como una flecha tras él. Dio una vuelta rápida alrededor de su cabeza, y luego se posó sobre una boca de incendios.

–Danna –repitió, esta vez con más certeza.

La mariposa abrió y cerró las alas a modo de respuesta, aunque Danna le había contado una vez que no podía escuchar mientras estaba en modo enjambre. Solo podía ver y… *percibir* cosas. Era difícil de explicar, dijo.

Adrian volvió a mirar alrededor, pero la calle estaba desierta. Solo vehículos aparcados y vitrinas oscuras. Había mosquitos y zancudos golpeando las luces de neón con pequeños chasquidos, pero ninguna mariposa.

¿Dónde estaba el resto de su enjambre?

¿Dónde había estado toda la noche?

La mariposa revoloteó hacia él. Él extendió la mano, y se posó sobre su nudillo. Sus antenas se retorcieron, como examinándolo, esperando.

–Está bien –dijo, guardando el rotulador en el bolsillo–. Muéstrame el camino.

Si lo había oído o no, el insecto abandonó su mano, dio una vuelta alrededor de su cuerpo una última vez, y echó a volar.

Adrian la siguió.

Un kilómetro después, deseó haber pasado por su casa para cambiarse de zapatos.

Las torres de oficinas de acero y cristal cedieron el lugar a centros comerciales y depósitos, y luego a apartamentos apiñados. Casi todo el camino era cuesta arriba, y a medida que el terreno ascendía, también lo hacía la prosperidad del vecindario. No era exactamente la hilera de mansiones donde él vivía, pero las calles remitían a suburbios tranquilos.

Se daba cuenta de que algunas casas seguían ocupadas, algunas incluso tenían el césped recién cortado aunque, como la mayoría de los vecindarios de la ciudad, mostraban señales de abandono y descuido: cercas a las que les hacía falta una capa nueva de pintura; cristales rotos tapiados apresuradamente; y el musgo y las agujas de pino cubriendo los tejados.

La mariposa nunca se adelantó tanto que no pudiera seguirla, y con frecuencia tenía que detenerse y esperarlo. Se devanó los sesos tratando de imaginar por qué Danna no volvía a su forma humana, y dónde se hallaba el resto de su enjambre. La única explicación era que el resto de las mariposas se hallaban atrapadas en algún lugar, impidiendo que se transformara. Tal vez, de eso se trataba todo este asunto. ¿Estaría conduciéndolo a su ubicación para que pudiera liberarla? Si fuera así, quizás toda esta situación no fuera tan ominosa como le impresionó al principio. Quizás una de sus mariposas había quedado atrapada en una bolsa de aspiradora, o capturada por un chico y quedado retenida dentro de un bote de jugo de naranja para un proyecto de ciencias bien intencionado.

Pero cuando la colina se volvió aún más empinada, y el vecindario se tornó desolado, se dio cuenta de a dónde lo estaba llevando.

Los vellos de la nuca se le erizaron.

Empezó a advertir señales de una batalla lejana y los estragos provocados. Marcas de quemaduras sobre el pavimento. Muros de ladrillo destruidos con agujeros. Un edificio entero en el que las ventanas habían estallado.

Y luego toda edificación desapareció.

Atrás quedaron los hogares y apartamentos ruinosos, y Adrian quedó de pie al borde de un páramo. La Batalla de Gatlon había arrasado casi tres kilómetros cuadrados enteros de civilización, y jamás se habían retirado los escombros. Una cerca de alambre rodeaba el perímetro, advirtiendo sobre posible envenenamiento por radiación, lo cual bastaba para mantener alejados a la mayoría de los turistas.

En el centro de aquel páramo se erigían las ruinas de la catedral que Ace Anarquía había reclamado como su hogar... una especie de cuartel general. El campanario estaba en pie, en su mayor parte, junto con partes del claustro y la parte septentrional de la estructura. Pero el resto había sido demolido.

Adrian sintió una comezón en los dedos, desesperado por desabrochar el último botón de su camisa y abrir el tatuaje de la cremallera que lo transformaría en el Centinela.

Pero ni siquiera ahora quería arriesgarse a que Danna conociera su secreto.

La mariposa voló por encima de la cerca. Adrian vio un lugar donde alguien había cortado la malla de metal con unas pinzas, doblándola hacia atrás solo lo suficiente como para escurrirse a través de ella.

Turistas curiosos, se le ocurrió. O chicos, haciendo una apuesta.

Pero no podía tener certeza de ello. No tenía ni idea de quién vendría aquí. El lugar había sido abandonado desde la derrota de Ace Anarquía.

¿Por qué lo había traído Danna hasta *aquí*?

Con el rotulador en la mano, Adrian se inclinó para pasar la cabeza por el agujero. El metal rasgó su chaqueta, y sintió que un trozo se enganchaba en el hombro, abriendo la costura. Apenas estuvo del otro lado, extrajo los brazos de las mangas y dejó la chaqueta sobre la cerca para que fuera fácil volver a encontrar la abertura.

La mariposa se dirigió hacia la catedral, entrando y saliendo de las ruinas. Había una segunda cerca, derribada, y Adrian pasó un letrero de PELIGRO: PROHIBIDA LA ENTRADA. El insecto se posó apenas un instante sobre este, y luego echó a volar de nuevo.

—Está bien, Danna —murmuró Adrian, haciendo una pausa al observar sus alas revoloteando alrededor de los escombros y atrapando los rayos de la luna—. Ahora sería un buen momento para indicarme si debo pedir refuerzos o no.

Pero por supuesto, la mariposa no respondió. De cualquier manera, no comprendía lo que decía.

Se mordisqueó el interior de la mejilla, desgarrado por la indecisión. ¿Debía pedir refuerzos? Y si fuera así... ¿debía llamar a su equipo o a sus papás?

¿O debía transformarse en el Centinela y ver primero con qué debía lidiar?

La mariposa aguardó sobre un pilar caído, sus alas agitándose con impaciencia.

Adrian tragó saliva.

Si hubiera estado con los demás cuando fue tras Espina, entonces las cosas habrían salido muy diferentes.

No existen los héroes en soledad.

—Bien —masculló, alzando el puño a la boca—. Enviar mensaje al equipo. Solicito refuerzos inmediatos en...

Un soplo de viento repentino se agitó en torno de sus tobillos, levantando una nube de polvo. La mariposa quedó atrapada en la corriente de aire y salió lanzada hacia el alero de un arco derrumbado.

Las palabras de Adrian se resecaron sobre su lengua. El polvo convergió, se oscureció y se consolidó.

Una figura apareció enfundada en un manto que revoloteaba y se agitaba a su alrededor. Su capucha eclipsaba las sombras profundas donde debió haber un rostro, y la cuchilla afilada de una guadaña cruzaba el cielo.

Phobia.

Adrian sintió que el pulso le tronaba. Por un instante que pareció una eternidad, se quedó observando aquella ausencia dentro del manto mientras el pavor se apoderaba de él. De todos los Anarquistas, Phobia siempre le había parecido el más atemorizante. No solo porque su poder giraba en torno al control de los peores temores de una persona, sino porque nadie sabía casi nada acerca de él. Nadie conocía sus debilidades, si es que las tenía. Jamás había escuchado que lo hirieran, ni siquiera durante la Batalla de Gatlon. Una vez había visto que lo golpeaban con un inmenso fragmento de hielo que habría empalado a cualquier ser humano, pero Phobia tan solo desapareció un rato. Se desvaneció y dejó a su paso una estela de humo negro. El efecto había sido temporario.

De todos modos, Adrian se mantuvo firme, haciendo un esfuerzo por pensar en sus opciones. ¿Qué podía dibujar que lo ayudara en un combate contra Phobia?

—He probado un temor como el tuyo en el pasado —susurró con voz áspera y siseante—. El temor de ser impotente.

Adrian apretó la mandíbula.

Al diablo.

Abrió a toda prisa el cuello de su camisa, haciendo estallar un botón de la tela. Sus dedos levantaron el deslizador de la tinta.

Empezó a jalarlo hacia abajo cuando oyó que alguien gritaba su nombre.

Quedó paralizado.

Su cuerpo entero se derrumbó sobre sí mismo, saturado de incredulidad. Y aunque sabía en lo más profundo que se trataba de un truco y que no debía creerlo, era imposible que *no* mirara.

Que no tuviera esperanzas, por mucho que fuera su triste optimismo.

Inclinó la cabeza y la vio.

Las gruesas cuerdas de su cabello, enmarcando sus ojos desesperados. La capa dorada, sacudiéndose en el aire tras ella. Aquel rostro valiente y hermoso que podía cambiar, en un santiamén, de severo a tierno, de disconforme a risueño.

Su madre volaba por encima de la catedral, como si no pudiera llegar a tiempo a su lado. Todos los horrores del mundo se reflejaban en su rostro, y venía a protegerlo, su único hijo, su vida y amor.

Era como ver a una marioneta a quien le cortan las cuerdas.

Estaba volando.

Y luego estaba desplomándose.

Caía en picada hacia el páramo.

El viento atrapó sus gritos. Sus brazos golpearon el aire, enredados bajo la capa.

Adrian gritó e intentó correr hacia ella, pero tenía los pies pegados al suelo. Era su peor pesadilla, todas sus peores pesadillas hechas realidad. La caída mortal de su madre, y él, paralizado, incapaz de hacer nada. Estaba perdiéndola de nuevo, y era absoluta y completamente impotente.

Una sombra difusa atravesó el cuerpo de su madre instantes antes de que colisionara con la tierra.

La ilusión se hizo añicos.

Adrian cayó de rodillas. Un trozo de piedra filosa se hundió en su espinilla, y una punzada de dolor le atravesó la pierna. Parpadeó para deshacerse de las lágrimas al tiempo que observaba a la sombra, una mancha difusa, girando en el aire y lanzándose a toda velocidad hacia la línea de la cerca.

No una sombra. Un enjambre. Cientos de mariposas monarca.

Y en la distancia, justo en aquel momento, abriéndose paso a través de la cerca, estaban Ruby y Oscar. Adrian no creía que lo hubieran visto aún.

Phobia se volteó hacia ellos. Sus dedos descarnados se curvaron alrededor de la empuñadura de la guadaña, y al instante se disolvió en una nube de cuervos negros. Remontaron vuelo hacia las mariposas, ahuyentándolas.

Con un grito de agotamiento, Adrian inclinó la cabeza y rodó sobre el suelo tras el arco caído. Aterrizó sobre el hombro. Las lágrimas brotaban de sus ojos. Su cuerpo seguía temblando por la visión. Había parecido tan real. Su voz. La expresión aterrada. El anhelo de su corazón por alcanzarla, por salvarla.

Tomó un aliento tembloroso, intentando aclarar los pensamientos de la cabeza.

No funcionó. El recuerdo perduraba, empalagoso y cruel.

De todos modos, llevó los dedos a la cremallera y dejó que el Centinela se adueñara de él.

CAPÍTULO 41

Adrian se obligó a levantarse de entre los escombros. Tenía las piernas aún débiles, pero ahora lo sostenía el traje. El enjambre de mariposas estaba a punto de llegar al vallado, y se preguntó si Danna huía para salvar su vida o si intentaba alejar a Phobia de sus amigos. Como fuera, la bandada de cuervos la alcanzaba a toda velocidad, sus siluetas casi invisibles contra el cielo nocturno.

Adrian conocía el resultado de aquella cadena alimentaria.

Los pájaros pasaron por encima de Ruby y Oscar. Ruby soltó un grito de furia y arrojó su heliotropo hacia ellos, derribando a dos pájaros en el aire. Uno cayó contra la cerca, el otro se desplomó sobre el suelo, con un ala torcida en un ángulo extraño.

El resto parecía indiferente por la suerte de sus compañeros abatidos.

—¡Danna! —gritó Ruby.

Adrian empezó a correr, y luego a volar, usando los tatuajes de las plantas de los pies para lanzarse hacia delante.

Una llamarada crepitó alrededor de su muñeca. Podía sentir su calor a través de la armadura, pero más que asustarlo, lo animó. El fuego creció hasta que prácticamente envolvió su brazo entero. Las llamas ascendieron en el aire, flameantes y abrasadoras.

Oscar aferró a Ruby de la espalda de su uniforme y la lanzó fuera del camino de Adrian.

Pasó volando a toda velocidad junto a sus amigos y se elevó, arrojando la palma hacia delante.

El fuego ardió a lo largo de su brazo y salió disparado hacia el grupo de cuervos. Los devoró, engullendo sus graznidos y chillidos, su plumaje y sus garras, y los extinguió.

Adrian aterrizó con fuerza sobre el suelo justo dentro de la cerca de alambre. Se desplomó sobre una rodilla, resollando.

Del otro lado del descampado, vio a un puñado de pájaros que habían escapado al fuego convertirse en volutas de humo negro. Desaparecieron mientras las mariposas descendían en picado bajo los restos de un taxi maltrecho.

Un aleteo llamó la atención de Adrian a un lado, y reconoció a uno de los cuervos que acababa de ser derribado por la gema de Ruby. Tenía un ala rota, y fijó la mirada en él con un ojo negro, pequeño y brillante, inteligente y calculador.

Adrian se estremeció.

El pájaro se disolvió en ceniza negra, dispersándose en el viento.

Soltó un largo gemido de cansancio. No era tan ingenuo como para creer que Phobia hubiera muerto. Pero esperaba que, al menos hoy, ya no tuviera que verlo más.

Una bota crujió sobre la tierra.

Adrian cerró los ojos con fuerza, armándose de coraje, y se puso de pie, volteándose para mirarlos.

Cortina de Humo y Asesina Roja. Sus compañeros, sus amigos.

Ruby sujetaba su alambre en una mano, y un puñal de rubí en la otra.

Oscar tenía una nube de carbón gris que se arremolinaba a su alrededor, oscureciendo el suelo a sus pies. Ambos lo miraban con temor.

Adrian se dio cuenta de que no querían combatirlo, pero no creía que fuera por un sentido de camaradería.

No. Tenían miedo. No creían poder ganar en un combate contra él.

Pensó que tenían razón, pero era la primera vez que se detenía a considerar la posibilidad.

Oscar le echó un vistazo a Ruby. Una mirada breve, motivada por la preocupación. Adrian se dio cuenta de que planeaba distraerlo. Ocultaría a Ruby con su humo, atrayendo hacia él los peores embates cuando el Centinela atacara. Era una maniobra arriesgada, sabiendo lo que este podía hacer, pero también la mejor opción para derribarlo. Por lo menos, le daría a Ruby la posibilidad de adoptar una posición más agresiva. Quizás incluso de lanzar un contraataque mientras el Centinela estuviera distraído.

Era una estrategia que habían practicado decenas de veces en las salas de entrenamiento. Los pequeños gestos, el modo casi imperceptible en que acomodaban sus miembros eran tan conocidos que Adrian sintió deseos de reír.

Jamás hubiera esperado ver que emplearan aquellas tácticas justamente contra él.

Alzó las manos, con los dedos extendidos, la señal universal de súplica.

—No soy su enemigo —dijo—. Jamás lo he sido.

—Lo siento, pero vamos a tener que dejar que sea el Consejo quien tome esa decisión —respondió Ruby, asintiendo ligeramente la cabeza.

Oscar giró las manos, con la idea de crear un muro de humo entre Adrian y Ruby.

Pero en aquel mismo momento, Ruby gritó:

—¡Espera!

Los ojos de Oscar se agrandaron.

Un revoloteo entró en el campo de visión de Adrian, justo fuera de su visera. Parpadeó.

Una mariposa monarca había aterrizado sobre uno de sus dedos.

Otra le siguió a toda prisa, encaramándose sobre su pulgar. Luego tres más, sobre la otra mano.

Adrian permaneció completamente quieto mientras el enjambre de Danna lo cubría, posándose sobre sus hombros, sus brazos, los dedos de los pies, incluso la parte superior de su casco, supuso, aunque no podía sentirlas. Temía moverse, no fuera que triturara alguna accidentalmente bajo un miembro de metal.

Con expresiones que pasaron de la determinación al asombro, poco a poco Oscar y Ruby bajaron la guardia. Ruby relajó los músculos, dejando que las armas colgaran a ambos lados. La nube de humo de Oscar se disipó en el aire.

Lo miraron boquiabiertos, y Adrian se encontró revolviéndose incómodo bajo sus miradas.

—¿Quién eres? —preguntó finalmente Ruby.

Él apretó los labios. No era necesario contarles. Podía ahuyentar a las mariposas. Podía desaparecer antes de que se les ocurriera detenerlo.

Pero ¿acaso era lo que realmente deseaba? ¿Continuar con estas mentiras para siempre? ¿Jamás poder confiarle a nadie este secreto, ni siquiera a sus mejores amigos? ¿Aquel equipo en el que él confiaba con su vida?

Inhaló tembloroso y llevó las manos al casco.

Las mariposas lo abandonaron. Cruzaron el páramo como un remolino y montaron guardia sobre la estatua derribada de un santo: sus brillantes alas amarillas, la única mancha de color a la luz de la luna.

Adrian desacopló el visor. Siseó al elevarse y revelar su rostro.

Su silencio se volvió omnipresente. Intentó leer sus expresiones para detectar incredulidad o traición. Pero mayormente parecían en estado de shock.

—Por favor, no le digan a nadie —pidió, y el tono resultó más suplicante de lo que quiso—. Especialmente, a mis padres, ni... ni tampoco a Nova. Yo debo ser quien se lo diga.

—¿Nova no lo sabe? —preguntó Ruby, y un chillido se coló en su voz.

—Por supuesto que no —respondió Oscar en su lugar—. Ella odia al Centinela.

Adrian frunció el ceño, pero no pudo negar la verdad.

Oscar se lanzó a soltar improperios, pasándose una mano por el cabello.

—¿Cómo pudiste ocultárnoslo? Creí... ¡todo este tiempo!

—Lo sé. Lo siento. Quería hacerlo. Pero tras el desfile, cuando Danna quedó herida...

—¡Por tu culpa! —rugió Oscar—. ¡Quedó herida por tu culpa!

Adrian se encogió hacia atrás.

—Lo sé. Fue un accidente. Jamás habría... No quise hacerlo.

—Y estuviste allí —continuó Oscar, sacudiendo la cabeza—. En la biblioteca y... persiguiendo a Espina. ¿Cómo no lo vimos?

—Porque él es *Sketch* —respondió Ruby—. ¡Eres un dibujante! ¡No controlas el fuego ni rayos láser! ¡No puedes saltar cincuenta metros en el aire! ¿Cómo...? *¿Cómo?*

—Tatuajes —respondió Adrian—. Me dibujo sobre el cuerpo tatuajes permanentes, y transmiten diferentes poderes.

Ambos lo miraron embobados.

Luego...

—*¿Tatuajes?* —gritó Ruby—. No lo dices en serio, ¿verdad?

Pero Oscar se había puesto reflexivo, y su boca se redondeó al comprender.

—Tatuajes. Cielos, hombre, qué genialidad. ¿Puedes dibujarme algunos?

—¡No! —respondió Ruby—. No puede... no puedes... ¡todavía no puedo creer que no nos contaras!

–Lo sé. Lo siento de veras. Quería hacerlo…

–No sigas –dijo Ruby furiosa–. Ni lo digas. Si hubieras querido, lo habrías hecho –arrojó los brazos en el aire y empezó a ir y venir de un lado a otro, lanzando puntapiés para apartar los escombros mientras caminaba–. ¿Qué haremos ahora? Junto a los Anarquistas, eres el prodigio más buscado de la ciudad. Has estado violando leyes a diestra y siniestra. ¿Y se supone que tenemos que ser tus cómplices en esto? ¿Se supone que tenemos que guardar silencio?

Los hombros de Adrian se desplomaron.

–No. No lo sé. No es justo que se lo pida…

–Pero ¡lo haremos! –exclamó Ruby. Seguía gritando, cada vez más nerviosa–. Por supuesto que lo haremos, porque te queremos y ¡eres *Adrian*! Sé que no eres una mente criminal que hace esto por la fama o por lo que fuera. Sé que eres una buena persona, y debes tener una buena razón para hacer todo esto, solo… solo me hubiera gustado que nos lo contaras.

–Espera… Espina –dijo Oscar–. ¿Qué diablos, Adrian? Dijeron que tú…

–No lo hice –afirmó–. Fue todo obra de Congelina y sus secuaces. Los vi torturándola, y luego la mataron para poder incriminarme. No fui yo.

Oscar se meció hacia atrás sobre los talones, examinando la situación. Su rostro se aclaró.

–Sí, está bien, no me resulta difícil creerte.

Una nube de mariposas pasó a toda velocidad junto a ellos, y luego se arremolinó encima de sus cabezas y regresó a la estatua derribada.

Apartando el flequillo teñido de la frente, Ruby apuntó el puñal hacia el rostro de Adrian.

–Estamos muy lejos de terminar esta discusión –advirtió, girando luego el puñal hacia Danna–, pero probablemente deberíamos descubrir por qué Danna no está transformándose.

Como si respondiera a sus palabras, el remolino de mariposas ascendió en espiral, y luego echó a volar en línea recta, no alejándose del páramo, sino dirigiéndose directo a los cimientos de la catedral derruida. Se posaron sobre diferentes ruinas dispersas... una puerta de madera astillada, la cabeza de una gárgola.

—Creí que me estaba trayendo aquí por Phobia —dijo Adrian—, pero ¿y si hay algo más?

—¿O alguien más? —murmuró Ruby.

—Vaya —dijo Oscar—. ¿Y si la Abeja Reina y Cianuro también están aquí? ¿Y si resulta ser su guarida malvada?

—De hecho, esta fue su guarida malvada hace años —señaló Ruby—. ¿Quién tendría la insensatez de regresar a ella?

—Phobia la tuvo, ¿verdad?

La frente de Adrian se arrugó.

—Salvo que Phobia esté custodiando algo.

Miraron las mariposas, las alas batientes echando destellos a la luz de la luna.

Adrian bajó el visor.

—Solo hay una manera de averiguarlo.

CAPÍTULO 42

Nova rio. No pudo contenerse. La incredulidad, acompañada por una sensación de orgullo exaltado, provocó que brotara una carcajada de sus labios en tanto corría escaleras arriba y empujaba la puerta que daba a la planta abandonada.

Marcharse del edificio sería más fácil de lo que había significado escalar el muro. Sus cuerdas aguardaban junto a una ventana abierta, justo donde las había ocultado, preparadas y listas para resistir su peso.

Estaría de regreso en la calle en dos minutos.

De regreso en el aparcamiento, en seis.

Estaría corriendo hacia el tío Ace antes de que Mantarraya o Callum empezaran a revolverse de su letargo.

Había terminado incluso antes de lo previsto.

Tenía la pica de cromo sujeta a la espalda, y el casco, liviano y tibio, bajo un brazo mientras corría. Imaginaba exactamente la sonrisa de Ace.

Un sentimiento de satisfacción la invadió por dentro. Lo había conseguido. Lo había conseguido de verdad.

Estaba a punto de alcanzar la ventana cuando algo chocó contra ella y la derribó al suelo. Nova soltó un grito y rodó un par de veces. El casco cayó dando tumbos sobre las baldosas. Se abalanzó para alcanzarlo, pero una mano se envolvió alrededor de su muñeca y la levantó limpiamente del suelo.

Colgando en el aire, Nova jadeó. Le habían quitado toda su alegría.

Gárgola esbozó su sonrisa pedregosa.

Ella procuró aplicarle su poder, pero su puño era pura piedra, y sintió que su energía chocaba inútilmente contra él.

Gruñendo, movió las piernas de un lado a otro. Intentó patear su espinilla, pero la retuvo como a un ratón por la cola, mayormente despreocupado, pero de todos modos, con el brazo extendido. Inclinándose, levantó el casco y envolvió sus gruesos dedos alrededor de su cráneo.

—Ese fue un muy buen intento —dijo—. Pero no fue suficiente.

Gárgola la arrastró hacia un elevador que esperaba para descender al vestíbulo principal. Nova no se resistió. Sabía que no podía dominarlo valiéndose solo de la fuerza, y era mejor conservarla. Esperar al momento adecuado.

Pasaron delante del área de cuarentena de Max. No pudo evitar levantar la mirada. Esperaba que las luces estuvieran apagadas y que el muchacho estuviera durmiendo, ajeno a todo lo que sucedía a su alrededor.

Pero esta noche su suerte había acabado. Max estaba parado frente a la ventana, con gesto de extrañeza. Tenías las palmas presionadas contra el cristal, y el perfil de su ciudad brillaba detrás de él.

Gárgola le dio un tirón del brazo, dirigiendo su atención hacia el centro del vestíbulo. Congelina y Temblor estaban allí, con una mueca de suficiencia cruzando sus rostros.

El hombre de piedra le arrojó el casco a Congelina, y ella lo volteó entre las manos, escudriñando los ojos vacíos.

Luego se lo pasó a Temblor. Indiferente. Como si no valiera nada. Alzó la mano y chasqueó los dedos. Una brisa escarchada sopló a través del vestíbulo, y el agudo crujido del agua al congelarse resonó en los techos elevados. Nova bajó la mirada: un enorme bloque de hielo empezó a envolverle los pies. Gruñó e intentó emerger pateándolo, pero ya era demasiado tarde. El hielo se cristalizó rápidamente, ascendiendo por sus piernas y sobre sus rodillas. Gárgola soltó su muñeca, y estuvo a punto de caer, pero el témpano la mantuvo erguida. Aunque sus botas la protegían del frío, los pantalones no, y el hielo le quemaba la piel.

Con un gruñido furioso, buscó el cuchillo de caza en la parte trasera del cinturón. Alzó la mano sobre el hombro, preparada para arrojarlo por el aire hacia Congelina, pero antes de que el filo abandonara la punta de sus dedos, un nuevo bloque de hielo se formó alrededor de su mano, inmovilizando el puño cerrado alrededor del arma. Congelina hizo lo mismo con la otra mano, encerrando por completo sus cuatro extremidades, dejándola no solo inmóvil, sino *helada*. Sus dientes empezaron a castañetear.

Congelina se acercó aún más.

—No te preocupes. Quedarás entumecida antes de que tu cuerpo se congele. Y estoy segura de que el Consejo te liberará una vez que regresen. Me muero por verles las caras cuando lleguen y te vean tan bien sujeta —suspiro, fingiendo simpatía—. Claro que seguramente tendrán que amputarte todos los dedos y ambos pies después de haberse congelado. No será agradable. Si tienes suerte, te darán anestesia antes de hacerlo, pero… —chaqueó la lengua—. Si fuera tú, no contaría con ello.

Se detuvo a pocos centímetros de Nova.

—Prepárate —susurró Congelina—, porque la pérdida de un miembro está a punto de ser la menor de tus preocupaciones —extrajo una pistola de la cintura, una que Nova reconoció del entrenamiento. La Renegada se inclinó hacia ella, presionando el cañón del revólver contra el pecho de Nova–. Quizás sientas un ligero pellizco.

Apretó el gatillo, dirigiendo el proyectil directo al corazón de Nova. Esta emitió un gruñido por el impacto y habría caído al suelo si el hielo no sostuviera sus piernas tan firmemente. Gimió. El pecho le quemaba por la perforación. Un dolor inconmensurable se apoderó de sus manos y piernas a causa del frío.

El aliento quedó atrapado en su garganta. Para su propia sorpresa, empezó a reír. Una carcajada cansada, al límite del delirio incluso a sus propios oídos.

El Agente N. Congelina intentaba neutralizarla.

Pero le había disparado a centímetros del Talismán de la Vitalidad que tenía oculto bajo la chaqueta. No había podido probar si el medallón serviría para protegerla del suero, pero ahora era tan buen momento como cualquier otro.

–Gracias –dijo Nova una vez que se silenciaron sus carcajadas sibilantes. Apretó los dientes tras la máscara–. No creo que hubiera tenido las agallas de hacer esto en caso contrario.

Lanzó un puño cristalizado, golpeando contra una de las esferas sujetas a su cinturón. El misil de niebla crujió bajo el golpe y la palanca se abrió repentinamente. Una nube de vapor verde se dispersó en el aire, rodeando el cuerpo de Nova.

Congelina saltó hacia atrás entre jadeos y apartó a Temblor de un empellón.

–¿Qué diablos es eso?

–Tu peor pesadilla –respondió Nova. Se volteó hacia Gárgola, que había retrocedido tropezando hacia atrás cuando lo hizo Congelina, pero no se había movido lo suficientemente lejos. Intentaba superar su confusión con el ceño fruncido. Nova lo miró batiendo las pestañas–. No se requieren dardos, cerebro de piedra.

—¡Trevor! —gritó Genissa—. ¡Muévete!

Aquel por fin lo hizo, retrocediendo tres, cuatro pasos. Nova contó en silencio, esperando. Aún no lo habían probado. Los cálculos de Leroy podían estar errados.

Pero Gárgola era un tipo enorme, y la mayoría de las cosas llevaban mucho tiempo en alcanzar su cerebro, así que ¿por qué debía ser diferente esto?

Como con el Titiritero, empezó agrandando los ojos con sorpresa.

Nova sonrió. Leroy había descubierto cómo transformar el Agente N en un gas, y ella lo había transformado exitosamente en una bomba. Ace quería un arma contra los Renegados, y ahora la tenían.

Congelina maldijo y retrocedió aún más para evitar el vapor, aunque Nova sabía que ya estaría demasiado disperso para ser efectivo a la distancia en que estaba. El dispositivo se había gastado.

La piel de Gárgola empezó a mutar, perdiendo su pétrea corteza exterior, cubriéndose de manchas y adquiriendo la suavidad de un bebé. Empezó por su cabeza, luego descendió por el cuello, hacia sus hombros y pecho.

Miró a Nova en estado de shock.

—¿Estás enojado? —lo provocó.

Gárgola rugió y se abalanzó sobre ella con el brazo en alto… aún de piedra. Nova alzó las manos. Congelina gritó.

El puño se estrelló contra los sólidos bloques de hielo, haciéndolos añicos.

Su último acto antes de que la piedra desapareciera por completo.

Gárgola aulló y cayó de rodillas, pero Nova lo ignoró. Con las manos libres, echó mano a un segundo dispositivo del cinturón y lo arrojó hacia Congelina y Temblor. Chocó contra el suelo, y otra nube de humo verde se elevó rápidamente. Temblor soltó el casco y se alejó de la explosión lanzándose en picado mientras que Congelina huía a la esquina más

alejada del vestíbulo. Gritaba órdenes, pero Nova dudaba de que alguien estuviera prestándole atención.

Maldijo, dudando de si alguno de los dos había quedado atrapado dentro de la nube de vapor. Tenía que tener más cuidado... no podía desperdiciarlos.

Llevó la mano al hombro y empujó la lanza donde la tenía sujeta a la espalda, aliviada de que Gárgola hubiera sido demasiado arrogante para quitársela. Liberándola del arnés, la sujetó con ambas manos y hundió la punta en el hielo a sus pies. El témpano se astilló, y luego se resquebrajó. Tras cuatro golpes más, había liberado sus piernas.

Nova consiguió salir del hielo y trastabilló, cayendo de rodillas sobre el suelo. Tenía los pies entumecidos; las piernas se negaban a obedecerle.

Se puso rápidamente sobre las manos y las rodillas, obligando a sus miembros a moverse. Volvió a ponerse en pie, resbalando y tropezando. Se abalanzó sobre el casco de Ace y lo levantó rápidamente del suelo. Intentó girar, pero sus pies volvieron a enredarse y nuevamente cayó, golpeando con fuerza la rodilla sobre el suelo de baldosas. Maldijo, y usó la pica para apoyarse mientras se obligaba a ponerse de pie una vez más.

El camino a la salida principal estaba bloqueado, así que corrió en la otra dirección. Hacia el puente colgante, las escaleras, la salida trasera. Las opciones pasaron a toda velocidad por su mente. Tenía un mapa del edificio grabado en la memoria. Conocía cada corredor, cada puerta.

Decidiéndose por el camino más corto, giró hacia la izquierda.

Un temblor rugió por debajo. La tierra se abrió, agrietando el suelo bajo sus pies. Nova volvió a caer.

La grieta pasó de largo junto a ella, perforando la R roja del centro del vestíbulo, separando los cimientos.

Nova gritó al observar el rumbo de la falla creciente. Iba directo al puente colgante.

Directo al área de cuarentena.

Max no se había movido. No se movió, ni siquiera cuando el suelo bajo sus pies se dividió en dos.

Nova gritó, pero el sonido quedó ahogado por el estruendo ensordecedor de las grietas de concreto, los chirridos de metal, el cristal fracturado.

Uno de los pilares se quebró, y el ruido fue tan atronador como el tronco de un árbol atravesado con un ariete.

El puente colgante se derrumbó.

El área de cuarentena se desplomó.

CAPÍTULO 43

Adrian miró la oscura cavidad, rodeada de los vestigios de la catedral. Ruby y Oscar se hallaban parados junto a él, sumidos en el mismo silencio. Jamás habrían descubierto la escalinata si las mariposas de Danna no se hubieran agrupado en torno a ella, formando una guardia muda y trémula en la entrada. Las escaleras eran invisibles hasta que se estaba justo encima de ellas, disimuladas hábilmente entre una serie de paneles caídos y mampostería derruida. Parecía una mera casualidad, pero tras el combate con Phobia, Adrian supo que no lo era.

¿Cuánto tiempo habían estado los Anarquistas custodiando este lugar? ¿Desde que los echaron de sus túneles o incluso antes? ¿Y qué podía haber abajo para que evitaran trasladarse a un lugar menos insalubre? ¿Un arma? ¿Un depósito de mercadería robada? ¿Una pensión para prodigios rebeldes?

—Bueno —dijo Oscar, disimulando su temor bastante bien—, supongo que yo iré primero.

Avanzó un paso, pero Adrian le dio una palmada en el hombro, apartándolo con cuidado. Oscar no se opuso.

–Oh, claro –golpeó su bastón suavemente sobre la espalda de Adrian, que sonó como un repiqueteo metálico–. Tal vez tenga más sentido que vayas tú. Pero si cambias de parecer…

–Oscar… –dijo Ruby, con tono de advertencia.

Hizo silencio.

Adrian empezó a descender la escalinata. El hueco era tan estrecho que tuvo que girar el cuerpo al avanzar. Un tramo terminaba en un descansillo corto de piedra. Volteó y continuó descendiendo. En la oscuridad, su visor se ajustó a la visión nocturna, tiñendo el sector inferior de la catedral de un verde siniestro. Podía oír a Oscar y Ruby descendiendo tras él, pero su presencia le provocaba más inquietud que tranquilidad.

Se juró a sí mismo que después de contarles a sus padres acerca de su identidad secreta, insistiría en que empezaran a incorporar armaduras a los uniformes de los Renegados. Por momentos, resultaría pesada y aparatosa, pero se habría sentido mejor si sus amigos, al menos, tuvieran aquella protección.

Un segundo descansillo se abría a una escalinata apenas más amplia, y a una entrada en forma de arco, con una inscripción en latín antiguo.

Pasaron a través de un enorme recinto. Un sepulcro. Sarcófagos de mármol blanco se alineaban a lo largo de muros opuestos, custodiados por figuras de piedra envueltas en telas de araña y polvo. Adrian intentó desplazarse con sigilo, pero sus botas retumbaban contra el suelo, reverberando a través de la fosa vacía.

Una enorme puerta de madera remachada con piezas de hierro fue a su encuentro al final de la tumba. Alrededor de sus bordes, detectó el débil brillo de luz dorada.

Oscar hizo girar una nube de vapor alrededor de sus dedos. A la menor señal de peligro, llenaría la recámara con neblina para desorientar a potenciales enemigos.

Ruby desenganchó la gema de su muñeca.

Adrian hizo surgir el delgado cilindro sobre su antebrazo. El confinamiento excesivo lo inquietaba. Inutilizaba sus resortes. Además, era probable que una bola de fuego en un espacio tan cerrado lastimara a sus aliados por igual. Sospechaba que cuando abriera aquella puerta, vería a la Abeja Reina y a Cianuro. Su traje lo protegería de ambos, al menos durante un tiempo, y sería una batalla veloz con Oscar y Ruby a su lado.

Especialmente, si tomaba a los Anarquistas por sorpresa, aunque cada golpe de sus pisadas lo volviera más improbable.

Colocó una mano sobre la puerta y respiró hondo. Detrás de él, imaginó a Cortina de Humo y Asesina Roja tomando posiciones.

Cuadró la mandíbula, y abrió la puerta de un tirón.

Del otro lado había un esqueleto.

Ruby emitió un chillido y le arrojó su gema... un acto reflejo, supuso Adrian. El heliotropo golpeó el esqueleto entre dos costillas, y todo el conjunto de huesos quedó destrozado. Al desplomarse sobre el suelo de piedra, sonó como los golpes de piezas de madera. El cráneo rodó hasta chocar con el pie de Adrian.

Con el corazón palpitando, levantó la vista hacia arriba. Estaban en las catacumbas. Más ataúdes, rodeados de muros de huesos y estanterías de cráneos. Dos candelabros de pie sostenían cirios blancos prácticamente consumidos, y una cortina de fémures y clavículas colgaba a través del espacio, oscureciendo lo que había detrás.

¿Phobia? ¿Era aquí adonde regresaba cuando se evaporaba? Adrian imaginó a un personaje de un videojuego que debía empezar desde el principio de un nivel cada vez que lo mataban, y una carcajada quedó atrapada en su garganta, convirtiéndose en una tos entrecortada.

Los huesos bajo sus pies empezaron a sacudirse. Se deslizaron sobre el suelo y poco a poco se volvieron a unir hasta que el esqueleto quedó nuevamente en pie delante de ellos. Sus ojos hundidos y su sonrisa dentada no habían cambiado, y Adrian se preguntó si era solo su imaginación o si la figura exudaba irritación.

El esqueleto hizo una profunda inclinación de la cintura y, sin levantar la cabeza, señaló dramáticamente hacia la cortina de huesos.

Adrian entró en el recinto, evitando al esqueleto. Apenas entraron Ruby y Oscar, la criatura se trepó sobre un tablón de madera que colgaba encima de un sarcófago, cruzó los brazos sobre el pecho y quedó dormido. O muerto.

Adrian seguía analizando al esqueleto cuando toda la cortina de huesos se desplomó, estrellándose contra los cimientos de piedra y dispersándose hacia todos los rincones.

Giró súbitamente. El aire abandonó sus pulmones. Su mente quedó presa de la incredulidad.

Ace Anarquía.

Ace Anarquía.

No confiaba por completo en sus ojos. No podía estar totalmente seguro. Había pocas fotografías del villano sin su casco, y provenían mayormente de su juventud, antes de su ascenso al poder. Este hombre no era joven. Tampoco lucía poderoso. Tenía una palidez grisácea y cubierta de pliegues. Su cabello era escaso, su cuerpo más parecido al esqueleto que les había dado la bienvenida que al fuerte prodigio que derrocó a un gobierno entero y sumió al mundo en un período de temor y anarquía.

Pero sus ojos. Oscuros, casi negros, tan agudos como Adrian los habría imaginado.

Estaba levitando, con las piernas cruzadas como un monje en estado de meditación, flotando en el aire encima del suelo de huesos caídos.

Y tenía la voz fuerte, aunque con un atisbo de profundo cansancio.

—Encantado —dijo Ace Anarquía, enseñando los dientes—, por lo menos, así creo.

Adrian se sintió arrojado contra un muro. Su espalda golpeó la piedra con tal fuerza que un reguero de polvo se desplomó desde el cielorraso. Gruñó e intentó moverse, pero mientras que sus miembros dentro del traje se encontraban libres, la armadura en sí se hallaba inmovilizada.

Adrian maldijo.

Telequinesis.

Había creído que el traje lo protegería, pero por supuesto que se equivocó, no contra alguien con telequinesia como Ace Anarquía.

Las catacumbas se llenaron de humo blanco, tan espeso que no alcanzó a ver más allá de su visor. Forcejeó aún más. Si solo pudiera mover el brazo, llegaría al interruptor sobre el pecho que retraería el traje...

No serviría de nada. Ace no lo liberaría.

Oyó el grito de guerra de Ruby, y la imaginó dirigiendo su filoso heliotropo hacia la garganta del villano, pero luego su grito se transformó en un aullido de sorpresa.

El cuerpo entero de Adrian se tensó, y volvió a forcejear contra las ataduras invisibles, pero fue inútil. Golpeó con fuerza la cabeza contra la parte posterior del casco y obligó a sus músculos a relajarse. Tenía que conservar la calma. Tenía que pensar.

Había gritos y gruñidos de furia desatada, y se halló deseando que el humo no fuera tan espeso para poder ver lo que sucedía.

Se instó a desacelerar su ritmo cardíaco. Piensa. *Piensa.*

Sus dedos se flexionaron, y por un instante creyó que el control que ejercía Ace sobre él estaba reduciéndose, pero advirtió que a este no le preocupaban sus dedos, no cuando tenía su cuerpo inmovilizado del cuello a los tobillos, incluidas las muñecas.

Volteó al cabeza lo más que pudo dentro del casco. El muro tenía una gruesa capa de polvo, que le había recubierto el traje al estrellarse contra él.

El humo empezó a disiparse, y distinguió a Ruby y a Oscar a cuatro metros de donde se encontraba él. Ruby estaba de rodillas. Tenía su alambre envuelto alrededor de su propio cuello, y los dedos, doblados entre este y su garganta, intentando desesperadamente que no la estrangulara. Le sangraban los dedos, y la sangre relucía al empezar a cristalizarse. Oscar estaba arrodillado junto a ella, con la expresión desesperada, intentando ayudarla a aflojar el alambre.

Adrian no veía señal alguna del villano a través del velo de humo.

Dobló sus dedos acorazados y presionó una punta contra la pared. Dibujó lo primero que se le vino a la mente, lo más sencillo. Un círculo trazado en el polvo; una única línea curva que brotaba de arriba; algunas rayas que emergían en la punta.

Una bomba.

Una mecha.

Y una chispa.

—Oscar —gruñó Adrian extrayendo la bomba del muro—. ¡Ponte a cubierto!

Los ojos de Oscar se agrandaron. Tomó a Ruby bajo los brazos y la arrastró tras uno de los ataúdes.

Adrian dejó que la bomba cayera. Rodó algunos centímetros alejándose del muro y estalló.

Hubo un destello brillante. La explosión golpeó contra su cuerpo y abrió un agujero en la pared. Cayó hacia delante, aterrizando sobre sus manos y rodillas, y de inmediato llevó una mano al pecho y replegó el traje, aunque seguía tosiendo por el humo y el polvo en el aire. La recámara estaba más oscura ahora. La explosión debió derribar uno de los candelabros, extinguiendo la poca luz que irradiaba.

Gateó a través del suelo, en busca de Ruby y Oscar mientras parpadeaba para expulsar los residuos de los ojos.

Primero, encontró el garrote de Ruby, el alambre enredado con una pila de huesos. Estaba recubierto de diminutas gemas rojas en el lugar donde había lastimado su piel.

—¿Cortina de Humo? —preguntó—. ¿Asesina Roja?

—A-aquí —respondió Oscar, tosiendo.

Un rugido furioso atrajo la atención de Adrian hacia arriba.

Ace Anarquía ya no se encontraba levitando. Su túnica sencilla y suelta estaba salpicada de polvo blanco, y la tela se agitaba mientras extendía los brazos a ambos lados del cuerpo. De pie en el medio de las catacumbas, tenía el rostro contorsionado por una ira que había sido inexistente unos instantes atrás. La furia le daba un aspecto casi grotesco a la mueca de su boca.

Adrian se preparó para un ataque. Esperó que el heliotropo filoso se elevara en el aire e intentara apuñalarlo, o que el bastón de Oscar aporreara a alguien sobre la cabeza, o incluso que lo golpearan miles de huesos.

Oyó el sonido de piedra raspando contra la piedra.

Se incorporó rápidamente. No distinguía de dónde venía el sonido… hasta que advirtió que la pesada tapa de uno de los ataúdes se deslizaba del sarcófago, cayía con estrépito al suelo y abría una grieta en la piedra.

Su mandíbula se descolgó. El corazón le latía desbocado en el pecho al ver el ataúd entero volteándose primero de costado, sacudiendo con su peso los cimientos peligrosamente endebles de la catedral que lo rodeaba. Los huesos de un cadáver de cientos de años salieron arrojados de su coraza.

Adrian dio un paso incierto hacia atrás. Había escuchado historias en las que Ace Anarquía arrancaba edificios enteros de sus cimientos, arrojaba puentes al agua, estrellaba tanques a través de las vitrinas de las tiendas.

Pero aquello fue cuando era fuerte. Aquello fue cuando tenía el casco. Antes de que Max le quitara parte de su poder.

Verlo realmente controlar un objeto que debía pesar una tonelada o más, incluso ahora, era petrificante. Podía triturarlos. Fácilmente.

Salvo que Ace no estaba levantando el sepulcro.

Adrian volvió a escudriñar su rostro. Aunque la hostilidad ardía en los ojos del villano, también había esfuerzo. Su rostro estaba contorsionado por la concentración. Sus dientes rechinaban, y tenía la piel húmeda de sudor.

Quizás pudiera mover algo tan pesado como un sarcófago, pero no era fácil.

Con renovado coraje, Adrian cargó contra él, preparando el puño para golpearlo, incluso mientras su cerebro se daba prisa por formular un plan. Él y Oscar habían realizado incontables sesiones de combate en las salas de entrenamiento, pero casi nunca tenía que emplear aquellas habilidades en un combate real.

Al final, no importó.

Ace Anarquía echó un vistazo en su dirección, y el candelabro caído voló hacia arriba y le dio en el estómago. Gruñó y cayó al suelo, sujetándose el abdomen.

Soltó un bufido y levantó la mirada a tiempo para ver el sepulcro rodando de nuevo.

Ruby y Oscar gritaron y se acurrucaron el uno contra el otro. Adrian vio a Oscar envolver los brazos de modo protector alrededor de la cabeza de Ruby instantes antes de que el ataúd se cerrara sobre ellos, atrapándolos en su interior. Sus gritos ahogados continuaron, seguidos por los puños que golpeaban el interior de su prisión de piedra.

Ace Anarquía se desplomó, y Adrian pudo verlo intentando recobrar el aliento.

—Me ocuparé de ellos después —dijo, enjugándose la frente con la manga.

Fijó su mirada en Adrian e inclinó la cabeza, estudiándolo. Luego sus ojos brillaron con algo parecido al interés, quizás incluso la diversión, y Adrian supo que lo había reconocido. No supo cómo. Jamás se habían conocido, y Ace Anarquía había desaparecido –*muerto*, según lo que todos creían– cuando él era apenas un niño.

Pero todo este tiempo había estado aquí, al acecho. Ocultándose. Esperando. Custodiado por Phobia, y quizás también por el resto de los Anarquistas. Podrían haberle facilitado información sobre el Capitán Chromium y Dread Warden. Probablemente, le habían contado que habían adoptado al hijo huérfano de Lady Indómita. Tal vez, incluso le habían traído periódicos y revistas para que siguiera informado de sus enemigos.

—Qué curioso —dijo Ace. Entornó los ojos, contemplándolo en silencio—. Tengo la impresión de que conoces a mi sobrina.

Luego sonrió, aquella misma sonrisa cruel, y alzó los brazos encima de la cabeza.

Adrian apretó el puño. El tatuaje cilíndrico sobre el antebrazo emitió un brillo ardiente. Su piel se entibió.

La estantería detrás de él se sacudió. Imaginó a Ace tumbándolas encima de él. Aplastándolo, o intentando hacerlo.

Extendió el puño hacia el villano, y abrió los dedos.

Pero antes de que pudiera disparar, Ace Anarquía tosió y cayó, desplomado sobre una rodilla. La estantería se calmó.

Adrian vaciló.

Con un rugido de ira, el villano golpeó un puño contra la piedra. Arrastró un brazo sobre el suelo y un torrente de huesos salió despedido en dirección a él, de modo inofensivo.

Volvió a gritar, recordándole a Adrian a un niño con un berrinche. Se sentó hacia atrás sobre los talones, jadeando y escurriendo sudor. Sus ojos, hace un instante tan calculadores, ahora transmitían una desesperación enloquecida. Esta vez sacudió ambos brazos, y Adrian se dejó golpear por los restos. Salían despedidos casi sin fuerza.

Ace Anarquía se había agotado.

El villano siseó y volvió a desplomarse hacia delante, enroscando los dedos a través de las cuencas de los ojos de un cráneo.

—Maldito seas —se lamentó—. Maldito seas tú y tus Renegados y tu Consejo. *Ellos* me hicieron esto. Me convirtieron en esto.

Adrian dejó que su brazo cayera, aunque el tatuaje continuó ardiendo.

—Tú te hiciste esto a ti mismo.

Ace cacareó.

—Eres un imbécil.

—¿A qué te referías cuando dijiste que yo conocía a tu sobrina?

Ace se serenó, con una expresión casi de regodeo.

—Me parece que tú la conoces como Pesadilla —su boca se estiró ampliándose—, entre otros nombres.

La mandíbula de Adrian se retorció.

—Entonces, lamento tu pérdida.

—No, no creo que lo lamentes.

Adrian levantó la palma hacia el villano y disparó.

El rayo de energía golpeó a Ace Anarquía en el pecho. Cayó hacia atrás, con las piernas dobladas en un ángulo imposible al desplomarse sobre el océano de huesos. En la mano aún sujetaba la calavera.

Adrian miró el cuerpo caído, preocupado porque el golpe lo hubiera matado. El arma había sido concebida para dejar sin sentido al adversario más que para lastimar, pero Ace Anarquía era más frágil que la mayoría de sus oponentes. Ahora que estaba quieto y en silencio, era fácil ver hasta qué punto se había debilitado.

Pero cuando se acercó un poco más, advirtió que el villano respiraba, si bien de manera poco profunda.

Giró hacia el sarcófago.

—¿Oscar? ¿Ruby?

—Estamos bien —fue la respuesta—. ¿Está muerto?

—No… pero está inconsciente. Esperen.

Volvió a transformarse para enfundar su armadura, aunque incluso con la fuerza del Centinela le tomó hasta la última gota de energía levantar el sepulcro para que sus amigos pudieran salir. Se encontraban acurrucados uno contra el otro, con la piel cubierta de polvo y los dedos de Ruby salpicados de joyas. Aunque ninguno de los dos dijo nada, aún vacilaban en separarse, incluso cuando quedaron en libertad.

Oscar se puso de pie con lentitud y se inclinó contra el costado del sarcófago, respirando con jadeos dificultosos. Se inclinó y entrelazó sus dedos a través de los de Ruby para jalarla hacia arriba junto a él.

–¿Te encuentras bien?

Ella lo miró boquiabierta.

–Sí, bien –asintió.

Oscar le asintió a su vez.

Los ojos de ambos brillaban, sus cuerpos se apoyaban el uno sobre el otro. Y si Adrian había visto alguna vez los momentos previos a un beso, estaba seguro de que ahora estaban a punto de besarse.

Carraspeó ruidosamente, y los dos se apartaron de un salto, aunque siguieron con los dedos entrelazados.

–*Ace* –dijo lenta y claramente–. *Anarquía*.

–Así es –asintió Oscar, pasando una mano a través de su cabello polvoriento–. Así es –levantó su bastón, caminó a los tropiezos hacia el villano y le movió el pie–. ¿Qué hacemos ahora?

–Tenemos que alertar al Consejo –respondió Ruby.

Adrian consideró la destrucción causada por el combate.

–Tienes razón. Lo llevarán a Cragmoor. Y aún no sabemos por qué Danna no puede transformarse. Si tenía una de sus mariposas atrapadas por algún motivo…

–Espera –dijo Ruby–. ¿Tienes tu rotulador?

Adrian frunció el ceño. Luego se quitó el guantelete y le entregó el rotulador.

–¿Por qué?

–Tengo una idea –Ruby se puso de cuclillas junto a Ace Anarquía y empezó a escribir algo sobre la calavera que tenía en la mano. Con mayúsculas bien claras que no se parecían en nada a su escritura en cursiva, escribió un mensaje:

TÓMENLO COMO UNA OFRENDA DE PAZ.
—EL CENTINELA

–Ahí está –dijo, cubriendo el rotulador y devolviéndoselo a Adrian con una sonrisa satisfecha–. Les diremos que Danna nos condujo aquí, y esto es lo que encontramos. Los Renegados necesitan saber que tú… que el *Centinela* no es un villano, y tú… él… *tú*… –cerró los ojos, intentando poner sus ideas en orden–. A ti también te tienen que reconocer haber capturado a Ace Anarquía. Quizás mitigue un poco tu situación. Cuando decidas contarles la verdad.

Adrian le sonrió, aunque sabía que no podía verlo.

–Gracias –susurró.

–No hay señal aquí abajo –dijo Oscar–. Regresemos a la superficie para comunicarnos con el Consejo.

Ruby sujetó las muñecas de Ace Anarquía con su alambre, asegurándose de que, incluso a alguien con poderes de telequinesis, le costara deshacer el nudo, en caso de que despertara antes de que llegara el Consejo, aunque Adrian dudaba de que lo hiciera.

Estaban a medio camino escaleras arriba cuando sus brazaletes emitieron un sonido atronador de alarma, provocándoles un sobresalto.

–¿Qué diablos…? –Oscar alejó el brazo de sí, con sospecha–. No hay manera de que pudieran haberse enterado ya de esto.

Ruby abrió el mensaje primero. Su rostro palideció.

–No, no es Ace. Es… –vaciló.

—¿Qué? —preguntó Adrian, odiando cómo la miraba en la oscuridad.

—Es un mensaje de Max. Dice que Pesadilla está viva y que está allí, en el cuartel general.

El corazón de Adrian dio un brinco.

—¡La atraparon!

—No, Adrian. Max dice que tiene el casco de Ace, y que él... que él intentará detenerla.

Adrian la miró boquiabierto.

¿Max?

¿Max intentaría detenerla?

Adrian los apartó a un lado para pasar.

—Me voy. Envíenles un mensaje a mis padres... sobre Ace y Pesadilla. Ellos mandarán a alguien.

Sin esperar una respuesta, salió corriendo a la superficie. Se alejó de aquel páramo. Camino al cuartel general.

A Max, y a Pesadilla.

CAPÍTULO 44

—¡Max! —gritó Nova.

Había cristales por todos lados, rebotando a través del suelo del vestíbulo. Pequeños edificios de cristal, vehículos de cristal, personas de cristal, farolas de calle y semáforos de cristal, todos cayeron al suelo haciéndose añicos. Era una erupción de polvo y trozos de vidrio tan pequeños que relumbraban como brillantina. Las lustrosas baldosas blancas del suelo se fragmentaron, abriéndose en grietas concéntricas que se extendieron hacia todas las direcciones.

Allí donde había estado el área de cuarentena ahora solo quedaban algunas varillas dobladas de acero y trozos de revoque rotos.

Allí donde Max había estado…

Nova se puso de pie, tambaleando. Dio algunos pasos vacilantes, oteando la destrucción, pero no vio señales de él. Su cabello esponjoso, su pijama a cuadros. Los ojos le ardían por la nube de polvo. Probablemente, también se le hubieran metido esquirlas de cristal, pero no podía dejar de parpadear, de mirar y de buscar.

Una ciudad destruida. Algunas luminarias destrozadas. Un suelo derrumbado.

A medida que el polvo se asentó, oyó un diminuto lloriqueo que provenía de los escombros. Le llevó solo un instante ver a la criatura cruzando el suelo a toda velocidad. Nova observó, asombrada, pensando al principio que se trataba de algún tipo de cría de lagartija.

El velociraptor, advirtió entonces con un sobresalto. El dinosaurio que Adrian le había dibujado una vez en la palma de la mano.

Con el corazón que latía a toda prisa, se puso de cuclillas y extendió el extremo plano de la lanza hacia la criatura, para que pudiera trepar por él y estar a salvo.

En cambio, esta chilló y buscó refugio bajo una viga de suelo colapsada.

La pila de escombros empezó a moverse. Algunos trozos de revoque se deslizaron a toda velocidad, casi como empujados hacia un lado, pero aún no había señales de Max.

Su ceño se contrajo.

Oyó el sonido de algunos trozos más de vidrio tintineando entre sí, y la torre de una iglesia quedó de pronto triturada bajo algún peso oculto.

Percibió un jadeo. Max apareció titilando. Chilló sorprendido. Luego estrujó el rostro, concentrado, y volvió a desaparecer con un parpadeo.

–Invisibilidad –murmuró Nova. Tenía el poder de invisibilidad. De Dread Warden, por supuesto.

Una corriente de hielo golpeó el pie de Nova y le envolvió la pierna. Emitiendo un gruñido, blandió la lanza y rompió el hielo antes de que se endureciera. Apenas consiguió liberar el pie, la tierra tembló haciéndole perder el equilibrio. Su cadera se estrelló contra el suelo; el dolor lacerante del muslo herido la dejó sin aliento. A solo unos metros, una avalancha de trozos de vidrio cayó dentro de la enorme grieta que atravesaba todo el suelo, tintineando erráticamente al desaparecer. Temblor estaba de pie del otro lado, mirándola furioso.

Los nudillos de Nova empalidecieron; tenía una mano sobre el casco y la otra sobre la lanza de cromo. Sus ojos saltaron por encima de la destrucción. Aún no había señales de Max, y ahora no podía ver tampoco a Congelina. Gárgola no se había movido. No, no *Gárgola*. Ahora era solo Trevor Dunn, un matón y cobarde. Su cuerpo... enorme, pero ya no gigante... estaba de rodillas, abatido, donde ella lo había dejado. Soltó un bufido, indignada por su aspecto penoso. Que se desplomara así sobre el suelo, que se rindiera sin más.

Jamás había sido un héroe de verdad.

Nova agradeció el colgante de inmunidad que pendía de su cuello y la protegía del poder de Max. Pero incluso si le quitaban todos sus poderes, como alguna vez estuvo a punto de sucederle, le gustaba pensar que lo enfrentaría con mucha mayor dignidad.

Temblor rugió, obligándola a dirigir su atención de nuevo hacia él. Cayó sobre una rodilla, preparado para sacudir ambas palmas sobre el suelo a la vez.

Nova, gritando a su vez, alzó la lanza sobre el hombro y la arrojó lo más fuerte que pudo.

De inmediato, Temblor esquivó la pica. Voló encima de su cabeza y se clavó en el letrero de INFORMACIÓN sobre el mostrador central. El Renegado la miró parpadeando. Quedó paralizado, pero solo un breve instante. Una sonrisa se abrió paso repentinamente en su rostro.

Nova alzó uno de sus propios inventos: una pistola lanza dardos... disimulada bajo el aspecto de una inocente estilográfica.

—¿Vas a componerme una carta de amor? —rio Temblor.

—Quizás un elogio fúnebre.

Llevó la estilográfica a la boca y sopló. El dardo le dio en el pecho, directo sobre el corazón, justo en el lugar donde Congelina le había dirigido a *ella* el dardo. Temblor bajó la mirada, horrorizado, al tiempo que el líquido color verde penetraba su carne.

—Descansa en paz, Temblor —dijo con un suspiro exagerado—. Es posible que sus habilidades hayan alcanzado un siete en la escala de Richter… pero su personalidad apenas llegaba a un dos.

Sin esperar a ver su reacción, Nova echó a correr de nuevo. Sus pies se resbalaban y tropezaban sobre el caos de fragmentos de cristales y trozos de revoque.

Estaba a punto de llegar a la base de los escalones que una vez habían conducido al área de cuarentena cuando una de las enormes vigas de acero que se habían aflojado en la destrucción descendió girando en el aire y se estrelló con violencia contra su costado. La fuerza del impacto la envió volando contra la pared. Nova se desplomó sobre el suelo; la cabeza le zumbaba. Abrió los ojos, aturdida, y vio el casco a pocos metros. Aunque tenía la visión borrosa y los huesos seguían vibrando por la colisión con la viga, se obligó a apartarse de la pared. Sus dedos se extendieron para tomar el casco.

Una mano se lo arrebató de las manos y lo lanzó en el aire. Nova gritó y saltó para alcanzarlo, pero era demasiado tarde.

Max gritó, presa de un repentino dolor, y el casco cayó, aterrizando sobre los restos destrozados del área de cuarentena. El muchacho reapareció, desplomado sobre las rodillas no lejos de donde estaba. Su cuerpo estaba cubierto de tajos y cortes, sus pijamas, hechos jirones. Al observarlo extraer un fragmento de vidrio de la planta de su pie desnudo, Nova sintió que se le encogían las entrañas.

El niño arrojó el fragmento ensangrentado lejos con un siseo, y luego extendió la mano de nuevo. El casco completó su recorrido, volando hacia sus brazos expectantes.

Desapareció nuevamente con un destello. Esta vez, el casco también se desvaneció.

Nova miró boquiabierta el lugar donde había estado parado. Espantada, advirtió que fue Max quien le arrojó la viga de acero. Y ahora se había llevado el casco.

No intentaba huir; intentaba *enfrentarla*.

Pero la invisibilidad no era infalible en un recinto lleno de destrozos. Pronto consiguió detectar el camino del niño en tanto se abría paso hacia la salida de emergencia más cercana. Procuraba hacerlo con cuidado, pero en su apuro Nova advirtió el movimiento de los escombros, el desplazamiento del vidrio en medio del caos, las manchas de sangre sobre las baldosas.

Apartándose de la pared, corrió tras él. No necesitaba tener cuidado, y al acercarse, Max empezó a moverse aún más rápido. Incluso lo oyó jadeando, su pánico en aumento, a medida que lo acorralaba.

Se precipitó hacia él, con las manos curvadas en el aire.

Encontró la tela y la aferró con fuerza.

Max soltó un grito y volvió a aparecer titilando; de inmediato, cayeron en medio de los destrozos. De nuevo, el casco salió volando.

Nova lo dejó despatarrado sobre el suelo, se volvió a levantar y se precipitó hacia delante. Aterrizó sobre el casco y lo cubrió, asegurándolo con fuerza contra el cuerpo antes de que el muchacho pudiera valerse de su telequinesis para arrebatárselo de nuevo.

—¡No! —gritó Max. Una pequeña mesa de café salió despedida hacia la cabeza de Nova; consiguió bloquearla con el codo, pero el golpe la derribó con fuerza sobre el suelo.

Quedó allí tumbada, momentáneamente aturdida, sin aliento, cubierta de sudor. El casco seguía apretado contra su estómago. La cabeza le daba vueltas de cansancio y dolor.

Pero la salida estaba cerca.

Tan cerca.

No fracasaría estando *tan cerca*.

Intentó echar mano de la última reserva de fuerzas que le quedaba. Obligándose a apoyarse primero sobre una rodilla y luego sobre la otra, se puso de pie, luchando por controlar el temblor de las piernas. Había dado

un único paso cuando un brazo se envolvió alrededor de su garganta, atrayéndola contra un pecho sólido.

—Te mataré —siseó Trevor en su oído—. Por lo que me hiciste, te *mataré*.

—Ponte en fila —espetó Congelina. Se hallaba de pie frente a la salida más cercana, bloqueando la posibilidad de Nova de huir. Empuñaba la lanza del Capitán Chromium en una mano, cubierta por una gruesa capa de escarcha blanca y reluciente.

Sin tener intenciones de soltar el casco, aferrado entre ambos brazos, Nova se hundió en el cuerpo de Trevor, dejando que la sostuviera en tanto sentía las rodillas a punto de vencerse.

—Lo siento —dijo, arrastrando las palabras más de lo que hubiera querido—, pero hoy nadie me matará.

Aferró el antebrazo que tenía alrededor del cuello y dirigió su poder dentro de él. Trevor aflojó el control que tenía sobre ella y cayó hacia atrás, desparramando los escombros con un sólido crujido. Nova tropezó y se inclinó hacia delante, apoyando una mano sobre la rodilla para evitar caer ella misma, y la otra aún aferrada al casco.

—¿Q-qué? —balbuceó Congelina—. Pero tú estás… yo…

—Ah, sí, esto —dijo Nova, extrayendo el dardo vacío de su pecho—. Casi lo había olvidado. Parece que no funcionó.

El desconcierto de Congelina se transformó en ira. Gritando, aferró la pica con ambas manos y cargó contra ella, como un caballero de justas listo para empalar a su contrincante.

Giró de costado. La pica falló por centímetros.

Un grito, horrorizado, pasmado, aspiró el aire del vestíbulo.

Nova giró a tiempo para ver a Max apareciendo de nuevo. Congelina había estado apuntando al corazón de la Anarquista, pero esta la había esquivado, y Max… Max estaba justo detrás de ella, acercándose a hurtadillas, con la mano incluso ahora intentando arrebatarle el casco de la mano.

La lanza de cromo lo había atravesado por completo.

Un grito escapó de la boca de Nova, desgarrando el aire. No pudo hacer nada en tanto Max tropezaba hacia atrás, sujetando con la mano la pica que sobresalía de su abdomen. Sus ojos eran enormes; su rostro, contorsionado por el shock.

Cayó de rodillas.

—No —dijo Congelina, su voz teñida de pánico—. ¡No, no, no! —soltó la lanza y se tambaleó hacia atrás. Las piernas le temblaban y empezó a raspar el suelo con los tacones, alejándose del muchacho—. ¡No! ¡No puedes quedarte con él!

Entonces Nova se dio cuenta de que no estaba preocupada por Max.

Lo que le preocupaba era sentir que el Bandido le arrebataba sus poderes.

Ignorando a Congelina, Nova se dejó caer sobre el suelo junto al niño. El casco cayó con un golpe a su lado. El colgante de hierro ardía contra su esternón.

—Estás bien. Estarás…

Su voz se perdió. La herida alrededor de la lanza estaba color azul y brotaban de ella cristales de hielo.

Hielo.

—Extráela… —jadeó Max, envolviendo una mano alrededor de la pica. Sus ojos estaban redondos; sus mejillas, húmedas.

—No, no lo hagas —dijo Nova—. Está restañando la herida. Si la…

—Extráela —repitió, con más insistencia. El hielo estaba escarchándose sobre la pica.

Nova tragó saliva. Había obtenido algo del poder de Congelina. Quizás…

—*Por favor* —suplicó.

—Está bien —dijo, con voz temblorosa mientras sujetaba la lanza—. Esto dolerá. Lo siento.

Max fijó la mirada en el vacío, sin decir nada. Pero cuando Nova extrajo la lanza deslizándola del cuerpo, su grito le heló la sangre.

La pica estaba fuera, y Max cayó de costado. La sangre le empapaba el pijama. Las manos de Nova temblaban al tomar el ungüento y las vendas de su morral, pero cuando enrolló hacia arriba la parte inferior de su camisa, vio que la piel alrededor de la herida se restañaba rápidamente con pequeños cristales de hielo. Él mismo estaba deteniendo el sangrado. Se preguntó si incluso sabía que lo estaba haciendo. Tenía los ojos cerrados, y el rostro blanco como las baldosas quebradas que los rodeaban. Su cuerpo podía estar actuando por instinto, empleando cualesquiera fueran los poderes que le había arrebatado a Congelina para insensibilizar el área y dejar de sangrar.

No lo salvaría, pero podía protegerlo hasta que llegara la ayuda.

Nova alzó la cabeza. Congelina se había desvanecido y parecía solo consciente a medias, pero Temblor estaba allí, con los brazos envueltos alrededor de su cintura, arrastrándola para alejarla de Max.

Nova no se detuvo a pensar al sujetar la pica ensangrentada y cargar contra ellos. Asustado, Temblor dejó caer a Congelina, que quedó desplomada sobre el suelo, y se preparó para enfrentar el ataque de Nova.

Pero el Agente N había surtido efecto y Mack Baxter ya no tenía ningún poder. Sin ellos, no tenía ni idea de lo que debía hacer.

Nova saltó hacia delante, preparando para golpear la lanza contra su sien. Él se encogió de miedo, alzando las manos en un patético intento por defenderse.

La pica se detuvo a un centímetro de su oreja.

Bajando el arma, presionó el dedo índice sobre la frente de Mack Baxter. Cayó desplomado al suelo.

Entonces Nova giró de nuevo hacia Congelina. La muchacha se encontraba de rodillas, intentando alejarse a rastras del Bandido. Aquella apuntó el extremo de la lanza hacia su nariz. La Renegada se detuvo.

—Regresa —gruñó—. Le darás tu poder. Todo el que tienes.

Congelina alzó los ojos, pero no hizo nada más.

—Ni lo sueñes.

Nova rugió. Max estaba muriendo. *Muriendo.* Y no le importaba si era un Renegado, un Everhart, el mismísimo prodigio que le había quitado el poder a Ace y lo había arruinado hacía casi diez años. Era Max, y ella no dejaría que muriera.

—Puede ser lo único que lo salve.

—Es mío —bramó Congelina.

—Está bien —señaló Nova—. Te di una oportunidad para que dispusieras de él noblemente.

Bajó la mano y ahuecó los dedos bajo el mentón de la Renegada, sujetándole la garganta. Un gemido de sorpresa escapó de sus labios y por un instante forcejeó para librarse.

Pero luego cayó sin fuerzas. Dormida.

Nova la dejó caer al lado de Max. No podía calcular la velocidad con que estaba absorbiendo el poder de Genissa, pero las formaciones de hielo sobre su herida se volvieron más gruesas.

Creyó que estaba inconsciente, pero luego sus ojos se abrieron revoloteando, y fueron al encuentro de los suyos. Nova no advirtió si la había reconocido, pero sí que había un interrogante en ellos.

¿Por qué quería ayudarlo? Ya tenía el casco. ¿Por qué seguía allí?

—¡Aléjate de él!

Su cabeza se alzó bruscamente. El pulso empezó a latirle con fuerza.

El Centinela se hallaba de pie dentro de la entrada principal, su traje acorazado perfilado contra la luz de la luna, reflejada en las puertas de cristal.

Nova se puso de pie. Sentía el corazón frágil, el cuerpo al borde del colapso. Pero su mente había recuperado la claridad, había despertado súbitamente del letargo en el instante en que aquella lanza atravesó a Max, y ahora evaluaba sus opciones.

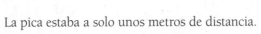

La pica estaba a solo unos metros de distancia.

El casco estaba sobre el suelo detrás de ella.

Tenía otro dardo cargado en la pistola que llevaba en la funda, y aún tenía dos dispositivos disparadores de gas, aunque no estaba segura de que el gas penetrara aquella armadura.

Tenía en su haber un área de cuarentena destruida, tres exprodigios en estado de inconsciencia, y Max... muriendo a sus pies.

—Dije —gruñó el Centinela, al tiempo que su brazo derecho empezaba a brillar— que te alejes de él.

Nova retrocedió un paso. Rozó el casco con el talón.

A pesar de lo que odiaba al Centinela, y su fingida superioridad y autosuficiencia, y el modo en que la había perseguido como un acosador obsesionado, estaba bastante segura de saber una cosa sobre el justiciero:

Era capaz de hacer el bien.

De hacer cosas heroicas.

Como rescatar a niños de diez años cuando estaban muriendo.

Retrocedió otro paso más.

El Centinela alzó el brazo. El rayo de energía salió disparado hacia ella. Nova inclinó la cabeza, apenas esquivándolo, y levantó el casco del suelo.

Luego echó a correr.

CAPÍTULO 45

Quería ir tras ella.

Una parte enorme y furiosa de él quería perseguirla. Arrancarle la máscara, obligarla a enfrentarlo, a mirarlo a los ojos, a decirle por qué haría algo así. Destruir el hogar de Max, su ciudad de cristal, su vida, y luego atacarlo... ¡atacar a un niño! ¿Qué propósito...? ¿Qué diablos creía poder conseguir...?

Pero no fue tras ella.

En parte porque ya conocía la verdad.

Max había ayudado a derrotar a Ace Anarquía, y ahora Pesadilla intentaba cobrarse venganza contra él.

Y no fue tras ella porque... Porque...

—Max —dijo. Un sollozo ahogó la palabra. Cayó de rodillas sobre el cuerpo del niño e hizo lo posible por recordar el entrenamiento que habían recibido. Cómo lidiar con diferentes heridas para mantener a sus camaradas a salvo el tiempo que hiciera falta hasta que un sanador pudiera llegar hasta ellos.

Pero jamás había visto algo así.

Alguien ya había levantado la camisa de Max, dejando expuesto un profundo corte bajo las costillas. Había sangre, pero también había hielo. Escamas de escarcha quebradiza y blanca se extendieron sobre su piel, formando una barrera protectora sobre la herida.

Sin duda, arrebatada a Genissa Clark.

Pero incluso con el hielo, la sangre bajo su cuerpo era pegajosa y espesa. El corte era profundo; quizás hubiera perforado un órgano... el riñón, el estómago, los intestinos.

¿Cuánto tiempo le quedaba?

Los brazos de Adrian temblaron al ahuecarlos bajo el cuerpo de Max y levantarlo con la mayor ternura posible.

Pesadilla había desaparecido. A pesar de su furia, apenas recordaba su partida. Solo estaba Max. Cuya piel parecía tan delgada como papel de seda. Cuyo pecho apenas se elevaba con cada aliento.

Abrazando al muchacho con fuerza, salió corriendo del edificio. Afuera, a la calle, donde incluso ahora podía oír las sirenas acercándose. Y también, el Consejo, el resto de los Renegados, habiéndose enterado del ataque de Pesadilla, acudieron a toda prisa a la escena del crimen.

Habían llegado demasiado tarde.

Adrian solo esperó que *él* no.

Dándoles la espalda a las sirenas, echó a correr. No... voló.

Los sanadores estaban todos en la gala. *Todo el mundo* estaba en la maldita gala, y el hospital estaba a diez kilómetros de distancia. Adrian solo podía pensar en la sangre que tenía en las manos, en los débiles alientos de Max que sacudían su pecho delgado, y en el hecho de que ninguna cantidad de puntadas que dibujara alcanzaría para impedir que la vida se le terminara escurriendo.

El hielo le había ganado tiempo, pero de todos modos estaba muriendo. Max estaba *muriendo*.

Y el hospital quedaba a diez kilómetros.

Adrian jamás se movió tan rápido en su vida. Su mundo entero se transformó en un túnel, angosto y oscuro. Solo vio obstáculos... los edificios a su paso y las calles atestadas de tráfico. Solo vio el hospital aguardando en la cima de la colina, demasiado lejos, luego más cerca, y más cerca, mientras saltaba de un tejado a una escalera de incendios, a una torre de agua, a un viaducto. Todo el tiempo aferró con tanta fuerza el cuerpo de Max que percibía el leve revoloteo de los latidos de su corazón, incluso a través del traje acorazado. No, probablemente estuviera imaginándolo. O fueran sus propios latidos, erráticos y desesperados.

Oyó el viento y el golpe duro de botas sobre el concreto. Otro salto, otro tejado, otro edificio, otra calle que se desdibujaba abajo, y el hospital... cada vez más cerca, pero nunca lo suficiente. *No mueras, resiste, nos falta poco para llegar. Yo te llevaré allí, no mueras.*

Y luego había llegado, habiendo transcurrido toda una vida en los minutos –¿o fueron segundos?– desde que salió a toda velocidad del cuartel general. Tan rápido salió que las puertas automáticas no tuvieron tiempo de registrarlo y se estrelló contra ellas, protegiendo el cuerpo de Max lo mejor que pudo en medio de una lluvia de cristal a su alrededor.

Gritos y exclamaciones. Cuerpos huyeron a toda velocidad del infame prodigio que acababa de irrumpir en el área de espera de la sala de emergencias.

Un hombre que llevaba una bata de hospital saltó de detrás de un mostrador.

–¡Un médico, rápido! –gritó Adrian.

El recepcionista se quedó mirándolo.

–¡AHORA!

El hombre tragó saliva y extendió la mano hacia el botón de llamada.

Adrian se puso en cuclillas, alejando el cuerpo de Max del suyo para examinarlo. Intentó ignorar la vestimenta cubierta de escarcha y salpicaduras de sangre que se había secado en el costado de su rostro. Era la palidez de su piel lo que más lo aterraba, y que apenas percibiera que su pecho se movía hasta que ya no lo vio moverse más.

—*¿Por qué demoran tanto?* —gritó, justo cuando un par de puertas dobles se abrió repentinamente, y un hombre y una mujer con uniforme de enfermeros aparecieron, empujando una camilla entre los dos. Los seguía otra mujer, poniéndose unos guantes de látex. Su mirada recaló en Max, ausente de emoción al registrar la sangre y el hielo.

—Colóquenlo sobre la mesa —dijo—. Con suavidad.

Adrian ignoró a las enfermeras que parecían querer quitarle a Max, y lo llevó él mismo a la camilla, apoyando su cuerpo encima lo más cuidadosamente posible. Parecía que estaba entregando su corazón.

La enfermera apoyó una palma sobre el pecho del traje de Adrian, ignorando las manchas de sangre sobre la armadura. Su mirada descendió a la *C* color roja. Había sido una *R* cuando diseñó el traje, pero lo había cambiado después de que Espina lo arrojó al río. Ya no tenía sentido fingir que el Centinela era un Renegado.

—Lo siento, pero no puedes pasar...

La otra enfermera soltó un jadeo. Algo cayó con un estrépito. La doctora se desplomó contra la camilla, respirando con dificultad mientras presionaba una mano enguantada contra el pecho.

Adrian maldijo y apartó a la enfermera de un empujón.

—¡No un prodigio! —gritó. Aferrando a la doctora, la jaló bajo la camilla, arrastrándola al lado opuesto del área de espera antes de que cualquier pudiera detenerlo—. No puede ser un sanador prodigio. Necesita un doctor... ¡un doctor *común*!

El enfermero se paró junto al cuerpo inconsciente de Max, anonadado. Todos habían quedado mudos... las enfermeras, las recepcionistas, los pacientes que esperaban y sus familias... todos miraban a Adrian como si hubiera perdido la razón.

—¿No un prodigio? —preguntó por fin el enfermero—. ¿A qué te refieres? ¿Acaso no quieres un sanador prodigio?

—¡Solo hazlo! —el pánico se agitaba en el interior de su cráneo hasta que apenas podía ver, apenas pensar, apenas respirar—. ¿Acaso no tienen médicos civiles?

—¡No en la sala de emergencias! —le gritó el recepcionista a su vez, como si semejante petición fuera inconcebible.

—Entonces, ¡consigan uno de otro lado! —gritó Adrian—. ¡Apresúrense!

Acompañaron a la médica debilitada a retirarse. Lágrimas calientes de furia borronearon su visión. *Apresúrense, apresúrense, ¿por qué demoran tanto…?*

Sus pensamientos se aquietaron. Una idea se coló en su mente, que lo golpeó como un balazo.

Podían valerse de un médico prodigio… si ese médico fuera inmune. Si Adrian tuviera el Talismán de la Vitalidad.

Pero se lo había dado a Simon. Estaba en casa, o Simon aún lo tenía, y aunque sus pensamientos iban y venían desesperados, no imaginaba cómo encontrarlo y traerlo de vuelta aquí a tiempo para cambiar las cosas.

Un médico nuevo en una bata blanca irrumpió a través de las puertas. La llamada a la sala de emergencia lo había dejado agobiado y sin aliento: evidentemente, era un área solo para sanadores prodigio.

El médico se acercó a la camilla y empezó a gritar órdenes. Un instante después, retiraron a Max a toda prisa, conduciéndolo hacia los estériles corredores amarillos del hospital. Adrian ya no pudo detectar ningún tipo de respiración.

—Sálvenlo —gritó tras ellos, suplicando—. Por favor. Hagan lo que sea. Solo sálvenlo.

Quizás fue su tono de voz, o quizás fue ver la sangre de Max. Por algún motivo, la expresión enloquecida del médico dio paso a una mirada casi compasiva. Luego volvió su espalda, y las puertas oscilaron y se cerraron, moviéndose de adelante hacia atrás antes de detenerse por completo.

Adrian giró súbitamente hacia la recepcionista. Notó por primera vez que el resto de las personas en la sala se habían apartado de él, agrupándose contra las paredes.

—Oigan —dijo—, ese chico es un Renegado, y está bajo la tutela del Capitán Chromium y Dread Warden. *Tienen* que salvarlo.

La recepcionista inhaló profundamente.

—Somos profesionales, señor. Haremos todo lo que podamos.

Los hombros de Adrian se desplomaron, y se alejó. De repente, toda su fuerza lo abandonó, y se derrumbó sobre una banca cercana. Crujió bajo el peso de su armadura.

Sabía que lo observaban. Todo el mundo tenía la mirada puesta en él, intentando decidir si debían sentir temor o alertar a los Renegados… si no lo habían hecho ya.

Lo tenía sin cuidado lo que decidieran hacer respecto de él o quién venía a arrestarlo. Cayó de rodillas, sujetando los lados de su casco con ambas manos. El traje parecía un muro a su alrededor, separándolo del mundo. Había construido este santuario para sí, y ahora estaba a solas con sus pensamientos y sus temores, y la mezcla confusa y caótica de recuerdos de todo lo sucedido.

Temblaba, y volvió a sentir furia porque era la emoción más fácil de sentir en aquel momento. Furia contra sí mismo por no ser más veloz. Furia contra Pesadilla por atreverse a atacar a un niño. *Solo un niño.* Furia contra el hospital por no estar preparado, por demorar tanto en conseguir a un médico para que ayudara. Y más furia aún contra sí mismo por no tener el medallón consigo para que la primera sanadora pudiera haber hecho algo.

Sus pensamientos fueron a parar a Nova, y al hecho de que creyera que la sociedad dependía demasiado de los prodigios. La gente esperaba que un Renegado estuviera cerca para ayudarla cada vez que lo necesitaba. Para que le resolviera todos los problemas.

Quizás tuviera razón. Quizás dependían demasiado de los superhéroes. ¿Y si aquella dependencia le terminara costando la vida a Max?

El recuerdo volvió, agónico y brutal: Pesadilla, en cuclillas sobre el cuerpo de Max, con las manos cubiertas de sangre.

Los dedos de Adrian se enroscaron formando puños.

¿Por qué no la había debilitado el poder del muchacho? No tenía ningún sentido.

Lo averiguaría. Descubriría sus secretos, de una vez y para siempre. Acerca de Max. Acerca del casco. Acerca de lo que sabía del asesinato de su madre.

Y luego la encontraría y la aniquilaría.

Oyó un alboroto fuera y se levantó de un salto. Las sirenas aullaban, el sonido familiar de las patrullas de los Renegados se acercaba.

Echó un vistazo a una puerta cercana que conducía a una escalera.

Simon y Hugh estarían junto a Max, y Simon podía darle su medallón a cualquier sanador que lo necesitara. Podían explicarle su significado y la naturaleza de la habilidad que tenía Max.

El niño ya no necesitaba que Adrian permaneciera allí, y no estaba listo para este enfrentamiento.

Vio las luces intermitentes a través de la puerta rota de cristal, y luego el Capitán Chromium y Dread Warden se lanzaron hacia él. El resto del Consejo estaba ausente, y a través de su mente empañada recordó a Ace Anarquía, inconsciente en las catacumbas.

Apretando los puños, atravesó como un rayo la puerta más cercana y se lanzó escaleras arriba, en dirección al tejado.

No podía guardar su secreto mucho tiempo más. Las decisiones tomadas, las reglas quebrantadas, tendrían consecuencias.

Pero por ahora, el Centinela tenía un trabajo que hacer.

Pesadilla estaba viva y había que detenerla.

No renunciaría al Centinela hasta destruirla.

CAPÍTULO 46

Phobia los estaba esperando fuera de la casa adosada de Wallowridge. Y todo el sentimiento de júbilo y euforia que los dominó durante el viaje se desvaneció con seis palabras sencillas:

Los Renegados se llevaron a Ace.

El corazón de Nova se contrajo. No lo creía… no podía creerlo. Cuando Phobia les contó todo, el ánimo celebratorio desapareció por completo.

Leroy encendió la radio del auto, y todos quedaron de pie, escuchando, incapaces de poder creerlo.

Los periodistas estaban fuera de sí, hablando a toda velocidad mientras repetían cada detalle pequeño y trivial de la captura. El hecho de que Ace Anarquía siquiera siguiera vivo les resultaba un shock, y saber que había sido encontrado y detenido… no por los Renegados, aunque una unidad de patrullaje había llegado para llevar al villano al cuartel general.

No. El Centinela había atrapado a Ace.

El solo hecho de pensar en su nombre hacía que la piel de Nova se le erizara de repugnancia.

Finalmente, cuando ya no pudieron negar la realidad de los informes, atravesaron con desaliento la puerta de entrada, devastados por la incredulidad.

Honey pasó junto a Nova y se dirigió escaleras arriba, insultando furiosa. La puerta de la habitación se cerró de un portazo, y, segundos después, Nova alcanzó a oírla sollozar. Era la primera vez que no podía desestimar sus lamentos como un gusto por el melodrama.

—Esta noche hiciste un buen trabajo, pequeña pesadilla —dijo Leroy, apoyando una mano sobre el hombro de Nova.

Ella no respondió. Poco después, él también subió pesadamente a su habitación. La puerta se cerró chirriando sus goznes.

Phobia permaneció un instante más, su presencia al acecho en los rincones del recinto. No dijo nada. Por una vez, Nova no tenía temor alguno que pudiera señalar.

Todos sus peores temores se habían vuelto realidad.

Los Renegados tenían a Ace. A pesar de todo, ella había fracasado.

Finalmente, él también desapareció, transformándose en una colonia de murciélagos y echando a volar por la puerta. Se cerró con fuerza tras él, sacudiendo la decrépita casa.

Nova se quedó de pie a algunos pasos de la entrada, mirando.

El estridente empapelado de arabescos.

Los muebles apolillados.

La nada que se suponía que era su hogar.

El casco colgaba de una mano; sus dedos atravesaban las aperturas de los ojos como si fuera una bola de bolos. Ya no lo sentía ligero y modesto. Y a medida que las sombras dieron paso lentamente a la luz polvorienta de la madrugada, Nova lo dejó caer al suelo.

Golpeó contra la alfombra de manera anticlimática, y rodó bajo la mesa de centro.

Nova soltó un aliento tembloroso.

Había fallado.

Ace había sido capturado. Ace había desaparecido.

Una campanada resonó en la casa silenciosa, interrumpiendo sus pensamientos con un sobresalto. Su brazalete de comunicación. Lo halló en la cocina. La mano le temblaba al levantarlo y desplazarse a través de incontables mensajes de Adrian y el resto del equipo. Incluso había una comunicación global enviada por el Consejo, confirmando los informes de los medios:

Ace Anarquía está vivo y bajo custodia.

El Centinela es el responsable de su captura.

La identidad del Centinela sigue siendo desconocida.

Los mensajes más recientes eran todos acerca de Pesadilla, también confirmada viva; el robo del casco de Ace Anarquía, y la destrucción del cuartel general.

Los mensajes no decían nada de Congelina y su equipo.

No decían nada de Max.

Nova leyó las alertas sobre Pesadilla con más detenimiento, intentando determinar si la habían descubierto o no. Esta noche no se había preocupado demasiado por ocultar su identidad, creyendo que para cuando terminara, Ace habría recuperado su casco y habría acabado su farsa como Renegada.

Ahora no imaginaba qué podía suceder. ¿Cuánto tiempo antes de que la descubrieran?

Pensó en la mariposa de Danna, aún atrapada dentro del recipiente que estaba arriba. Si alguna vez escapaba, entonces revelaría su secreto. Y había otras miles de mentiras que la incriminaban a su alrededor. Miles de señales que apuntaba a Nova. A Pesadilla.

¿Cuánto tiempo tenía hasta que se enteraran?

¿Hasta que Adrian se enterara?

Dejó caer el brazalete sobre la mesa y apoyó las palmas contra el respaldo de una silla. Cerró los ojos e inhaló profundo. Contó hasta diez. Exhaló.

Luego subió a cambiarse. Honey no habló, así que tampoco lo hizo ella al quitarse el disfraz de Pesadilla, cubierto de sangre, sudor y pequeños fragmentos de vidrio.

Apoyó la máscara sobre el tocador, junto a la mariposa de Danna.

Era incapaz de mirar a cualquiera de los dos.

Tenía que rescatar a Ace. Era la única solución posible. La idea le provocó deseos de llorar, pero lo reprimió bien adentro. Porque si había que hacerlo, entonces es lo que haría. No se quejaría acerca de todo el trabajo y la planificación que había involucrado esta noche. No pensaría en el desperdicio de todo ello. No sentiría lástima de sí misma.

Alzaría la barbilla. Continuaría peleando.

Regresó abajo, dejando a Honey con su soledad. Todos querían estar solos. Nova se sentó a la mesa de la cocina y fijó la mirada en el jarrón de flores muertas, con el corazón destrozado.

No podía ser todo en vano. No dejaría que ganaran los Renegados. No dejaría que el Consejo se saliera con la suya, con sus mentiras, sus promesas incumplidas.

Y no dejaría que el Centinela la venciera.

Un golpe en la puerta le produjo un sobresalto. Se levantó y miró la puerta de entrada, con el corazón ahogado. Esperó que irrumpieran por ella las fuerzas de un ejército de superhéroes. Imaginó el puño del Capitán Chromium atravesando la puerta, astillándola, o la gigantesca ola de Tsunami entrando por la ventana e inundando la casa.

Pero el único ataque fue un segundo golpe en la puerta, esta vez, más decidido.

Luego la voz de Adrian.

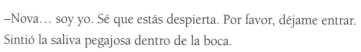

—Nova... soy yo. Sé que estás despierta. Por favor, déjame entrar.

Sintió la saliva pegajosa dentro de la boca.

Adrian.

El dulce, apuesto y brillante Adrian Everhart.

Lo sabía. Debía saberlo. ¿Cómo podía enfrentarlo? ¿Cómo podía soportar la mirada de sus ojos cuando exigiera que le contara la verdad? ¿Cuando la desafiara a mentirle de nuevo?

—¿Nova? ¿Estás en casa?

Su mirada se posó en el casco.

Cruzó la sala, se inclinó y lo levantó de la alfombra raída. Estuvo varios segundos dando vueltas sin rumbo en círculos, pensando en un lugar donde esconderlo. Se decidió por el armario de los abrigos, metiendo el casco a la fuerza entre el impermeable de Leroy y las pieles de Honey.

Con una inhalación profunda, cruzó hacia la puerta y asió el pomo. Arriba, los sollozos de Honey se habían silenciado. La casa entera parecía abandonada.

Abrió la puerta.

Adrian era un desastre. Su moño había desaparecido, y su camisa de vestir estaba arrugada y cubierta de manchas de tierra. Su mirada se aferró a la suya, afligida y exhausta.

Pero no acusatoria.

No se atrevía a tener esperanzas.

—¿Puedo entrar? —preguntó, casi con timidez.

Humedeció sus labios con la lengua áspera y dio un paso hacia atrás.

Adrian pasó a su lado y caminó directo a la cocina. Nova contuvo el aliento cuando pasó junto al armario. El pestillo, que nunca cerraba por completo, hizo *clic*. La puerta se abrió unos centímetros.

Adrian no lo notó. Se movía pesadamente al jalar hacia atrás una silla y desplomarse encima.

—Lo siento —dijo cuando ella lo alcanzó. Se quedó parada en la puerta, aterrada. De que Honey hiciera un sonido. De que alguna abeja bajara volando por la escalera y empezara a merodear los armarios. De que la melancolía de Adrian fuera una actuación, pensada para engañarla y hacer que bajara la guardia–. Sé que no puedo aparecer sin más, pero… necesitaba hablar con alguien, y sabía que estarías despierta, así que… –un nudo en la voz le impidió continuar, y Nova advirtió las oscuras ojeras bajo los ojos, casi ocultas por los marcos de sus gafas.

La noche había sido larga para ambos.

–Lo siento - volvió a decir–. ¿Cómo está tu tío?

Su corazón se contrajo.

Atrapado. Preso. Desaparecido.

Pero recordó la excusa que le había dado a Adrian cuando se marchó de la gala… que su tío no se sentía bien y necesitaba venir a ver cómo estaba.

–Bien –balbuceó–. Está bien.

Adrian hizo silencio un largo momento. Fijó la mirada en ella desde el otro lado del recinto, y Nova no supo el motivo. ¿Estaría examinándola para saber la verdad? ¿Buscando señales de Pesadilla?

–¿Te enteraste? –preguntó Adrian–. ¿Acerca de… Ace Anarquía? ¿Y Pesadilla?

Ella se estremeció.

–Justo estaba chequeando mis mensajes. Entonces, ¿es cierto?

Él asintió. Dobló las manos y se inclinó sobre las rodillas, mirando el suelo rajado de linóleo.

–Sí, es todo cierto. Atrapamos a Ace, pero ella consiguió escapar, y… se llevó el casco –una carcajada amarga se le escapó–. Debí escucharte, Nova. Todos debimos escucharte. Intentaste decirnos que no estaba a salvo, pero mis padres… fuimos tan arrogantes. Y ahora… ahora lo tienen ellos.

Nova clavó las uñas en su propio muslo para evitar mirar por encima del hombro. Hacia el armario.

—Pero tenemos a Ace Anarquía —dijo Adrian—. Por lo menos, es algo —levantó la cabeza, con la mirada perdida hacia la pared—. Ruby y Oscar estaban allí cuando el Consejo lo fue a buscar. Dijeron que ya planean neutralizarlo, en público, cuando le revelen el Agente N al mundo. Será el mejor ejemplo de lo necesario que es, y de lo que es capaz de hacer.

—¿Cuándo? —susurró Nova—. ¿Cuándo sucederá eso?

—No lo sé. Dudo de que esperen demasiado.

Su mentón empezó a temblar, sorprendiendo a Nova.

—¿Te enteraste… sabes lo que le pasó a Max?

Su voz se quebró, y a Nova se le heló la sangre en las venas. Volvió a ver a Max, la lanza de hielo perforando su piel, la sangre recubriendo el suelo.

Estaba muerto. Estaba muerto. Estaba muerto.

Y era su culpa, al menos, en parte. Su culpa.

—No —exhaló, sin querer escucharlo. Sin querer saber la verdad.

Adrian extendió sus brazos, y Nova no pudo resistir la atracción hacia ellos. Se dirigió hacia él, y él los envolvió alrededor de su cintura, hundiendo el rostro en su estómago. Sintió el escozor de las lágrimas, y aunque su cuerpo intentó rebelarse contra la intimidad del abrazo, no pudo evitar el impulso de acunar su cabeza y sus hombros, de acercarlo aún más a ella.

—Está en el hospital —dijo, y estalló en lágrimas—. Ella intentó matarlo. Pesadilla intentó matarlo.

El hospital.

Intentó.

—¿Está…?

—No lo sé. No lo sé. Pero tiene que vivir. Tiene que estar bien. Si algo le sucede… —sus palabras se disolvieron. Nova lo sostuvo, sintiendo la humedad de las lágrimas a través de la camisa, el temblor de sus hombros bajo sus dedos.

—Estará bien —dijo, obligándose también a creerlo—. Todo estará bien.

—La destruiré. Encontraré a Pesadilla y la destruiré —sus dedos se curvaron sobre la espalda de la camisa de Nova, sujetando la tela con los puños—. Nova… ¿me ayudarás?

Haciendo una mueca contorsionada, Nova volteó la cabeza hacia la sala delantera. A través de la puerta vio el borde del armario de los abrigos, la moldura deteriorada de madera que rodeaba la bisagra. La alfombra tan desgastada que se veían las tablas del suelo que había debajo.

—Sí, por supuesto que lo haré —se oyó decir mientras miraba los ojos vacíos del casco de Ace Anarquía, lanzándole destellos desde las sombras.

AGRADECIMIENTOS

Uno de los temas que realmente surgió en este libro mientras revisaba sus innumerables borradores fue que la mayoría de las cosas en la vida son mejores cuando se disfrutan en compañía de las personas que amamos. Escribir un libro no es diferente. Así como no existen los héroes en soledad, *¡tampoco los libros se escriben solos!* Me siento eternamente agradecida de tener a tanta gente en mi vida que me haya guiado y apoyado en este camino.

La primera persona a la que debo agradecerle es a mi editora, Liz Szabla, que vio el potencial en la historia de Nova y Adrian incluso antes que yo, y me animó a profundizar aún más en este mundo y sus personajes. Este libro y la trilogía son mucho más ahora gracias a su estímulo y su visión. (Literalmente… ¡como cien páginas más!). Y, por supuesto, agradezco la ayuda de todo el equipo de Team Meyer, de Macmillan Children: Jean, Mary, Jo, Mariel, Allison, Rich, Caitlin, así como a mi increíble correctora, Anne Heausler, y a tantos otros que trabajan detrás de escena para regalarle al mundo este e incontables libros más. Tengo tanta suerte de tenerlos a mi lado.

Al fabuloso equipo de mi agencia: Jill, Cheryl, Kately y Denise, que no solo abogan por mí y me asesoran, animándome a seguir adelante, sino que son también amigas increíbles. No me alcanzan las palabras para expresar lo feliz que soy de conocerlas y de trabajar con ustedes.

Gracias a mi intrépida lectora, Tamara Moss, cuyas amables críticas valoro *casi* tanto como los veinte años de amistad y camaradería entre nosotras. Gracias a ti, soy mejor escritora, y por ello, no me alcanzan las gracias.

Gracias a Joanne Levy, mi asistente profesional, por un millón de cosas diferentes. ¡No sé cómo cumpliría mis plazos de entrega sin ti!

Quiero darle especialmente las gracias a Laurel Harnish. El personaje que creó durante un concurso de *Renegados* sirvió para inspirarme en Callum Treadwell (Maravilla). Me enamoré por completo de Callum y de su poder para inspirar asombro, ¡y espero que ustedes también!

Un enorme gracias al Dr. Tyler DeWitt por su amabilidad para revisar el capítulo 23 y ayudarme a entender el proceso de electrólisis y el revestimiento metálico. (¡Nova se habría sentido mortificada si hubiera cometido un error!). Los videos de base científica de Tyler son entretenidos e informativos, y recomiendo vivamente buscarlos en YouTube o en https://www.tdwscience.com/.

Y, por supuesto, a mi esposo, Jesse, a nuestras dos hijas llenas de energía, Sloane y Delaney, y a toda mi familia y amigos por su apoyo incansable, su aliento y su amor.

También de

MARISSA MEYER

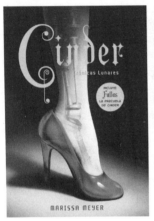

• saga CRÓNICAS LUNARES •

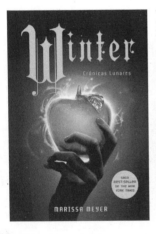

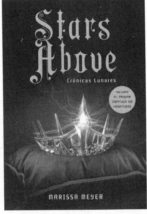

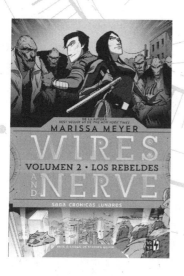

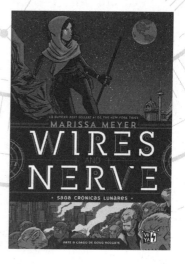

Bandos enfrentados que harán temblar el mundo

¿Crees que conoces todo sobre los cuentos de hadas?

EL ÚLTIMO MAGO -
Lisa Maxwell

RENEGADOS -
Marissa Meyer

EL HECHIZO DE LOS
DESEOS - *Chris Colfer*

Protagonistas que se atreven a enfrentar lo desconocido

EL FUEGO SECRETO -
*C. J. Daugherty
Carina Rozenfeld*

JANE, SIN LÍMITES -
Kristin Cashore

HIJA DE LAS TINIEBLAS -
Kiersten White

Dos jóvenes destinados a descubrir el secreto ancestral mejor guardado

...ASY...

En un mundo devastado, una princesa debe salvar un reino

LA REINA IMPOSTORA - *Sarah Fine*

LA CANCIÓN DE LA CORRIENTE - *Sarah Tolcser*

REINO DE SOMBRAS - *Sophie Jordan*

Una joven predestinada a ser la más poderosa

CINDER - *Marissa Meyer*

EL CIELO ARDIENTE - *Sherry Thomas*

La princesa de este cuento dista mucho de ser una damisela en apuros

¡QUEREMOS SABER QUÉ TE PARECIÓ LA NOVELA!

Nos puedes escribir a vrya@vreditoras.com

con el título de esta novela en el asunto.

Encuéntranos en

 facebook.com/VRYA México

 twitter.com/vreditorasya

 instagram.com/vreditorasya

COMPARTE
tu experiencia con
este libro con el hashtag
#archienemigos